KB270693

고전의 문학 교육적 이해

金承鎬

이회문화사

머리말

　이 책은 국문학연구에 초지를 굳힌 이래 화두로 삼았던 한국서사문학에 대한 관심 및 현장적 체험을 기초로 해서 쓴 8편의 논문으로 이루어진다. 20여년에 이르는 작성의 상거에다 전정되지 못한 테마는 통일성의 결핍을 탓할 수 없게 하지만 열정이 들끓었던 초발심으로 돌아가 현재의 나태함을 책하고 학부졸업이래 이어진 교육 현장적 체험에 즉해 고전문학의 의미와 방향을 점검, 정리하고 싶다는 생각이 굳이 한 권으로 묶게 했다.

　수록된 글들을 대별할 때 제1장의 4편은 현실적 진단에 기초해 한 것인 만큼 시론적 성격이 강하다. 반면 2장에 수록된 4편은 井蛙의 안목으로 본 서사문학적 문제제기로서 성숙한 체취를 기대하기 힘든 대신 무모하지만 독특한 발상을 위주로 한 것들이다. 논문이란 무엇보다 자신만의 색다른 주장, 독특한 안목의 산물이어야 함을 강조하고 싶거니와 2장의 4논문이 주는 느낌은 각별한 데가 있다. 하지만 인문주의자로서의 자그마한 의무감과 무관치 않은 '지금', '여기'의 현실인식이 근래 씌어진 국어교육 문학교육 관련 논문을 앞으로 당겨놓게 한 까닭이 되었다.

　고전문학을 교육과정의 하나로 공부해야 하는 중고교 학생들에게 지금처럼 학습적 의미를 다져주어야 할 필요성이 화급하게 요청된 때는 없었다. 따라서 고전문학의 학습의 역사와 의미를 놓고 과거시기 문학이란 무엇이며 그것이 의미있는 대상으로 남기 위해서 할 일이 무엇이며, 이를 어떻게 수용할 지를 중고교 「국어」, 「고전문학」 과정과 연계해 논의키로 한 것이다. 긴 역사를 지닌 문학교육이지만 관성적으로 이어가기가 힘들만큼 상황은 결코 낙관적이지 못하다는 것을 우선 인식하는 것이 필요함을 필자는 절감한 터이다. 고전문학의 앞에는 희망적인 조짐보다 길을 어둡게 만드는 위기적 진단이 한결 많다는 것을 예감할 수 있다. 인문학, 문학의 쇠퇴를 우려하는 목소리는 벌써 나왔거니와 전통문학, 민족문학에 대한 열기의 퇴조, 나아가 대놓고 영어 공용화론을 외쳐도 반발의 조짐조차 미미한 현실에서 인문학, 고전문학이란 과연 무엇이며 무엇일 수 있는가, 적어도 문학연구를 업으로 삼고 있는 사람으로 급변하는 문학과 교육적 환경 앞에서 나름의 전망과 처방을 궁리해 보아야 한다고 믿었다. 조금 자세히 각론을 풀어보면 아래와 같다.

「고전문학교육의 회고와 전망」에서는 인문학과 고전문학이 봉착한 그 위기를 진단하고 거시적 안목으로 대안을 모색하고자 했다. 이에 따라 「국어교과서를 통해 본 고전문학교육의 문제점」에서는 현행 국어교과서를 대상으로 고전의 파행적 학습에 초점을 맞춰 文史哲의 복합체이자 삶을 포괄적으로 아우르는 의미역으로 볼 때만이 고전문학의 본의가 그나마 드러날 수 있다고 보았다. 과거 어느 시기로 고전문학의 담론적 유효성을 한정 짓는 것만큼 우매하고 불경스러운 짓은 없다. 그런 맥락에서 「고전소설에 있어 기대지평의 확장모색」은 「심청전」을 새로운 읽기의 대상으로 삼아 결핍 투성이의 남성(심봉사)과 함께 세계를 구원하는 심청의 자기 희생적 자취를 새겨보았다. 심청 이외 다른 여성주인공들의 경우는 어떤가. 이 의문의 입론화가 「고전소설학습과 다각적 해독방식」인데, 바리데기를 비롯, 조선후기까지의 작중 여성들이 페미니즘적 기치와는 상관없이 허약한 남성, 가정, 사회를 구원하는 기능으로 당당하게 부조되었음은 놀라운 일이 아닐 수 없었다. 어쨌든 1장은 고전의 우리시대 고전교육의 의미와 함께 그것이 지닌 보편적 의미를 구체적으로 살펴보자는 데 의미를 두었다 하겠다.

서사문학 중에서 심도있는 연구가 요청되는 불교계열의 전기, 비명, 설화를 각각 살펴본 것이 「전기문학에 있어서 단위계층의 검토」, 「탄생담에 나타난 꿈의 기능」, 「빈대절터설화의 상징과 의미」 등 세 편으로 이것이 2장을 이룬다. 한결같이 형식미학의 독자적 특징을 추구하는 것들로 애초 방향과 테두리를 그리 정한 것이 아님에도 유사한 성격의 논문으로 흘러간 것을 보면 80년대 필자에게 있어 한국서사문학의 규명이 얼마나 끈질긴 화두로 옥죄었는지 감회가 새로워진다. 불교계열의 서사문학은 객관성과 실용성에 치중하는 유교계열과 대조적으로 사실과 상상을 길항적으로 수용, 형상하는데 능란하다는 점에서 현대적 의미의 문학과 그만큼 친연성이 깊다고도 하겠다. 그외 「조선후기 소설에 나타난 환몽구조」는 「허생전」이 박지원의 창작이라는 점이 인정되지만 한편으로는 전부터 관용적으로 수용되던 서사기법 및 주제화를 크게 의식한 작품이라고 단정한 바, 현실과의 괴리감을 다 극복하지 못하고 대단원을 끝내 허무하게 처리하고 마는 것에서 환몽구조의 친연적 속성이 고스란히 내비친다고 지적했다. 몽유소설이 아니면서도 그 구조로 볼 때 기법적 친연성을 강하게 띠고 있음을 주목한 셈이다.

한때 신명에 들떠 논문 작성에서 오는 환희도 맛보았으나 이제 탈고를 해도 홀가분함은 커녕 허탈감에 자주 빠지곤 한다. 눈길은 과거담론에 머물고, 발은 21세기를 딛고 있는, 심신의 부조화 탓인지 모르겠다. 하지만 물신숭배의 강풍이 몰아치는 아래서도 애써 세상과 거리를 두고 문적의 향훈에 심취한 이들이 있고 그들과 동행한다는 것은 여전히 즐겁다. 궁색한 자기 합리화나 빗나간 동변상련이라고 비아냥거려도 좋다. 분명히 말할 수 있는 것은 앞만 보고 과속하는 첨단의 시대일수록 전통적 담론의 가치는 그만큼 더 소중해질 수 있다는 것이다.

창 밖으로 눈을 돌리니 심한 가뭄에서 어렵게 만개한 벚꽃이 사나운 바람 앞에 속절없이 꽃잎을 날리고 있다. 처연하다. 하지만 더 많은 새순들이 뻗어 올라 여름의 무성함을 기대할 수 있도록 하는 자리바꿈이라면 그쯤 통과제의는 기꺼이 감내해야 하지 않을까.

　끝으로 헝클어진 원고더미를 한 권으로 깔끔하게 묶어주길 마다하지 않은 이회의 박영희 사장에게 고마운 마음 전한다.

2000년 4월
김승호

차 례

◐ 고전문학 교육의 이론과 해석 ◐

고전문학 교육의 회고와 전망 11
국어교과서를 통해 본 고전문학 교육의 문제점 59
고전소설에 있어 기대지평의 확장모색 87
고전소설 학습과 다각적 해독방식 117

◐ 서사문학에 나타난 형식미학과 상징성 ◐

전기문학에 있어서 단위계층의 검토 149
誕生談에 나타난 꿈의 기능 187
빈대절터 설화의 상징과 의미 221
조선후기 소설에 나타난 환몽구조 251

고전문학 교육의 이론과 해석

고전문학 교육의 회고와 전망

국어교과서를 통해 본 고전문학 교육의 문제점

고전소설에 있어 기대지평의 확장모색

고전소설 학습과 다각적 해독방식

고전문학 교육의 회고와 전망

I. 머리말

문학에서의 본원적 매개가 말과 그리고 글이라는 것은 주지의 사실이다. 문학 교육의 경우에도 이 두 매재는 처음이자 마지막까지 본질적 조건으로 남게 된다. 체계적인 교육의 경험이 없이도 얼마든지 세상을 살아갈 수 있다는 점에서 언어에 대한 교육적 경험에 회의적인 시각도 있을 터이나 문화 문명이 난만하게 꽃피워갈수록 말과 글에 대한 심도있는 앎은 더욱 절실해질 것이고 그에 뿌리박고 있는 문학 역시 전문적이고 체계적인 교육을 더 절실히 요구한다고 해야 할 것이다.

말과 글이 광범한 시공을 관통해온 문화적 산물이니만큼 문학교육에서 감당할 영역은 쉽게 획정이 곤란할 정도로 범위가 넓고 깊다는 점을 헤아려야 할 듯하다. 그러나 우리가 체험하는 가장 기초적인 문학교육의 한 과정은 유치원에서의 말하기, 듣기, 읽고, 쓰기에서부터 시작하여 초등학교에 이르러 본격적으로 국어교과서를 통해 이루어지는 것이 일반적인 단계라고 생각된다. 문학교육의 한 典據로서 국어교과서가 지닌 표준성이나 대표성은 전보다 크게 위축된 감이 없지않다 하겠는데, 그래도 아직 문학교육의 출발점이자 그 중심 축으로서 교과서에 거는 우리의 기대와 의의는 작다고 할 수 없다. 국어교과서에는 우리시대의 글은 물론 아득한 과거의 글까지, 시공간 격절을 넘어 한 무더기로 글들이 모아져 있다. 이를 통해 우리는 언어생활의 총체적 면모, 즉 한국인이 축적한 말과 글의 역사와 그 운용의 고도한 수준에 이른 대표적 문학작품과 조우하게 된다. 이렇게 다가간 문학이란 단순히 말, 글의 운용을 넘어 그 담지하는 영역이 무한한 역사성을 위에 놓일뿐더러 현대적 조망으로도 쉽게 포괄할 수 없을 만큼 넓다는 것을 재인식시켜 준다.

문화는 문학만을 아우르지 않는다. 그러나 문학은 그 안에서 특별한 영역을 점한다. 그것은 인간이 발명한 최초의 전달매개로서 말과 글로서 응축된 산물이기에 그렇다. 지난 시대의 말과 글에 대해서 우리가 다시 눈을 돌리는 것은 그러므로 역사적 흐름의 한켠에 동참한다는 뜻이 되려니와 나아가서는 보다 교양있고 사려깊은 인간으로서 세상과 마주할 바탕을 키우는 일이 된다. 그것은 그러므로 퍽 이나 미래지향적인 일이 된다.

그러나 문학교육이 이 같은 진정성을 바탕으로 이루어졌는지는 자신할 수가 없다. 과거 정전으로 인식되던 교과서가 교과과정에서 내세우는 이념과 목표에 미달한 채 과거지향적 성향을 바탕으로 반복적 수준의 텍스트를 선별 제시하고 과거 묵수적이고, 추수적인 이념 좇기에 몰두한 나머지 특별히 진지한 고민과 원시적 전망은 부족하지 않았나 싶다. 물론 교육학자나 정책입안자들이 나름의 노력과 지혜를 모아 초중고 과정에서의 바람직한 문학교육의 길을 터주고자 무던히 애써온 노력과 다른 성격의 문제제기로 이해해주기 바란다.

대표적인 사례로 먼저 꼽아볼 수 있는 것이 교과과정의 개정이다. 그 동안 7차례에 이를 정도로 여러 번 교과과정의 개정이 있었음에도 불구하고 중심 축이 뒤바뀔 정도의 변화는 따르지 않았던 것을 알 수 있다. 교과과정도 시대적 추이에 따르는 것이 바람직하다는 전제에는 동의하나 근본적으로 고쳐야 할 것들은 도리어 뒤로 미루어 놓은 경우가 많아 개정을 위한 개정이었다는 인상을 주는 경우도 적지 않았다.

문학교육도 말할 것도 없이 이런 폭풍우 같이 몰아치는 변화의 마당에서 온전히 과거의 모습을 그대로 유지할 수 없음은 자명한 이치이다. 싫든 좋든 우리는 변화하는 세계에 맞추어 삶의 갖가지 조건과 틀을 바꾸어 적응해 나가려는 노력을 계속해 나가지 않을 수 없는 시대적 위기를 맞고 있다. 비장한 태도의 현실 대응적 자세는 적어도 문학교육의 현장에서도 다시금 점검, 확인되어야 한다고 본다. 물론 물살 급한 현재적 분위기가 아니라도 교육과정의 점검이 자주 있었지만 워낙 급하게 펼쳐지는 변화이고 보면 어느 때보다도 더욱 냉철한 안목을 갖고 미래를 위한 갱신의 자세로 돌아가야 한다. 필자는 이것이야말로 거듭된 교육과정의 개선에도 불구하고 아직 굳건한 자리 매김을 이루지 못한 국어교육의 정체성을 회복하는 길이 아닌가 생각하는 것이다.

거듭 말하지만 오늘의 나날은 무섭게 변하고 있어 어지간한 관심과 집중력을 갖추지 않고서는 변화에 적응하기가 퍽이나 어렵게 되었다. 그 동안 누 백 년에 이루어지던 일들이 불과 몇 십 년, 아니 몇 년 동안에 달성되고 그 템포는 점점 가속화되는 와중에서 기성세대일수록 변화무쌍함에 비명을 지르고 있다. 적응이 쉽지 않은 그들에게 미래란 음울한 그림자만 가득 드리워진 불길한 시간대로 비쳐질 뿐이다.

말할 것도 없이 이런 변화를 갑작스럽게 초래케 한 중심에는 컴퓨터와 인터넷이 있다. 그것은 젊은 세대에게는 희망을, 기성 세대는 부적응으로 인해 위기감을 증폭시키고 있다. 미래학자들조차 이는 오직 시작에 불과하다는 말을 내세울 뿐 미래가 구체적으로 어떻게 전개될 지에 대해서는 묵묵부답인 채 있다. 다만 너나 없이 인정할 수밖에 없는 사실이 있다면 세상은 보다 빠른 속도로 변화되어 갈 것이라는 것, 그리고 이는 그 누구도 거역할 수 없으리라는 것이다. 이 점에서 물질문명에의 변화 뿐만에 그치지 않고 경제 정치 문화 등을 포괄하는 다양한 영역에서 우리 삶의 패러다임을 송두리째 바꾸어 놓으리라는 전망은 지극히 당연해 보인다.

이 글은 이토록 광속으로 달아나는 변화 속에서, 그 이질감을 더해갈 수밖에 없는 고전문학에 초점을 두고 그것의 과거와 현재, 그리고 미래의 의미를 타진하되, 주로 국어교육이라는 테두리를 크게 넘어서지 않는 범위에서 논의해보고자 한다. 이런 문제제기는 결국 고전문학이 그 동안 국어과의 한 영역을 차지하고 있으면서도 그 자체로서 진지한 논의가 결여되었었다는 점, 혹은 이제는 국어과에서 고전의 영역이 침범 당하거나 배제된다는 위기 속에서 그 존재적 의미를 다시금 되새겨보지 않을 수 없다는 문제의식에서 출발한다.

Ⅱ. 언어생활과 국어교육사

문학교육의 필요성 및 목적 지향성은 시대와 상황에 따라 편차가 크게 달라 일일이 한 잣대로 파악하기 어려울 정도이다. 근대 학문이 유입되고 신교육체제가 수입되어 학교가 교육기관으로서 제몫을 담당하면서 우리의 언어와 문학에 대해서도 깊이 있는 학습, 교수의 요구가 제기되기 시작했다고 할 수 있으리라. 그렇다고 근대기 이전의 교육체제나 교과학습의 정도를 터무니없이 폄하하는 것은 옳지 않다. 교육적 조건을 상호 비교할 수 있는 준거도 없이 함부로 현재 중심적 시각으로 접근하는 것은 문제가 있을 터이다.

하지만 중국의 영향권에 종속되다시피한 우리의 역사이고 보면 교육체제 및 구성의 모델을 중국에서 찾는 것은 어쩔 수 없다. 교육기관의 설치는 물론 교과서의 채택에 있어서도 중국은 늘 모방의 대상이었다. 가령 삼국 중 신라의 교육 실태를 일별1)해 보더라도 중국이 우리의 교육에 끼친 영향은 절대적이다. 교육체제의 정비나 모본으로서의 대상에 그치지 않고 교재까지 그로부터 수입해야 했다. 어쨌든 우리는 중국을 통해 체계적인 교육이 가능해질 수가 있었다.

삼국, 고려, 조선에 이르기까지 나라마다 나름의 교육적 지향과 운영방식이 달랐다 해도 그 교육의 대상을 특별히 선별된 사람으로 한정한 것은 고려 조선시대에 들어와서도 다름없이 유지되었다. 그러다 이런 흐름에 단절의 조짐이 보이기 시작하는 때가 근대기이다. 봉건시대를 지탱하던 여러 잔존물이 시대적 추세를 견디지 못하고 허무하게 침몰되어 가는 상황 속에서 교육도 예외가 될 수 없었던 것이다.

개화기란 단적으로 말해 중국으로부터의 문화적 유입의 통로가 서구 쪽으로 바뀐 것을 의미한다. 달리 말해 그 동안 선진국 중국을 모방하고 수입하던 통로가 일본 혹은 서양쪽으로 선회함으로써 마침내는 西勢東漸이란 말이 실감있게 받아들여지기 시작하였다. 그것은 우선 「西洋」 혹은 「洋」이란 수식이 횡행하듯 물질적 측면뿐 아니라 정신, 문화적 측면에서도 서구의 영향에 밀려 가타부타 판단할 여유마저 가질 틈이 없었던 시기였다. 바로 전

---

1) 신문왕 2년(682)에 비로소 당나라의 제도와 매우 흡사한 대학을 설치하고 성덕왕 16년 (717)에 태감 수충(守忠)이 당나라에서 돌아와 문선왕(文宣王) 십철(十哲) 72제자의 초상을 국학에 진치하고 경덕왕은 국학을 태하감이라 개칭하고 박사와 조교(助敎)를 두었다. 현재 잔존한 문헌에 의하여 당시의 태학제도를 살펴보건대 교과로는 주역, 상서, 모시, 예기, 춘추, 좌씨전, 문선, 논어, 효경이며 따로 곡례, 일과가 있으며 학생의 학습을 상, 중, 하 3등으로 나누어 그 어느 등급에든 논어와 효경만은 필수 과목으로 하고 좌전 예기 문선에 통하는 자는 상독, 곡례 논어 효경에 통한 자를 중독, 곡례, 효경에만 통한, 자를 하독, 그리고 오경, 삼와 제자백가를 겸통한 자를 특별급이라고 하였다.

대원군의 쇄국정책으로 도도한 서구의 물결이 잠시 주춤한 적도 있으나 한 순간 폐쇄의 빗장이 풀리면서 선택의 여지가 없이 서구의 새로운 제도 문물을 수용해야 하는 격변기를 맞고 있었던 것이다. 시대상황으로 보건대, 이때는 서양의 학문이나 문화를 모델로 삼아 개화의 대열에 우리도 동참한다는 감격에 못지않은 저항의 기류 또한 만만치 않았다. 즉 주자주의적 전통과 복고적 정신세계에다 그 동안 심어놓은 폐쇄성은 아무리 물질과 문명에 의한 편의와 풍족함을 가져다준다 설득해도 여전히 기피해야 할 문명으로 인식되었던 것이다. 잘 알다시피 이 시기에는 大院君의 아류에 해당하는 유학자들이 나타나 서구를 野獸로 보고 그들의 영향력 확대에 거듭 경고를 보내기도 했다. 완고한 儒學主義者들의 말에도 공감할 부분이 아주 없지 않다 할 수도 있겠는데 분명한 검증도 거치지 않은 채 사상과 문화의 기반을 잊고 서구 일변도로 기울어진다는 것에 대한 우려가 강고하게 자리잡았던 것이다.

문학으로 말하더라도 어느 한 시기를 경계로 우리의 전통적 소산이라 할 수 있는 것들은 순식간에 모습을 감추고 서구 文學觀에 의지한 글들로 에워싸이는 형국이 일부 식자들을 근심스럽게 했다. 그전까지 우리가 나름의 문학을 수용, 창작한 역사가 없었다면 문제는 물론 달라질 수 있었을 터였다. 아무리 도도하게 밀어닥치는 문명이라고 하더라도 한순간에 사회전반에 변화의 바람이 일시에 몰아닥친다는 것은 우선 주체성이나 정체성의 상실로 비쳐진 것이다.

그럼에도 복고적 시각이나 전통 고수의 외침이 현실의 변화욕구를 멈추게 할 수는 없었다. 그것은 崇文主義的 사고 속에 안온한 품위를 유지해오던 문학의 개념과 기능을 바꾸는 결정적 계기가 되었을 뿐더러 한편으로는 우리의 문화적 正體性이란 무엇이며, 과연 앞으로는 어떤 방향으로 나아가야 하는 가를 심각하게 고민하도록 만들었다.

그 동안 조선왕조를 통해 강화되어온 숭문주의적 사고 및 문학교육도 당연히 재조명해야할 목록에 들어있었다. 그러나 역시 당시의 일을 되돌아 볼때 밀려오는 서양의 문화적 충격에서 우리는 침착함을 유지하기보다는 완강하게 저항하거나 혹은 터무니없이 서둘러 난세의 파고를 스스로 헤쳐 가는 기회를 놓치고 있었다.

문학교육으로 논의를 좁힐 때, 일부에서는 傳統斷絶論 중심으로 이제까지의 숭문의식이나 인문중시풍토가 끼친 해악만을 부각시키며 서구중심의 문학이 갖는 장점을 찬양하기에 급급했는가 하면 한편에서는 서구문학이 인륜도덕을 무너뜨리며 사회를 浮薄하게 만든다며 경원시하는 풍조가 완연했다. 하지만 역시 추세는 전자로 기울어졌다. 결국은 내용과 기법 면에서 현란하기 그지없는 서구문학에 마춰되었고 한번 눈길을 둔 사람들은 서양문학의 예찬론자가 되었다. 결과론이지만 시대에 맞지 않는 것은 퇴장해야 마땅하다는 생존논리가 거기서도 예외가 될 수는 없었다. 가령 누천 년을 거쳐 이미 중국에서 검증된 교과서들인 毛詩 史記 四書三經 唐詩 文選 등이 봉건시기 귀족계층들로 한정되던 담당층에게는 더 할 수 없이 요긴하게 학습된 과목들이었다 해도 대중교육과 함께 실용성이 가장 큰 덕목이 된 시대를 맞아 과거의 교과서로 돌아가자고 아무리 주장해도 더 이상의 설득력을 얻기 어려웠다. 그것은 단지 서구 문명이 소개되기 전에 불가피하게 선택해야만 했던 억압적 대상으로 비쳐질 뿐이었다. 대중적인 교육의 확산, 그리고 미적 감각을 눈 틔우고 삶의 질을 높이기 위한 방편으로써의 문학보다는 사회적 역사적 효용성을 강요받던 문학이 봉건시대의 화해와 함께 쓸모 없는 문화유산으로서 추락되는 것조차 시대적 불가피성으로 이해하려 들었다.

사실 시대변화의 와중에서도, 신분제도의 붕괴만큼 극적인 것은 없었다. 소수의 양반층이나 누리던 교육에서 수많은 다중이 피교육적 대상으로 바뀌게된 상황은 물론 문학이 서구적 이념에 편승한 實事求是의 한 방편으로 인식될 만큼 인식적 변환이 정말 대단히 빨라졌다. 아직도 문학을 계몽과 윤리의 그릇으로 삼아 그에 목적을 맞추는 자들이 있었음에도 문학이란 성인의 말씀이나 載道之器의 방편으로만 머무는 것이 아니라 서구문학의 경우 인간의 심성과 본질을 드러내는 철학적 주제를 제시해 삶과 세계의 본질을 찾는데 몰두한다는 점, 아울러 현실의 모방 및 고발을 통해 새로운 세계의 가능성을 현시해 준다는 점 등 그것은 기껏 윤리제시의 訓詁的 방편이나 處世의 안내적 기능에 목적을 두던 동양문학적 담론과는 달리 수입과 동시에 대중의 관심을 폭발적으로 불러일으켰다. 여기에 서구 문학에 대한 경사를 한층 더 부추긴 사건이 일어났다. 즉 일제 식민통치가 행해지고 민족의 자주권이 침탈 억압되는 역사적 특수성은 또 다른 의미에서 옛 시기의 문학에 회의와 망각을 강화해주는 큰 동인으로 작용했다 할 것이다.

Ⅲ. 국어교과과정과 고전문학

전통적으로 한국인들이 누려온 문학이란 한문으로 표기된 것들이 대부분을 차지한다고 해도 과언이 아니다. 이는 당연히 문학담당자들을 극히 한정시키는 결과를 가져왔다. 한문은 위정 계층의 기득권 수호의 방편이자 과거준비의 수단으로서 선택된 자들 안에서만 끈질기게 뿌리내리게 한 핵심적 매체였다. 그렇게 뿌리 깊게 내린 것이기에 甲申政變이나 壬午軍亂, 삼일운동 이후에도 한문은 사용문자로서의 관성을 잃지 않고 있었다. 그러나 국권이 일제 손아귀에 들어가고 우리의 정신과 문화가 송두리째 유린되는 위기를 맞아 한국민은 누가 시키지 않더라도 본능적으로 전통과 문화를 지켜내야 한다는 방어의식 및 그 방법에 골몰하는 시기를 맞고 있었다.

이때 우선적으로 엄호해야할 대상으로 대두된 것이 우리의 얼과 정신을 담지하고 있는 말과 글이었다. 그 뒤에 전개된 언어생활도 이를 의식한 점이 많았다. 국한문 혼용은 물론이고 국문만을 표기수단으로 삼았던 독립신문 등의 출현은 신분제도의 변화 못지 않게 언어 문자생활에서 혁명적인 일로 받아들여졌다. 訓民正音이래 실질적으로 모국의 말과 글에 대한 새로운 인식을 가질 수 있는 시기는 적어도 수백년을 지난 20세기 초로 언어매개의 핵심으로 수긍하기까지 그토록 긴 시행착오와 국문의 방치 및 암흑기를 거쳐야 했던 것이다. 이후 국어가 대중의 품으로 돌아왔다기보다도 시대적 조건에 따라 급속하게 그 의의와 존재가치가 재조명되지 않을 수 없는 환경에 들어섰다고 하는 편이 시대적 흐름에 따른 적절한 판단이 될 듯 하다. 朝鮮語學會 사건 등으로 일상언어로서의 우리말, 글에 대한 관심은 교육의 불가피성을 강조하는 단계를 지나 학문적으로 체계화되고 마침내 교과과목으로서 엄연히 자리를 잡기에 이른 것은 주지하는 바와 같다.

사회적 상황은 싫든 좋든 한문 위주로 지속되어온 언어문자 생활에서 점차 국문위주의 생활로 방향을 전환해야하는 계기가 되었음이 분명했다. 문학이 언어라는 내외의 막으로 둘러싸여 있음을 상기할 필요도 없이 국문 한문간의 문자매개의 선택을 넘어 심각한 후유증이 초래되는 상황의 전개는 미처 생각해 본 적이 없었다. 아직 한문세대가 절대 다수를 차지했던 60년대까지는 한글전용론이 열세에 놓여 있을 뿐더러 그조차 극단적 문자 언어의 파괴론으로 내몰렸으나 시간이 흐를수록, 국문 한문 혼용론이 수세에 몰리는 현상으로 뒤바뀌었다. 하지만 한글과 혼용론자들 사이의 긴장과 충돌은 아직도 끝나지 않은 채 그 내분의 불씨를 안에 숨기고 있다고 보는 편이 옳을 듯하다.

문자 언어 교육과 관련지어서만 교육과정의 개정을 돌아볼 필요는 없다 하겠지만 국어교육의 경우 이런 문자 언어 생활의 변화를 교과서에서 어느 정도 수용해야 함은 물론이다. 그동안 7차례에 걸쳐 진행된 교육과정의 개정을 요약한다면 개정의 빈도 수와 개정의 폭이 상당히 크다할 것이다. 교과서가 학교 학습의 중추적 기능을 하게 마련인 우리의 현실에서 빈번한 교과서의 개정은 여러 가지 면에서 부작용을 불러올 소지가 큼에도 불구하고 학교외적 상황의 전개는 오히려 더 큰 동인으로써 교육과정의 개정을 요구했고 이는 곧 교과서 개편으로 이어지게 된 까닭이 되었다.2)

---

2) 교과과정의 개정이 과연 내재적인 요인이 우선하느냐 외재적 조건에 더 의존하느냐를 따지기는 수월치 않으나, 일제 식민통치 아래에서는 자주적 교육방향을 수립할 여건을 누릴 수 없었던 시기였으므로 논외로 친다해도, 해방 및 정부수립을 거치고도 사회적 혼란이 지속되었다는 것을 감안하면 시사해주는 바가 많다. 해방, 정부수립을 거치고 곧 6·25를 겪으며 그 와중에서도 교육이 이루어졌으나 온전한 교과과정의 정비를 갖출 시간적 정신적 여유를 찾지 못함으로써 그 뒤 교과 과정에 큰 부담을 지워놓았던 것으로 여겨진다. 그런데 우리의 경우 교육과정적 철학이나 이념을 정립하는 데 큰 영향을 미친 것은 당대적 사회현실과 역사가 아니었던가 싶다. 전문집단의 교육철학적 방향보다는 오히려 정치현실과 위정자들의 자의성이 보다 큰 교육과정 개정의 동인이 되지 않았던가 반성해보게 된다.
  가령 1차 교육과정은 해방 이후 거의 10년만에 처음으로 이루어진 일로 그전까지 교수요목이 지향했던 바, 지식중심에서 벗어나 학생들의 경험과 생활을 중시한다는 취지가 교과과정에 반영된 것이다. 1966년 개정 고시된 제2차 교육과정은 1차에서 한걸음 더 나아가 생활중심의 교과과정을 유지하되, 경험중심의 진보주의 교육사조를 과감하게 수용한다는 취지를 전면에 내세우게 된다. 이는 바로 전의 한국사회가 경험한 혼란 및 정변과 무관할 수 없다. 다시 말해 4·19혁명과 5·16 군사정변이 초래한 사회질서의 변화 가치구조의 변화 등 국내의 정세변동과 함께 널리 사회생활의 필요에 부합하는 교육과정이 시급히 마련되어야 한다는 정책적 배려와 맞물려 진보성향적 실용주의가 강하게 반영되기에 이른다. 1974년의 제3차 교육과정은 우리나라가 경제적으로 그 역동성을 한껏 보이던 시기로 경제적 자립과 미래에 대한 낙관적 사고를 반영하기 위해 애썼다. 그러나 지식과 정보의 양이 폭발적으로 증가하는 시대적 흐름을 어떻게 교육에 충실히 반영하느냐 하는 고민이 있었고, 그전과 달리 또다른 교육 철학적 과제를 부과하게도 되었다. 특기할 것은 1968년에 제정된 국민교육헌장의 정신을 구현하는 한편 민족의 주체성을 확립하기위한 방향모색으로써 국민적 자질 함양, 인간교육의 강화, 지식 기술 교육의 쇄신 등을 교육과정개정의 세부적 목표로 삼았다는 점이다. (교육부, 『고등학교 국어과 교육과정해설』, 1995. pp.40-46 참조)
  거칠게 보았다시피 60년대 이후 대중교육이 활발히 전개되던 시기에 우리는 교육의 방향과 이념의 원대한 계획 및 실천보다는 그때그때의 현실적 조건들에 가려 진정한 의미에서의 교과과정을 마련하기가 어려웠다. 무엇보다 아직 걷히지 않은 널리 알려진 대로 초기 국어는 「국어」 1과 2로만 구분되어 있었다. 그러다 읽기, 듣기, 말하기, 쓰기 등으로 그 영역을 세분화시켜 영역별 학습의 목적과 지도내용에서의 세분화를 꾀해 나갔던 것이다.

그러나 무어니 해도 국어교과에서 특기할 사실로 꼽을 수 있는 것은 1, 2차 교과과정 때까지도 「국어」 교과 안으로 포괄되었던 「한문」이 3차 교과과정에서부터 독립교과로서 영역을 달리한 점이다. 말은 하나였으되, 문자는 한문, 한글로 분화되었던 전통적 언어 생활 때문에 외래 문자인 한자 및 한문이 국어 영역에 들어있었던 것은 나름의 필연성과 불가피성이 없는 게 아니었다. 하지만 이제 「국어」에서 「한문」은 독립되어야 한다는 현실의 여론을 외면하기 어려운 처지에 빠졌다. 하찮은 일 같지만 그것은 상당한 고민과 진통을 동반한 영역의 분화라고 말할 수 있을 터이다. 그것은 한문/한글로의 이원적 언어 분화가 국어교과에서 어떻게 수용되고 학습되어야 하는가 하는 상당한 고민의 산물인 동시에 국어교과개정의 획을 긋는 의미를 아울러 내포하는 사건으로 이해되었다.

국어는 한 나라의 말과 글을 사용함에 있어서 올바른 사용과 소통의 편리함을 높여준다는 의미를 벗어날 수가 없으나 우리는 애초부터 말은 한가지로되, 문자는 한문과 한글이 공존해 「한문」이 국어로서의 역할과 기능의 한 부문을 수행한 것조차 외면해서는 안될 것이다. 「한문」을 국어과에 편입

전통적 교육관, 가령 빈곤을 퇴치하기 위한 방편에다 교육이 출세와 의식주 해결의 한 방편이 된다는 인식이 굳건하게 남아 인간의 진실과 삶의 높은 질을 위한 방편으로서의 본의를 실현하는데 퍽 부담이 되었다. 교육철학이 허약하고 부재된 틈을 타고 도리어 위정자들에게는 교육을 정치적으로 왜곡하고 정책적 차원으로 추락시킬 수 있는 적절한 빌미를 제공하기도 했음도 앞에서 보았다. 아직도 교육과정이 그 본의에 맞게 개정되었는 지는 여전히 의문으로 남는다. 유독 심한 사회적 혼란과 군사 독재정권의 거듭된 출현 등 외적조건의 악화는 긴 교육의 역사에도 불구하고 교육의 정립에 더 많은 시간과 노력을 요구했거니와 아직 진행형의 과제로 보인다. 이제 교육의 정체성을 제대로 회복했는 지 바로 전 시기의 교육과정을 짚어보며 우리는 그런 화두를 다시금 던져보지 않을 수 없다.

시킨 까닭은 그 점을 도외시하지 못했기 때문이라 할 것이다.

　하지만 「국어」 교과란 다른 교과목과 더불어 문화, 사회적 현상을 떠나서 존립할 수 없다. 비교적 보수적 성격을 드러내는 교과서에서조차 한글중심 옹호론자들의 의견을 그대로 반영하기를 기대할 수는 없었으나 무엇보다 「한문」, 그것이 갖는 문자적 비중을 자랄 때부터 실제 생활에서 분명히 지켜보고 이를 사용해온 세대의 퇴장만큼 한문에 결정적 타격을 가한 것은 없다. 이는 문교부령 제46호로 고시된 1955년 제1차 교육과정이후 몇 년씩 간격을 두고 이루어진 국어과 교육과정의 내용을 짚어봄으로써 훨씬 그 실상이 분명히 잡힐 것이다.

제1차 교육과정(1955)……국어1, 국어2(한자 및 한문)
제2차 교육과정(1963)……국어1, 국어2(고전 한문, *국어1과 국어2를 명확
　　　　　　　　　　　　하게 구분함)
제3차 교육과정(1974)……국어1, 국어2(고전 작문, *한문은 독립교과로 신
　　　　　　　　　　　　설)
제4차 교육과정(1981)……국어1(*말하기 듣기 읽기 쓰기에서 표현 이해 언
　　　　　　　　　　　　어 문학으로 구분), 국어2(현대문학 작문 고전문
　　　　　　　　　　　　학 문법)
제5차 교육과정(1988)……국어 문학 작문 문법(국어1 국어2를 폐지하고 국
　　　　　　　　　　　　어를 필수로 하고 나머지는 필수와 선택으로 나
　　　　　　　　　　　　눔)

　이를 통해 우리는 「고전」 및 「한문」이 국어교과와 어떻게 결합되고 교류해왔는지, 교과과정상 그 영역의 넘나듦이 얼마나 빈번했는지 대략을 짚어볼 수가 있겠다. 교육과정의 정립초기에는 고전이 차지하는 비중이 월등하게 높았다가 점차 이것이 약화되는 추세가 역력한데 1, 2차 교과과정에서는 「국어」 2에 「한문」과 한자를 포함해 당연히 「국어」 과목에서 이를 수업해야

하는 것으로 테두리를 지어 놓고 있었다. 사실 「국어」 교과의 경우 언어 문학 영역으로 가르고 세부항목으로 다시 「현대문학」, 「고전문학」, 「작문」, 「문법」으로 하는 한편 「국어」, 「한문」의 2영역으로 가른 것을 두고 과연 공평한 기준과 잣대에 의해 이루어진 것인지 회의가 없지 않다. 후자의 경우, 순전히 언어매체에 의한 이원화일 뿐 다른 원인은 결부시키지 않았던 것으로 이해된다. 이렇게 볼 때 핵심적 문제는 「고전문학」이란 한문과 국문작품을 전반적으로 아우르는 광의의 규정이라면 그 안에 귀속된 「한문」을 따로 독립시키고 「고전문학」은 여전히 「국어」의 영역에 머물게 한다는 것이어서 논리적으로 모순이 따르게 된다. 바람직하기로는 「고전문학」을 아예 독립시키고 국문작품과 한문작품으로 경계를 지어 학습하는 것이 훨씬 근거있는 가름으로 보인다.

국어교과과정상 고전작품의 定典化는 어쩔 수 없는 것이 아닌가 한다. 숱한 고전작품 중 어떤 것을 고르고 다듬어 학습대상으로 삼느냐하는 점은 우선 학습자에 대한 편의와 무관하지 않다. 그런데 현재의 「국어」와 그 밖의 영역에서 구별의 선이 확실치가 않아 의외의 문제로 돌출한다. 가령 「국어」, 「고전」, 「한문」 세 영역간 획정의 확실한 준거를 발견키 어렵고 서로간 작품의 중복 및 미루기 현상이 나타난다는 점이다. 이는 곧바로 교사, 학습자의 혼란으로 이어질 가능성이 크다.

예를 들어 『金鰲神話』, 『五友歌』, 『關東別曲』, 『洪吉童傳』, 朴趾源의 傳과 小說 등 우리가 과거나 현재나 흔히 고전작품의 대표로 인정해 일쑤 교과서에 올랐던 작품들을 살펴보자. 이 작품들이 무수한 작품을 헤치고 우리 시대 대표적 작품으로 인정받게된 까닭은 대부분 익명으로 남아있는 여타 작품과 달리 작가가 밝혀져 있으며 작가의식 또한 특별히 발양되어 있다는 점을 들곤 한다. 주목할 것은 한문이나 한글, 곧 문자의 문제가 작품의 우월성을 결정하는 직접적 요인으로 작용하지 않고 있다는 것이다. 문자의 媒

材가 무엇이었든 당대 일반작품들과 달리 주제나 심미성의 완성도에 있어서도 높은 수준에 도달했기에 여타 작품들을 제치고 고전작품의 반열을 차지할 수가 있었다.

그런데 문제는 「국어」, 「한문」, 「고전」으로의 교과적 영역을 가능하게 하는 구별점을 한문으로 씌었느냐 국문으로 씌었느냐로 잡고 있다는 추론을 가능케 한다는 점이다. 그렇게 본다면 金時習이나 朴趾源의 작품은 모조리 한문영역에만 다루어야 하고 같은 許筠의 작품인 『洪吉童傳』이나 『春香傳』 『關東別曲』 등은 국문문학으로 영역이 나누어진다는 것이다. 아닌게 아니라 편의적 구별에 불과할 것 같은 이런 나눔이 「한문」과 「고전」의 전거로 수용되고 있다. 문자를 이원적으로 수용해오던 과거시기의 풍토를 존중한다고 하더라도 문자에 의한 영역의 구분은 그것이 문학자체의 특징이나 성취도에 기반한 것이 아니라는 점에서 많은 문제를 남긴다. 조선시대까지 길고 긴 借字時代가 지속되었던 만큼 한문작품이 절대다수를 차지한다는 현실을 한글시대에 들어섰다고 해도 이를 애써 외면해 국문학 작품만을 고전국문학사에서 인정하고 한문작품을 기피하는 것은 연구나 학습에 기형을 유발하는 또다른 편협성에 다를 바 없다. 그리하여 尹善道의 작품 중 『五友歌』, 『漁父四時詞』 같은 국문작품과 같은 작가가 남긴 더 많은 한시들을 고전과 한문 교과로 나누어 따로 가르치고 배울 수밖에 없는 모순과 불합리함은 어떻게든 시정되어야 한다고 본다.

고등학교 국어교과의 경우 교과과정의 개정에서 「국어」 1, 2로 대분된 것이 3차 교과과정에 와서는 「한문」 교과로 독립된 것은 위에 지적한 대로 문학과 문자를 동일시한 단순 고식적으로 구분한 탓에 신중한 사려가 미흡했다는 아쉬움을 남겼다. 혹여 이와 같은 부작용과 불완전함을 알면서도 한문교과를 독립적으로 운영해야 할 또 다른 사정이 있었는지 알 수는 없다. 설사 요인이 있었다해도 문학교육적 측면에서 선조가 남긴 정신 문화적 유

산의 차원으로서 문학의 깊이와 그 존재의의를 크게 훼손하는 결과로 이어
졌음을 부정할 수가 없다. 이런 「국어」, 「한문」, 「고전」 과목간의 가름이
혹 한문의 실용적 성격이 급격히 위축되고 한글 세대가 사회의 중심층으로
활동하는 현실태를 의식하고 있다고 반론을 펼칠 수 있을 지는 몰라도 「한
문」의 독립교과로의 운영이 고전문학을 왜곡시킨다는 혐의를 촉발시키고 있
다.

이런 태도는 학문적 編制의 간극을 줄이고 종합적 안목을 키우자는 작금
의 대학교육적 방향에 비추어보더라도 그 문제점이 분명히 도출된다. 예를
들어 판소리가 문학과 연극적 경계에 서 있으나 본령은 노래에 두고있다.
그렇다고 해서 그 교과적 영역을 고수해 국악의 영역에서만 이를 가르치고
다른 부분에서는 학습적 대상으로 이를 무조건 기피해야 한다면 어떨까. 교
과영역의 선을 고수해 음악으로만 대해야 한다는 주장에 동조할 사람은 많
지 않을 것이다. 오히려 판소리의 辭說은 조선후기 문학가운데 민중의 욕망
이 솔직 담박하게, 해학적으로 혹은 풍자적으로 형상화된 위대한 문학유산
으로 수용하는데 전혀 이의가 없다. 그런데 문학이란 한시를 중심에 놓다시
피한 과거의 의식과 문학관을 파기한 채 오로지 현재적 문학관념이나 상식
에 매달려 파악하려든다면 그것 자체가 본질파악을 가로막는 장애가 될 것
이다.

한문을 독립된 교과로 운영하고 있는 현재의 교과운용이 「한문」의 교과
적 비중을 줄이려는 의도에서 비롯되었다고 생각하지는 않는다. 필자는 주
로 결과론적인 측면에서의 문제점, 즉 「국어」에서 「한문」을 독립시켜 한 과
목으로 영역을 달리한다는 강박관념적 구분보다는 상호 영역간 넘나듦이 許
與되는 식으로의 교과과정 및 그 학습이 더 바람직하지 않을까 추단해 보는
것이다.

길게 우회적으로 말한 감이 없지 않으나 요점은 고전은 국문학 영역에서

현대문학과 함께 한 축을 이루며 교육되어야 할 대상일진대, 애초에 지녔던 문학적 대상들을 축소시키고 특히 한문작품을 배제한 것은 고전문학교육의 본령으로 보아 결코 적절한 선택이 아님을 말하고자 하는데 있었다. 필자가 보기에 문제의 해결책으로 고전문학을 독립시키고 한문을 그에 편입시켜야 하는 것이 어떨까 한다. 「한문」 교과마저도 한자 학습의 영역으로 위상이 추락되는 바람에 진정한 의미에서 한문학을 감상 학습할 여지마저 거세된 결과로 나타나게 된 현실을 직시할 필요가 있다. 어떻게든 현재의 교과과정에서 「한문」의 독립 때문에 고전문학에서 엉뚱하게 한문학 작품만을 추방하게 된 사태가 경계를 넘나들며 이루어진 고전작품의 학습과 감상을 축소했음은 반성할 대목이다.

제4차 고등학교 국어교과의 체계에서는 앞서의 경우와 달리 여러 모로 내용의 구체성 및 이수단위의 축소와 조정이 이루어지게끔 배려하고 있는 게 눈에 띈다. 그 동안 고전, 작문으로 나누어져 있던 「국어」 2가 「현대문학」, 「작문」, 「고전문학」, 「문법」의 4개 교과서 체제로 바뀌고 문학 작문교육의 강화와 함께 언어교육의 체계화를 지향하는 쪽으로 방향을 바꾼 것이다. 적어도 「국어」 2만 보면 이 같은 교과구성체계의 변화로 말미암아 「고전」과 「작문」 영역으로 대별되다가 「현대문학」과 「문법」이 새로이 추가되어 그만큼 「작문」과 「고전」의 時數와 비중이 축소되었다 할 것이다.

여기에서 더 나아가 제5차 고등학교 교육과정에서는 국어교과의 확대개편 경향이 보다 두드러지는데 「국어」 1, 2가 폐지되고 대신 「국어」, 「문학」, 「작문」, 「문법」의 과목이 새로 생긴다. 물론 「국어」는 10단위로 공동필수로 남게 되지만 「문학」, 「작문」, 「문법」의 경우는 인문 사회과정에서만 선택필수로 남았다. 제4차 교육과정에서 위상이 현저히 약화된 고전이 제5차 교육과정에서는 이름조차 사라진 채 문학 속에 포괄되거니와 일회적 교과과정의 변인으로 보기에는 부자연스러운 점을 적잖이 남기고 있다. 적어도 「고전문학」영역이 이제는 더 이상 독립적으로는 존재하지 않는다는 선언적 의미마저 발견되기 때문이다.

「국어」에 포괄되어 있는 「문학」은 당대의 사회, 역사, 세계관 등 숱한 변인들에 則하여 달라지게 마련이다. 어느 일방의 목표와 이념에 따라 영구 불변하게 문학의 교육적 토대가 마련될 수 없음은 당연한 일처럼 보인다. 그러나 학교에서의 문학교육이 당대적 흐름에 민감하게 작동하는 것이 과연 올바른 일인가 하는 물음은 여전히 남는다. 학교외적 분위기는 누구나 지적하듯, 모든 면에서 진중함을 찾아보기 힘들게 되었고 빠른 발달에 매료되어 환호하는 경향이 뚜렷한데, 급속한 발달로 말미암은 폐단을 제어한다는 의미에서도 과거시기의 문학적 전통과 의미를 재인식하도록 하는 배려가 아쉬운 실정이다. 고전문학교육은 그 점에서 쉽게 망각되어서 아니되고 도리어 숨은 생명력을 끌어내야 하는 대상으로 조명되어야 한다.

하지만 이제까지 논의 중에 거듭 제기한 것처럼 시대적 변화상에 비춰 그 효용적 기능이 턱없이 부족하다는 식의 피상적 접근이나 현대문학에 기생된 옛 문헌 정도로 취급시키려는 태도는 도리어 문학정신을 호도하는 부메랑적 결과를 빚을 지도 모른다.

과거 인문학의 핵심으로서 고전문학이 감당한 몫을 다시 음미하는 것은 단순한 복고적 취향으로 돌아가자는 부추김의 발언이 아니다. 그것은 오늘 수많은 사람들이 설파하듯 과학과 개발로 야기된 그 정신적 위기를 치유할 중핵적 요소를 간직한 때문이거니와 과거 이 땅에서 향수, 전승되어온 문학적 담론에 대한 재조명은 터무니없는 왜곡을 시정키 위해서도 절실하다. 고전은 더 이상 기성세대의 호고적 취미 대상으로 그칠 것이 아니며 초중고 과정에 개설된 문학교육을 통해서나마 하루빨리 그 의의와 교육적 취지가 선양되어야 마땅한 대상인 것이다.

Ⅳ. 고전문학교육과 주변상황

1.「국어」,「한문」,「고전」의 갈래와 영역문제

앞에서 본대로 국어교과 속에서 고전문학은 세월이 흐를수록 학습 시수가 줄어드는 등 위축의 정도가 심해져갔다. 이런 추세로 간다면 머지 않아 우리는「고전문학」이란 교과이수 단위마저 유지하기 어렵지 않나 하는 절망적 진단마저 엄습하는 것이다. 사태가 이처럼 악화쪽으로 전개된 것은 다른 무엇보다 독특하게 유지되어온 우리의 언어 문학현상에서 기인한다고 일단 전제해볼 수 있다. 직전에 지적했듯 교과과정의 빈번한 개정이란 결국 언어를 공유하는 사회가 필연적으로 그렇게 동기부여를 거듭 하는 것이라는 점에서 접근해 나가야 할 터이다. 과거 어느 시기보다 사회 역사적 변화가 급속히 대규모로 이루어지고 있다는 것을 감안할 때, 교과과정의 개정은 거의 불가피한 현상이라고 하지 않을 수가 없다. 우리시대 눈부신 변화의 주역으로 사람들은 누구나 정보통신의 획기적 발달과 그 응용을 지목한다. 핵심은 물론 컴퓨터와 인터넷을 중심한 정보통신의 발달이다. 이의 등장에 따라 우리는 아득한 미래에나 꿈꾸어 보던 불가사의한 변화조차도 정말 짧은 시간 안에 경험하게 되었고 국지적, 민족적 범위로 스스로를 한정시키던 시각에서 벗어나 지구촌의 한 일원으로 재인식하는 시야의 확대가 무엇보다 가능해졌다. 좀더 구체화한다면 雙方 커뮤니케이션의 일상적 사용이 현실화되어 정말 인류는 지구촌 시대의 너나 없는 구성원이 되었음을 피부로 느끼게 되었다. 인간을 에워싸고 있는 주변의 혁명적 변화 때문에 물질적 측면에서, 특히 우리는 물질적 풍요와 함께 생활을 더 많이 즐길 수 있는 여유를 얻게 되었고 전에 비해 더 많은 사람들이 어느 곳이든 활동영역으로 삼을 수 있게 되었다. 컴퓨터와 인터넷이 발휘하는 제일의 가치는 경제적 극대화이다.

그것은 순식간에 우리의 삶의 바탕을 가정, 국가차원에서 全地球的 차원으로 확대시켜나가는데 지대한 역할을 수행하고 있다. 정보통신의 발달에 힘입어 물질적, 정신적 교류는 보다 큰 이익을 실현시키며 새삼 인류의 한 구성원으로서 개체의 존재를 재인식시켰다. 신분 계층적 차별을 초월해 아이디어 하나로 순식간에 부와 명예를 쟁취해나가는 일은 더 이상 놀라운 일이 아니며 이미 젊은 세대들에 사이에서 마이다스 손을 가진 듯 신흥 갑부가 출현하는 일이 빈번해졌다.

이같은 사회현상 속에서 문학교육이 제대로 그 정체성을 유지할 수 있을 것인가. 적어도 인문학적 입장에서 보면 현재의 기술 문명은 매우 비관적 상황을 조성하고 있음이 틀림없다. 비관적 조짐이란 점점 경제적 척도를 앞세울 뿐 다른 것은 그에 부수되는 하찮은 것으로 여기게 되었다는 점과 맥락을 같이한다. 개인은 이제 민족이나 국가단위의 한 일원으로 귀속되기보다 사이버 공간을 통해 곧장 세계 우주의 일원으로 위치가 바뀌어져 버림으로써 기존의 민족, 국가라는 테두리를 무의미하게 만들고 결국은 전통의 총체적 心象으로 통하던 국어의 정체성마저 심하게 흔들어 놓는 상황으로 치닫고 있다.

사람들은 정보사회가 이제 막 출발선상에 서 있을 뿐이라고 진단한다. 신세대건, 기성세대건 앞으로 자신들이 겪어야 할 변화의 진폭이 이보다 더하면 더했지 결코 줄어들 것 같지 않다는 이야기를 이구동성으로 내뱉는다. 변화에는 사람에 따라 득실이 있게 되지만 기성세대는 미래를 아주 불안하게 진단한다. 젊은 세대들이 미래를 부와 명예를 예비해주는 희망의 시간대로 보는 반면 기성세대는 현재적 사고와 능력으로는 감당하기 힘든 시간으로 미래를 불길하게 전망하고 있다. 무엇보다 기성세대가 걱정하는 것은 우리 시대가 모든 이에게 정신적 혼돈과 정체성의 상실을 쉽게 불러일으키는 조건을 갖추고 있다는 것이다. 특히 그들은 젊은 세대가 과연 이런 급속한 변화 속에서 자기 정체성을 바로 세우고 바람직한 미래에로의 전진을 계속할 수 있을 지 퍽이나 염려스런 눈길로 주시하고 있다.

이런 와중에서 교육의 사명은 더욱 커질 수밖에 없다. 국어교과의 경우로 한정해 보더라도 이제까지의 전통적 교육을 그대로 묵수해서는 기대한 만큼의 교육적 효과를 기대하기 힘들 것이라는 점을 누구나 다 인정하는 형편이다. 시행은 아직 안되고 있으나 입안된 제7차 교육과정에서 제시한 국어과의 성격을 보면,

> 한국인의 삶이 배어있는 국어를 창의적으로 사용하는 능력과 태도를 길러 정보사회에서 정확하고 효과적으로 국어생활을 영위하고 미래지향적인 민족의식과 건전한 국민정신을 함양하며 국어발전과 국어문화 창달에 이바지하려는 뜻을 세우게 하기 위한 교과3)

라고 규정해 놓았다. 시대적 추이를 적절히 반영한 것이라 하겠다. 하지만 우려되는 바는 교육적 이념이나 목표가 명분에 합당하고 시의에 맞춘 것이라고 할지라도 그 교육의 현장을 에워싸고 있는 사회는 나날이 그 명분의 구현을 어렵게 만든다는 것이다. 특히 민족의식이나 국민정신의 함양, 문화 창달이라는 측면에서의 국어교육이 과연 제대로 실편될 수 있을 것인지 의문이 아닐 수 없다.

물론 그 기대치가 보다 높아지는 학습적 영역이 있기는 하다. 곧 말하기, 듣기, 쓰기, 읽기 등의 영역별 학습은 그대로 현실적 평가가 가능하고 모국어에 길들여진 다음에 시작되는 이런 학습은 보다 높은 단계의 언어활동으로의 인도, 가령 많은 청중 앞에서 연설한다든가 이해가 다른 사람들과 더불어 대화나 토의를 해본다든가, 보다 실용적, 실질적 언어, 국어활동으로 확장시키는 것 등 국어교육을 통해 얻을 수 있는 현시적인 효과들이 적지

---

3) 교육부, 『중학교교육과정해설』 2—국어 도덕 사회, 1999. p.15.

않다. 하지만 국어과에서 수행해야 할 이런 목표와 이념조차도 현재 우리 앞에 펼쳐지고 있는 여러 돌발적 사태 앞에서 그 효험을 인정받을 수 있을지 염려스러울 뿐이다. 그만큼 우리는 힘든 상황을 맞고 있다.

2. 영어공용론의 대두와 국어, 문학교육

무엇보다 국제어로 영어의 위력이 다른 소수언어의 구실을 크게 제한하는 분위기로 접어들고 있다는 점이 걱정거리가 아닐 수 없다. 영어 중심적 사고와 미국 종속화 경향은 최근 정도가 훨씬 강해지고 있거니와 인터넷이 삶의 중심적 화두로 등장하면서 그 매개언어인 영어에 대한 능숙한 활용은 지상의 명제가 되고 있다. 상황이 이렇게 되다보니 국어에 대한 관심은 당연히 밀려나고 영어에 매달리는 현상이 세대를 불문하고 휩쓸고 있다. 영어를 몰라서는 사회에 적응할 수 없다는 생각이 일반화되고 있고 특히 젊은이들 사이에는 영어 학습의 강박현상이 증후군처럼 퍼져나가고 있다. 심지어, 앞으로는 초등학교에서도 영어로 수업하고 영어로만 강의를 진행하는 대학이 세워질 것이라는 정부의 발표마저 나와있는 형편이다.4) 영어가 우리 사회와 문화에 얼마나 큰 화두 거리로 등장했는지 그 여파를 실감하게 된다. 이런 시각이라면 국어교과 시수를 줄여 컴퓨터나 영어시간에 할애하고 인터넷 과목을 위해 「국어」나 「국사」 과목을 줄여야 한다고 외치더라도 그에 이의를 달 것 같지가 않다. 처음에는 억지스럽게 수용되던 영어 공용화론도 시간과 정보사냥에 쫓기며 생활하는 일부 젊은층 사이에서만 반향을 얻는다고 여겼으나 시간이 흐르면서 기성세대도 그 흐름을 대세로 인정하지 않을

---

4) 2000년 3월 4일자 조선일보 2면에는 "우리나라에도 수업을 영어진행하고 교수진 절반이 외국인인 특성화대학이 등장할 전망이다……정부는 3일 이헌재 재경부장관 주재로 경제정책조정회의를 열러 이를 추진하기로 했다."는 기사가 실려있다.

수 없게 되어 버린 것이다.

이렇게 현실이 달라졌음에도 불구하고 아직은 영어공용화가 시기상조라는 반대론자들의 목소리가 크거니와 영어지상론은 논쟁의 중심에 서 있다가 수면 밑으로 가라앉기를 반복하고 있다. 그러나 최근에 전개되고 있는 일련의 상황들은 그 어느 때보다 국어교육에 관한 한 부정적 상황의 전개들이라고 단언할 수 있다. 이럴 때일수록 서둘러 왜 국어교육과 문학교육이 필요하며, 왜 그것이 절실한 지에 대한 폭넓은 이해와 대화의 자리가 마련되어야 할 것으로 보인다. 물론 모국어와 한국문학이 왜 우리에게 의미있는 것으로 남아야 하는가, 이에 대해서는 어느 정도 다양한 논의 및 주장이 전개되었던 형편이니 굳이 필자가 덧보탤 필요는 없을 것 같다.5) 무엇보다 고전문학에 대한 이해 및 그에 대한 교육의 필요성조차도 현실을 다시금 살펴보고 그에 적절히 대응하는 방식으로 실천방향을 모색해야 하겠다. 현실성, 時宜性이 결핍된 주의 주장은 아무리 그것이 명분에 맞는다해도 지금, 여기라는 조건과 부합되지 않는다면 무의미한 것으로 망각되고 말 것이기 때문이다.

開化期 이래 시작된 우리의 국어교육도 이제는 거의 일백 년이라는 결코

---

5) 그동안 나온 국문학사 혹은 국문학개론 등을 보면 그 첫머리에서 늘 이 문제를 스스로 제기하고 답하는 글을 싣고 있는데 한 예로 "우리는 왜 한국문학을 이야기 하는가"라는 제목으로 설파하고 있는 김흥규의 아랫글은 필자가 본 가운데 어느 것보다 고전문학이 지닌 가치 및 그에 대한 이해의 필요성을 퍽 설득력있게 풀어 주고 있다고 생각되었다.

"무엇을 이해한다는 행위는 언제나 주체의 위치와 시각에 대관한 자각적 인식을 필요로 한다. …… 이땅의 역사와 문화의 아들인 한국인이 한국문학을 진지한 관심사로 삼는 것은 대등한 평면에 병렬되어 있는 여러 문학 가운데 어떤 일부에 흥미를 느끼는 일과는 원천적으로 구별된다. …… 모든 사람은 추상적인 일반 개념으로서의 <사람>으로 존재하지 않고 일정한 언어 역사 문화에 의한 집단 속의 <나>와 <우리>로 존재한다. 이것은 곧 우리가 특정한 문학적 환경 속에서 이 세상과 대면하며 모국어를 통해 자신의 체험, 생각, 감정과 세계의 형상을 그려내도록 조건지어짐을 뜻한다." (김흥규, 『한국문학의 이해』, 민음사, 1986. pp.12-13)

짧지 않는 역사를 간직하게 되었다. 그동안 국어교육을 바라보는 시각은 당대적 역사 사회변동에 따라 기복이 심했다. 일제 식민지기간에는 말 글은 바로 우리의 정신과 얼을 응결하고 있는 대상이라고 보고 강제적 일본화어에 반발해 이를 자발적으로 학습하고 연구하는 풍토가 조성되었고 심지어 독립운동과 동일시되어 애국선열 중에는 국어수호에 일신을 바친 학자들이 등장하기도 했다. 마찬가지 현상으로 순 우리말로 時調가 새롭게 지어지는 등 일제의 전통문화 압살이 거세질수록 國學復興의 열기는 한층 강력하게 몰아닥쳤다. 조선어학회 사건처럼 투쟁적으로 우리말 글을 지키고 닦으려는 선현들의 노력이 있었기에 해방이후 언어생활 및 국어교육은 비교적 짧은 시간 안에 제자리를 찾을 수가 있었다. 앞 시기 어려운 환경에서 우리말, 글을 갈고 닦은 선현들의 노력은 시대가 바뀌어도 여전히 반추되어야 할 역사로 남는다.

그러나 해방과 정부수립, 거기에 4·19, 5·16 등의 격변을 겪으며 빈곤으로부터의 탈피 및 효율성과 생산증산에만 골몰하는 바람에 정신문화 유산에 대한 이해와 관심은 어느 사이에 뒤로 돌려지는 현상이 나타난다. 스스로도 놀랄 만큼 경제성장은 눈부시게 이루어졌는데, 전통과 문화란 빈곤이나 고리타분함으로 인식됨으로써 서구 물질 지상주의가 짧은 기간에 우리 사회를 감염시켰다. 삶의 풍요함을 누리게된 70, 80년대에 와서도 이런 현상은 멈출 줄 몰랐고 마침내 물신적 사고가 천민자본, 졸부, 복부인 등의 신조어를 만들며 기백 년 동안 이어진 인문주의적 사고를 흐려놓았다. 90년대를 넘어서 30년 동안의 경제성장기에 대한 功過가 거론되었고 그 반대급부로 나타난 물질 정신적 폐해에 대해 경고와 반성이 잇따랐으나 그것도 한 때뿐, IMF를 거치면서 物神的 가치관이 맹렬한 기세로 우리 사회를 뒤덮고 말았다.

이런 사회적 격변에서 태평하게 정신유산의 계승과 그 보전을 강조하고 우리의 정체성 찾기에 몰두할 수 있을까. 인문학이 얼마나 쓸모없는 것이며 우리 삶에 있어 얼마나 사치스러운가 하는 회의감만 키우는 속에서 국어교육 문학교육은 정말 방치되어 있는 듯 보였다. 이제 그런 시행착오를 되돌아볼 만큼 시간이 흘렀다. 그것이 얼마나 무책임한 짓이었는 지를 알았다면 당장 방향성을 회복하고 전통문화의 중핵으로서 고전문학과 교육의 의미를 되새겨야 한다.

V. 고전문학의 교육적 의의

실상 사고하는 동물로서 인간에게 가장 걱정스러운 것은 자기 정체성을 잃어버리는 일이라고 해도 과언이 아니다. 우리민족의 체험 중 가장 극악한 조건이었다 할 수 있는 일제 식민지 치하에서 말과 글을 지키려는 일념에서 일부 국어학자들이 감옥에 가고 혹은 殉死하기를 마다하지 않았던 것도 따지고 보면 민족의 자존과 정체성을 잃지 않기 위한 처절한 몸부림에 다름이 아니었다.

그러나 우리 시대에 들어와 우리의 전통적 언어, 문학 등 문화나 역사를 도외시하고 순식간에 자기 정체성을 잃어버린 데 대해 지나치게 죄의식을 갖고 혹은 스스로를 닦달할 필요까지는 없다. 그보다는 이런 현실을 빚게 한 현실적 조건을 찬찬히 헤아려 보고 우리의 정신기반이 어디에 있으며 혼돈으로부터 탈피할 수 있는 길이 무엇인지를 돌아보는 과정이 더 요긴하다. 그동안 전통적 유산에 대한 放棄, 혹은 무관심은 대체로 현실적 조건에 따른 불가피한 면이 없지 않은 게 사실이다. 따라서 고전문학에 대한 소홀함을 우리 시대인들의 정체성의 빈곤, 자기 문화에 대한 애정의 결핍증세로 몰아붙이는 것은 옳지 않다고 본다. 현재의 불만족스런 교육적 현실에는 반드시 그를 촉발한 원인과 조건이 있을 것이므로 우선은 엄정히 이를 점검한 위에서 언어, 국어교육을 다지는 전기를 마련해야 한다. 현재 우리의 나날을 바꾸어 놓는 정보통신의 위력을 무시하고 미래를 설계할 수 없듯 경제, 정치, 문화 등 여러 영역에서의 변화에 주목해 문학교육을 개정해야 시행에 따른 착오와 혼란을 덜 수 있다.

사실 국어의 사랑과 이해야말로 지구촌 시대에 들어와 민족 고유의 정통성과 주체성을 잃지 않는 가장 단순하고도 시급한 요체임에도 불구하고 우리는 거창한 철학과 이념을 내세우는 데 더 열중이다. 설사 언어, 국어 사랑의 열기가 일더라도 여전히 생경한 이념으로, 훈시사항에 잠깐 올랐다가 기억에서 지워져 버리는 일이 고작이다.

하지만 나라간의 경계가 희미해지는 지구촌 시대에 더 깊이 들어설수록 국어 이념과 성격을 헤아리는 일은 더욱 더 중요한 일로 부각되지 않을 수 없다. 이제라도 바람직하지 않는 방향으로 흘러가는 교육적 현실을 직시하고 어떻게 하면 학생들에게 올바른 국어교육을 체험케 할 수 있을까, 그리고 학교교육 이외 더 이상 모국어 교육의 기회를 누릴 수 없는 기성세대에게 이쪽으로의 관심과 이해를 어떻게 북돋워줄 것인가를 고민해야 할 것 같다.

과거시기 우리의 바람직한 국어 언어 생활을 가로막은 것이 한자 및 한문이었다면 우리시대에 그것이 영어로 바뀌었다 할 수 있다. 엄연히 우리말글이 있는데 영어를 公用語로 같이 채택해야 한다는 주장 앞에서, 과거 어느 시기에도 이런 일을 당한 적이 없기에 우리가 받는 충격은 대단한 것일 수밖에 없었다. 하지만 영어가 우리의 삶을 결정짓는 중요한 요소가 된 현실을 마냥 외면할 수만도 없다. 국수주의자처럼 무모하게 배척만 하고 나선다면 또다른 大院君의 亞流 이외 아무 것도 아니라는 인식이 광범위하게 퍼져 있다. 이런 상황적 변화는 국어 언어 생활면에서 현실적 조건을 냉철하게 돌아보면서 우리말 글을 위해서라도 외국어 사용에 대한 철학적 인식을 갖추어야 한다는 급박한 과제를 남긴다.

그런데 우리말 글과 영어의 관계에 있어, 母國語는 우리의 정체성과 관련된 매체이고 영어는 단지 도구, 수단을 넘어서지 않는다는 점을 명심한다면 이 시대 국어, 문학교육이 짐진 의의와 의미를 확보하는데 큰 도움이 될 수 있다고 생각된다. 인간은 존재적 의미를 부여받기를 무던히도 지향하는 존재이다. 국어는 바로 자기 존재를 확인시키는 가장 핵심적 매질임을 인식하는 한 물질위주의 사고가 아무리 판치더라도 국어의 교육적 의미는 퇴색되지 않을 것이다. 인문학의 하위 개념으로 고전문학의 위상을 생각할 때 문학교육이 관심밖으로 밀려난 핵심적 원인을 물질과 재화를 우선시하는 작금의 인식에서 발원한 것에서 찾을 수가 있다. 하지만 정보통신의 발달을 부정적으로 본다고 해서 문학교육이 일거에 크게 달라질 것이라고 보는 것은 성급한 처사이다.

성실과 노력, 그리고 노동을 경제적 가치부과의 단초로 여기던 풍조가 돌변하여 돈이면 안될 것이 없다는 金權主義가 만연하는 동안 기존의 가치관으로 남았던 것들마저 송두리째 흔들리는 사태는 피할 수 없게 되었다. 하지만 젊은 세대에게는 미래는 그들의 능력을 펼치는데 더 할 수 없이 좋은 조건을 갖추고 마치 그들을 기다리고 있었던 듯 보인다. 급격히 다가온 발달의 속도에 눌려 기성세대가 적응에 곤란을 겪는 데 비해 젊은 층에서는 정보수단을 능수능란하게 다루며 기성세대가 상상하기 힘들 정도로 빠른 시간 안에 자신들의 욕망을 충족시킬 수 있었다. 과거에도 그러했지만 이럴 때일수록 철학이나 문학 예술은 그 가치가 한없이 가벼워지게 마련이고 현실은 철학과 사유를 거추장스럽게 여길 뿐이다. 다만 여기서 물러서 있는 일부 기성세대만이 인문학적 기능의 상실에 안타까움을 표시하고 있다.

그러나 이제까지 산업화를 겪으면서 지적된 사항들이기는 하지만 인간의 소외, 고독, 단절, 빈부격차에다 세대간 단절감을 증폭시키는 현상은 그전보다 훨씬 심각하게 나타날 것이다. 한마디로 현재 진행중인 사회현상은 물질적이고 경제적 가치를 획득하는데는 크게 기여하고 다중에게 도약의 기회를 열어놓은 장점을 지니고 있으나 서둘러 치유하지 않으면 고칠 수 없는 고질적인 요소도 적잖이 간직하고 있는 것이다. 병원을 찾는 환자라면 빠른 치유를 위해 반드시 지켜야 할 전제가 따를 터인데 환자 스스로 병자임을 인정하고 의사의 지시에 따라 진찰 및 처방이 우선은 급선무다. 마찬가지로 우리 시대 사회적으로 彌滿해 있는 물신 숭배적 사고에서 비롯된 갖가지 부작용과 病巢의 적출을 원한다면 인문학 전반에 대한 신뢰와 함께 그에 의지하는 자세가 절실하게 요구된다. 역사적 맥락에서 보더라도 시대적 풍파가 심한 때는 반비례하여 철학 사상의 발흥이 상상 이상으로 전개되었음을 어렵잖게 찾을 수가 있다.

가령 春秋戰國時代의 상황을 보자. 중국 천지는 말 그대로 소국으로 분열된 데다 각국끼리 편갈라 싸움으로 날 지새는 줄 모르는 혼돈 속에 파묻혔다. 평화를 본능적으로 갈구하는 인간이 왜 이 같은 아비귀환을 스스로 만들고 전전긍긍해야 하는지, 도대체 사람은 무엇을 위해 살아야 하는지, 어디를 향해 가는지, 세상에 대한 불만과 함께 삶에 대한 의문을 증폭시키는 분위기는 자연스럽게 철학적 사유로 사람들을 이끌었다. 뒷날 諸子百家라 불리는 현자, 철학자들이 우후죽순으로 등장케 한 계기가 되었다. 그들은 당대적 현실 속에서 정신적 위안은 물론 세상의 평화를 가져올 나름의 처방을 제시한 일단의 무리라고 할 터인데 오늘까지도 내내 그 영향권에서 벗어날 수 없게 만든 孔子같은 인물이 대표적이다. 뿐만 아니라 老子, 莊子, 墨子, 법가 등이 나름의 철학을 들고 나와 세계와 삶에서 드러난 갖가지 문제를 어떻게든 풀어보려고 했다.

중국에서 철학이 가장 화려하게 꽃피워졌던 시대가 전국시대라는 점은 많은 것을 시사해준다. 전국시대 겪은 전쟁이나 인류 과학문명의 비약적 진전을 이룩하고 있는 우리시대를 동일 선상에 놓고 살피는 것은 무리가 있을지 모르나 당대에 엄청난 변화 및 충격을 초래한다는 점에는 상호 유사점이 많다.

아직은 변화의 출발점에 서 있어 스스로 겪는 혼돈의 실체가 온전히 파악되지 않는 측면이 있기는 하나 전체적으로 볼 때 오늘 대부분의 사람들은 물질적인 것만에 연연해하고 있다 하겠다. 그러면서 동시에 흔들리는 현재의 삶 속에서 미래를 불안함과 공포감속에서 맞이하고 있다. 문제는 물질적 풍요가 정신적 안주를 극히 방해한다는 것이다. 그렇다면 이에 대한 대안이나 치유법이 있는가. 있다면 역시 과거처럼 인간학으로 돌아가는 것뿐이 아닐까 싶다. 전시대 많은 哲人들이 인간과 삶에 대한 답을 찾아 나섰다. 동서양을 막론하고 인간의 지혜와 명상을 동반한 사유 철학은 인간이 위기에 처할 때마다 나아갈 방향타 구실을 해왔으니 공자 예수 釋迦가 그러하고, 제자백가나 그리스 로마의 철학자들이 다 그런 인물들로, 이들은 역사에서 결코 지워지지 않고 있다.

문학이 고래로 동양에서 길고 긴 연원을 지니며 그 효용성[6]을 인정받은 것은 익히 알고 있는 바이지만 근대기에 수입된 서구적 문학은 그동안 우리가 지녔던 고전문학의 가치를 의심하게 만들었고 멀지 않아 그것과의 결별을 가져오게 한 직접적 계기가 되었다. 우선 서양문학에서 사람들은 그것이

---

6) 중국문학이 諷諭, 道를 드러내는 통로로 이해되어온 연원은 무척이나 길다. 후세의 소설은 물론 희곡 등 모든 양식에 공통적으로 나타나는 勸善懲惡的 주제도 따지고 보면 문학이 도의 구현에 도움을 주어야 한다는 뿌리깊은 사고에서 따른 것이다. 청대의 顧炎武(1613-1682)의 주장을 한 예로 들어보자.

"문장이 천지사이에서 없어져서는 안될 이유는 그것이 도를 밝히기 때문이며 정사를 바로잡기 때문이며 민정을 살피게 하기 때문이며 사람들의 착함을 말하기 즐기기 때문이다"(文之不可絶於天地間者 曰 明道也 紀政事也 察民隱也 樂道人之善也)(『日知錄』, 권 19)

독자가 누릴 권리를 여러 방향에서 모색해주고 있다는 점을 주목했다. 그것은 직접적 가르침이나 教義的 성격과 판연히 구별되는 무엇이었다. 그 담론을 통해 독자는 교훈과 감동, 호기심을 충족시킬 수 있는가 하면 작품 속의 상황, 인물과 동일시하는 체험까지 누릴 수 있다는 것을 깨닫는다. 吸引力에서 전래의 동양문학은 서양문학과 경쟁의 상대가 되지 못했다. 이 때문에 동양문학이 인간의 도리와 도덕중심의 교술적 담론으로서의 성격을 그 중심에 놓고 있고 서구문학 역시 인간구원이나 본질의 문제 등 마찬가지로 인간의 삶과 본질에 대한 관심을 바탕에 깔고 있으나 두 문학의 병존 상황을 기대하기는 퍽 어려워 졌다. 절대 불변하는 가치를 획정하고 추상적 철학을 낯설게 부여하는 동양문학은 아무래도 史와 哲의 요소가 한결 강한 탓에 독자들은 대부분 서구 문학 쪽으로 기울어졌다. 거기다 물화 중심적 사고가 팽배해지면서 동아시아에서 긴 권위를 누려왔던 한문학은 역사의 뒤편으로 퇴장할 수밖에 없는 처지가 되고 만다.

하지만 문학이 출발할 때부터 지금까지 동양이나 서양이나 중심 축으로서 인간의 문제를 붙잡고 무엇인가를 말해주려고 한다는 점, 그 점은 방법적 차이에 불과할 뿐 공통의 고민거리로 남게 되고 오히려 삶과 인간, 우주적 성찰에 이르기까지 넓고도 깊은 사유를 가열차게 고민하는 편은 오히려 동양의 고전들이라고 생각된다.

동양의 고전문학이 너무 현실주의적으로 흐르고 可讀의 즐거움만 쫓는 현대문학과 크게 다른 점이 있다면 바로 이 점일 것이다. 지금 우리의 현실이 오히려 서구 편향주의 태도에서 기인한 것이라는 진단이 있고 보면 새삼 동양정신으로의 회귀가 절실해진다. 고전문학에 대한 관심과 이해는 그래서 한층 더 요구되는지 모른다. 작금의 정신적 공황이나 황폐함으로부터 독자들을 淨化시키기 위해서라도 우선 문학교육에서의 고전문학, 그에 대한 문학적 성격, 특징의 정립부터 서둘러야 한다. 돌려 말해 온통 서구 문학관에 의지한 채 모든 것을 재단하고 그런 담론만을 이상적인 것으로 재단하는 작금의 풍토가 인문학의 위기로까지 이어진 것은 아닌지 심사숙고해 보는 일이 얽힌 문제의 해결에 가장 중요한 단초가 된다는 말이다. 문학은 그것이 무엇이었든 메시지를 내재하거니와 사색과 번민의 흔적으로 영구성을 지니며 삶의 지침서로 남기를 염원한 끝의 산물에 해당한다. 그 점에서 경제 중심적 욕망의 실현에 심신을 다 바치다시피 하는 작금의 풍조에서 인간과 삶의 본질을 돌아보게 하는 교재로서의 고전문학이란 기대이상의 값어치와 효용성을 발휘할 것이라고 믿는다.

Ⅵ. 미래학으로서의 고전문학

1981년 개정 고시된 제4차 교육과정에서는 국어과의 특성을 보다 명료화시킨다는데 목적을 두었던 바, 목표로 언어의 지식 교육 체계화를 삼고 「국어」 2 과정에서 「현대문학」, 「작문」, 「고전문학」, 「문법」 등의 영역으로 과목을 세분화했다. 이 경우 현대문학과 고전문학의 경계를 명확히 했다는 것이 주목되는데 제5차 개정부터는 그 구분마저 사라지고 「문학」 교과 안으로 「현대문학」과 「고전문학」이 흡수되었다. 내용의 체계화에 주목해서 본다면 국어과의 교과과정개정에서 「현대문학」과 「고전문학」은 늘상 미묘한 문제로 남곤 했다. 문학이라는 상위갈래에서는 두 영역을 합하는 것은 자연스러우나 세분화시켜 들어가면 이들간에는 이질적 요소가 의외로 많아 학습적 간극을 어떻게 메워야 할 지 수월찮은 문제를 제기하곤 했다. 이는 그대로 문학학습현장의 고민으로 곧바로 이어지게 되었다.

고전문학을 단순하게 현대문학에 비해 출현시점이 빠른 작품이라는 정도로 창작시점을 준거를 삼는다면 학습에서의 고민이란 미미한 정도에 그칠 것이다. 한데 어려움은 고전작품 안에 포괄된 내용의 층위가 현재적 안목으로는 매우 낯설고 시대적 간극을 개인의 능력으로는 쉽게 건너뛸 수가 없다는 데 있다. 현대문학은 범박하게 말해 지금 우리 삶과 더불어 향수할 수 있다는 점, 何時라도 즐기고 공감하고 혹은 창작의 가능성까지 누릴 수 있다는 점 등에서 호감을 주거니와 특별히 전제된 지식습득이 없더라도 얼마든지 향수의 가능성이 열려있다 할 것이다. 학생들이라고 해도 특별히 전문가의 안내를 요구하는 법이 없고 그에 대한 이해와 감상은 물론 나름의 비평을 가할 수가 있다.

그러나 고전문학은 다르다. 문학이란 이름만 붙였을 뿐 현대인들이 앞서와 같이 친밀감을 갖고 수용하기에 그것은 너무나 많은 장애를 지니고 있다. 학생들이 아닌 교사들이라고 해서 달라지는 것은 없다. 대체로 고전문학의 텍스트들이란 길게는 천여 년에서 짧게는 백여 년 전에 출현한 것들로 문자, 관념, 이념, 주제, 형식, 수용방식에 걸쳐 우리가 익히 알고 있는 문학 구성요소들과는 동떨어져 있다고 할 수 있다. 때문에 고전텍스트를 학습, 감상하기 위해서는 그 텍스트를 에워싸고 있는 배경지식을 먼저 갖추어야 할 것인 즉, 창작당대의 배경, 작가에 대한 전기적 사항 등, 현대문학의 경우에는 문제시될 것이 없는 것들을 전제지식으로 갖추기 위해 몇 배의 시간과 노력을 기울여야 한다.

보다 구체적으로 예로써 金時習의 『金鰲新話』를 학생들에게 가르친다고 가정해보자. 15세기에 출현한 이 작품은 우선 한문으로 지어졌으므로 우선 모든 한자의 音과 訓을 알고 있어야 한다. 물론 그밖에도 단순한 풀이로 풀리지 않는 어휘나 故事成語와 典故 따위의 풀이를 위해서는 상당한 정도의 한문적 소양이 요구되는 것을 피할 수 없다. 게다가 산문이면서도 적지 않은 한시가 삽입되어 있으므로 한시에 대해서도 어느 정도의 조예를 갖추고 감상에 임해야 본의를 제대로 파악할 수 있다.

뿐더러 작가가 지향하고 있는 세계를 올곧게 이해하기 위해서는 이 작품의 창작동기와 관련해 明나라 懼佑의 『전등신화』에 눈을 돌려 두 작품간의 공통점, 변별성을 타진해야 할 것이며 金時習의 세계관 및 그의 여타 작품에 나타난 문학적 특성을 아울러 헤아려 보는 것이야말로 이 소설에 접근하는데 긴요한 일이다. 오히려 후자가 작품의 이해에 보다 근본적인 것이 될지 모른다. 그것은 고전작품 이해가 시간적 상대성에서 결코 자유로울 수 없다는 점을 함의하고 있기 때문이다.

문학의 근원은 이른바 아리스토텔레스가 주장한 바대로 모방적 요소의 산물이므로 그에 대한 직절감 있는 풀이를 위해서는 현실과의 관련성을 중요한 요소로 간주하지 않을 수가 없다. 그 경우 작품이 시대를 고스란히 되비춰 준다고 한다면 그것은 작자라는 특정인의 손길에 의해 부조된 세계상이면서도 동시에 작자의 세계관, 미의식, 형식적 안목을 반영한 기록물이 되는 것이다. 고전작품 중에도 심리추구나 幻夢에 기댄 작품의 출현도 있기는 하나 대체로 출현 당대의 역사 및 삶과 유리시켜 풀이할 수 없는 작품이 대부분이다. 따라서 감상을 위해 치러야 하는 귀찮음은 그리 작은 것이 아니라고 본다. 더구나 커다란 노력에 비해 후에 누릴 수 있는 문학의 효용성으로 말하더라도 만족할 수준에까지 오르리라는 것을 장담할 수가 없다. 염려스러운 일이지만, 고전문학이 자발적 학습의 대상이 되기는커녕 다른 교과영역에 비해 더 어려운 학습의 교과로 남아 수업을 위한 수업으로 의무적 이행만이 거듭되는 한 실제 고전에 내재된 가치와 상관없이 그것은 우리의 머리에서 방기될 여지가 많다. 그렇다. 아무리 우리가 전통문화의 수호자의 사명을 인식하고 代를 이어 고전문학에 관심을 기울여야 한다고 강조하더라도 그에 대한 적극적 학습 참여의 열기가 없다면 자칫 먼지 속에 방치하는 것과 크게 다를 것이 없다. 모르긴 하지만 이런 추세가 계속된다고 하면 조만간 고전교육의 폐지론으로까지 이어지지 말라는 법이 없다.

그런데 다행스럽게도 아직은 고전에 대한 인식이 그리 부정적이지 않다. 숨가쁘게 변모하는 세계에서 그 속도에 적응하기에 안간힘을 다하는 현대인들에게 실질적으로 별 가치를 제공해주지 못하는 고전문학은 자칫 唾棄의 대상으로 지목될 법도 하지만 아직은 그것이 갖는 의미를 소중하게 간직하는 이들이 많이 남아 있다는 것이다. 이는 고전문학의 불필요성이 공공연하게 발설되지 않고 있는 데서 알 수 있다. 이면의 의미를 보면, 사람들이 고전문학이 내재하고 있는 기능으로서의 몫에 아직도 큰 기대를 가지고 있다는 뜻이 된다. 즉 고전이 흔들리고 불안해하며 달아나다가 막다른 골목에 막혀 어쩔 줄 모르는 우리에게 탈출구의 역할을 해줄 것이라는 믿음이 있기 때문이다. 그렇다. 고전작품이 특효약 같이 그 효과를 순식간에 보여주지는 못하지만 그것이 과거시기 인간의 정신적 고갱이로서 기진맥진한 상태의 현대인들을 기사회생시킬 신기한 효험의 여지가 있을지 모른다. 그렇다면 고전문학의 위상이 현재처럼 한없이 추락하는 것을 보고만 있을 것이 아니라 교과과정의 개정을 비롯해 여러 방법을 통해 忽待나 기피를 막을 수 있도록 해야 할 것이다.

거칠게 말해 학문이나 교육의 대의가 인간의 삶을 보다 높은 쪽으로 인도하는데 있다면 인문학, 그 중의 하나로서 고전문학에 대한 새로운 접근이 반드시 필요함은 불문가지이다. 어떤 고전텍스트든 과거 어느 시기의 세계관, 표현방식, 주제, 풍속을 반영해주는 典型으로서의 의미뿐만 아니라 미의식과 형식의 개별성을 현시해 주는 의식의 집약체가 된다는 점에 유의할 것이다. 혹간 시간적 隔絶을 내세워 현재적 시공 안에서 존재의 이유에 회의하고 부정하는 시각은 그 자체가 아주 退嬰的 사고에 불고하다. 차라리 그것은 우리시대와의 친연성을 덜 갖추고 있다는 것, 그래서 우리시대 찾기 어려운 문학적 사유를 간직하고 있음으로써 더 조명과 이해가 필요하다면 지나친 말이 될까. 거듭 말하지만 문학적으로 형식, 주제에 걸쳐 고전은 우리시대의 것과 여러 면에서 다르거니와 미학, 사상 쪽으로 헤아리더라도 현대문학과 그 접근 방식이 같을 수는 없다. 그렇다고 문학으로의 수용과 감상에서의 통로가 전혀 다르다고 말할 수도 없다. 가령 고전에서는 文 史 哲을 담론의 가장 중요한 주제적 경향으로 잡는다고 해도 지나침이 없다. 고유한 미학의 발견, 역사적 사실의 구명, 철학적 주제지향 등은 고전을 문학이면서 동시에 통합적 담론으로 보지 않을 수 없게끔 인도한다. 이런 점은 문학을 허구의 산물로 보고 상상을 담론의 가장 중요한 축으로 삼고 있는 현대문학적 안목으로 볼 때 너무나 포괄적이어서 비문학이라는 지적마저 나오게 하는 것이 사실이다.

하지만 문학이 아무리 허구의 소산이라 하더라도 삶과 유리시킨 채 상상적 담론으로서의 테두리를 지어놓음으로써 발생하는 폐해는 지금은 물론 미래에 인간이 마주칠 여러 난제에 결부시켜 무책임하기 이를 데 없는 것이 된다. 고전문학이 그렇다면, 난제를 풀어줄 대안의 하나가 될 수 있는가.

우리가 봉착하고 있는 현재적 위기는 정신, 환경영역을 망라해 어디 한 군데 문제되지 않는 곳이 없다. 경제개발이란 名目 하에 산업화, 공장화가 지속되다 보니 먹을 물마저 안심하고 확보할 수 없게 되고 공장지대나 대도시에서는 오염된 공기로 숨조차 제대로 쉴 수 없는 최악의 환경으로 빠져들었다. 이처럼 인간을 억압하는 환경을 우리는 일찍이 경험해 본적이 없다. 한데 이 현상을 초래한 중요한 요인은 말할 것도 없이 인간이 자연 위에 군림하고 신은 죽었다고 하는 서구의 과학 문명적 선언, 인간 우월 주의적 사고로부터 출발한다고 해도 과언이 아니다. 굳이 현대 인류가 맞이한 위기의 진원지를 따진다면 시발점은 동양이 아니라 서양인 것이다.

인간 우월주의나 개발의 논리에 편승한 경제개발 지상주의 등을 얼떨결에 모방한 끝에 곧 시현된 물질적 풍요에 환호와 경탄을 터뜨리기 무섭게 그로부터 드리워진 반대급부는 곧바로 인간소외, 환경재해, 빈부격차, 종속

국가의 출현 등 해법이 녹록치 않는 난제로 변해 우리를 기다리고 있다. 그런데 인간중심적 사고가 만연하기 전에 벌써 동양에서는 인간과 자연을 相生의 존재로 설정하고 더불어 살기 위한 汎宇宙論的 사고가 널리 퍼져 있었다. 그러나 우리는 어느 순간 그렇게 체질화되었다시피 했던 동양사상, 철학을 외면해버리고 발전을 화두로 삼아 공업화 산업화에만 몰두하다가 서구에서 겪은 그 후유증을 고스란히 공유해야 하는 상황에 직면했다. 언제까지나 발전지상주의를 고수하며 환경 훼손을 남의 일 보듯 하며 경제 至上主義적 태도로 일관할 것인지, 과연 과오를 인정하고 인간과 자연의 공생을 도모할 방도를 찾을 수 있을 것인지, 선택의 기로에 우리는 서 있는 셈이다.

물론 고전문학과 환경보전의 문제를 직접 동일선상에 놓고 볼 여지는 그리 높지 않다. 무엇보다 문학이 우리 삶에 실질적 도움을 줄 여지가 그리 크지 않다는 점을 들 수 있다. 환경 및 자연에 대한 화두를 앞에 두고 그린벨트를 지정하고 입산을 금하고 무분별한 개발을 금하더라도 인간과 자연이 더불어 살아나가는 존재들이어야 한다는 철학이 확고히 서 있지 않고서는 환경파괴 및 훼손에 의한 개발의 속도가 늦춰지리라는 보장이 없다.

문제해결은 삶과 인간, 자연 우주에 대한 심각한 고민을 전제로 할 때만 가능할 터이다. 사정은 꼭 같지 않으나 당대적 문제로써 인문학적 접근을 시도한 예는 얼마든지 있고 고전문학도 그 안에 둥지를 틀고 있는 문화적 集積物 중의 하나이므로 그에 대한 기대는 유효하다. 고전문학은 시대상, 작가의식에 따라 주제적 접근 방향이 대단한 간극으로 벌어지기도 할 터이다. 적어도 인문학적 접근 태도에서 인간, 자연, 우주를 포함한 광범한 사유를 담고 있으며, 더군다나 相生을 그 주제의 핵심에 놓고 있다는 점에서 우리에게 시사해주는 바는 의외로 많다. 다시 말해 과거의 문학이라는 차원에서가 아니라 선인들의 세계관 가치관을 내재한 텍스트로 고전작품에 주목하는 것이야말로 매우 지혜로운 선택임을 어렵지 않게 알게된다는 것이다.

문학의 유형과 형식은 끊임없이 바뀔 수 있는 가변적 속성 위에 놓인다. 따라서 인간의 존재와 본질 찾기를 그 핵심으로 삼는 문학일진대 과거, 현재의 시간적 간극을 넘어 고전/현대문학의 주제 지향적 태도는 유사성이 없지 않다. 하지만 이것은 고전문학에 좀더 깊은 애정을 갖고 나서야 발견된다는데 문제가 있다.

일껏 고전문학의 의의와 그 학습의 필요성을 전제했다고 했으나 주변적 언설만 되풀이해 정작 핵심 잡기에는 도움되지 않았다는 불평을 들을 지도 모르겠다. 그러나 필자는 고전문학에 대한 의의나 그 학습적 대상으로서의 의미를 밝히기 위해서는 부득이 그 주변적 조건과 역사적 흐름에 주목해야만 한다는 점을 강조해 두는 바이다. 그렇지 않고서는 지금과 같은 경화된 사고에 의한 현대문학중심의 문학교육에서 오는 한계와 편협성을 극복할 기회를 영영 놓치고 말 것이라는 생각이 든다.

과거 어느 시기에도 현재와 같이 문학이 경계를 단호하게 二分法的으로 갈라서 본 적은 없다. 이것은 문학관에 대한 서구 일변도적 접근에서 기인했으며 이를 맹목적으로 추수해 문학교육 현장에 접목시키려한 태도로 말미암은 것이었다고 해도 과언이 아니다. 그것을 넘어 우리시대 진정 의미 있는 문학으로 나가기 위해서도 고전에 대한 이해와 그 학습적 비중의 강화가 고려되어야 할 것이다. 현대문학과 고전문학은 단지 문학이란 허울 아래 동상이몽의 존재들로 의미 없이 합해진 것으로 운용되어서는 곤란하다. 그 둘 간에는 사고와 주제, 그리고, 형식미학, 인간형상 등에 걸쳐 拮抗的으로 소통될 부분이 퍽 이나 많다는 인식이 따라야 한다. 그 가능성을 먼저 찾아 나서야 하는 쪽은 오히려 현대성에 깊이 빠져있는 우리들이다. 미래지향적 사고와 담론의 새로움을 캐는 것도 중요하지만 과거의 문학이지만 동시에 우리에게도 소통의 여지가 있음을 인정하고 적극적으로 새롭게 읽기를 시도하는 것이 얼마나 의미 있는 일인가를 이제 학교현장에서도 새롭게 눈뜨도록 이끌어 주어야 한다.

단순 고식적 안목을 앞세워 정신적 유산을 회피하고 방치하는 일을 새로운 문학창조의 전제인 것처럼 착각하는 일은 이제 止揚할 때가 되었다. 그것을 알지 못하는 것 자체만큼 가치추구의 삶에 해가 되는 것은 없다. 고전문학은 먼지가 가득 앉은 시효 지난 담론은커녕 우리시대 결핍된 부분을 보충하고 미래의 삶을 풍요롭게 해주는 대상이라는 인식이 새삼스럽게 요구되는 시점이다.

Ⅶ. 고전문학교육 활성화를 위한 제언

사실 고전문학에의 상대적 홀대가 심해짐에도 불구하고 왜 그것을 버리지 아직 껴안고 있어야 하는가, 잠재되어있을 법한 이런 극단적 물음이 아직까지는 공식적으로 표출되지 않고 있다. 사회변화나 교육적 외적 변화에 비추어 도리어 대단한 인내심이라고 여겨지기도 한다.

그러나 필자는 좀 더 희망적으로 이 대목을 풀이해 보고 싶어진다. 즉 아직은 고전문학에 대해 아직 어떤 기대치를 두고 있어서가 아닐까, 하는 그런 추측 말이다. 마냥 질주하는 현실사회에서 과거시기의 문화현상들이 그 존재론적 의미를 조금이나마 발휘할 수 있는 여지는 미래의 전망만큼이나 과거로의 회귀도 마찬가지로 중요하다는 점을 깨우칠 때 생긴다. 그럴 경우 고전문학만큼 적절한 대안은 없다는 인식에 도달할 것이다.

다가오는 미래를 더 풍요롭고 행복한 것으로 만들기 위해 무작정 달리는 것만으로는 문제가 해결된다면 다행이겠으나 그렇지 못할 것이 분명하므로 그에 제동을 걸어줄 대상이 필요해진다. 사람들은 이의 減速裝置로 고전을 꼽는데, 아직은 異議를 삼고 있지 않는 듯 하다. 하지만 몸에 좋은 약일수록 입에 쓰듯, 고전의 현대적 수용 및 조명은 기성세대에게조차 따분함과 지루함으로 여겨지고 있는 터여서 사태가 낙관적으로 전개될 지는 누구도 알 수 없다. 더구나 아직 현실적 체험과 반성의 기회를 갖지 못한 교육현장에서 실제 학습 대상으로써 학습의 동기부여를 불러일으켜야 한다는 과제를 두고 우리는 곤혹스러움을 느낄 때가 적지 않은 것이다.

고전문학의 학습동기와 관련하여 현재의 상황을 좀 더 찬찬히 관찰할 필요가 있다고 본다. 우리말 대신 영어에 더 매달리고, 가능하면 컴퓨터와 인터넷에 능란해지기를 바라는 학생들에게 직접적 효용가치와 먼 인문학, 더군다나 고전문학의 중요성을 아무리 강조한들, 그들의 관심을 뒤집기는 힘든 것이 현실이다. 하지만 절망부터 한다고 무엇이 달라지지는 않는다. 지금 우리의 삶이 재화 물질 우선 주의의 사고가 가득 차 있고 젊은 세대들 역시 애초부터 그랬던 것이 아니라 기성세대를 좇아보니 여러 부작용이 나타나기 시작했다 해도 과언이 아니다. 원인 제공은 기성세대에게 있는 셈이다.

우울한 풍경 안에서도 우리에게 그나마 희망스런 조짐으로 비쳐지는 대목이 아주 없지는 않다. 가령 근래 교육방송에서 교양강좌로 「老子와 21세기」라는 프로를 마련한 적이 있다. 평소 교육방송이란 말 그대로 초중고 학생에서 방송대 학생 및 기성세대를 대상으로 다양한 교육 프로그램을 제공한 전문채널로 알려졌다. 굳이 시청자의 범위를 따지자면 일부 수험생들로 한정되고 시청률도 일반방송과 비교할 수 없을 정도임은 널리 알려진 터이다. 그런데 이같은 평소의 모습이 한순간 뒤바뀌는 사건이 일어난다. 즉 어느 동양철학자가 강사로 나서자마자 방청객은 물론 시청자들이 폭발적으로 늘어난 것이었다. 강좌의 제목은 「老子와 21세기」로 기원전의 인물로 무위자연을 부르짖은 老子의 철학을 테마로 삼은 것이었는데, 애초 제작진은 일반 교양강의에 보였던 반응정도를 예상했던 모양이다. 하지만 어지간한 인내가 아니면 접근키 어려운 중국철학자 노자에 대해, 그것도 한문 판서와 동서양의 철학적 범위를 넘나들며 진행하는 강의가 예상과 달리 젊은 층을 포함해 시청자의 관심을 증폭시키며 가파르게 시청률을 높여 놓았다. 계획, 제작한 방송 제작진은 물론 이를 지켜보고 많은 사람들은 이같은 反響에 의 아해 하지 않을 수 없게 되었다.

새 천년을 넘자마자 아득히 거슬러 올라가 이천 오백년 전의 한 철학자에 주목하는 까닭을 어떻게 설명해야 할까. 기원전에 출현해 傳記조차 진위를 의심받고 있는 老子가 밀레니엄 시대의 벽두에 과연 어울리기나 하는 것일까. 방송강의에 대한 호기심이나 반향을 오히려 針小棒大하여 흥미적 화제 거리로 삼은 데서 더 증폭된 사실은 혹시 아닌가. 우리는 저간의 광경을 지켜보며 갖가지 의문을 품지 않을 수 없었다.

어쨌든, 왜 전례없이 한 철학강의에 그토록 대중적 반향을 보였던가. 그것을 살펴보는 일과 본 논의가 무관하지 않다는 생각을 필자는 하게된다. 관련자들은 우선 이 프로를 담당한 강사의 개인적 자질, 곧 일반의 철학자에서 느낄 수 없는 독특한 강의 스타일로부터 대중적 흡인력이 생겨났다고 진단했다. 일리 있는 말이다. 하지만 그것만이 절대적 동인이라는 데는 동의하기 어렵다. 무엇보다 오늘 대중들은 교과서 위주의 학교교육에서 떠나온 이래 철학적 관심과 호기심을 가져 볼 기회를 거의 누려보지 못했다는 점을 직시할 필요가 있을 것 같다.

물론 학교교육의 몫을 쉽게 상쇄할 수 있는 교재와 갖가지 목적의 私教育 기관이 있으나 동양철학의 본질을 유도해주는 적절한 안내자를 아무 데서나 만날 수 있는 것은 아니다. 설사 그동안 동양철학서에 주석을 가하고 번역한 것이 있기는 했으나 단순한 문장풀이의 수준에 머무는 바람에 대중들이 자발적으로 그에 접근하기를 기대하기 힘들었다. 이에 비해, 자유분방한 언행과 동서양을 횡행하는 담론을 무기로 등장한 강사의 인도로 대중은 신비롭게 가라앉아 있던 중국고전의 세계를 오늘의 현실과 대응시켜 한껏 맛보는 즐거움을 누릴 수 있었다.

또한 좀 엉뚱한 방향에서의 추측이지만, 눈부시게 발전하는 현 상황과 정반대 되는 시기로의 사상적 회귀를 통해 어떤 낯설음을 누리고 싶었던 것은 아닐까, 물론 그것은 단순한 의미의 낯설음에 대한 흥미의 차원과는 구별지어야 할 것인데 우리 시대 봉착한 제 문제에 대한 처방을 찾는 심정에서 나온 철학적 巡禮였다고 보면 어떨까. 여하튼 老子에 대한 열광의 症候群은 무신경적으로 바라보고 애써 경제적 척도로 모든 것을 재는 데 익숙해진 세태 속에서도 여전히 자기 반성적 길을 추구하는 건강한 사고와 삶이 있음을 우회적으로나마 확인할 수 있는 자리가 아니었나 싶다.

사실 방송강의에 몰린 그런 열의가 엄연히 교과과정으로 설정해 교육하고 있는 학습현장에서 나타난다면 얼마나 좋을까 아쉬움이 남는다. 그리고 왜 제도권의 학교에서는 그런 학생들의 반응을 볼 수 없을까, 동시에 안타깝게 여기기도 했다. 그러나 고전과 전통적 담론에 관심을 보일 잠재된 싹으로 학생을 돌보는 심정이 되어 시각을 바꾸어 이제는 고전문학의 학습방법을 고민해야 될 때라는 것을 절감하게 된다.

제도권 교육에서는 學校級 學年別 교과의 체계화가 정연히 갖추어져 있고 그 안에는 물론 고전문학을 비롯해 동양정신과 전통문화를 일깨워 주기 위한 영역들이 時數別로 정해져 있다. 그럼에도 불구하고 학습현실은 일회적 독서이상으로 크게 의미를 두지 않고 走馬看山格으로 지나쳤다고 해도 틀린 말이 아니다. 바로 그 폐해가 뒤늦게나마 방송시청의 열기로 나타난 것은 아닐까. 학생들에게 있어 동양고전이란 상면할 때부터 지난 시대의 고답한 담론이상의 것일 수 없고 교사들은 사상이나 문학성에 따른 지식과 정보의 주입에만 골몰했을 뿐 그것이 왜 필요하며 그것이 갖는 현재적 의미는 무엇인가 등에 대해 함께 진지하게 대화해 본 적이 있던가. 그렇지 않다고 반론을 제기할 경우는 드물 것이다. 그렇게 해서 생겨난 정신적 공허함이 노자강의에 많은 이의 눈과 귀가 쏠린 것이라는 추측은 별로 억지스럽지 않다. 제도권 밖 인문학, 고전문학 등의 강의에는 대중적 관심 속에 그 가치를 거듭 확인받고 있는데 왜 학교현장에서는 홀대를 받고 있는 것일까. 우리는 이같은 현상을 심각하게 받아들이면서 고전문학교육과 관련한 문제에 접근해야 된다고 본다.

삶을 지탱한 정신적 지주를 갈구하게 된 사회현실 때문에 국어교과과정에서도 사회, 문화적 맥락중심으로의 내용과 체계가 강화되는 것이 소망스럽다는 것이 필자의 소신이다. 더구나 교과과정에 전통문화나 정신유산의 가치를 적절히 안배시키고 있음에도 학습상 일회적 대상을 넘어서지 못하는 대상이 되어버린 작금의 학습현실을 반성하는 한편 고전문학의 부활을 위해 교과서과정의 치밀한 체계화와 함께 결국 학습에 대한 교사들의 철저하고도 적극적인 수업전략이 요구된다 하겠다.

근대교육의 시작과 함께 소수 특권층만 누리던 전근대기의 교육적 한계의 시정기회를 갖게되었는데 가장 충격적 변화는 신분의 고위여하를 떠나 누구라도 교육의 혜택을 누릴 수 있게되었다는 점이다. 물론 교과과정의 변모도 주목되었다. 사람들은 고답한 訓詁의 漢文일색 교과에서 벗어나 삶에 바탕을 둔 실용학문 위주의 다양한 교과를 배울 수 있다는데 환호성을 올렸다. 그리고 사람이란 교육의 여하에 따라 얼마든지 지위, 명예, 부를 갖출 수 있다는 사실을 점차 인정하기 시작했다.

그러나 근대교육이후 백여 년의 역사를 맞는 동안 仁義禮智 혹은 智德體 등 전통의 교육덕목 대신 실용주의적 관점으로 교육을 바라보게 시각이 두드러지게 나타났고 이제는 우려할 수준에까지 이르렀다. 단적인 예로 학교는 교육보다 학습량이나 성취도가 높은 사교육에 더 의미를 부여하고 어떤 희생이 따르더라도 일류대학에 들어가 장래 남보다 우월한 삶을 누려야 한다고 초중고 때부터 끊임없이 이 화두를 주입시킨다. 오로지 進學만이 유일한 목표가 되어버린 채 공교육은 그 권위와 신뢰가 추락했고 교사, 학생, 학부모 등 교육의 구성원들은 사태의 심각성을 깨닫지 못하고 수수방관으로 일관하는 사태에 와 있다.

교실 밖의 상황이라고 더 나을 것은 없겠는데 가령 정보통신의 급속한 발달로 말미암아 세대간 단절감이 커지고, 빈부의 격차가 전에 없이 커지고, 拜金主義的 사고와 인명 경시 풍조가 만연하고 있다. 그뿐이 아니라 소수의 부자가 다수가 누릴 부를 독점해 貧者가 다량 발생하는 산업구조라든가 생산과 효율의 극대화라는 미명아래 진행된 발전만을 치켜세울 뿐 환경, 자연의 훼손을 무심하게 받아들이고 있다. 결과적으로 지난 시절 장밋빛으로 설계했던 그 「미래」가 갖가지 문제만 산적한 「오늘」로 변해버리고 말았다. 국가적 울타리를 벗어나도 문제가 있기는 마찬가지이다. 국가간 화해나 인류평등이란 염원은 그 어느 때도 달성된 적이 없으며 列强간의 패권 다툼 사이에서 약소국은 전쟁과 재화를 피할 수 없게 되고 일부국가에는 남녀간의 성차별이 조금도 개선되지 않은 채이다. 과연 새 밀레니엄의 도래가 인류에게 무슨 의미가 있는지 반문케 하는 대목이다.

하지만 분명한 것은 과거시기 이런 사회적 문제를 의식한 이래 세대에서 세대를 넘어 숱한 작가들이 그런 현실의 형상화 및 폭로를 통해 인간의 길을 끊임없이 모색해 왔다는 것이다. 우리가 그런 문학의 자취를 무신경하게 대해왔다면 아마도 그것은 과학문명의 그 눈부신 발전에 현혹되는 바람에 문학적 제안과 가르침의 전통을 직시하지 못했던 데서 기인한 것이 아니었나 생각된다. 서구의 문학적 전통에 따른 인간중심의 사고, 그로부터 출발한 현재적 상황을 개선하고 탈피하기 위해서 동양적 사유와 문화적 축적물에 다시 주목하는 것은 그러므로 아주 훌륭한 解法으로 여겨진다.

거창한 名分論에 불과한 일일지 모르나, 이는 그대로 고전문학교육에 대한 당당한 명분으로 삼아도 무난하다고 본다. 그리하여 중고생들도 철학적 사유를 동반한 전래의 고전문학에 눈을 뜨게 해야 한다. 이는 한낱 비현실적 이상으로서의 제안이 아니다. 기성세대가 교과과정에서 채 누리지 못한 동양세계의 그 오묘함과 宇宙的, 合一的 세계관에 매료되어 방송강의에 몰렸던 사례는 고전의 담론에 대한 가치 조명이 고전문학교육을 통해서도 똑같이 가능할 것이라는 희망의 조짐으로 읽게 해준다.

고전문학교육이 인간의 본질추구 방식으로서 문학본연의 의무를 당당하게 수행하고 있는 대상으로 확인된 이상 당연히 교육의 대상으로 재인식되고 지금과 같은 문학의 하위단위에 머물지 않고 보다 비중이 높아져야 마땅한 일이겠다. 무엇보다 고전문학은 과거 어느 시기의 것이든 당대적 문화 역사 사회상을 고스란히 보여줄뿐더러 개인의 체험과 상상을 동반한 개인적 담론이면서 동시에 사회, 역사의 형상물로서 人文的 談論으로서 그 중핵을 차지하도록 배려해야 한다. 단지 현대문학에 익숙해진 현재적 시각을 앞세워 이를 방치하거나 고작 구색 갖추기 식으로 가치를 貶下하는 행위는 교육현장에서 사라져야 마땅하다.

고전문학의 의의를 몰라서 고전문학교육이 지금처럼 파행적으로 운영된 것은 아니라는 것이 필자의 추론이다. 무엇보다 시대가 바뀌면서 한문 자체가 고전의 문학의 소통을 방해한 것일 뿐, 고전문학 자체의 정체성이 망각되었다고 볼 수는 없다. 아닌게 아니라, 고전은 교육적 대상이 되기에는 너무 껄끄러운 전제를 많이 가지고 있다. 거듭 말하지만 古語, 漢文에다 배경지식이나 당대적 역사에 이르기까지 현대문학이라며 굳이 요구되지 않는 갖가지 배경지식이 불가피하게 요구된다는 점이 고전으로부터 관심을 멀게 한 직접적 요인이다.

물론 교과서에는 이런 현실적 문제를 피해가기 위해 문학사중 대표적인 작품과 작가로 범위를 한정해 놓는 한편 현대어와 한글 맞춤법으로 可讀性

을 높이기 위한 배려를 아끼지 않고 있음을 주목해야 한다. 그러나 광범하기 이를 데 없는 고전문학의 총량을 생각할 때, 우리는 여전히 과거 교과과정이나 교재에 의존하던 학습적 관성을 구태의연하게 유지해오고 있는 것은 아닌지 그 점을 직시해야 한다. 고전을 다루는데 있어 傍助的 태도만큼 무서운 것은 달리 없다. 교사나 학생 모두가 현재시기를 넘어 소위 문화, 현실, 세계관이 상이한 시대의 작품을 읽어야 한다는 주문은 확실히 현대문학 작품에서 누릴 수 있는 문학 소비적 조건에 비추어 억압적 요소가 있는 것이 사실이다. 따라서 좀더 학습전략이 효율성있게 재정비될 수 있도록 교육 현장에서의 관찰과 배려가 따라주어야 할 것이다.

고전문학은 역사와 여러 면에서 겹친다. 둘 다 현재적이기보다 과거 시기의 문화적 영역을 다루는 데다 의식적 학습이 전제되어야 이해와 해독의 정도가 높아진다는 점, 현재적 관점을 멀리할수록 그것이 내재한 의미가 한층 뚜렷하게 다가온다는 점 등을 공통점으로 간직하고 있다. 그에 비해 상이점을 찾는다면 역사가 사실에 대한 엄밀한 구명 및 발굴을 지향한다면 고전문학은 사실 再構에 초점을 두기보다 이른바 작품 안에 내재된 작가의 세계관, 사유적 깊이, 배경지식으로서의 당대 문화 등 인간을 에워싼 세계의 총체성을 드러내는데 초점을 두고 있다는 것이다.

그러나 학습자 중심의 학습을 전제하고 있는 6차 교과과정이래 작금의 학습적 풍토로 보아 고전문학교육의 활성화를 기대한다는 것부터가 사실 퍽 버거운 일이다. 취지는 이상적이나 학습적 실현은 그에 맞추어 나갈 것 같지가 않은 것이다. 지적했듯, 고전문학 텍스트들이 대부분 한문이나 고어로 씌어진 점을 극복해야만 한다. 한문은 민족정신과 전통문화의 전승을 가능케 해주었지만 오늘 사람들에게는 생경한 외국어와 별반 다르지 않다. 그러나 그것 때문에 고전문학을 기피되어야 한다는 것은 그야말로 핑계에 불과할 뿐이다. 왜냐하면 교과과정에서 요구하는 것은 한문학의 전문적 학습이 아니고 번역을 통해서도 얼마든지 고전작품에 접근할 수 있기 때문이다. 이제 고전문학에 대한 회피와 외면이 우리의 정신 문화적 유산을 방치하고 멸실케 하는 가장 핵심적 요인으로 작용한다는 사실을 깊이 되새길 필요가 있다. 어떻게든 그 한계를 극복할 방법을 찾아 고전문학의 실체가 무엇인지를 알게 해야 하는 것이 기성세대의 의무이다.

현재 고전문학에 소개된 것들에서 原型을 유지하고 있는 작품은 물론 없다.7) 현실을 감안함이 없이 아무리 이상적 체제의 교과과정을 만들어 놓더라도 학습자들이 이를 냉담하게 대한다면 바라는 바, 작품감상의 최종적 목표에 이르기는 난망한 일이다. 따라서 고전의 원전을 훼손이 불가피하게 따르더라도 고전문학의 수용과 소통을 위한 방법모색이 절실히 요구된다.

그렇지만 漢文字나 古語 해독의 장애를 넘는다고 해서 고전문학작품의 감상이 곧바로 달성된다고 낙관하기 어렵고 그밖에도 여러 가지 귀찮은 경로가 따를 것도 감안해야만 한다. 이른바 작가 작품과 교사 학습자 사이에 時空的 차이를 상쇄시켜줄 배경의 지식에 대한 철저한 준비가 뒤따라야 한다는 것이다.

VIII. 맺음말

화제가 문학교육의 테두리에서 너무 외곽으로 번진 감이 없지 않으나 실상 오늘날 문학교육이나 고전교육이 제자리를 제대로 찾지 못하고 방황하는 큰 이유는 시대에 則한 방향성을 상실하면서 나타난 것이므로 멀게 보이더

---

7) 고등학교 『국어』 상 일러두기에서는 "문학작품은 되도록 원전 또는 발표당시의 모습을 존중하되 표기는 현재 한글맞춤법에 맞도록 고쳤다. 그전 작품 중 일부는 현대어로 옮긴 것을 실었다."는 단서를 달아 놓고 있다.

라도 근본적 문제를 짚어보는 것에서 해법을 생각해야 한다고 본다. 요약컨대 문학교육은 인류의 정신을 이끌어온 정신사적 맥락과 유리시켜 생각하기 힘든 영역이다. 사실 문학은 모든 것을 총체화한 인류 지혜의 요소를 함축하고 있음에도 이를 점점 외면하는 경향이 강해진 바, 스스로 사유의 체험을 갖지 못하거나 아직 분별력 없는 어린 세대에게는 추상적이거나 억압적 구조물이 아닌 형식을 통해 세계와 자신에 대한 철학적 입문을 수월하게 만들어 주는 것이야말로 가장 유용한 길이라는 것이다. 이는 기성세대에게도 마찬가지로 해당된다. 문학은 그 자체로 특별한 영역을 내세우지 않고 그야말로 삶이 총체적 기반 위에서 이루어지는 것처럼 인간학으로서 세계관의 확립, 미래에 대한 방향제시를 가능케 하는 출구로서의 역할을 기대 이상 수행할 수 있는 것이다. 앞으로만 달리는 것을 화두로 삼고 있는 현대인들에게 과거의 역사와 사상 문화를 반추하게 할 통로로서 고전문학만큼 적절한 대상은 찾기 어렵다는 점을 다시금 강조한다.

◗ 참고문헌

한국학문헌연구소편, 한국 開化期 敎科書叢書, 국어편1-8(영인본), 아세아문화사, 1977.
박붕배, 韓國國語敎育全史(상), 대한교과서주식회사, 1978.
교수요목기-제5차 교육과정기의 교육과정, 교육과정해설, 교과서, 교사용 지도서.
교육대학 국어교재편찬위원회, 국어과교수법, 서울, 학문사, 1985.
문교부, 文敎槪觀, 1958.
서울대학교, 동아문화연구소 편, 국어국문학사전, 신구문화사, 1981.
교육부, 초등학교 교육과정, 1995.
──, 중학교 교육과정, 1995.
──, 고등학교 교육과정, 1995.

──────, 초등학교 교육과정해설(4)-국어 도덕 사회-, 1999.

──────, 중학교 교육과정해설(2)-국어 도덕 사회-, 1999.

이응백, 국어교육사 연구, 신구문화사, 1889.

이응백, 국어교육, 서울, 한국방송통신대학, 1990.

제임스 그리블, 나병철 역, 문학교육론, 문예출판사, 1987.

노드롭 프라이, 이상우 역, 문학의 구조와 상상력, 집문당, 1987.

강경호, 국어교육과의 변천에 관한 연구, 건국대학교 대학원 박사학위논문, 1988.

교육평론부 편집부, 교육과정은 이렇게 개편되었다. 교육평론 3월호, 1972,

김병국, 중·교등학교 국어교육과정구성의 문제점과 개선 방향, 관악어문연구 제5
    집, 서울대학교 인문대학 국어국문학과, 1980.

김병완, 국어교육과교육과정 변천에 관한 연구, 성균관대학교 교육대학원 석사학위
    논문, 1985.

김병학, 開化期의 국어과 교육에 관한 연구 ─ 초등국어교재의 분석을 중심으로 ─
    조선대학교 대학원 석사과정논문, 1980.

김완진, 世宗代의 語文정책에 대한 연구, 성곡논총 3집, 1972.

김영환, 국어교육에 있어서의 價値觀에 대한 연구, 동국대학교 교육대학원 석사학
    위논문, 1980,

김은전, 국어교육과 문학교육, 사대논총 제19집, 서울대학교 사범대학, 1979.

남광우, 國語國字論, 1982, 일조각.

유증선, 설화(이야기)문학과 국어교육, 안동교육대학 논문집, 인문과학 제1집,
    1968.

박인기, 문학교육의 목표설정에 관한 연구, 논문집 2, 서울사대 국어국문학연구회,
    1985.

신헌재, 초등국어과 이야기 교재의 현황과 문제점분석, 국제어문 제8집, 국제어문
    학 연구회, 1987.

심재기, 한자어의 전래와 그 기원적 系譜, 김형규박사 송수기념논총, 1971.

유근수, 한자교육의 보편화, 어문연구 25, 26합집, 1980.

이기문, 開化期의 국문연구, 일조각, 1970.

이대규, 교과로서의 문학의 구조, 서울대학교 대학원 박사학위논문, 1988.

──────, 문학교육과정 구성의 전제조건, 교육한글 제1호, 한글학회, 1988.

이병호, 국어과 教育變遷史 연구, 성균관대학교 대학원 박사학위논문, 1986.

이상태, 국어교육의 바람직한 계획을 위하여, 모국어교육 제2호, 모국어교육학회, 1984.
이상헌, 한국 초등 국어과교과서의 변천에 관한 연구, 성균관대학교 교육대학원 석사학위논문, 1985.
이응백, 漢字倂用期의 중고교과서에 나타난 한자실태, 어문연구 18, 19 합병호, 1978.
이종국, 개화기 교과서에 나타난 한국인 像, 광장, 1986년 5월호.
이주행, 국어교과서의 문제점과 개선방안, 선청어문, 제16, 17합집, 서울대학교 사범대학 국어교육과, 1988.
이보경, 國文과 漢文의 과도시대, 태극학보, 1908.
정인관, 국민학교 국어교과서에 수록된 설화 수용제재의 연구, 한국교원대학교 석사학위논문, 1987.
조문제, 개화기 국어교과교육의 연구, 한양대학교 대학원 석사학위논문, 1984.
최순열, 문학교육론연구, ―그이론의 정립을 중심으로―동국대학교 대학원, 박사학위논문, 1987.
최홍순, 한자구조의 분석적 학습을 통한 한자이해력 신장에 관한 연구, 어문연구 29, 1981.
한상각, 국어과교육에 있어서 문학교육의 방법론적 연구, 공주교육대학 논문집 제13집 2호, 공주교육대학, 1977.

국어교과서를 통해 본 고전문학 교육의 문제점

I. 들어가는 말

국어교과 학습에서 지나치게 신비평적 이해를 바탕에 둔 학습평가나 주입과 지식을 문학감상의 또 다른 이름으로 태연히 답습하던 풍토에서 선회한다는 의미에서 제6차 교과과정개정은 늦었으나마 바람직한 방향으로의 진전이라는데 많은 이가 공감하고 있는 듯 하다. 학습의 주도권을 학생들에게 돌려줌으로써 이른바 지식 습득위주의 학습에서 실제 생활에 필요한 언어문학 문화를 적극적으로 수용할 수 있도록 배려한 것이 개선의 핵심적 사항으로 보이기 때문이다. 하지만 대의의 당위성에도 불구하고 아직도 학습현장에서의 한계나 장애물이 해결되었다고 자부하기에는 아직 미흡한 것 투성이이다. 가령 자율적인 학습1)은 소규모의 학습집단을 대상으로 한 경우라

---

1) 고등학교 국어과교과서의 일러두기에서는 자율학습을 다음과 같이 정의해놓고 있다.

"자율학습이란 학생 스스로 공부해야 할 목표를 찾고 그 목표에 도달하기 위한 과정을 스스로 해결해 나가며 자신이 공부한 결과를 주체적으로 판단해 보는 학습

면 몰라도 현재와 같이 많은 학생을 한 교사가 담당하는 과밀한 집단에서 그같은 학습의 실효성은 기대하기 벅찬 것을 숨길 수 없다. 우리와 경제수준이 비슷한 여타 아시아권 국가들보다 교사대 학생의 비율이 높은 것으로 조사되었거니와 이런 현실과 주입식 교육은 일정한 상관성을 지닌 것으로 파악된다. 교육환경의 변화가 선행되지 않은 상황에서는 아무리 학생 자율적 학습모델을 궁리하고 교과서를 개량하더라도 이제까지의 문제점을 극복하리란 보장을 하기가 쉽지 않다.

그 중에서도 고전문학수업은 아직 모델을 갖추고 있지 못하고 즉흥성이 강할뿐더러 임시 방편적으로 입안된 것이란 인상을 떨치기 어렵다. 필자가 보기에 교과과정에서 문학교육은 교사들의 지도와 세심한 배려가 필요한 뿐더러 자율적 학습도 긴요하지만 앞서 유능한 교사의 인도가 절대적으로 필요하다고 본다. 이를 포함하여 현행 고등학교 국어교과서 상, 하를 중심으로, 필자가 생각하는 현행 고교 국어교과에서의 문제점 및 한계는 대체로 아래와 같이 나열할 수 있겠다.

1. 東洋문학 혹은 전통적 문학개념을 따로이 정립하지 않고 서구적 문학이론에 매몰시켜 놓고 있어 고전문학에 대한 본질적 이해를 넓히기 어렵다.

2. 漢文문학의 경우 감상이 대상으로 선별된 작품들은 원전과 크게 다르다. 전문학자에 의해 이차, 삼차에 걸쳐 번역과 윤문을 거치는 동안 원전의 모습에서 크게 달라진 것들이고 그마저도 부분발췌에 그치기 일쑤이다.

3. 고전문학의 全體相을 바르게 갖추기 위해서는 국문학사적 조망이 필요하다. 거기다 작품출현 당대의 역사 세계관 사회인식 등 문학 외적인 배경지식에 대한 강화가 요청된다.

방법을 말한다."

4. 문학교과서는 檢認定으로 가는 것이 마땅하며 어떤 경우든 고전 작품의 풍
   부한 예시가 소망스럽다 하겠다. 자율학습이란 명제를 내걸고도 권위적 소
   산에 다름아닌 검인정에 연연하는 것은 자기모순적 태도가 아닐 수 없다.

이로써 필자는 현행 고교국어교과서를 중심으로 학습현장에서 나타나는 문제점과 우려를 차례대로 검토하고 나름의 개선책을 몇 가지 점에서 궁리해보려는 것이다.

Ⅱ. 현행 국어의 고전문학교육에 나타난 문제적 유형적 사례

고교생들에게 '문학'이 무엇이냐고 물을 경우, 조리있는 답을 대번에 내놓는 학생을 만나기란 쉽지 않다. 국문학 전공의 대학생들에게 돌려 묻더라도 그 결과는 크게 다르지 않을 것이라고 본다. 그렇다고 그들이 문학에 대한 지식이 전무해서 그런 현상이 나타나는 것은 아닐 것이다. 앎은 있으되 쉽게 이를 함의할 정도로 개념화시킬 수 없어 쩔쩔 맨 것인데, 돌려말하건대, 이는 문학의 뜻이 넓고도 크다는 것을 말해주는 것이기도 하다. 학생들은 추상적 용어로 정연히 답을 내놓지는 못해도 문학이란 말을 대신할 구체적 형상과 양식만은 어렵잖게 떠올릴 줄 안다는 데서 이점은 극명하게 드러난다. 학생들은 어렸을 적 읽은 동화나 동시, 주변에서 흔히 접하는 소설, 그리고 갖가지 사변을 담고 있는 수필집 따위를 문학이란 추상적 관념에 앞서서 떠올릴 것이다. 영상문화에 깊이 심취된 세대이고 따라서 소설책 따위를 즐기는 층이 엷어진 탓이기도 하겠지만 초등학교 중학교를 거치는 동안 청소년들이 관념하고 있는 문학은 여전히 韻文과 散文이라는 큰 갈래아래 포섭된다는 것도 알고 있다.

그런데 그처럼 일반적 지식과 보편적 정보라고 생각되는 문학이 우리의 고전문학에 적용할 때는 전혀 이야기가 달라진다는 데서 또다른 논의의 실마리가 잡힌다. 단적으로 고전문학에 관해서는 개념화는 물론이요, 구체적 형상으로서의 양식조차도 떠올릴 수 없다는 것이다. 우리시대 누구나가 간직하고 있는 문학개념이 아득한 시기에 수입해 백여년전까지 수용 창작되었는데도 불구하고 고전문학에 대해 아는 것이 없다는 것에 우리 스스로가 놀랄 지경이다. 하지만 과거시기 동양에서 관념하고 우리 조상들이 좇던 문학이 다음과 같은 의미망에 들어있다는 것을 알면 충격은 더 커질 것이다.

1. 文 錯畵也 象交文(문이란 획이 엇쉭인 것이니 무늬가 교차된 모양이다.)2)
2. 文者 會集衆綵 以成錦繡 會集衆字 以成辭義 如文繡然也(문이란 여러 가지 책색을 모아가지고 비난의 단의 수를 이른 것이며 여러 글자들을 모아가지고 말뜻을 이른 룬 것도 수놓은 무늬나 같은 것이다.)3)
3. 文禮法也 文典法也(문은 예법이고 문은 전법이다.)4)
4. 文 卽五經六籍也(문은 곧 오경과 육적이다.)5)

고대중국에서 관념한 文은 위와 같이 우리가 아는 '문학'보다 훨씬 넓은 영역을 포괄하고 있었던 것이다. 禮儀나 制度, 넓게는 文化에 이르기까지 포괄하는 말로 쓰였고 인문학의 다른 말로 사용이 가능했고 文獻의 또다른 용어로 수용해도 무방하고 심지어 세상을 다스리는데 필요한 體制와 그것의 運營 方法을 가리킬 수 있었다.6) 그러나 우리 시대와 비겨 용어의 격절이 크게 나타나더라도 무시하고 넘어갈 수도 있으나 문학의 연원을 알지 않으

---

2) 許愼, 『說文解字』.
3) 劉熙, 『釋名』.
4) 『國語』, 『周語』 下, 韋昭 注.
5) 皇侃疏.
6) 김학주, 『중국고대문학사』, 민음사, p.31.

면 안되는 문학교육의 경우, 동양문학의 본질에 대한 이해는 불가피한 것이 되고 만다. 더구나 고등학교 국어교과서에 적지 않은 고전작품이 수록된 것은 바로 동양의 문학론이나 개념의 이해를 거치도록 한 의무화한 것이라고 보아 무방할 듯하다. 서구적 문학관에 이미 익숙해질 대로 익숙해져 있는 학생들에게 낯설고 생경한 '옛 시기의 문학'을 어떻게 깨우쳐 줄 것이냐하는 것은 결코 만만한 문제가 아닌 것이다.

사실 현대문학적 안목으로 보면 왜 우리시대에 고전문학에 대해 그처럼 시간과 정력을 제공할 까닭이 있겠는가하는 비판에 봉착할 수도 있겠으나 그것은 대꾸할 가치조차 없는 愚問임은 말할 것도 없다. 거듭 상기하지만 현대문학이론과 개념에 따라 그 본질과 자취가 매몰된 상황에서 고전문학의 필요성을 다지고 그에 대한 학습상의 문제를 적시해보자는 것이 필자가 본론에서 거론하고자 하는 골자라 할 수 있다.

적어도 동양에서 관념한 '문학'과 서양에서 바라본 '문학' 사이에는 매우 이질적 거리감이 드러난다. 동양에서는 위에서 본 것과 같이 개념의 진폭이 대단하고 다양한 설명을 동반하고 있고 문학이란 결국 문자로 씌어진 글을 넘어서는 큰 의미역으로 나타난다. 그러나 고래의 문학관념은 내려올수록 한층 정밀해지고 어느 때부턴가는 역사나 철학과 다른 담론을 가리키게 되었다.7) 하지만 동양의 경우, 문학의 자율성을 철저하게 구획하는 서양과 달리 매우 느슨한 양식적 테두리에 머물고 말아 우리시대의 문학과 그 거리감이 상상이상으로 커져버렸다. 文思哲이나 經史子集으로의 양식적 가름이 이루어지긴 했어도 문학이 철학이나 역사와 결별하고 그만의 영역을 힘주어

---

7) 중국에서는 5세기 소명태자가 편찬했다고 하는 文選에 이르러 순수한 의미의 문학, 다시말해 심미적 담론이란 무엇을 가리키는 지가 어느정도 가름되기에 이른다. 이른바 經史子集으로의 여러 갈래중 문학에 해당하는 것 위주로 선별되고 대표할 만한 작품을 선정함으로써 문선은 이후 문학적인 글과 그렇지 않은 글의 경계를 드러내는 데 지남의 구실을 해주기도 한다.

구분짓지는 아니했다는 말이다. 도리어 사상과 역사를 두루 감싸려는 의지가 후대까지 강하게 이어져 내려왔다고 보겠다. 양식적 가름에 있어서 별스럽게 많은 영역을 만들어 놓고는 있으되 그것이 인식과 표현의 방식에 따라 만들어진 서양의 장르개념 경우와 달리 유사한 친족안에서의 허술한 경계에 그쳐 그 구분이 애매모호한 것도 동양문학에서의 특징으로 나타난다. 그렇다고 동양문학과 서양문학간의 유사성이 없는가, 그렇지는 않다. 시간을 거슬러 올라가자면 유사성이 없지도 않다.

문학사가들에 따르자면 초기에는 서양에서도 동양과 마찬가지로 문학이란 문자 그대로 literatura, rhe - 글로 쓰여진 것, 즉 문헌, 특히 어떤 학문분야와 관련된 '문헌'이었을 뿐이었다. 그러다가 19세기에나 이르러서야 비로소 현재의 개념으로서 문학에 이르게 되었던 것인데 그전에는 poesia, 즉 시라는 말을 현대의 문학에 해당하는 것으로 썼다.[8] 그러나 시, 또는 서정시, 서사시 또는 설화, 그리고 드라마 등의 3분법은 플라톤과 아리스토텔레스 이래로 문학의 총영역을 세 개의 포괄적인 종류로 분류하는 경향이 지속되어 왔고 지금처럼 시, 소설, 희곡의 대표적 3분법으로 자리잡는 근거가 되었다.[9] 이런 구분은 유치원에서부터 시작하여 고등학교에 이르기까지 현실에서처럼 문학의 유무를 가르는 굳건한 경계로 여겨질 정도로 변했다. 이렇게 일찍부터 체득된 문학개념을 그대로 둔 채 작품만 바꾸어 고전문학작품을 감상하고 헤아리려고 든다면 큰 착각이 될 수 있다. 인식의 기반을 달리하는 문학이라는 두 의미역이 있다면 시대적 정황과 정신에 맞추어 수용되는 것은 지극히 당연한 추세라 할 것이다. 그러므로 고전문학작품을 대상으로 학습을 떠나 감상이나 이해에 있어 당대적 문학의 윤곽이나마 헤아려 보기 위해서 그런 문학관과 장르적 규준을 배태한 당대적 조건에 대한

---

8) 이상섭, 『문학비평용어사전』, 민음사, 1976. p.76.
9) 이명섭, 『세계문학비평용어사전』, 을유문화사, 1985. p.422 참조.

앎이 선행되지 않을 수 없는 것이다.10)

　과거와 현재 사이에 나타나는 문학관의 차이를 상징적으로 대변해주는 것 중의 하나가 갈래이고 특히 동양문학의 경우 그 갈래의 다양함은 서구의 그것을 훨씬 넘어설 정도이다. 예로 『文心雕龍』에서 나누어 놓고 있는 양식적 틀을 헤아려 보면 頌, 賦, 贊, 祭禮文, 誓約文, 追慕文 碑文, 哀悼辭, 銘, 箴, 誄, 碑, 史傳, 論說, 疏策, 章, 表, 書, 記⋯⋯ 등으로 그 세분화의 정도에 놀라지 않을 수가 없다. 문심조룡이야말로 역대 중국 비평서 가운데 가장 대표적인 것으로 일찍부터 우리에게 끼친 영향이 대단했고 뒤이어 나온 『文選』 역시 삼국시대 이래 우리 문학의 개념을 테두리 짓는데 결정적인 구실을 하다시피 했다. 한문학을 일별해보면 3세기 초엽까지는 문학을 효용적인 측면이 가장 비중있게 다루어진 것을 알 수 있다. 그러다가 建安 年間에 들어와서 曹操의 부자와 建安 7子가 등장하여 침체한 문단에 활력소를 불어넣음으로써 창작이 활발해졌다. 특히 曹조의 典論論文의 출현은 문학을 새로운 국면으로 돌려놓게 했다. 다시 말하면 문학의 효용성보다 문학의 개성주의를 표방했던 것이다.11) 曹조이래 양식갈래에 관심이 높아져 奏 議 書 論이라는 4개로 분류되었고 陸機에 이르면 詩 賦 碑 誄 銘 箴 頌 論 奏 說의 열 개로 분류되었는데 이는 앞서 말한 『文心雕龍』에서 양식분류의 기초가 되었다. 서구의 3갈래 혹은 4갈래 이론과 비교하여 동양의 문장에서 가장 두드러진 차이점은 실용문까지도 문학양식으로 적극 수용하고 우리시대

─────────────

10) 이점에 대해 김흥규의 견해는 말은 여러 가지 시사해주는 바가 많다.
　“고전문학은 오늘날로부터 역사적, 문화적으로 멀리 떨어진 시대의 것이기 때문에 그것을 이해하는 데에는 원전 해독과 주석을 비롯한 지식, 정보의 요구량이 많다. 이 전제적 요구가 교육활동의 심리적, 시간적 여유를 압도할 경우 정작 중요한 목표인 문학체험과 이해는 위축되거나 증발해 버리기 마련이다. 하지만 그렇게 하는 순간 고전문학으로 하여금 그 시대의 문학으로 생성되고 존재케했던 이유는 관심 밖으로 밀려나게 되며 고전문학의 목적도 불분명해진다.”(김흥규, 「고전문학교육과 역사적 이해의 원근법」, (『현대비평과 이론』, 한신문화사, 1993. p.43)
11) 최신호, 「문신조룡해제」, 『문신조룡』, 현암사, 1975. p.341.

순문학의 대표격이라 할 시, 소설, 희곡 사이의 갈래적 준거가 되는 인식과 표현방식이 여기서는 그렇게 존중되지 않는다는 것이다.

초중학교를 거치며 서구적 문학관 양식에 익숙해진 학생들의 인식을 거슬러 아득한 시기의 작품을 필독대상으로 선정, 편집한 것은 피교육자를 배려하지 않은 무모한 처사라는 것은 위의 사례를 통해 어느 정도 감지될 것이다. 그러나 더 문제인 것은 그들에게 고전문학에 대한 기초적 개념과 지식이 전제되지 않은 상황에서 펼쳐지는 학습이라는데 있다.

요약컨대 학습자들의 입장에서 본다면 '지금' '여기'의 문학에 대해서는 비교적 걱정이 덜하겠으나 고전문학에 있어서는 '그때' '거기'라는 문학적 지식을 먼저 습득하는 것이 그때와 지금의 문학 사이에 벌어진 그 차이를 더는데 도움이 되며 '지금'과 비교해서 비문학으로 포기할 수 있는 고전문학이 우리시대에도 유가치한 대상임을 확신시키는 첩경이라는 점이다. 현대와 과거의 시간적 거리를 의식하지 않고 선뜻 작품부터 대면시키는 현재와 같은 고전교육은 학습자에게 부담과 함께 반발의 우려마저 있다. 그것은 이상은 좋으나 현대문학과 고전문학을 한 학습의 울타리에 두서없이 편입시켜 놓은 데서 나타나는 현상이라고 말할 수도 있을 것이다. 그 점에서 고전문학 수업에 있어 좀 세심한 수업적 모형을 염두에 둘 필요성이 있다는 생각이다. 고등학교 국어교과서에 반영된 고전작품을 나열해 보고 논의를 이어가도록 하자.

① 借馬說　②　靑山別曲　③　九雲夢　④　鳳山탈춤　⑤　春香傳
⑥ 關東別曲　⑦　安民歌　⑧　技藝論　⑨　杜詩諺解　⑩　興甫歌
⑪ 龍飛御天歌　⑫　與梅軒書　⑬　遊山歌　⑭　燕行歌　⑮　赤壁賦

위에 제시된 작품들은 유구한 국문학사적 시공을 포괄해서 대표성이 인정되는 것으로 추스린다는 대의뿐만이 아니라 출현시기 작자 신분 담당층 주제의식 등을 참작하고 편중됨이 이 없도록 배려하고 선별한 것들로, 우선 이해할 수 있을 터이다. 실제 출현시기에 있어 삼국시대의 것에서부터 조선 후기 작품에까지 이르고 있고 작자층도 상층부에서부터 시정에서 기예를 파는 하천민까지 폭넓게 펼쳐져 있는 것도 그런 추론을 가능하게 해준다. 한데 여기에 국문학상의 자생적 양식뿐만 아니라 중국의 직접 영향아래 창작된 연원 깊은 양식이 섞여있음은 흥미롭고도 의아스럽다. 가령 ① ⑧ ⑪ ⑫ ⑮ 등을 고교생들이 얼마나 수용할 수 있을까를 상상해본다. 모르긴 몰라도 고교생 수준의 문학적 지식으로는 우선 당혹감만 가져다줄 작품들이다. 서구에서 문학양식을 허구와 정서의 표출물로 그 대략을 정의한다면, 고래의 동양 문학의 양식들은 한결같이 실용적 가치만을 두드러지게 드러낸다고 할 수 있을 터인즉, 심미적 관점에서는 거리가 먼 것들로 대표적인 것이 ①이다. 고려말 李穀(1298-1351)이 지은 이 작품은 說이란 것으로 고래 중국에서 널리 지어진 양식으로 알려졌다. 그러나 그 유래나 서사적 특징에 대해 아는 것이 전무한 학습자들에게 예비적 지식을 갖춰 주지도 않은 채 감상부터 바란다면, 이야말로 우물가에 가서 숭늉 달라는 격이다. 역사적 장르를 다양하게 제시해준다는 배려까지 나무라기는 어렵지만 아주 단편적인 문학개념, 그것도 서구적 문학위주로 학습해온 학생들이 이를 대하고 느껴야 하는 당혹감만은 앞서 간파해야 한다. 만약 借馬說이 의도한 대로 이해나 감상의 효과를 얻기 위해서는 예비지식으로서 양식의 역사나 유래를 갖출 필요가 있을 터이다. 『文心雕龍』에서 說條를 보자.

　說은 悅이다. 兌는 口와 舌을 나타내는 말로 사람들은 喜悅케하는 것이 된다. ……說에서 중요한 것은 정세를 잘 포착하여 완급을 조화하여 이야기를 펴나가는 데 있는 것이다. ……무릇 說에 있어서 중요한 것은 시대에 이익을 가져다주게 하고 도의적으로 곧아야 하는데……文飾과 機知를 날려서 표현을 고정하는 것 이것이 說의 기본이다. (說者 悅也 兌爲口舌 故言咨悅擇 夫說貴

撫會 弛張相隨 凡說之樞要 必使時利而義貞……飛文敏以濟辭 此說之本也)12)

說이란 명칭은 說卦에서 나온 것이며 漢나라때 許愼의 說文解字가 그 명칭의 시초가 된다. 학습자에게 전통적 문학상식으로서 유래나 역사를 앞서 제시하는 것은 학습진행에 훨씬 효율적일 수 있음을 이런 예는 입증해준다. 단지 문장을 읽고 이런저런 글의 효용을 익히게 하는 것도 중요하지만 개념화된 양식상 의의 전통 등에 대해 이해가 요청되는 셈이다. 技藝論도 비슷한 경우일 터인데 『文心雕龍』에서는 論에 대해 이런 풀이를 달고 있다.

> 經의 哲理를 祖述 전재한 것을 論이라 한다. 論은 倫이다. 經書의 윤리를 어기지 않으면 聖人의 생각은 사라지지 않는다. …… 論의 형식을 상세히 검토해보건대 거기에는 많은 종류의 계층이 분화되어 있음을 알 수 있다. …… 論이라 한 것은 여러 말을 망라하여 하나의 도리로 精製하는 것이다. (述經敍理曰論 論者倫也 倫理無爽 卽聖意不墜……論也者 彌綸羣言 而硏精一理者也)13)

사실 초기 양식적 가름을 연원해 나가다 보면 說과 論은 결코 큰 거리가 있는 양식들이 아니라는 것을 쉽게 알 수 있다. 『文心雕龍』에서 거론하고 있다시피, 특히 政治와 관련한 논의에 서면 그 차이점을 발견하기가 어려울 정도이다.14) 그리하여 훗날 이 두 양식이 결합 변화한 論說이 우리시대에 와서 도리어 낯익은 양식으로 바뀌는 것은 아이러니같은데, 아무튼 說은 道德과 道理를 서술하는 글이며 論은 시리와 정의를 갖추고 상대를 설득하는 데로 본의가 귀일되고 있다는 점만은 허술히 지나칠 수 없다하겠다.

국어교과서에서 고전양식 가운데 많은 갈래를 뒤로 두고 왜 說과 論을

---

12) 劉勰, 상게서, 論說.
13) 劉勰, 상게서, 論說.
14) 劉勰, 상게서.

본보기로 택했는지에 대해 필자로서는 아는 바가 없다. 그러나 이 양식들은 문학으로서의 그 생명은 소진되었는지 모르나 시비를 가리고, 논리적으로 상대를 설득하는 일이 중시되는 세태에서 볼 때 그 의미가 한결 각별해지는 것만은 분명하다. 하지만 앞서 지적한 대로 그것은 어느 한 시대 특정작가에게만 있었던 작품이 아니라 긴 역사 속에서 양식으로서의 전통이 있었고 說과 論 사이의 경계를 인식할 때만이 이 작품과 그 양식적 특성이 제대로 간취될 수 있다. 아울러 현대의 論說 議論 反駁 說明 등과의 유사성 혹은 변이성을 띠고 있다는 데서 거듭 주목되어 마땅하다.

「與梅軒書」만 하더라도 동양고전의 전통적 양식으로 근원한 것임을 확실히 고취하는 것이 요구된다. 물론 편지글의 일종이라고 보아 틀리지 않고 읽어본 이는 누구나 알게 되겠으나 書의 유래, 그 양식적 범위가 지금과 여러 점에서 대조되는 과거시기의 양식적 윤곽을 숙지하도록 해야 한다.

> 書體의 본질을 잘 살펴보면 그 근본은 胸懷를 펼쳐낸 데 있으며 위축된 意氣를 발산하여 자신의 사람됨을 託言한데 있다. 그러므로 마땅히 더러움을 씻어 없애고 정신의 활동에 맡겨 부드러운 기분으로 상대에게 호의를 갖게하는 것이 필요하다. 文德이 있는 조용한 태도야말로 心聲의 應酬가 되는 것이다. (祥總書體 本在盡言 言以散鬱陶 託風采 故宜滌蕩以任氣 優柔以懌懷 文明從容 亦心聲之獻酬也)15)

이런 설명은 본디 서가 문체의 하나이고 주로 의론을 다루는 데 쓰여졌다는 것을 함의한다. 그러나 書는 議論의 글만은 지칭하는 것은 아니었다.

> 編內를 살펴보면 이미 신하가 어전에 올리는 글을 上書라 했으며 왕래의 글을 書라 했으니 이런 류를 書라고 거듭 부른 것인즉, 議論을 기록하는 것과

---

15) 劉勰, 상게서, 書記.

는 구별해서 書라고 했다. 그러나 짓는 사람이 매우 드물어 여러 문집들에서는 이를 싣지 않았다. (按編內旣以人臣進御之書爲上書 往來之書爲書 而此類復稱書者 則別以議論筆之 以爲書也 然作者甚少 故諸集不載)16)

교과서에 올라있는 洪大容의 書를 상호간 일상에서 주고받는 서신의 의미로 수용해서는 이 글이 의도한 기능을 놓쳐 버릴 수 있다. 조선후기 실학자들은 스스로를 讀書人으로 정의했듯, 洪大容도 자처한 실학자의 한 사람으로 독서법이란 무엇인가를 梅軒이란 사람에게 찬찬히 일러주는데 그 목적을 두고 지은 글이기 때문이다. 철저하게 고래부터 관념한 書의 개념을 충실히 좇고 있은 셈이다. 그리하여 이 글은 단순하게 책읽기의 안내에 머물지 않고 학문과 세상에 대한 성찰의 방법까지 모색해 나가고자 했던 것이다. 洪大容 자신의 학문관, 세계관에 이르는 형이상학적 주제화를 꾀한 이 작품을 서구적 갈래에 굳이 비견한다면 무겁고 진지한 정격수필(formal essay)에 근친한 것이 아닐까. 그런데 문제는 학생들의 반응이다. 이 양식의 개념과 역사라는 개략조차 없이 작품과 대면시킬 때 학생들이 어떻게 나올지 무엇보다 궁금하다. 아마도 특정인한테 전하는 통상의 안부편지에서부터 철학적 언설을 중심한 비문학적 難文으로까지 제 각각의 선입견으로 작품을 진단할 여지가 많을 것이다.

물론 다양한 양식의 글을 될 수 있으면 많이 선보이는 것을 문학교육의 출발점으로 삼는 것이 무엇보다 중요하다. 그러나 그 못지 않게 중요한 것은 깊은 역사를 가진 양식일수록 양식적 연원에서부터 후대적 수용에 이르기까지 왜 그것이 학습의 대상이 되지 않으면 안되느냐하는 원초적 물음을 잊지 않는 것이다. 그것이 전제되지 않는 한 어떤 학습동기도 기대할 수 없을 것이다. 대상이 고전문학인 경우, 이는 더 말할 나위가 없는 것이다.

---

16) 徐師曾, 『文體明辯』, 卷46, 書.

Ⅲ. 국문학사에 대한 폭넓은 이해의 필요성

문학을 지식과 학습의 대상으로 몰아가고 일정한 정보의 암기가 시험에서 요긴하게 쓰여지던 것은 확실히 문학교육의 이상적 지향과는 엉뚱한 일로 이미 공인된 상태이다. 때문에 제6차 교과개정에서 이를 문제시하고 그 개선책을 유난히 강조하고 있는 것은 당연한 일이 아닐 수 없다.17) 어느 때나 바람직한 방향으로의 교과서 개정과 학습법을 고민하게 마련이지만, 그렇다고 지난 시대의 학습방식을 모조리 낡고 문제적인 것으로 여기고 부정하는 것은 또 다른 문제를 야기하는 것이 될 수도 있음을 유의할 일이다. 많은 의욕에도 불구하고 6차교과 개정에서 필자는 그런 인상을 지울 수 없었다. 옥석을 구분한 개정, 그리하여 학습의 효율성과 함께 피학습자의 만족도를 높이는 방향으로의 개정이 되지 않으면 안된다. 그런데 국어교과서에 실린 고전문학영역을 보면서 필자는 앞선 시기의 교과편집과 크게 다르지 않거니와 적어도 고전문학의 영역에서만은 전보다 비중이 줄었다는 우려를 불식하기가 어렵다는 것이다.

고전문학의 학습에서의 문제점은 현대문학과 동일시하여 학습된다는 데서 우선 찾아진다. 고전작품은 즉발적인 읽기로서는 감상적 소통이 어렵기에 일정한 정도의 안내적 학습이 미리 이루어져야 마땅한 일인데 개정된 교과서에서는 이 같은 점을 외면하고 있지 않나하는 의아심이 앞선다. 이제까지 타자에 의한 암기 지식으로서의 문학공부가 학습자 중심으로 바뀌고 그들에게 자율성을 부여했다는 점은 높이 살 일이지만 지난 시기의 학습법이

______

17) 국어교과서 상 일러두기에 따르면 "제6차 고등학교 국어과 교육과정에서는 학습자가 자주적이고 창의적으로 학습에 참여할 것을 강조하고 있다. 이는 자율적인 학습을 통해 적극적이고 능동적인 학습태도를 형성하고 창의적으로 사고하며 나아가서 주체적이고 적극적인 태도를 길러 바람직한 인간을 형성하기위한 것이다." 라고 교과서의 특징을 밝히고 있다.

라는 이유로 최소한의 문학지식까지 거두절미하고 직접 작품으로 빠지게 하는 것은 고전문학의 학습과정에 부과되는 특수성을 헤아리지 않은 탓이라고 본다. 그것이 단순한 경향으로만 치부된다면 부작용은 부분적인 것으로 그칠 수 있겠으나 고전에 대한 인식이란 게 고작 우리시대와 상관없는 아득한 시기의 한문 서적 따위로 왜곡되는 형편이고 보면, 문학감상과 함께 전통과 문화이해라는 목표는 이루어지지 못한 채 거창한 희망사항으로만 남게될 공산이 크다. 더 우려스러운 것은 그런 교과서와의 대면이 학습자의 지적 호기심에 찬물을 끼얹지 않을까 하는 점이다.

국문학사가 지난 시대를 위주로 한 문학자취의 갈무리이므로 현재중심적 사고를 우선하는 이는 당연히 그것이 학습의 영역으로 포괄시켜 습득해야 하는 대상인지 의문이 따를 수도 물론 있다. 그러나 국어과에서의 지향점이 문학은 물론이요, 문화까지를 수용하는 것18)이므로 문화토대를 허술히 지나치는 일은 누가 보더라도 수긍하기 어려워진다. 우리 문학사는 바로 우리 역사의 일부분일진대, 길고 긴 시공의 구체적 명징물로서 작품 각각에 대한 이해를 갖추는 것이 필요할 것이다. 그게 여의치 않다면 차선으로 정리된 문학사를 통해서나마 윤곽을 앞서 잡아주기라도 해야 한다. 누구도 엄청난 문학적 유산의 더미를 단번에 정리 요약할 수 없으므로 사전 지식이나마 갖추고 출발하는 것이 훨씬 낫다는 말이다.19)

---

18) 국어과의 학습지침서에는 분명히 다음과 같이 국어교육의 의의를 천명해놓고 있다.

　"국어의 발전과 민족의 언어 문화창조에 이바지하려는 뜻을 세우고 올바른 민족의식과 국민정서를 함양하는 교과로 그 성격을 규정하고……고등학교 국어과목은 이러한 국어과 교육의 기본 성격과 영역 구분을 따르고 있다."(교육부, 『고등학교 국어과교육과정해설』, 1995. p.66)

19) 노진한, 『문학사 교육방법론 연구』, 서울대 석사논문, 1992. p.1.

　"문학사교육은 개별작품중심의 문학교육의 과정에서 학생들이 놓치기 쉬운 한 시대의 문학전체에 대한 전체적이고 체계화된 지식의 습득 및 이해를 가능하게 한다는 의의를 갖고 있다. 학생에게 개별문학작품의 교육을 통해 문학적 사실에 대한 그렇지만 어이없게도 그런 국문학사적 통사자취를 제시해주는 단원조차 마련되어 있지 않다. 아주 단원을 따로 마련하여 이에 대한 안내를 마련하지 못했다면, 작품선정 등을 통해 간접적으로 국문학사의 큰 뼈대를 밝혀주는 방법을 고려할만한데 앞에서 본 것처럼 소수의 작품으로는 이마저 기대 난망한 일이 될 수밖에 없다. 혹 내면적으로라도 진지한 고민을 거쳐 작품선정 등에 그런 의도가 배어있다면 다행스러울 것이다. 하지만 선정작품 역시 국문학사적 인식과 함께 작품선정의 진지함이 반영되었는지 의아스러울 뿐이다. 교과서에 실린 작품을 시대별로 나누면 아래와 같다.

삼국시기……⑦安民歌
고려시기……②靑山別曲
조선시기……① 借馬說 ③ 九雲夢 ④ 鳳山탈춤 ⑤ 春香傳 ⑥ 關東別曲
　　　　　　⑧ 技藝論 ⑨ 杜詩諺解 ⑩ 興甫歌 ⑪ 龍飛御天歌 ⑫ 與梅軒書
　　　　　　⑬ 遊山歌 ⑭ 燕行歌 ⑮ 赤壁賦

작품의 축적 양은 거슬러 올라갈수록 희소한 탓에 후대의 것으로 선정이 집중된 것은 불가피한 측면이 없지 않다. 하지만 삼국시기와 고려시기의 작품이 각각 하나씩만 선보이고 그 나머지 작품이 모조리 조선시대의 것이라는 데서 이야기는 달라진다. 삼국시대는 문헌기록이 아주 희소한 시대로 가령, 金石文이나 腹臟品에서 나온 불경류가 문헌의 전부라고 할 정도이니 당연히 문학다운 문학을 만나기가 어려워진다. 그러나 고려왕조에 들어와 삼국시대의 역사와 문화를 적극적으로 수습했으니 『三國史記』나 『三國遺事』 등은 대표적인 것들이다. 이들은 단순한 의미의 역사서로만 머물지 않는다. 삼국시대 문학을 되돌아볼 중요로운 대상으로 채택해도 무리가 없다. 벌써

이해를 한 후에 이를 바탕으로 특정한 시대의 문학전체에 대한 이해를 할 수 있는 능력을 구비하게 하는 것이다."

부터 이들을 역사물이면서 동시에 문학으로 보는 시도가 이루어지고 있음을 감안한다면 이들을 외면하고 삼국시대의 문학을 아주 보잘 것 없는 것으로 편집한 것은 실상을 외면한 것이라는 비판에 부딪칠 수밖에 없다. 그게 아니더라도 가령 신라말 대표적 문인인 崔致遠의 작품 등을 통해서도 신라문학의 수준과 다채로움을 현시하는 데는 전혀 부족함을 느낄 것 같지 않다.

鄕歌는 신라문학의 우수성을 넘어 그후에도 그만한 작품을 쉽게 만날 수 없다는 점에서 교과서 수록은 당연하다. 하지만 우리는 향가 25수 가운데 왜 「安民歌」가 채택했는지에 대해서는 어리둥절할 따름이다. 향가의 우수성을 알리는 단원이라면, 향가중 문학성이 가장 나은 작품을 수록하는 이치에 맞을 터인데 그것을 정말 몰라서였는지, 아니면 다른 의도가 있어서 그런지 알기 어렵다. 문학에서 순위를 매긴다는 것이 우습겠으나 필자가 알기로 「祭亡妹歌」, 「讚耆婆郞歌」 등은 이미 탁월함이 공인된 마당이고 기왕에 교과서에 수록되었던 적도 있었던 것으로 알고 있다. 그럼에도 이런 상식에 반해 「安民歌」를 굳이 수록한데는 몇 가지 이유가 있었을 터이다. 우선은 「祭亡妹歌」나 「讚耆婆郞歌」는 기존에 자주 언급되었으니 이제는 좀 색다른, 불승의 작품이면서도 도리어 유교적 가르침을 표방하는 특이한 면을 부각시키자는 의도에 따른 것이 아니었을까. 하지만 선택의 변치고는 논리성과 책임성을 찾기 어려운 발상이다. 다음, 이것은 필자가 보다 큰 혐의를 두고 있는 바로 향가에 나타나는 불교적 성격을 피해갈 작품을 애써 외면하다보니 「安民歌」가 취택되지 않았나 하는 것이다. 향가의 작자중 대다수를 점하는 것이 화랑과 불승이었고 그 가운데 불교적 주제를 표방하는 것이 적지 않았다20)는 점에 비추면 이 추론을 결코 터무니없다고 외면만 할 수는 없을 것

─────────────────────────

20) 향가에 나타나는 불교적 색채를 가장 강조한 이는 김동욱이다. 그는 『국문학사』(일신사, 1976. p.40)에서 "詞腦歌는 이같은 祭神歌와 경주부근의 민요에서 생겨난 것이지만 후에 불교가 들어오자 불교의 讚歌로서 鄕讚이 되고 중국의 漢讚이나 일본의 和讚과 마찬가지로 가요문학으로서 성장하였다. 지금 잔존한 詞腦歌는 위는

이다. 하지만 이는 유추의 범위일뿐 정말 그것이 「안민가」의 취택이유가 되어서는 곤란하다는 것이 필자의 생각이다.

고려시기의 문학 흐름에서도 국문학사적 근간을 염두에 두고 작품을 선정했는지 의아스럽기는 마찬가지이다. 고교 국어교과서에는 고려의 작품으로 「靑山別曲」과 「借馬說」 두 편을 선보이고 있다. 결과적으로는 이 두 작품이 고려시기 시가와 서사문학을 대신해 보여주는 큰 역할을 감당하고 있는 셈이다. 아는 것처럼, 고려는 중국의 과거제도가 수입 시행되었던 만큼이나 한문학의 수준이 높게 올랐고 숱한 문인과 문집이 간행된 시대로 그 추세를 매김할 수 있다. 따라서 「靑山別曲」으로 시가를, 「借馬說」로 서사문학을 대표시키는 식의 설정은 이 시기의 문학사적 의의에 비한다면 전혀 어울리지 않는 것이다. 다시 말하면 「靑山別曲」이나 「借馬說」를 채택한 것이 문제가 아니라 고려시기의 문학사적 의의에 걸맞게 더 많은 작품을 살펴보도록 이끌어주어야 한다는 것이다. 국문학사상 허리로서, 삼국시기와 조선을 이어주는 중계적 시기에 해당한다면 그에 걸맞는 국문학사적 의의를 동반한 작품을 적시해 스스로 이 시대가 갖는 문학사적 의의를 바로 체득토록 해야 한다. 이 경우 필자는 고려 문학소개에 있어 『東明王篇』이라든가 『帝王韻記』 등에서 하나는 언급이 있어야 하지 않을까 생각한다. 그것들은 사서의 몫으로 한정된 것이라고 보면 너무 좁은 시각이다. 『東明王篇』나 『帝王韻記』가 지금개념의 순수한 문학에 들지는 못하고 역사기록을 염두에 둔 사서이지만 글쓰기란 文史哲의 合一로 인식되던 고려 당대의 글쓰기를 엿보는데는 오히려 적절한 대상들로 꼽을 수 있기 때문이다.

거듭 강조하지만, 고교교과서에서 감당해야 몫은 언어 생활을 도와주고

___

王公 貴族으로부터 승려 화랑 등의 문학으로서 융성하였다. 노래의 테마면에서는 불교수도의 요체, 사후 極樂往生을 희원하는 儀式歌, 망인의 眞影을 칭송한 讚歌, 呪力을 불러일으킨 呪詞등이 보인다."고 그 성격을 짚었다.

교양인으로서 문화와 전통을 이해할 수 있게끔 부축하는데 있다. 그것은 전문적 영역의 구체적 작품의 감식이나 감상보다는 전시대의 문화를 전반적으로 이해하도록 안내해주는 선도적 기능을 외면할 수 없다는 것으로 이해해도 될 것이다. 그러함에도 교육현장에서는 자율적 학습이란 이상에 도취해서 고전문학 세계로 인도해줄 전제없이 서둘러 구체적 작품을 대하도록 하는 것은 좋은 취지에도 불구하고 너무 성급한 일이다.

고교 국어과정은 특수한 영역까지 아울러 파악해야 할 전문적 학습에 치우치기보다는 그야말로 고전 중심으로 학습하고 당대의 문화적 흐름을 파악하도록 재편되어야 마땅하다. 달리 말해 문학교육의 의의를 국어의 발전과 민족의 언어문화창조에 이바지하며 올바른 민족의식과 국민정서를 함향하는데21) 둔다는 애초의 교과목표로 돌아가 이를 실천적으로 수행하는 길을 모색하는 것이 무엇보다 중요하다.

국문학의 통사적 조망능력을 소홀히 할 수 없음에 대한 의무감을 너무 앞세워 학습수준을 감안하지 않은 채 작품량을 과중하게 배치한다든가, 거꾸로 소수의 작품만을 앞세워 국문학의 그 광대함을 상징화시키려는 것 모두 소망스럽지 못한 짓이다. 한데 교과서에 나타난 문제는 주로 후자의 경우로 치우치는 것 같다. 즉 국문학사에 대한 최소한의 얼개를 갖추지 못하고 문학교육의 대의성을 망각한 채로 교육을 밀고 나가려는 태도는 국어교과서의 작품 선정에서 그 극점을 이룬다고 생각한다. 가령 15작품 가운데 「借馬說」, 「靑山別曲」, 「安民歌」, 「赤壁賦」를 제외한 『九雲夢』, 『鳳山탈춤』,

---

21) 교육부, 『고등학교 국어과교육과정에 대하여』, 이런 6차 국어과 교육과정의 또른 목표는 국어와 국어로 표현된 문화를 깊이 사랑하고 이에 대한 이해를 넓게 하여 민족문화발전에 기여하게 한다는 제3차 고등학교 국어과 교육목표와 크게 다를 바 없다. 교육부는 실상 "고등학교 국어과목 가운데 문학영역의 의미를 문학에 대한 일반적인 지식을 바탕으로 작품을 바르게 감상시켜 인간의 삶을 총체적으로 이해하게 한다."고 천명하고 있는 것과 비교해볼 때 세부적 사항에서는 이런 대의와 조금 거리감이 있는 게 아닌가하는 생각마저 갖게 한다.

『春香傳』,「技藝論」,『杜詩諺解』,『興甫歌』,『龍飛御天歌』,「與梅軒書」,「遊山歌」,「燕行歌」 등은 모두 그 창작시기를 조선시대로 한정된 것들이어서 이처럼 한 왕조의 작품위주로 나열시키고서도 국문학의 통사적 조망권을 확보하고 있다고 주장할 수 있을 지 염려스러울 뿐이다. 물론 문학의 마지막 귀일점인 감상 능력을 신장시킨다는 성급한 목적의식이 앞선 탓에 전체적 면모를 헤아리지 못했다고 말할 수 있을 지 모른다. 그러나 그토록 많은 작품을 뒤로 하고 한 왕조의 작품으로 대상을 한정시키다시피 선별한 것은 누가 보더라도 동의해주기 어려운 것이다. 고전문학 교육이 작품에 대한 본질적 측면, 감상과 이해, 그리고 국문학사적 윤곽에 기초해야 한다는 것은 거듭 주장할 필요조차 없는 필지의 사실이다. 국문학사는 단순지식이나 암기위주의 대상으로 전락되는 것만은 피해야 한다는 데는 누구도 이의를 달수 없다. 문학교육을 감상과 이해위주로 파악한다고 해서 통사적 접근을 포기하는 일은 문학의 본질 깨우치기는 물론 현재나 미래의 문학현상에 대한 추론을 어렵게 하는 점을 인식해야 할 것이다. 문학의 본질과 우리 전통문화의 이해라는 차원에서 국문학의 전체적 조망을 전제로 한 통론적 단위가 새롭게 편집되었으면 하는 바람이다.

Ⅳ. 우리문학사에 대한 이해와 세부적 심화

문학교육의 목적을 자율적 학습에 두고 자발적으로 작품을 감상하고 이해하며 나아가 심미적 특성을 찾도록 하는 일이야말로 문학교육의 출발이자 끝이라고 해도 어색할 것이 없다.22) 그러나 우리 고전문학이 지닌 특수함

---

22) 교육부, 상게서, p.67.
　　"국어과 교육에서 중시해온 영역으로 문학영역이 있다. 그러나 교육과정의 문학

을 담지하지 않은 채 심미적 발견이란 거창한 목표를 주창하기보다는 사소하지만 교과제정 학습법 등을 보다 세심하게 챙기는 것이 학습을 선도하는 교과서가 감당해야 할 몫이다. 현재처럼 고전문학을 현대문학에의 범주화라는 교과편성으로는 곤란하다. 그것은 곧 고전문학 학습이 국학전반을 지향하는 학습 차원으로 폭을 확장시켜 나가는 것이 도리어 바람직하다고 하겠다. 이 시대에 들어와 개념화된 문학에 틀에 맞추는 식의 인식 기반을 과감하게 물리고 과거 문학양식을 배태한 역사 속으로의 유영을 시도하는 것만이 과거문학을 올곧게 만날 수 있는 첩경으로 여겨지기 때문이다.

　이를 위해 문자 계급적 차원으로 확대 파악하는 것이 필요하다고 본다. 국문자의 출현을 기점으로 전시대를 借字時代로 後代를 국문학 시대로 이원화시키고 있기도 하나 한글창제이후에도 지식인들은 관성적으로 학문과 문학의 방편으로 한문만을 도구로 삼으면서 국문의 존재는 잊혀지다시피 했던 역사를 돌아보자. 한글의 쓰임새를 확장하는데 일조한 이들은 소외된 민중과 아녀자들이었는데 이들의 적극적 수용은 비록 늦었으나마 국문의 시대를 도래시킨 원동력이 되었다. 담당층에 따른 한문과 국문의 선명한 경계가 아니라도 우리 문화사는 한문 아니면 문자생활을 영위할 수 없었던 시대, 국문의 출현에도 불구하고 아직도 한문이 월등하게 사용되던 시대, 점차 국문의 가치를 인식하고 점차 한문사용에서 멀어진 시대 등으로 나누어지겠는데 식자층이 한문위주로 처신하는 바람에 20세기 초까지도 한문위주의 문화, 문학이 위세를 떨치는, 일종의 문자사용의 왜곡이 빚어지게 되었고 이 흐름은 식민지체제를 겪으면서 후인들의 호된 비판대상으로 떠오르기도 했다.

　　영역에서 중시하고 있는 것은 지식보다는 문학 작품의 이해 감상 능력이다. 문학 영역은 문학작품 감상을 통하여 즐거움을 느끼고 삶의 다양한 모습에 관심가지고 이해하게 하며 풍부한 상상력을 길러 주고자 하였다. …… 고등수준의 지적능력을 발달시키고 아울러 예술로서의 문학이 지닌 심미적 가치를 올바르게 인식할 수 있도록 하는데 주안점을 두었다.”

그런데 문화현상의 하위단위로서 문학은 항구적으로 지속되어온 대상이고 시대가 어떻게 바뀌든 문학은 자체내의 자잘한 변이를 거치면서도 문화의 한 영역으로 영속해 나가리라고 본다. 어느 시대든 그 나름의 문학적 특성과 의의를 지니고 있다는 뜻이 되겠다. 통사적으로 보아 지나친 당대중심의 인식은 '우리'나 '현재' 중심의 연구를 불러온다는 데서 학문적으로는 큰 취약성을 가져온다. 이런 퇴영적 사고는 문학연구에서도 지적될만하거니와 이런 '현재'중심의 사고 때문에 고전문학의 경우 그 소외감은 날로 증폭되어가고 있다고 해도 과언이 아니다.

시기를 달리해서 과거로 돌아가 보면 어느 시기든 그 매체와 형식이 달라질지언정 문학이 침묵하던 때란 없다. 기록문자가 없던 시기라고 간단하게 문학의 매몰시기 혹은 암흑시기로 돌리는 것은 문학의 성격을 올바로 파악하지 않은 것이고 문학의 본질을 찾고자 하는 행위로서도 성숙치 못한 태도이다. 한문학이 위세를 떨치던 시기를 무조건 외면하려드는 것은 균형된 국문학사적 시각을 위해서도 바람직하지 않다. 그것은 분명 지식인이자 문인들인 양반층들이 한문만을 무기로 삼아 문학과 철학 그리고 역사를 인식하는 언어적 범주로 단일화게 담론이 이루어지던 편협적 산물이긴 해도 엄연히 문학사적 자취임은 틀림없다. 하지만 현재 교과서에서 고전을 배려한다고 했으나 이는 빙산의 일각이 아닐 수 없고 한문학 작품이란 한 점의 맛보기 이상의 의미는 없다고 해도 과언이 아니다. 늦었으나마 국문중심의 현재적 시각으로 한문학적 유산을 지나치게 홀대하는 시선을 서둘러 진화해야 할 것은 물론이요, 가능한 한 빨리 국어 교과서 내 한문학작품의 비중을 높여야 할 것이다.

아울러 국어교과서는 유식층과 정반대편에 서 있던 사람들의 문학들에도 못지않은 관심을 보여야 할 것이다. 가령 가난과 무식함을 운명으로 받아들일 수밖에 없는 민중층은 주도적 문화의 축에서 멀리 밀려나 있었던 것이 사실이다. 그렇다고 그들이 문학, 혹은 문학적 대상과 무관한 생을 누렸을 것이라 예단해서는 안된다. 문자문학에서는 소외되었는지 모르나 그들이 이른바 구전에 의한 문학을 적극적으로 수용했음을 상기해야 한다. 구비문학이란 학문적 영역이 이루어지기 오래 전부터 사람들은 입에서 입으로 전하는 이야기를 삶의 일부가 되어왔던 것이다. 구전문학이 지닌 특성이야 문자에 의한 것과 판이한 것이므로 문화의 축인 식자층으로부터는 도외시될 수밖에 없는 처지였다. 하지만 발설과 동시에 증발되어 버렸다는 한계나 기록문학만을 문학으로 인정하는 풍토를 앞세워 관심 밖으로 밀쳐두고는 그것의 문학사적 의의에는 눈 돌리려 하지 않는 셈이다. 구비문학의 수용과 전파, 그리고 문학적 특성에 대한 부실함은 이런데 기인하는 것이다.

구비문학연구가 다른 것에 비해 일천하고 오래도록 문학성이 부족하고 기껏 정통문학의 부수물로 취급해 버리는 일이 잦았으나 이제 채록과 연구에 본격적으로 나설 때가 되었다. 근래 국문학사에서 구비문학의 연구에 몰입하는 이들이 날로 늘어간다는 것은 많은 것을 시사해준다. 구비문학은 기억과 입담중심으로 펴짐으로써 씨 한 알갱이가 땅에 떨어져 퍼지듯 많은 이야기들의 양산과 소멸이 거듭되는 등 전변의 양상은 갖가지로 나타났다. 그러나 거듭 말하지만 문자문학이라고 해서 그것만이 문학의 대들보인양 다루어지고 교육현장에서도 그 쪽으로만 초점이 맞춰지는 것은 문학적 실상을 일부러 회피하는 짓과 다르지 않다.

현행 국어교과서에서도 가장 소홀하게 다루어지고 있는 부분중의 하나가 바로 구비문학적 부분이다. 『鳳山탈춤』, 『春香傳』, 『興甫歌』 따위를 구비문학에 귀속시킬 수 있을 지 모르나 그런 것 말고도 순수한 구전문학은 얼마든지 있음을 상기해야 한다. 가령 구비문학이 현재를 기점으로 구비문학이라 과거로 돌아갈수록 그 세가 더 커질 수밖에 없는 것이므로 삼국시대나 고려 시대의 경우 문학의 대표성을 구비문학에서 찾는 것은 당대적 실정으로 보아 아주 당연한 시각이라 할 것이다. 하지만 살펴본 것처럼 작품 선정에는 이점이 고려되었는지 의심스럽기만 한다.

조금 양보해서 생각한다면 그런 작품 선정의 예외성은 문학의 이해나 감상의 기준을 현재적으로 적용한데서 나온 결과가 아닐까 추론된다. 무엇보다 과거 중심적 시각을 유보하고 '현재' '여기' '우리' 중심의 문학교육만을 내세운다면 올바른 국문학사의 인식에 접근하기는 요원하다는 점에 동의해야만 개선의 여지가 생긴다. 왜냐하면 문학에서 지나치게 '지금' '당장'의 효용성을 강조하는 것은 고전에 대한 인식을 외면하고 시대추세에 따라 영합하는 비학문적 태도에 다름 아니기 때문이다. 고전문학은 당장 쓸모있는 지식으로서 추종해야할 대상이 아님은 분명하다. 고전의 효용성은 당장 검증하기 어렵겠으나 아득한 시기의 문학을 바라보는 일은 한낱 호사적 취미가 아니라, 과거의 이해를 바탕으로 현재와 미래를 재단해볼 수 있다는 제법 당당한 의미를 간직한다. 고전문학은 현재적이고 미래지향적 시각을 확보해주는 셈이다. 우리시대의 문학이라고 해서 늘 융성할 수는 없을 것이며 미래 시기가 되면 그때의 것과 큰 격절을 이룬 채 소멸될 것이다. 그 미래의 문학은 어떨 것인가, 이런 물음 앞에 과거의 것으로 우리시대의 문학은 일정한 방향타 역할을 해줄 수 있을 것이다. 빗대보기로써의 과거는 현재적이고 미래적인 발상으로 이어지게 하는 값진 시사점이 아닐 수 없다. 따라서 "고전교육에서는 현대인이나 현대 생활과의 相似나 공통점보다는 차이점에 주의하는 것이 바람직한 바 이러한 고전의 이해와 인식은 오늘의 삶과 장래의 우리 삶에 올바른 방향을 제시하기 위한 것"23)이라는 말은 적절한 진단이 아닐 수 없다.

고전문학이 국문학적 전통은 물론이고 한걸음 나아가 민족문화까지 포괄하는 영역으로 그 의의를 불러일으키는 대상일진대, 국문학사적 시야의 확

---

23) 박갑수, 「고전교육에 대하여」, 『우리말 사랑이야기』, 한샘, 1994. p.305.

보는 물론이고 당대적 이해를 위한 역사, 민속 등의 주변지식도 아울러 요청하는 것이다. 모름지기 문학은 현재나 지금이나 인간의 삶과 그 본질찾기라는 명제를 바탕에 두고 고교과정의 고전학습에서 국문학사적 윤곽을 보다 찬찬히 되짚어보는 쪽으로의 개선이 있어야 할 것이다.

V. 고전문학교육에서의 확인된 문제와 대안

동양문학의 한 갈래로 우리의 고전문학이 지닌 개념과 본질은 서구의 그것과 너무나 동떨어져 있고, 그로부터 야기된 문제의 치유 또한 결코 만만치 않음을 확인할 수 있었다. 대략 작품 선정에 있어서의 적정성 여부, 현재적 관점으로 감당키 어려운 격절된 시기의 양식과 대면하는 데서 오는 격절감 등은 쉽게 지적할 수 있는 사안임도 밝혔다.

같은 맥락에서 필자는 원전에 대한 이해부족에서 나왔을 법한 학습상의 문제를 생각해보려고 한다. 사실 한문학작품인 경우 이제 학생들에게는 그것이 외국어작품과 마찬가지로 아주 낯선 대상이 되어버린 지 오래 되었다. 그 결과 한문원전의 난삽함을 피하기 위해 전문가의 번역 작품으로 원전을 대신해도 아무렇지도 않게 여기는 단계에 와 있다. 상식을 보태고 윤곽잡는 것에 의미를 둔다면 번역을 위한 어휘 성어 자구의 풀이, 그 결집으로서의 독해에 이르는 과정 및 그에 따르는 시간과 노력을 줄여주는 전문가의 세련된 번역에 불만이란 있을 수 없을 터이다. 오히려 긍정적 시각이라고 성원할 만도 하다. 무엇보다 잘 번역된 글은 당장 학습의 편의는 물론이고 초보자에게 고전이란 미지의 존재를 인식시키는데 더 없이 소중할 것도 사실이다. 하지만 그런 식의 교과진행을 통해 고전작품이 지니고 있는 원래의 품격과 의미 등을 제대로 간취할 수 있을지는 몹시 의문스러워진다. 자칫 학생들은 이를 서툰 현대문학으로 오해하지 않을까 하는 걱정마저 따르는 것이다.

　이것은 교과서에서 고전문학작품을 어떻게 다루느냐는 문제와 그대로 연관되는 문제가 아닐까 싶다. 지금 고교 교과서에서 소개되고 있는 고전작품은 전체를 제시되지 못하고 거개 발췌된 것들이다. 학습편의를 위해 현대문으로 매만져진데다 원전을 가늠하기 어렵게 된 일부 문장으로 문학교육을 기대하는 것은 고전감상의 흉내내기일 수는 있어도 진정한 학습성취를 담보한다고 장담하기는 어렵다. 작품에서 모든 상호 유기성을 지니면 작품의 전체상에 기여한다는 구조주의적 시각24)이 아니라도 작품감상은 전체를 통해 이루어져야 하는 것은 물론이다. 교과서의 발체적 소개로 감당할 수 없을 경우에는 전편을 수록한 자료를 부록물로라도 달리 갖추어 주어야 할 것이다. 실명이든 익명이든 한 작품은 한 작가의 정신세계와 고뇌가 녹아있는 산물이고 그것은 또 다른 복제를 허용하지 않은 독창적 산물이므로 손질이 지나쳐 원모습조차 모호해진 고전문학을 학습하는 것은 그 본의를 해치는 것은 아닐지.

　고전작품도 감상이야말로 독자가 이르러야할 최종의 목적이라는데 필자는 이의를 제기할 수가 없다. 그러함에도 온전한 감상을 위해 바쳐야 하는 최소한의 노력까지 구차스런 일이 듯 원전을 매만져 제시해주는 데 대해서는 불만이 많다. 고전문학작품의 감상과 이해의 가장 든든한 기초는 작품을 출현시킨 당대로 시간여행을 떠나는 것이다. 작품에 대한 애정은 물론이요, 적지않은 노고가 전제되어야 비로소 작품이 지닌 맛을 느낄 수 있다는 인식

---

24) 김치수편저,『구조주의와 문학비평』, 홍성사, 1987. pp.102-103.
　“예술작품에서는 잡음(정보적 의미에서)이란 없는 것이라고 말할 수 있을 것이다. 예술작품이란 순수한 조직체인 것이고 줄거리의 수준가운데 어느 하나에 이야기의 단위를 이어주는 실(絲)이 아무리 길고 아무리 늘어져 있고 아무리 가느다랗다고 할지라도, 이야기 속에는 쓸데 없는 단위란 결코 없는 것이다.”

만큼 고전문학학습에서 중요하게 체득되어야 할 덕목도 없다. 우리시대에 작가들이 창작한 문학작품일지라도 올곧게 이해하기 위해서는 작으나마 노력이 따라야할진대, 아득한 시기의 작품감상을 작정한 것이라면 당대의 언어 역사 사상 세계관 등에 이르기까지 폭넓은 소양이 요구되는 것은 말할 필요가 없다. 힘겹고 고단하지만 감상의 열매를 얻어내기까지는 별 수 없이 작품을 찬찬히 독해해나가는 이상의 별다른 방법이 없음을 알 일이다.

이 경우 자구의 해석이나 한문의 이해도 물론 필요할 터이나 문학이 당대 사상 역사의 총화라는 면에서 당대적 문화현상에 대한 전반적 이해의 필요성을 깨닫게 하는 것이 급선무다. 고전작품을 단지 현재적 의미의 문학, 독창적이고 작자중심의 고백정도로만 접근한다면 과거문화현상의 핵심적 요소라 할 文, 史, 哲의 총화로서 고전문학작품의 의미는 뒷전으로 밀리는 상황에 봉착하고 만다. 문학감상을 넘어 문화적 사유의 깨침을 향한 소망은 수포로 돌아갈 공산이 높아지는 것이다. 고전문학 감상의 도달여부는 서구적 의미의 문학본질, 양식적 특성과 거리감을 두고 있는 동양적 사유물로서의 文을 얼마만큼 재인식하느냐에 달려 있다고 해도 지나침이 없다. 그에 이르기까지에는 많은 노력과 연륜조차 요구하는 터라 고교생에게 섣불리 많은 것을 기대할 수는 없겠다. 그러나 고교과정에서의 목표가 전문학자를 기르는 것에 있는 것에 있지 않고 현재적 의미의 문학과 같이 허구적이고 흥미롭고 개성 강한 글로서의 문학으로 자리잡기 전 형이상학적이고 역사의식까지 겸해 갖추고 있는 또다른 문학이 존재했다는 문학사적인 각성만이라도 갖추도록 인도해주어야 옳다.

문제해결을 위해서는 현재의 학습방식의 개선이 무엇보다 먼저 요구된다. 학습자가 대하는 것이 기껏 현대적으로 다듬어진 정연한 번역문으로 귀일되어서는 곤란하다. 교과서수록에 있어서도 원전이 지닌 고유한 언어를 존중하고 원본의 채취를 느끼게끔 지질 등에 걸쳐 원형에 버금가도록 영인해 보

는 방법도 고려할 만하다. 그렇게 된다면 花紋이나 字體 등에 걸쳐 내용뿐
이 아니라 고서만이 간직한 제 특징에 대해 의문과 호기심이 자연스럽게 생
겨날 여지도 그만큼 커지지 않을까 싶다.

다 아는 것처럼 우리교육의 파행을 지적할 때마다 가장 큰 요인으로 지
목되곤 하는 것은 입시제도인데 이는 고교과정의 문학 교육의 파행을 지적
할 때에도 역시 지적될 사항이다.25) 필자 역시 그것만큼 중, 고교수업에
절대적인 영향을 미치는 핵심적 요소는 달리 없다고 여기는 편이다. 입시제
도의 개선이 이루어질 때만이 소양을 갖춘 전인적이고 균형잡힌 교육을 기
대할 수 있겠으나 현재의 상황으로 보아 단시간에 획기적인 문제해결책은
요원해 보인다. 그렇다면 어려운 대로 현재 교육과정 안에서 개선의 여지를
찾을 수밖에 없겠는데 입시에서 한문이 출제의 대상에서 제외되고 현대문과
뒤섞여 겨우 지문으로나 자족해야 하는 정도로 한문이 홀대되어서는 곤란하
다. 이런 파행이 지속되는 한 고전문학에 걸고 있는 교과적 목표는 영 구호
로 그치고 말 것이다. 이것은 고전문학이나 한문 교과만의 문제로 끝나지
않는다는데 심각함이 더하다. 현재대로라면 그 누구도 역사와 문화 전통의
고양과 인식제고라는 차원에서의 국어의 몫을 낙관하지 못할 뿐더러 시대의
급류에 고전문학은 영 유실되고 말 것이라는 불길함에서 쉽게 헤어 나오지
못할 것 같다.

---

25) 이상옥, 「문학교육의 문제점에 대하여」, 『현대비평과 이론』, 한신문화사, 1993. p.90.
　　"국어교육의 목표가, 표면적으로 내세운 이념과는 상관없이, 사실상 상급학교의
　　입학시험에서 좋은 성적을 올리는데 맞추어져 있는 우리나라와 같은 곳에서는 창
　　의적으로 행해져야 할 문학교육이 부정적이고 퇴영적인 방향으로 왜곡될 가능성이
　　아주 높다……그간 행해져온 학력성취도 평가방법은 국어 및 문학교육을 거의 파
　　탄에 이르게 했다."

◑ 참고문헌

교육부, 고등학교국어 상, 하, 1996.
교육부, 고등학교 국어과 교육과정해설, 1995.
한국교육개발원, 제6차교육과정 각론개정 연구-고등학교 국어과, 연구보고서,
        1992.

김대행, 문학이란 무엇인가, 문학사상사, 1992.
김동욱, 국문학사, 일신사, 1976.
김중신, 문학교육의 이해, 태학사, 1997.
김치수편, 구조주의와 문학비평, 홍성사, 1987.
김흥규, 고전문학교육과 역사적 이해의 원근법, 대학의 국문학 교육(국어국문학회).
        지식산업사, 1993.
노진한, 문학사 교육방법론 연구, 서울대 석사논문, 1992.
박갑수, 고전교육에 대하여, 우리말 사랑 이야기, 한샘, 1994.
우한용 외, 소설교육론, 평민사, 1993.
윤희원, 국어과 교육학의 개관, 교과교육학 탐구(이돈희 외 공저), 교육과학사,
        1994.
이상옥, 문학교육의 문제점에 대하여, 현대비평과 이론, 한신문화사, 1993.
이지호, 고전소설의 대화 유형연구, 서울대 석사논문, 1994.
전국국어교사모임, 함께 여는 국어교육, 내일을 여는 책, 1996.
정재찬, 문학교육의 담론분석시고, 국어국문학 제111호, 국어국문학회, 1994.
조동일, 대학교양과목의 문학교육, 대학의 국문학교육(국어국문학회 편), 지식산업
        사, 1993.
최순열, 문학교육론 연구 -그 이론의 정립을 중심으로, 동국대 박사논문, 1987.
최시한, 고등학교의 문학교육, 현대비평과 이론 제9호, 한신문화사, 1995.

고전소설에 있어 기대지평의 확장모색
— 『심청전』을 중심으로 —

Ⅰ. 머리말

6차 교육개정에서 가장 역점을 두고 점은 학생들의 학습권을 자율적으로 보장해주기 위한 배려가 기왕의 어느 때보다 퍽 강화되고 있다는 것이다. 그러나 이제까지 교육현장에서 지적된 학습방식, 즉 답은 이미 정해져 있고 이를 주관없이 따르는 방식을 버리고 과정과 원리를 스스로 캐도록 해 학습의 성취도를 높여가자는 데 목표를 의미를 두었던 것으로 요약할 수가 있다. 하지만 이런 방식은 이제 변화를 요구받기에 이르렀다. 국어교과학습에서 이제 교사는 최소한의 학습 보조역으로만 머물고 학생 스스로 학습의 주체가 된다는 인식과 함께 현장에서의 그런 실천을 수용하지 않을 수 없는 상황에 우리는 서 있다.1) 이런 교과학습의 변화는 사고력과 창의력을 그

---

1) 교사는 학생이 자율적으로 학습할 수 있도록 여건을 조성해주고 학생은 교사의 보조적 도움을 통해 주어진 과제를 해결해나감으로써 학생이 온전히 교사에게 의존하던 관행에서 벗어나 교사 학생의 관계를 새롭게 설정하도록 한 것도 6차 교육

무엇보다 신장시켜야 한다는 시대적 명제 앞에 오히려 뒤늦은 선택이 아닐까 하는 우려로까지 이어진다.

그렇지만 그 학생의 학습적 자율권이란 것을 어떻게 현장에 적용시킬 것인가 하는 각론으로 들어가면 문제가 그리 간단하지 않다. 특히 고전문학의 경우 학생 중심적 학습 및 개방된 시야를 통해 이루어질 수 있으며 학습상 구체성이 어떻게 확보될 수 있는지에 대해서는 쉽게 동의하기 어렵다. 거창한 명분과 전제일뿐 교사의 가르침이란 전과 크게 달라진 것이 없으며 8종이나 되는 검인정 '문학'교과서를 보더라도 개별성이나 나름의 자율적 학습을 배려한 흔적은 잘 드러나지 않는다.

교과서가 보수적 방향을 취하는 것은 익히 알려진 대로인데 작품선정 및 품평에 이르기까지 중론을 좇는 정답찾기식의 문학감상에서는 감상자 각각의 입장과 느낌을 봉쇄하는 것에서 그리 멀지 않았다고 할 수 있었다. 이런 전통적 교과서적 방향으로는 학생 자율권을 유난히 강조하는 상황에 부딪쳐서는 더 이상 그 수긍할 논리를 내놓기 어려워진 것이다. 이에 대한 반성적 학습모색으로서 여러 가지 대안이 나오고 있으나 보다 중요한 것은 이런 개선책이 얼마나 실천화되어 현장에 반영되어지느냐 일 것이다.

현행 고교국어교과서에 수록된 고전소설로는 『九雲夢』, 『春香傳』, 『許生傳』 등에 불과하다. 한데 이마저 초·중학교 교과서에 이어 거듭 선보이는 것이어서 선정의 기준여부가 문제로 떠오른다. 『춘향전』은 초등학교 4학년 2학기 '읽기'(23쪽)와 6학년 1학기 말하기 '듣기 쓰기'(13쪽)에 그림으로 소개되어 있어 고교과정의 심화된 학습을 감안해도 이미 학습 경험이 있는 작품을 거듭 대면케 한 것은 학년별 학습대상을 감안하지 않는 무원칙한 중복으로 보인다. 우리는 교과서 수록 작품이 아니더라도 작품의 전체적 개요를 바탕으로 하여 주제찾기라는 최후의 목표에 이르는데 익숙해져 있다. 그

개정에서 특히 배려한 부분이다.(교육부, 교교국어교과서, 일러두기 참조)

러나 고전의 경우 단순히 읽는 것으로는 부족하다. 작가 어휘 등에 대한 보다 자세한 검토는 물론 보다 치밀한 주석 등의 도움을 받지 않을 수 없고 따라서 주제현시에 이르기까지 더 많은 학습 시간을 필요로 한다. 거기다 당대 현실재구를 위해서는 문화 역사적 배경에 대한 이해를 아울러 갖추어야 하는 것이 마땅하다. 물론 하급학년에서 학습한 이력이 있다면 전체적 구도잡기는 어려울 게 없겠으나 적어도 고교수준의 문학적 감상을 목적으로 하느니 만큼 어휘찾기 등 이외의 기타 정보에도 관심을 보여야 한다. 가령 고교교과서에 소개되고 있는『춘향전』만큼 고전가운데 인지도가 높은 작품도 달리 없을 터이다. 전래 이야기중 대표적 사례로 고교입학 전에 내용과 주제를 숙지한 경우가 적지 않다고 보아야 한다. 물론 그들이 알고 있는 『춘향전』이란 100여 異本에다 주제나 인물해석의 편차가 적지 않은 등의 미세한 부분까지 포괄하는 학습을 가리키는 것이 아니다. 하급학년에서 와는 좀더 다른 학습방식이나 의미도출을 지향하도록 유도해야 할 터이나 실제 교과서에 오른『춘향전』은 주제의식의 파악 등은 이미 초등 중등과정에서 다 숙지한 것으로 돌리고 이른바 판소리계 소설일반이 담지하고 있는 특징을 제시하는데 보다 큰 관심을 두고 있다는 인상을 준다. 이는 조선후기 민중계열의 소설에 대한 대표적 사례를 제시하고 일반적 특징을 헤아리도록 하는데 필요한 환기이자 재발견을 위한 배려는 될지언정『춘향전』의 기대지평이랄까, 문학감상의 몫까지 염두에 둔 것이라면 미흡하다고 할밖에 없다.2)

주제 의식을 애써 기존의 것으로 대신하고 더 이상의 작품 되짚기를 포기하는 것과 같은 이런 학습적 유도는 머리말에서 강조한 학습목표과 정면배치될 뿐더러 이후 문학감상의 타자의존적 경향을 부추기는 결과이외 아무

---

2) 교과서 p.242의 학습활동 3, 4가 그러하고 학습활동의 도움말에서도 이 점은 거듭 환기되고 있다.

것도 아니다. 오래된 작품일수록, 그리고 고전작품일수록, 기대지평이 비교적 온전하게 자리매김되어 있다는 것은 인정한다. 그러나 문학작품이란 보는 사람에 따라 얼마든지 달리 해석될 수 있는 대상이 될 수 있음을 인정한다면 이런 자세야말로 극복되어 마땅하다. 교과서라는 이유로 기성화된 중론을 좇아가는 식의 학습은 무리없다는 장점은 있을지 모르나 학습자가 마땅히 누려야 할 작품과의 개별적 대화를 봉쇄하는 결과를 낳게된다. 작금까지의 문학교육의 큰 흠은, 실상 관성화된 기존 학습방식으로부터의 탈피였음에도 불구하고 이데올로기에 대한 문제제기나 그 대안의 모색에 충분한 논의가 부족한 것이 사실이었다.

고전작품은 현대문학과 달리 새로운 해석에 한결 인색한 편인데 이 또한 고전을 한결 화석화된 대상으로서의 경계를 쉽게 넘어설 수 없게 만드는 데 스스로가 빌미를 제동해 왔다고 할 수도 있다. 하지만 거듭 논의의 대상으로 삼는 것이야말로 고전문학의 생명력을 높이는 지름길이 아닐 수 없다. 그리하여 고등학생들에게도 나름의 감식안을 키우고 의미를 도출시킬 수 있게끔, 이른바 열린 시각으로 문학을 보는 방법부터 숙달케해야 한다.

필자는 국어학습분야 가운데서도 학생의 자율적 학습의 실현이 멀게만 보이는 고전문학 영역을 택해 기대지평의 확장 가능성과 기피대상으로 떠오르지 오래인 고전의 학습적 대안을 모색하자는 데 무게를 실을 생각이다. 그리하여 그 구체적 작품으로 『심청전』을 택했다. 『심청전』을 택한 것은 한 사례로서 택한 것이고 이 작품만이 문제적 대상임을 적시하기 위한 것은 아니다. 이를 통해 고전작품일반에서 간과하기 쉬운 주제의식과 기대지평의 확장여지를 전례적으로 찾아보기로 하는 것이요, 고전작품일지라도 얼마든지 열린 시각으로의 재조명이 모색될 수 있음을 이로써 입증해 보이려는 것이다.

Ⅱ. 그간 논의된 『심청전』의 주제의식

『심청전』은 고교국어교과서에는 학습대상으로 선별되지 않았으나 국민학교 4학년 1학기 말하기 「듣기」(30쪽)와 4학년 2학기 「읽기」(24쪽)에 각각 그림과 설명으로 『심청전』의 개요를 일러주고 있으며 6학년 2학기 「읽기」(132-133쪽)에서는 심봉사가 화주승과 만나는 장면을 희곡으로 처리해 놓기도 했다. 굳이 교과서의 수용이 아니라 해도 이 『심청전』은 아동들이 커나가면서 한번은 접하도록 추천되는 작품이기도 하다. 하지만 유아기에 이미 독서의 대상으로 접할 기회가 많은 『심청전』을 굳이 초등학교, 그리고 고등학교 국어교과에서 다시 다루는 것은 고전소설의 또다른 의미의 심화학습을 염두에 둔 때문일 것이다.

현재 검인정 '문학' 교과서 중 『심청전』을 수록하고 있는 교과서는 두 가지로, 하나는 김윤식, 김종철의 '문학'(한샘출판, 278-283쪽), 그리고 권영민의 '문학'(지학사, 96-102쪽) 교과서가 그것이다. 이들에서 주목되는 점은 교육부의 국어교과서에 수록된 『춘향전』 소개 단원과 달리 주제 파악에 상당한 학습적 비중을 두고 있다는 것이다. 김윤식 김종철편 '문학'(상)을 먼저 보기로 하자.

심청의 행동을 중심으로 보면 이 작품의 주제는 효이다. 이 효는 유교적 덕목만이 아니라 인간의 보편적 심성으로 해석될 수도 있다. 그러나 아버지의 눈을 뜨게 하기위해 자기 목숨을 버리는 것이 정말 효인가라는 반문도 제기된다. 자식의 희생으로 눈을 뜬다는 것이 심봉사로서는 더 큰 아픔이자 슬픔이기 때문이다. 반면에 심청이 인당수에 빠지고 난 뒤 심봉사가 뺑덕어미와 벌이는 행동은 도덕 덕목과는 거리가 먼 비속한 세태를 반영한 것이다. 그런가 하면 심청은 물에 빠졌다가 거듭나기 때문에 그 제의적 의미 역시 중요하게 해석되기도 한다. 이처럼 이 작품의 주제는 논란 거리인 만큼 다양하게 해석

되고 있고 그 현대적 의미도 거듭 평가되고 있다.3)

이에 반하여 권영민의 '문학'(하) 에서는

> 이 소설은 거터자 인신공희 매인득안 등의 전래한 설화를 창극화한 판소리를 다시 영 정조때 소설화한 것으로 간주된다. 이런 설화를 소설화한 작품은 적층적 성격을 갖추면서 발달해온 것이 특징이다. …… 인신공희와 거타지 설화들이 화소를 이루어 불교의 인과응보사상에 의한 환생을 밑바탕으로 효를 형상화하고 있다. 현실적 고난을 유교적 윤리의 긍정을 통해 해결하려는 심청의 시련은 비장한 것이다. …… 이 소설의 주제를 불교적 각도에서 인과응보를 주제로 파악하기도 하나 동양권에 널리 퍼져 있는 인신공희 설화를 바탕으로 한 심청의 지극한 효성을 나타낸 유교적 윤리관이 주제라 할 수 있다.4)

고 설명해 놓았던 것이다. 주제가 아주 명백하게 보이는만큼 이 같은 단정은 교과서가 아니라도 충분히 예견되는 일이다. 초기 연구로 올라갈수록 효 이외를 생각하기 힘들거니와 張德順5), 金起東6), 鄭柱東, 金東旭7), 史在東8) 등의 연구에 이르면 효의 사상적 배경에 보다 큰 관심을 두게된다. 심청이 부에게 바치는 자기 희생에 대해 논자들은 하나같이 지극한 효의 상징으로 본 것은 사실이나 효의 성격이 어디에 있느냐를 밝히는 것이 그 다음의 과제였다. 유교, 불교, 도교, 무속, 아니면 유불선의 습합9)으로 보는 입

---

3) 김윤식, 김종철지음,『문학』상, 한샘출판, p.282.
4) 권영민,『문학』하, 지학사, p.96.
5) 장덕순,「심청전의 민간설화적 시고」,『사상계』권4, 1957.
6) 김기동,「심청전의 배경론」,『양주동박사 화갑기념논문집』, 1963.
7) 김동욱,「심청전의 근원설화 판소리 발생의 민속신앙적 반성」,『서울대 논문집』제3집, 서울대, 1956.
8) 사재동,「심청전연구서설」,『한국고전소설』, 계명대학교, 1974.
9) 김준겸,「심청전의 주제문제」,『국어국문학논문집』제7, 8집, 동국대 국어국문학회, 1969.

장도 그런 예로 주목된다. 그러나 어느 주장마다 나름의 설득력과 함께 그 한계를 내포하기 마련이어서 선뜻 동의해주기 전에 또 다른 시각으로 다양한 주제 추출의 시각을 열어놓는 것이 마땅하다. 조동일10)의 경우 고정 체계면과 비고정 체계면으로 갈라 분열된 의식으로 풀이하면서 이전의 논의와는 확연히 구별되는 논점을 제시하여 주목을 끌게되었다. 오로지 단일 주제에만 매달릴 것이 아니라 표면과 이면에 따라 주제를 달리할 수 있다고 보면 효중심의 주제를 벗어나 다양하게 심청의 상을 해석이나 원형의식에 의지한 주제의식 등으로 그 주제의 파급은 훨씬 넓혀짐에 틀림없다. 印權煥의 「정화와 구원의 비가」(1977), 薛重煥의 「『심청전』 재고」(1981), 鄭夏英의 「『심청전』 주제재고」(1983)에서는 儒佛仙的 기반에서 인간적 심성에 내재한 보편적 사고를 드러내기 위한 휴머니즘적 형상으로 파악하기도 했다. 효로 굳어진 것 같은 『심청전』의 주제가 다소 주제 양산적으로 혼란스럽게 보일 수 있으나 고전작품의 주제적 접근도 얼마든지 다양하게 논의 해석될 수 있음을 통해 이후 여타 고전작품의 연구에 적지 않은 시사점을 제공한 것으로 받아들여도 좋을 것이다. 다른 말로 할 때 그같은 연구적 선례는 고전문학일지라도 기대지평의 확장을 보다 적극적으로 꾀할 필요가 있다는 점을 인식시키는 데서도 의미가 있었다고 생각되는 것이다.

6차 교과개정이 학습자의 자율적이고 자발적인 참여를 지향하고 있는 것처럼 고전문학의 학습에서도 이는 당연히 적용되어 마땅한 것으로 목표가 서게 되었다. 하지만 문학에 대한 자율적 학습이란 좁혀서 말하면 교과서적 시각, 즉 이미 규정지어진 해석이나 모범 답안적인 평으로부터의 탈피 혹은 새로운 읽기에 대한 선언이라고 말해도 대차가 없을 듯 하다. 그렇지만 교육부 편찬 국어교과서에서도 명분만 거창할 뿐 이런 세부적 인도에는 미흡하고 검인정 문학교과서에서도 이점은 구체적으로 제시되고 있지 못한 형편

---

10) 조동일, 「심청전에 나타난 비장과 골계」, 『계명논총』 제7집, 계명대, 1971.

이다. 예로 권영민의 '문학'에서는 의심없이 『심청전』의 주제를 효에 두고 있으며 김윤식 김종철 '문학'에서도 이 같은 점은 크게 바뀌었다 할 수는 없다. 다만 이 두 저자의 '문학'에서는 『심청전』의 주제가 좀더 새롭게 전개될 여지가 있다는 점을 밝혀놓고 있는 것이 시사적이라면 시사적일 것이다.11)

기본적으로 작품의 토대라 할 당대적 상황은 주제 모색과정에서도 의미 있는 방향타로 적용되어질 수 있다고 보는 것은 철지난 실증주의자의 아집으로 치부될 수 없다. 『심청전』이란 앞서 전제했던 조선후기라는 시대적 산물이면서 동시에 다중이 개입하여 생산한 다기한 의식의 굴절체일 수 있다. 연구성과가 축적될수록 주제나 사상적 토대에 대해 다양한 진단이 거듭되어 왔다며 『심청전』의 학습현장에서도 이런 점을 숙지시키고 나름의 해석적 동기유발로 인도하는 것이 바른 선택이다. 다양한 의식의 굴절체라는 각각의 예각 대신 주제 속에는 비교적 폭넓은 둔각에 해당되는 부분이 있다고 보는데 해석에서 이 점을 잡아내는 것이 앞서 해야할 일이라고 필자는 본다.

아울러 시대와 개인적 사안에 가려 잘 보이지는 않으나 표피적 형상을 드러내지 않은 채 가라앉아 있는 원형적 희원의 존재를 인정하는 것이 필요하다. 특히 여러 사람의 구전에 의존하게 마련인 적층문학일수록 그런 현상은 더 두드러진다고 할 것이다. 이런 점에서 원형적 신화소와 『심청전』의 관련성을 살펴보는 것은 무의미한 일이기는 커녕 반드시 거쳐야 할 일이다.

---

11) 김윤식, 김종철, 『문학』, 한샘출판, p.282.
　　"심청의 행동을 중심으로 보면 우선 이 작품의 주제는 효이다. 이 효는 유교적 덕목만이 아니라 인간의 보편적 심성으로 해석될 수 있다. 그러나 아버지의 눈을 뜨게 하기 위해 자기 목숨을 버리는 것이 정말 효인가라는 반문도 제기된다. 자식의 희생으로 눈을 뜬다는 것이 심봉사로서는 더 큰 아픔이자 슬픔이기 때문이다. 반면에 심청이 인당수에 빠지고 난 뒤 심봉사가 뺑덕어미와 벌이는 행동은 도덕적 덕목과는 거리가 먼 비속한 세태를 반영한 것이다. 그런가 하면 심청은 물에 빠졌다가 거듭 나기 때문에 그 제의적 의미 역시 중요하게 해석되기도 한다. 이처럼 이 작품의 주제는 논란거리인 만큼 다양하게 해석되고 있고 그 현대적 의미도 거듭 평가되고 있다."

더구나 『심청전』에서 신화소의 내재적 징후는 그 서두의 적강화소[12] 개입에서 이미 분명하게 드러나고 있다는 것이 필자의 생각이다.

심청의 本鄕이 실은 天上으로 그녀가 선녀로서 옥황상제에 바칠 반도를 갖고 가다 노중 잡담하느라 시간을 지체한 것이 옥황상제의 노여움과 함께 지상으로의 내침을 불러왔다. 천상 인간이 지상으로의 귀향, 신화소의 수용이라는 면에서 이는 신화의 전형적 구성이며 『심청전』이 신화적 謫降話素를 온전히 수용하고 있음을 드러내는 대목이 아닐 수 없다. 하지만 이계의 인간에 대한 자취가 쉽게 지워 버리는 것은 이른바 치죄의 사건이 보다 현실적이고 당대적 핍진성의 비율이 서두 이후 상당히 높아지기 때문이 아닌가 싶다. 심봉사 부부가 名山大刹을 찾아 祈子에 지성을 바친 끝에 염원하던 대로 아이를 점지받는 것까지는 지성이면 감천이라는 전통적 관념의 낙관적 실현이다. 하지만 어렵게 태어난 심청이 곽씨부인이 7일만에 세상을 떠나면서 이승에서의 시련이 그녀를 혹독하게 괴롭힌다. 다시는 적강이라는 말을 하지 않으나 지상으로의 귀향답게 그녀에게는 모친의 죽음을 시발로 가혹한 고난이 점철된다. 당연히 아비인 심봉사가 심청을 부양해야 하나 심봉사야말로 그때까지 곽씨부인에 의해 철저히 봉양받던 처지였으므로 심청을 키우기는커녕 자기 한 몸 건사도 불가능한 처지였다. 어려움을 잘 아는 인근의 여인들이 적극적으로 심청 모를 대신해서 이 부녀에게 도움을 베풀지 않았던들 그녀는 세상에 몸붙이기 어려웠을 터이다. 다시 말해 귀덕어미, 장승상부인 같은 구체적 인물에서부터 이름 모를 숱한 동네 여인들의 정성 어린 보살핌이 있었다.[13] 그러나 심청은 그저 이웃여인들의 도움을 일방적으로

---

12) 유영대, 『심청전연구』, 문학아카데미, 1991. pp.216-217.
  "뚜렷한 주제의식을 가지고 하나의 서사적 맥락에서 관점의 이탈없이 일관된 시점으로 세계가 예정되고 조화로운 양상을 진술한다. 천상질서의 훼손에 대한 징벌로서 적강하고 지상에서의 선행에 대한 보상으로 심청은 희생하며 부귀와 득명을 이루고 천상질서를 회복한다는 적강소설의 구조가 철저하게 적용되어 작품화되었다."

스스럼없이 원하는 그런 인물이 아니었고 철이 들면서부터는 어떤 방식으로든 그들의 빚을 갚는데 골몰했다. 자기 앞가림을 하게되자 그녀는 부친공양에 혼신의 힘을 다하고 타인들로부터의 일방적 도움을 극구 기피할 정도로 자주적이며 숙성한 면모를 유감없이 발휘했던 것인데 이는 그 뒤에 지상의 효녀를 훨씬 넘어 인당수에 몸을 던지는 자기 희생이 극단의 반전으로 떨어지지 않게 하는 복선이기도 하다. 그녀의 초기 고난은 우리시대의 소녀가장과 흡사한 데가 아주 많으나 뱃사람들에게 供犧할 처녀로 점지되고 마침 해중에 투신하는 대목에 이르러서는 영웅적 결단을 내재한 비범함이 강하게 비친다. 복선으로서 춘향이 천상을 그 고향으로 삼고 있다거나 출현과 더불어 이어지는 시련에서 영웅 소설적 모티브의 변형은 심사를 거치지 않고도 금방 드러난다.

　그러나 심청이 극복해나가야 할 고난은 심봉사가 아비노릇을 제대로 할 수 없다는 점에서 비극적 국면으로의 전개가 쉽사리 예견된다. 아비가 맹인이라는 것, 그 자체가 이에 고통을 잉태한다. 하지만 그들의 장래를 더 참담하게 몰고 간 近因은 아비가 가부장적 의무감은 물론 성인으로서 책임감과 거리가 먼 인물이라는데 있는 듯 싶다. 심봉사가 얼마나 정신적으로 퇴영적 수준에 머물고 있는지, 봉은사 주지에게 공양미 삼 백 석을 약조하는 장면에서 우리는 이를 여실히 간취할 수 있다.

---

13) 최운식, 상게서, p.43.
　　"여보시오. 마누라님, 여보 아씨님네 이자식 젖을 좀 먹여주오 나를 본들 어찌하며 어미 없는 어린 것인들 아니 불쌍하오. 댁집의 귀하신 아기 먹이고 남는 젖 한통 먹여주오."
　　하니 뉘아니 먹여주리
　　또 육칠월 김매는 여인 쉴 참 찾아가서 애근하게 얻어먹이고 또 시내가의 빨래하는 데도 찾아가면 어떤 부인은 달래다가 따뜻이 먹여주며 후일도 찾아오라하고……
　이후부터의 인용문은 최운식이 정리한 完板 己巳本 심청전(시인사, 1984)중 번역부분이다.

> 심봉사는 정세는 생각지않고 눈뜬단 말에 혹하여
> 그러면 삼백석을 적어가시오.
> 화주승이 허허웃고
> ……여보시오 댁의 가세를 살펴보니
> 삼백석을 무슨 수로 하것소
> 심봉사 홧김에 하는 말이
> 여보시오. 어느 쇠아들놈이 부처님께 적어놓고 빈말 하것소 눈뜨려다가 앉
> 은뱅이 되게요. 사람만 없수이 여기지 말고 염려말고 적으시오14)

아비를 뒷바라지하기 위해 안간힘을 다하던 심청이 이즈음 장승상부인의
수양딸 제의도 떨치고 봉양에 전념한다며 아버지 곁을 떠나지 않는 풍경과
대조적으로 개안에만 현혹되어 성급하게 약조부터 하고 형편을 미심쩍어하
는 시주승에게 도리어 화를 내는 심봉사의 언행이 얼마나 허장성세에 빠져
있는지 헤아리기 어렵지 않다. 너무 급한 약조였으므로 곧 이에 후회하지만
이미 사태는 수습할 수 없는 지경으로 빠져버리고 만다.15) 여기서 우리는
남과 여, 그리고 아비와 딸 사이에 인간적 성숙도에서 이토록 큰 차이가 날
수 있는지 얼른 믿어지지 않을 정도이다. 세상의 풍파와 맞설 나이가 아님
에도 벌써 의젓한 생각으로 부친봉양에 지극정성을 다하는 심청의 행실에
비길 때 아비의 언행은 감내하기 힘든 현실에서 또 하나의 짐을 보태줄 뿐
이다. 난관에 봉착해서 파탄을 막는 유일한 대안이라면 심청의 성숙한 처신
일 것이다. 그녀의 인물적 기능은 한 남성의 실수나 한 여성의 지고지순한
희생으로 귀속되지 않는다. 즉 성년이 되고 부모의 입장에 들어서 있어도
남성은 불완전하며 대신 여성은 그런 불완전한 남성을 인도하고 구원하여
위태로운 현실세계를 구원하는, 잠재된 여성의 힘을 각성시키는 구조라고
할 수도 있을 터이다.

---

14) 최운식, 상게서, p.41.
15) 최운식, 상게서, p.59.

그러나 여성의 구원자적 상이 심청으로만 그치는 것이 아니다. 정도의 차이가 있을지언정 남성에 비해서 훨씬 구체적으로 현시되는 다른 여성들은 하나같이 성숙한 정신과 박애주의적 실천력을 갖춘 인물로 형상화되고 있다. 우선 심청의 모인 곽씨부인의 형용을 보자.

> 그처 곽씨부인 현철하여 임사의 덕행이며 장강의 고움과 목란의 절개와 예기 가례 내칙편이며 주남 소남 관저시를 모를 것이 없으니 일리에 화목한 노복을 은애하며 가산 범절함이 백집사기감이라. 이제의 청렴이며 안연의 간난이라. 청전구업 바이 없어 한 칸 집 단표자에 조불려석하는 구나…… 춘추시향 봉제사와 앞 못보는 가장 공경 사절의복 조석찬수 입에 맞는 별미 비위 맞춰 지성공경 시종이 여일하니 상하촌 사람들이 곽씨부인 음전타고 칭찬하더라.16)

살아 생전 곽씨부인의 현모양처적 면모는 이로써 극명히 드러난다. 그런 그녀가 앞못보는 남편과 이제 핏덩이인 청을 남기고 세상을 떠야했으니 부인으로서 어머니로서의 죄책감은 통절하기 그지없는 넋두리를 토하게 한다.17) 그녀가 유언으로 남겼듯이18) 아내의 빈자리를 대신해줄 것은 부족

---

16) 최운식, 상게서, p.50.
17) 완판본에는 곽씨부인의 운명직전 넋누리가 이렇듯이 이어진다.
  "우리 둘이 서로 만나 해로백년하려 하고 간구한 살림살이 앞 못보는 가장 범연하면 노여움 끼기 쉽기로 아무쪼록 뜻을 받아 가장 공경하려하고 풍한서습 가리잖고 남촌북촌 품을 팔아 밥도 받고 반찬도 얻어 식은 밥은 내가 먹고 더운 밥은 가군 드려 배고프지 않게 춥지않게 극진 경배대하옵더니 천명이 그뿐인지 인연이 끊여졌는지 하릴없소 눈을 어찌 감고 갈까. 뉘라서 헌옷 지어주며 맛있는 음식 뉘라서 권하리까. 내가 한번 죽어지면 눈 어두운 우리 가장 사고무친 혈혈단신 의탁할 곳 없어 바가지 손에 들고 지팡 막대 부여잡고 때맞추어 나가다가 구렁에도 빠지고 돌에도 채여 엎푸러져서 신세자탄으로 우는 양은 눈으로 곧 보는 듯 가가 문전 찾아가서 밥 달라는 슬픈 소리 명산대찰 신공드려 사십에 낳은 자식 젖 한번도 못 먹이고 얼굴도 채 못보고 죽단말가. 전생에 무슨 죄로 이생에 생겨나서 어미 업슨 어린 것이 뉘젖 먹고 살아가며 가군의 일신도 주체 못하는데 또 저것을 어찌하며 그 모양 어찌할까 멀고 먼 황천길에 눈물겨워 어찌가며 앞이 막혀 어찌 갈까."

하나마 이웃 여인들 뿐이었다. 강보에 싸인 심청을 양육하는 데는 귀덕어미를 비롯한 동리 여인들의 힘이 컸다면 철들고부터는 고을의 큰 부자 장승상의 부인이 그에게 절대적 후원자가 되어준다. 아직 슬하에서 응석 부릴 나이에 그녀는 벌써 타인의 도움을 허여하지 않을 정도로 굳게 자립심을 갖추고 부친봉양에 전념하니 인근에서 그 덕성에 칭양하지 않는 이가 없었다. 마치 고사속의 임사 장간 목란 등과 비견되었는데 무엇보다도 죽은 곽씨부인의 덕성이 고스란히 그녀에게 전해졌다고 하는 편이 옳았다. 어머니 곽씨부인이 임종시에 핏덩어리의 이름을 심청이라 명명해준 것이나 아이를 자신의 분신으로 봐 달라는 칭탁은 예사롭게 여겨지지 않는 것이다.

> "차생에서 미진한 인연 다시 말나 이별 말고 살리라. 애고 애고 잊었소 저 아이 이름을 심청이라 지어주고 나 끼던 옥지환이 함 속에 있으니 심청이 자라거든 날 본 듯이 내어주고 나라에서 상사하신 돈 수복강령 태평안락 양편에 새긴 돈을 고은 홍전 괴불 줌치 주홍 당사 벌 매듭의 끈을 달아 두었으니 그것도 내어주오."19)

곽씨 부인의 사후 심봉사가 겪은 고초는 만만한 것이 아니지만 그럼에도 심각하게 여겨지지 않는 까닭은 이미 한결 성숙한 심청의 처신, 곧 엄청 나게 빨리 세상물정을 깨우치고 조숙하게 자신의 책무를 앞서 깨우치는 등 앞질러 심청의 숙성함이 독자들에게 수긍되고 있기 때문이라고 할 것이다. 하지만 심청의 희생적 사고와 언행이 여러 가지로 전제되었다고는 하나 자신의 몸과 공양미 삼백석을 맞바꿀 수 있을지 그 점만은 수월하게 답할 수 없는 사태로 발전한다. 그러나 심청은 역시 달랐다. 마치 공희의 기회를 고대

---

18) 최운식, 상게서, p.55.
    건너마을 귀덕어미 내게 절친하여 다녔으니 어린 아이 안고 가서 젖을 먹여 달라 하면 괄시 아니하리니 천행으로 이 자식이 죽지 않으고 자라나서 ……
19) 최운식, 상게서, p.58.

했던 것처럼 그녀는 아버지의 결정에 찬동해주고 누구와도 논의없이 선인들에게 자신의 몸을 팔기로 약조한다. 그것은 의식주를 챙겨주고 맘을 편하게 하는 일반적 효행의 차원과 전혀 다른 것으로 그녀는 이제 속가의 범연한 소녀가 아니라 여성영웅으로서의 면모까지 넉넉히 짚어보게 만드는 것이다. 심청의 행위는 더군다나 맹인으로 자식의 양육은 말할 것도 없고 자신조차 추스를 수 없는 불완전한 아비로서 심봉사와 대조되어 그 비범성과 예외성이 한결 두드러져 보이는 것이 사실이다.

　이제까지 본 것처럼 적어도 심청이 인당수에 그 몸을 투신하기 전에도 그녀의 삶은 지극한 효의 실천화 과정으로 대별해보더라도 전혀 어색할 것이 없는 것이니 주제로 효를 내세우는 것에 이의를 달 여지는 없다. 그러나 심청의 지상적 궤적이 효로 감싸안기에는 너무 심대한 희생과 함께 수혜범위가 광포하다는 점에 눈돌리지 않으면 안된다. 물론 남성과 여성간의 상호의존적 삶이란 점에서 보면 아비에 대한 대를 이은 모녀의 출현, 거기다 불완전한 한 남성에 대한 여성의 구원이란 구도로 이야기는 단순할 수 있으나 일신을 바쳐서까지 아비의 해원을 서슴지 않는 대목은 그대로 불퇴전의 남성적 결심에 다름 아니며 여성에 의한 남성의 구원이란 구도로 인식할 때는 효가 아니라 구원자로서 주인공의 자취를 격상시켜 보지 않을 수 없게 한다.

Ⅲ. 세계 구원자로서의 심청

　남경상인들이 우리 나라에 들어온 까닭은 단적으로 바다에서의 안전과 豊漁를 위한 제의로서 인신을 매매하고자 함이었다. 이미 그들은 중국내에서 覓人에 발분했던 것으로 보이나 그 엄청난 일에 선뜻 나설 이가 없자 부득이 방향을 조선으로 돌린 것이었다. 그런 상황에서 만난 심청은 이들에게 있어 천재일우격의 또 다른 구원적 시혜가 아닐 수 없다. 사실 인륜 도덕적으로 사람의 목숨을 매수하고자하는 선인들의 행위는 지탄받아 마땅하나 바다에서 살아가는 그들에게 항해중 안전 및 풍어에 대한 바람은 그 어느 것보다 강렬한 것일 수 있다. 이를 감안하고 인신매매의 전후사정을 헤아려 보아야 한다. 굳이 책임소재를 따진다면 선인들이 문제가 아니라 극단의 이기심에 공양미 시주를 성급하게 약조한 심봉사의 잘못이 첫째이고 아비 몰래 인신매매를 자발적으로 감행한 심청의 잘못이 그 다음이다. 따라서 공양미 마련의 원은 이루었다고 하더라도 부녀 앞에는 이제까지의 고초와 비교할 수 없는 단장의 비극이 순식간에 전개된다.

　하지만 해중 투신이후 기대못한 구원으로 이야기는 이제 현실에서 이계로 공간을 바꾼다. 공양미와 몸을 바꾸고 해중으로의 투신이후 죽지않고 용궁에 이를 수 있었던 것은 필시 자기반성적 차원으로 일신을 바치는 장한 행위를 천상에서 처음부터 지켜보고 있었던 것이다. 그렇게 자초지종을 알아챈 천상이 해용 왕, 지부 왕에게 투신 전에 이미 심청 구원의 임무가 하달되었던 것이다.20) 용궁은 이별한 모친과의 해후를 가능해주게 해주었고 여기서 곽씨 부인이 용궁의 일원으로 영생하고 있음이 확인되거니와 異界도 홀로 남은 아비 심봉사를 걱정함으로써 심청의 모성애적 자비심을 다시 한번 강조한다.21) 심청 앞에 이제 더 이상 비극이 없게되었으나 그녀의 자기

---

20) 최운식, 상게서, p.60.
　이때에 옥황상제 하교하사 인당수 용왕과 사해용왕 지부왕에게 낱낱이 하교하시되 명일에 출천 효녀 심청이가 그곳을 갈 것이니 몸에 물한점 묻지 않게 하되 만일 못시기를 실수하면 사해 용왕은 천벌을 주고 지부왕은 손도를 줄 것이니 수정궁으로 모셔들여 삼년 공궤 단장하여 세상으로 환송하라.

21) 최운식, 상게서, p.64.
　……외로우신 아버님은 뉘를 보고 반기실까. 부친 생각이 새로워라…… 부인울며 왈 "나는 죽어 귀히되어 인간 생각 망연하다. 너의 부친 너를 키워 서로 의지하였다가 너조차 이별하니 너 오던 날 그 정상이 오죽하랴."~

희생적이고 구원자적 자질이 이로써 끝나는 것은 논리에 맞지 않는다. 재생한 뒤 심청에게는 중국이란 또 다른 공간이 그녀를 기다린다. 말할 것도 없이 그 땅으로의 편입은 그곳이 무엇인가 결핍된 공간임을 앞서 일러주는 것이기도 했다. 즉 왕비의 죽음으로 비탄에 빠져있던 중국 황제에게 수중 연꽃을 통해 해중에서 출현한 심청은 이제껏 대해온 어떤 여인과도 비교 안될 만큼 완벽한 배우자로 생각된다. 왕의 기쁨과 더불어 태평연월로의 회귀는 심청이 출현 아니고서는 기대할 수 없었던 일이다. 하지만 부귀영화를 누릴 지위에 올랐어도 아비에 대한 걱정으로 그녀는 늘 시름에 젖어있었는데 궁리 끝에 그녀가 아비와의 상봉을 위해 떠올린 것이 맹인잔치로, 이 제안을 왕이 흔쾌히 수용했음은 물론이다. 이때 아버지와의 상봉에 머물지 않고 천하의 모든 맹인들을 위한 거국적 잔치를 계획한 데서 심청의 대승적 마음 씀씀이가 다시 한번 분명하게 드러난다. 그녀의 이 같은 보편적 사랑은 앞서 보았던 대로 불가능한 세계를 넘어 염원한 바 최상의 보답으로 황후가 된 뒤 부녀간의 해후일뿐더러 그 자리에 있던 모든 맹인들에게도 광명을 찾아주는 거국적 잔치로 확대되었다는데 의미가 있다.

　확실히 심청의 자취를 짚어가다 보면 신화적 여인으로서 비범성만이 아니라 어디 한 군데 결점이나 시행착오를 남기지 않는 완벽함과 이타적 행위로만 점철되고 있다. 일찍이 그녀는 母性실현의 구현을 여실히 보여주었고 中華로 이동하여 그곳에 태평성대를 가져오게 했으며 천하의 맹인들에게 동시에 개안의 기쁨을 안겨 주었다. 이는 자기 희생적이며 모태로부터 연유한 구원자적 심성이 구체적으로 실현된 것이라고 해도 좋을 것이다.

Ⅳ. 희생과 구원의 여성상 및 서사적 전통

심청만이 희생적이며 세계구원의 인물로 치부해도 될까. 그 인물적 기능이 퇴색되어버린 감이 없지 않으나 곽씨 부인 귀덕 어미 장승상 부인 안씨 부인 황씨 부인 등 다수의 여인들은 하나같이 여성으로서 생전 타인에 대한 선행이 남달랐으니 심청의 자취와 방불한 점을 찾기란 어려운 일이 아니다. 심청에 미칠 수는 없으나 중세 여성이 갖추어야할 덕성에 있어 심청과 대비될뿐더러 실상 그들의 도움 때문에 해피엔딩으로 이어질 빌미가 마련된 것이라고 해도 좋다. 심청의 부녀가 후반부에 맞이하는 부귀영화조차의 그 근원을 찾자면 복수로 등장하는 여인들, 그리고 그들의 희생적 보살핌에서 기인한 것이라고 하더라도 그리 무리가 아니라는 것이다.

그러나 심청과 같은 인물이 『심청전』밖에서도 흔히 목도됨을 외면해서는 안 된다고 본다. 우리 서사문학에 희생적인 여성형이 이미 『심청전』이전에도 하나의 흐름을 이루며 적용되어 왔음은 조금만 살펴보더라도 금방 드러나는 일이라 하겠다. 다만 이에 대한 집중적 조명은 만족할 정도로 따르지 않았을 뿐이다. 가령 바리데기, 孝女지은, 金現感虎 등에 등장하는 여성은 자기 희생을 앞세우고 타자의 편에 서서 자기 희생을 마다하지 않는 점에서 심청의 처신과 여러모로 부합된다.

민간전설 가운데는 바리데기를 巫祖로 숭앙하는 것이 있는가 하면 일신을 던져 부친을 구해냈음을 강조하는 쪽으로 흐르기도 하는데 후자도 전자 못지 않게 널리 퍼진 것으로 보인다.

이런 줄거리이다. 한 부부가 아들 낳기를 간절히 원했으나 거듭해서 딸만 일곱을 낳자 분풀이하듯 막내딸을 버린다. 세월이 흐른 뒤 부친이 중한 병에 걸려 약이 필요하건만 언니들은 한결같이 각각의 핑계를 대면서 구약여행을 거절한다. 나중에 이 사정을 접한 막내딸이 구약여행을 자처했고 부친은 이미 죽었으나 딸이 구해온 묘약으로 소생하는 기적이 일어난다. 바리데기의 통과의례적 자취야말로 흥미촉발 부위가 되겠으나 핵심은 자기 희생적으로 아비에게 효를 다한 착한 딸에 있다는 것이 쉽게 드러난다. 바리데기를 효녀의 대명사가 되는 것은 전혀 이상할 게 없다.22) 바리데기 공주 이야기를 무격신화로 보는 만큼 이는 사람들의 희원 및 원형적 바람을 담은 연원이 대단히 긴 이야기일 것이다.

반면에 효녀지은 이야기는 열전 편에 편집된 것처럼 현실에서 채집하여 교훈적 대상으로 보이고자 했다. 이는 먼저 『三國史記』에서 주목했으나 『三國遺事』도 등재하고 있는 것을 보면 중세기에 이념과 세계관에 걸맞는 효의 실천적 사실로 그녀만큼 적절한 인물은 없다고 판단한 듯 하다. 다만 차이라면, 김부식은 정보나 사실 제시에 보다 유의한 반면 일연의 경우는 결론 부위에서 사찰연기적 성격을 가미하여 불교적 서사물으로서의 기능 전환을 꾀했다는 데 있다하겠다.23)

현실 속에서 효의 실천이란 남녀 성의 구분을 넘어 지켜나가야 할 덕업으로 강하게 요구되는 풍토이고 따라서 여성에게서만 그 덕성을 강조하는 것은 찬자의 올곧지 못한 시각으로 지적될 수 있다. 하지만 이를 여성적 덕성으로 간추려주려는 태도를 반드시 성의 불균형적 시각으로 보는 것은 또

---

22) 임석재, 『한국구전설화』 9, 평민사, p.76.
　　"곱게 기엽게 키운 자식언 부모헌티 소도럴 안허지만 천덕구러기로 잘못 키우고 버린 자식언 부모헌티 소도헌다고 이 애기넌 말허고 있다. <u>버리데기 소도헌다넌 말언 이리서 생겼다고 헌다.</u>"

23) 『삼국사기』, 권제48의 효녀지은과 삼국유사 효선 제9, 권제5의 빈여양모를 가리킨다. 삼국사기나 삼국유사나 그 이념과는 달랐으나 효에 관한한 결코 외면할 수 없는 덕성으로 여겼음을 이 전기에서 분명하게 엿볼 수 있다. 그러나 사술상 차이는 적지 않다. 전자가 효녀의 이름을 지은으로 밝히고 양인의 신분에서 천인으로 몸을 팔아 식량을 조달했다는 당대적 신분변동과 민초들의 삶을 구체적으로 적시하는 등 역사적 정보 및 사실의 제시가 퍽 구체적인 반면 후자는 대동소이한 내용의 제시에도 불구하고 불교적 인과응보의 의미를 바탕에 두고 한 처녀의 효행으로 말미암아 양존사란 사찰이 생기게 되었다는 사실에 무게를 두고 있는 것이다.

다른 사시적 태도일 것이다. 남성중심의 중세봉건기에 여성의 덕성적 현시가 효 이외 다른 것을 쉽게 떠올릴 수 없으므로 자연 효행이 두터웠던 여성들을 전기적 대상으로 채택한 것이라면 무리한 추론일까. 이같은 인간 평가와 기준이 거의 남성중심으로 짜여있는 시대에서 효행은 성의 분화에 구애됨이 없이 누구에게나 현창해 마땅한 인간의 도리로 보았을 터이다. 그러나 앞서 『심청전』의 언급에서 보았듯 어느 새 여성중심의 이야기 중에는 효를 넘어 인간구원의 문제로까지 의미를 증폭시키는 전례가 이미 여러 작품에서 간취된다는 사실에 유념해야 할 것이다.

「김현감호」의 호랑이처녀는 효행은 물론 이에서 더 나아가 자기희생을 마다하지 않는 여성상의 우회적 형상화로 보면 어떨까. 물론 김현감호는 겉으로는 동물과 인간 사이를 문제삼는 것부터가 예사롭지 않지만 다른 한편에 상징성이 강한 내부가 지배하고 있어 진지한 관찰과 함께 치밀한 분석을 요구한다. 이 작품의 주인공이 처녀호랑이로 되어있다는 사실부터 그런 상징과 무관하다 할 수 없는 것이다. 金現은 백면서생으로 초파일을 맞아 풍속대로 사찰에 올라 배우자를 만나게 해달라는 원을 대며 늦도록 탑돌이를 한다. 소원은 다를 지라도 그와 비슷한 처지의 여인이 또 하나 있었고 그녀 역시 늦게까지 탑을 돌다가 각각의 처지를 이해하게 되지만 원으로 치면 처녀가 훨씬 간절했던 것으로 나타난다. 구체적으로 그녀는 오빠호랑이들이 더 이상 인명을 살상하지 말라는 것, 그리고 인간살상을 기화로 닥쳐올 자기 종족에 대한 응징을 거두어 달라고 빌지만 이는 스스로의 죄과 때문이 아니라 오빠 호랑이들의 죄로 말미암아 그리한 것이라는 점을 놓쳐서는 안 될 것 같다. 즉 같은 호랑이 종족에 속하지만 그녀는 인간의 성숙한 사고를 지니고 있는데 반해 오라비들은 동물적 본능에 충실할 뿐이다. 처녀를 따라 호랑이 굴에 따라간 김현의 체취를 알아채고 군침을 흘리다가 오라비 호랑이들이 노파한테 꾸중듣는 대목은 이를 상징적으로 보여준다. 맹수들의 본능적 행동을 두고 노파가 제지하고 대처할 능력이 있다면 사실 처녀가 나설 필요는 없었을 터이다. 고작 오라비 호랑이의 야성에 대해 한 두 마디의 훈계를 던질 뿐, 노파는 적극적으로 종족을 위한 일을 도모하지 못한다. 이 상황에서 처녀는 종족의 보존을 모색하기 위해 기꺼이 자기 희생을 감수한다.

비현실담이나 동화적 흥미로 의미를 좁힐 수도 있겠으나 위에서 보듯 담론 중에는 겉으로 드러나는 변신담도 중요하지만 내면의 상징적 함의가 서둘러 벗겨져야 할 것이다.

필자가 보는 첫 번째 인상은 이것이 남녀 성 문제, 그리고 인간구원의 문제가 제시되고 있다는 것이다. 그만큼 진지한 의미화가 담론 속에 숨어있다고 보는 것이다. 성의 분화에 따라 여성은 이타중심의 사고를 앞세우고 스스로의 희생을 마다하지 않는 존재로, 남성은 결국 그 여성의 배려와 희생을 통해서 파멸을 면하게 한 것은 시사해주는 바가 크다. 어떻게 보든 여성이 남성에 비해 성숙한 정신력에다 자기 희생적 태도를 지속시키고 있는 바, 이것이 이야기의 축으로써 중심을 놓치지 않았다는 증거가 된다. 이의 구체상은 처녀호랑이가 생애 처음이자 마지막으로 성내에 침입해 사람들을 경악시키는 사건을 일으키기 전 김현에게 자초지종을 털어놓는데서 실감나게 잡힌다.

> 이제 제가 일찍 죽는 것은 대개 하늘의 명령이며 또한 저의 소원이며 낭군의 경사이며 우리 일족의 복이며 나라 사람들의 기쁨입니다. 한번 죽어 다섯 가지 이로움을 얻을 수 있는 터에 어찌 그것을 어기겠습니까.24)

그녀는 단순하게 김현 한 사람을 위해 궁 안의 난리를 획책한 것이 아니

---

24)『三國遺事』卷第 5 金現感虎 "今妾之壽夭 盖天命也 亦吾願也 郎君之慶也 子族之福也 國人之喜也 一死而五利備 其可違乎"

었다. 그녀는 남편, 종족, 나라, 하늘 등을 모두 살리기 위해 서슴없이 자신의 목에 스스로 칼을 꽂고 김현이 자신을 죽인 것처럼 가장하는 주도면밀함을 보인다. 타자에게는 지극히 자비로웠으나 그녀 자신에게는 너무나 가혹했던 여인이었다.

여성 희생을 앞세운 이른 시기의 작품 몇 가지를 간략하나마 살펴보았다. 단지 세 작품을 통해 객관적이고 균형 있는 논의를 기대한다는 것 자체가 무리이기는 하나 여성의 자기 희생적 속죄와 이타적 행위에 대한 형상이 특정시기의 유행, 혹은 특정작품의 특징만은 아니란 점을 확인할 수는 있었다. 요약컨대 조선후기 『심청전』을 통해 우리가 간취할 수 있는 기대지평의 확장은 이른 시기의 바리데기 공주에서부터 조선후기에 등장한 여성영웅 소설들에 이르기까지 부조된 구원적 여성상에서 시사받았다고 유추하더라도 억지스럽지가 않다. 그렇다고 해도 필자가 『심청전』을 전통적 맥락 위에 수렴시키고 이 작품이 간직한 서사적 개별성과 그 주제정신의 의존성을 드러내는데 의도를 둔 나머지 지루하게 여타 작품을 훑어본 것은 아니다.

우리는 다시 『심청전』을 논의의 중심으로 두어야 한다. 따라서 이후의 일은 전통적인 여성의 형상을 극복 『심청전』에서만 구현되는 제 특징이 있는가에 초점이 두어지지 않을 수 없는 것이다.

전대의 서사물을 포함, 『심청전』이 전반부에 등장하는 여성은 거의 형상적 특징이 단일화되어있다. 그들은 너무나 조신하며 남성사회가 요구하는 이상적 덕성에 놀랄만큼 부합되는 언행을 갖추어 과연 현실속의 여인일까, 아니면 이상형에 대한 동경의 의식이 지나치게 반영된 결과인가 담론적 동인을 가려내기는 어렵다.

그러나 뺑덕어미가 이상적인 덕성과 실천까지 겸비한 여인들로 가득 채워진 세계에 대한 동경의식에 의해 소설담론을 촉발시킨 것과는 그 성질이 판이한 것을 어렵잖게 알 수 있을 것이다. 뺑덕 어미는 심청으로 대표되는

이상적 여성들의 거듭된 등장으로 굳혀진 여성의 구원자적 인상을 한순간에
허물어뜨릴 만한 짓을 골라서 하는 여인이다. 그녀가 도리어 현실적이고 일
상적인 인물이므로 우리가 앞서 보았던 심청류의 상은 그야말로 이제 여성
의 순종이나 자기 희생적 미덕이 상당히 퇴색된 사회적 실상을 간접적으로
드러내는 것이라는 쪽으로 서사동기에 대한 추측이 바뀌어질 정도가 되어버
린다. 뺑덕어미는 현실 속으로 내려가면 언제든 조우가 가능할 정도로 세속
적이다. 본디 天人이고 적강 이후 지고한 언행만을 펼쳐 세속에서의 정화를
가능케 하는 데 심청의 인물적 기능이 놓여있는데 비해 뺑덕 어미는 어쩔
수 인정해야 만 하는 세속사를 보여준다는 점에서 훨씬 개연적이고 민중적
인 여인이다. 그녀중심으로 펼쳐지는 에피소드에서 그녀의 전체적 상은 비
행적이지만 독자들의 판정은 악행으로 기울어진다. 사실 실제보다 그녀가
더 부정적인 인물로 각인된 데는 구원자적 선행만을 보였던 기타 여성들과
달리 천박하고 자기중심적 처신으로만 일관한 탓이 무엇보다도 컸다.25) 그
러함에도 뺑덕어미를 등장인물 가운데 당대 현실 속에서 형상화된 가장 핍
진성이 강하게 부조된 여인이라는 데는 의심의 여지가 없다. 어찌 보면 고
정된 여인상에 식상해진 독자들에게 새로운 흥미와 함께 리얼리티를 부여하
는 데 뺑덕어미의 인물적 기능의 또 다른 의미가 실린다고 할 수도 있다.

　신화적 담론에 대한 동경 의식, 예컨대 작품배태의 당대적 이데올로기,
윤리관 등에서 자유로울 수 없고 인간의 본원적 회원을 선명히 드러냄을 금
기시하는 것 자체가 적절치 못한 안목임에 틀림없다.26) 그러나 조선후기에

---

25) 최운식, 상게서, p.127.
　　"공연히 그런 잡년을 정들였다가 가산만 탕진하고 중로에 낭패하니 도시 나의 신
　　수소관이라. 수원수구하랴. 우리 현철하고 음전턴 곽씨부인 죽는 양도 보고 살아있
　　고 출천효녀 심청이도 이별하여 물에 빠져죽는 양도 보고 살았거든 하물며 저만
　　년을 생각하면 개 아들놈이라."
　　이는 심종사가 뺑덕어미에게 끝내 낭패를 겪고 자탄하는 대목인데 여러 여인들과
　　비겨 그녀의 악행이 어느 정도인지가 극명히 대조되고 있다.

이런 경향을 묵수하는 이야기란 흔치 않을 것이다. 다만 그런 경향이 앙금처럼 가라앉은 경우야 없지 않을 터인즉 『심청전』도 그런 부류에 귀속시켜도 무방한 작품일 것이다. 이 작품도 여타 판소리계소설처럼 뚜렷한 유교적 덕성이나 교훈을 외피로 삼고 인간구원이란 광범한 주제의식을 함축시켜 놓았으되 그 접합부위가 너무나 매끄러워 여간해서는 잘 드러나지 않을 뿐이다.

가령 효가 아니라 심청의 구원적 의미를 제시하는 것이라고 할 때 전자는 남녀관계보다 유교적 이데올로기이나 이념을 담지하는 쪽으로 기울어 결국 상층의 정서에 부합될 가능성이 높아진다.27) 하지만 작품은 당대 중심의 담론으로만 붙들어 놓을 것이 아니라 얼마든지 새롭게 조명할 수 있는 대상이 되는 것이 당연하다. 조선시대가 유교적 이데올로기에 좌우된 시대이므로 어쩔 수 없이 효 중심의 주제 찾기만이 선호되었다 하더라도 이제는 인간적 희원에 의지한 자유로운 작품 해석으로 방향을 선회할 수 있다는 것이다. 『심청전』의 경우 의도적이라고 할만큼 여성등장 인물에 비중을 높이고 있으며 남성의 경우는 심봉사 일인뿐이고 그조차 불완전한 인간으로 형상화하고 있음은 남녀 인물형상에 자의적 설정임을 강하게 암시해주는 부분으로 볼 수 있다.28) 그것은 당대적 모순의 적시일 수 있고 저항적 담론으로의 가능성마저 엿보게 하는 대목으로 보아도 좋을 듯 싶다.

『심청전』이 조선후기에 출현한 작품이면서도 묘하게 남녀간 性분화, 혹은

---

26) 황패강, 「심청설화의 분석」, 『국어국문학』 제31호,(서울, 국어국문학회, 1966) 참조.
27) 주제의식의 변화는 이본의 그 통사적 차순, 미의식, 주제의식 등을 판별하는 조건으로 수용되어 일찍이 연구자들의 관심을 불러왔거니와 김홍규는 「판소리에 있어서의 비장」, pp.139-141에서 신재효의 미의식이 앞선 작품들보다 훨씬 적극적으로 양반들의 취미와 의식에 부합되도록 개작했음을 밝혔다.
28) 정하영, 「심청전의 주제재고」, 『한국고전문학연구』, 신구문화사, 1983.
   "굳이 심청전의 주제를 말하라면, 아버지의 신체적 불구를 회복시키기 위한 딸의 대속적 자기희생을 추앙하고 기리는 것이라고 할수 있을 것이다."

페미니즘적 논의와 무관치 않은 줄거리로 볼 수 있음은 물론 다른 한편으로는 당대적 과제를 넘어 초시대적 성격을 내재하고 있다는 의미로도 확대가 가능하다. 물론『심청전』이 남녀간의 갈등이나 대결적 국면의 조장이나 고발에 초점을 두고자 한 것이라 단언키는 이르지만 치죄를 위해 지상에 내려온 여성이 인간적 비극과 고통, 그에 대한 해결을 여성에 비중두어 적시해줌으로써 인간 구원의 통로를 제시해주는 데까지 나간 것은 분명히 지적할 수 있다. 덕성있는 많은 여성, 대신에 불완전한 한 남성이라는 대립적 설정은 곧 남성에 대한 여성의 성 역할의 역설적 구도일 수 있고 여성영웅을 통한 남성의 무능함을 꼬집기 위한 것으로 볼 수도 있는 것이다.

어느 시대나 당대 특유의 문제가 있고 이야기는 그것의 적시와 해결방식을 직 간접적으로 시사해주기 마련이다. 그러나 작품이 관념과 배경의 산물이란 시각은 작품의 생명을 단축시키는 것은 물론 작가의 의도마저 왜곡하기 쉬우므로 다양한 해석의 여지를 열어놓는 데 인색하지 말아야 한다. 열린 시각을 전제한 해석의 다양성이야말로 당대를 넘어 또 다른 의미체로서 작품을 재창조시키는 조건일 터이고 이는 곧 작품의 생명력을 길게 하는 뜻이기도 한 셈이다.

V. 기대지평의 확장과 학습방법의 변환

앞에서는『심청전』을 중심으로 한 여성의 이타적 처신과 사랑이 그가 처한 세계를 어떻게 변화시켜나가며 그 근원이 어디에서 연유하는가를 살펴보았다. 뿐만 아니라 이전에도 그같은 구원자적 여인상의 문학적 형상은 전례가 있었음을 드러내는데 부족함이 없었던 것이다.

사실『심청전』은 구원의 전통적 승계와 그것의 심화라는 측면을 들 수 있다. 남녀간의 이분법적 성 혹은 공간의 분화를 중심으로 보면『심청전』에는 인간/천인, 남/여, 지상 /천상, 한국/ 중국, 지상/ 용궁, 죽음/영생 등으로 이원적 대립상이 선연한데 이분적 공간이나 상황의 제시는 결코 화해롭지 못한 세상의 상징적 조건이라고 해도 좋을 것이다.29) 그러나 이런 두 조건사이의 대립과 마찰, 갈등을 넘어 유기적이면서도 인과적인 관계로의 설정, 화평한 변화로 이끄는 촉매적 기능을 온통 주인공에게 부여함으로써 심청의 작중적 구실은 한없이 확장될 수 있었던 것이다. 가녀린 여성 심청이 이룩한 그 결과에 주목할 때 그녀를 영웅으로 보는 것은 전혀 이상할 것이 없다.30) 흔히 가정을 건사하고 위기에서 나라 및 백성을 구하는 것이야말로 남성의 가야할 길로 여겼지만 모든 것이 결핍된 현실을 제시하고 齊家는 물론 타인 구원까지를 심청의 몫으로 돌리는 것은 너무 큰 부하량으로 비칠 수 있는 것은 사실이다. 앞서 보았던 김현감호나 바리데기 공주조차도 심청적 희생과 비견되지만 심청만큼 주인공의 구원자적 상의 광범한 구원적 공간으로 이어지지 못하고 자기 신변적 범위에 그치고 말았다. 반면에 심청은 그녀의 궤적을 주변적 공간을 넘어서 주인공의 몫을 한층 크게 넓힌 예로 삼은 것이다. 초반이 효녀로서의 형상에 비중을 두었다면 이 후반으로 갈수록 여성에 의한 남성의 구원, 그리고 이를 넘어 세계구원까지 가능케 하는 여성으로 의미가 확장되기 때문이다.

다시 말해 부친의 개안소원을 위해 몸을 바친 것이 천상의 도움으로 다시 환생한 다음에도 그녀의 지향점 및 본성은 달라질 줄 모른다. 따라서 이른바 發福의 하나로 현시된 황비로의 신분 격상은 자신보다는 난제를 풀어줄 조건으로써 수용돼 아비의 개안은 물론 천하 맹인들에게 일시에 광명을 되찾아주는 직접적 조건이 된다. 결국 그녀가 머무는 공간적 궤적이 천상,

---

29) 황패강,「심청전의 구조」,『한국학보』제9집, 일지사, 1977. 참조.
30) 유영대, 앞의 책, p.202.

지상, 용궁, 중국 등으로 다양하지만 한결같이 무엇인가 결핍되었다는 공통점을 갖고 있었고 심청이 출현해서야 비로소 세상은 온전히 화해와 해원을 이루는 결과를 낳는다.

사실 심청은 여성의 모성애적 사랑과 구원의식의 표출이라는 점에서 보다 적극성을 보이는 것이 아닌가 생각된다. 단군 신화가 그러하고 주몽의 탄생신화가 그런 대표적 사례라 해도 어색하지 않다. 완판본을 예로 할 경우 말미에서 가문소설적 경향으로 회귀하여 지리멸렬하게 가부장적 줄거리를 부연시키는 것은 앞서 지적한 성숙한 주제를 착실하게 하거나 전체적으로 통일감을 해칠 수 있는 것이어서 상당한 쉽게 느껴진다. 왕비로의 운명적 변신, 아비의 개안뿐만아니라 다시 심봉사의 재혼과 후손에 눈길을 돌림으로써 大乘的 주제가 망실된 채 신변잡기로 떨어진 것은 적잖은 아쉬움으로 남을 수 있으나 그것조차도 적층문화가 남긴 흠결의 차원에서 이해할 때 다시 한번 『심청전』의 기대지평적 성숙도가 돋보인다고 하겠다.

학습 상 『심청전』의 초점은 심청과 그 등장인물의 성격을 부각시키는 것이 가장 중요한 요소로 떠올랐다. 주인공을 통한 유교적 도덕률의 고취라는 이중적 성격으로서의 『심청전』은 정말 무난한 풀이로, 양반이나 상층까지 감득의 대상으로 수용하는데 직접적인 역할을 하게 했다. 그러나 문학에 대한 이해와 수용방식이 늘 고정된 것이 아니듯 불변의 특정 메시지를 전제한 뒤 이를 찾기 위해 발분하는 시각도 옳은 것일 수 없다. 하지만 학습의 전범이 되어야한다는 명목을 맹신하며 교과서가 기본적으로 검증을 거쳐 중론화 된 풀이만을 좇고 이를 제시하려한다면 자율적이고 개방적 문학감상의 길을 바라기는 아주 묘연한 일로 남는다. 명목은 그대로 인정하되 실천적 대안으로서의 다른 길을 마련하지 않을 수 없다. 그것은 다시 교과서가 학생의 자율적 문학감상과 독창적 작품 해석을 도출해낼 수 있도록 여러모로 배려해 제작되어야 한다는 점을 보여주는 것이다.

그 동안 고전문학교육이 할 수 있었던 것은 고작 이전의 주제와 줄거리의 섭렵이거나 잡다한 문학적 정보의 주입이 전부라 해도 과언이 아니었다. 유년기 주입된 고전문학적 지식과 이해를 넘어 고등학교과정에 이르면 보다 자발적 문학감상으로 이행해야 함에도 이는 단지 희망으로만 머물렀다. 우리는 이제라도 『춘향전』, 『구운몽』, 『홍길동전』 등 그 어떤 대상이 되었든 학생 자신들의 안목과 기대지평을 통해 작품을 스스로 감상할 수 있도록 부축해주는데 세심한 배려를 아끼지 말아야 할 것이다.

판소리소설에서 상투적으로 적용되고 있고 있는 여타 작품 역시 원형, 신화적 해석 등 여러 가지로 확장되어질 자질을 내재화하고 있음은 물론이다. 그것은 『심청전』의 과거 연구에서 보듯 당대 사상 정신의 산물이라는 결정론적 판단을 넘어 심지어 우리시대 문학이 감당하는 몫과 같이 초시대적 접근을 내세우더라도 얼마든지 또 다른 의미 도출이 가능하다는 것을 시사한다. 이런 시각이 없었던 것은 아니지만 판소리계 소설들의 적층 문학적 성격을 인정하면서도 유교적 이데올로기나 중세적 도덕관에 의존한 무리없는 주제로 한계지어 보고자 한 것이 일반적인 흐름이었다해도 과언이 아니다. 때문에 해석상의 고정화와 의미의 협소화가 당연시되었고 결과적으로는 고전작품의 생명을 늘리는데 도움을 줄 여지가 없었다. 학습현장에서 보수적 태도는 한결 강해 자발적 감상의 기회대신 전공자들의 견해나 중론을 최선의 풀이로 채택한 나머지 기대지평의 확장에 대한 기본적 열의를 저상시키는 결과마저 드물지 않았다.

고전 작품을 감상대상으로서 채택하고 이를 활성화하기 위해서는 기왕의 논의에 대한 항수나 추수를 마다하면서 감상적 권리를 선언할 줄 아는 용기가 그 어느 것보다 필요할지 모른다. 하지만 취지의 당위성에도 불구하고 학생들로서 감당하기 벅찬 과제일 수 있다는 점이 현실적으로 남는다. 학습자보다는 학습담당 교사의 역할이 그 어느 때보다 요구된다는 것도 같은 이치이다.

『심청전』에서 이미 보았듯, 초등학교는 물론이요, 유아기의 동화로 익숙해져 있는 만큼 고교과정에서의 또 다른 조우는 작품에 대한 호기심은커녕 따분한 대면으로 각인될 여지가 크다. 과거시기의 작품이니 우리시대의 의식과 동떨어진 사람들의 구조물이라는 편견을 펼쳐주는 것이 우선되어야 할 듯하다. 곧 역사적 대상 사회반영의 기록물로 볼 것이 아니라 세상살이에서 드러나는 사람들간의 갈등과 생각을 함의한 것이라고 보는 순간 기대지평의 확장 대상으로는 나무랄 것이 없게 된다.

과거시기 유교적 실천 덕목의 강요와 이행이 문학이 담당해야할 몫이라면 우리 시대의 문학수용방식은 훨씬 개방되었다고 일반화시켜 말할 수 있을 것이다. 서사가 등장인물 몇으로 한정되는 담론이면서도 서사 경향의 추구는 여전히 남성에게 주어졌던 것을 감안할 때 『심청전』의 여성중심적 인물설정은 다른 작품과의 변별점이라 해도 무방할 듯 하다. 하지만 유교적 중심사고에 의한 반발 및 남성과 여성지위의 조명은 물론 나아가 페미니즘적 시각으로 고소설을 분석하려는 경향에 대해 문학의 왜곡으로 타기시되는 풍토가 사라졌다 말하기는 이르다. 하지만 고전 작품이란 단지 출현 시기가 과거로 한정되었을 뿐 의미망까지 과거 어느 시기로 되돌려 놓고 보는 식의 태도는 결코 바람직스럽지 못하다. 지금까지 고전작품에서 우리시대의 의식과 주제화로서의 적합성을 인정하고 연구에 이를 적극 수용하는 예는 드물지만 이것은 기존 연구에 대한 무의미한 관성적 기대일 뿐이다. 『심청전』의 예를 통해 누누이 강조했듯이 효를 넘어 여성과 남성의 대립상을 전제하고 남성과 세계를 구원적 상을 여성에게 두고 있다고 하겠다. 뿐만 아니라 남녀 사이의 주도권에 대한 가름이 아니라 남녀 공히 利他정신을 발휘해 세계 구원에까지 이를 수 있다는 주제로 그 의미망을 확장하고 있다고 해도 좋을 것이다. 이는 성의 문제를 내걸고도 여성과 남성 간의 차이나 대립상을 제기하는 작금의 풍토보다 훨씬 앞서 조명된 성숙한 문제제기임을 말해주는 것이 아닐 수 없다. 우리는 『심청전』을 통해 불완전한 남성에 대한 구원적이고 모성애적인 여성의 희생적 실천으로 개인의 구원은 물론 세계의 구원에까지 이른다는 한결 세련된 담론으로서의 주인공적 자취와 그 기대지평을 찾아낼 수 있는 것이다.

VI. 결론

『심청전』을 예로 들어 필자는 고전의 수용과 학습적 의의를 어디에서 찾아야 하는지를 되짚어 보고자 했거니와 적층화된 기대지평뿐만이 아니라 또 다른 시각으로의 기대지평의 확장이 얼마든지 가능할 수 있다는 근거를 밝혀낼 수가 있었다. 가령 효가 아니라 여성으로부터 발원한 인간구원의 문제, 여기서 『심청전』의 핵심을 찾아야 한다는 것이 골자이다. 그리 볼 때 효를 전면에 내세우기는 했어도 이는 당대적 독자수준에 쉽게 이바지하는 표피적 기대지평의 충족일 가능성이 높다는 의문을 먼저 던지는 것으로 논의의 실마리를 삼았다. 남녀관계에 대한 관심이 일어나기 전이고 유교적 이데올로기가 권위를 갖던 시대에 산출된 작품이라는 점을 전제로 해도 『심청전』은 현재적 상황하에서 곧잘 화두로 삼는 담론적 대상, 곧 남녀 성 역할, 세계 구원 등의 초역사적이고 항구적 논의에 빌미를 제공하는 전례로서 삼을 만한 것이었다. 심청으로 표상되는 인물이 추구하는 바는 인본주의적이고 사해 동포주의적 사고의 구체적 실현일 것이다. 도움을 필요로 하는 한 남성과 구원적 심성을 갖춘 다수 여성의 희생적 보살핌이란 구도적 담론은 다시 남녀 성 역할, 혹은 페미니즘적 시각으로 그 논의가 얼마든지 확장될 수가 있다는 것이다. 문제는 이 같은 새롭게 읽기가 『심청전』을 넘어 여타 고전에도 그대로 적용되어야 한다는 것이고 고전문학의 학습현장에서도 마찬가지로 적극적 감상방식이 모델로 수용되어야만 한다는 것이다.

고전소설 학습과 다각적 해독방식
─ 여성의 인물기능을 중심으로 ─

Ⅰ. 들어가는 말

작금의 교육개정을 통해 가장 역점을 두고 있는 면을 찾으라면 학생들의 학습에 있어 그 자율성을 다른 어떤 것에 비해 비중을 높이기 시작했다는 점이라 할 것이다. 이는 이제까지 교육현장에서 지적된 학습방식, 즉 답은 이미 정해져 있고 이를 주관없이 따르는 방식을 버리고 과정과 원리를 습득토록 해 학습 동기와 감식안을 높이기 위한 방법의 모색 끝에 다다른 귀착점으로 인정해도 무리가 없을 것이다. 하지만 이는 단순한 방법의 변화가 아니라 보다 의미깊은 학습상의 내외적 변화를 야기하는 사건임에 틀림없다. 국어교과만 하더라도 이제 교사는 최소한의 학습 보조역으로만 머물고 학생 스스로 학습의 주체가 된다는 인식과 함께 현장에서의 그런 실천을 수용하지 않을 수 없는 변화를 실질적으로 요구하고 있기 때문이다.1) 이런

---

1) 교육부 발행의 현행 국어교과서의 일러두기를 보면 교사는 학생이 자율적으로 학

교과학습의 변화는 사고력과 창의력을 그 무엇보다 신장시켜야 한다는 시대적 명제 앞에 오히려 뒤늦은 선택이 아닌가 하는 반성적 공감을 불러 일으킨 것이 사실이다.[2]

하지만 학생의 학습적 자율권을 학습현장에 어떻게 적용시킬 것인가 하는 각론에 미치면 생각만큼 그 일이 간단하지가 않다는 것을 금방 파악하게 될 터이다. 특히 고전문학의 경우 학생 중심적 학습 및 개방된 시야를 통해 이루어질 수 있으며 학습상 구체성이 어떻게 확보될 수 있는지에 대해서는 쉽게 동의하기 어렵다. 거창한 명분과 전제일 뿐 교사의 가르침이란 전과 크게 달라진 것이 없으며 8종이나 되는 검인정 '문학'교과서를 보더라도 개별성이나 나름의 자율적 학습을 배려한 흔적은 잘 드러나지 않는다. 알려진 대로 교과서는 작품선정 및 품평에 이르기까지 중론을 좇는 편이어서 감상자 개개의 느낌과 생각을 반영할 여지가 다른 텍스트에 비해 훨씬 뒤떨어진다고 보는 편이다. 따라서 전통적 교과서를 기준으로 삼아 학생의 학습 자율권의 확장을 아무리 논의한들 기대한 만큼의 실효를 거두기가 어려워진다는 것은 더 이상의 군말이 필요없을 정도이다. 물론 이에 대해 반성적 차원의 여러 가지 대안이 나오고 있으나 생경한 목소리의 다양한 개선책보다 그것들이 얼마나 실천화, 현장화로 이어질 수 있느냐가 더 중요함은 말할 나위 없다.

고전작품은 어떤 양식 어느 시기의 것이 되었던 현재의 시점에서 보면 이미 문화 의식 세계관이 판이했던 과거 시기의 집적물로 학습 부하량의 정도에 있어 현대문학 작품과는 비교할 수 없을 정도의 부담을 안겨주는 것이

습할 수 있도록 여건을 조성해주고 학생은 교사의 보조적 도움을 통해 주어진 과제를 해결해나감으로써 학생이 온전히 교사에게 의존하던 관행에서 벗어나 교사 학생의 관계를 새롭게 설정하도록 6차 교육개정에서 크게 배려했다고 되어있다.

2) 교과서 p.242의 학습활동 3, 4가 그러하고 학습활동의 도움말에서도 이 점은 거듭 환기되고 있다.

사실이다. 예컨대 즉발적 이해를 어렵게 하는 작가, 어휘 등의 지식은 물론 한문이나 고어 따위는 따로 노력을 기울여야 간신히 해독의 길이 열리는 것이다. 실로 이런 전제가 고전작품에 대한 관심과 이해를 멀게 하는 큰 요인이 됨은 물론이다. 그러나 고전작품의 감상과 학습의 필요성을 부정하지 못한다면 위에서 제기한 과거 학습의 관성적 태도를 반성하고 고전문학 학습이 갖는 진정성과 의미를 되새겨 보는 일부터 시작해야 할 것이다.

주제 의식에서 기존의 설을 묵수하는데 머물고 색다른 평을 허락하지 않는다거나 이전 학습법에 대한 집착은 머릿글에서 강조한 학습목표와 정면 배치될 뿐더러 이후 문학감상의 타자 의존적 경향을 부추기는 결과만 낳을 뿐이다. 고전작품일수록, 연구나 감상의 전제가 많은 터이므로 중론에 의한 기대지평3)의 적용이 학습의 편의나 시험 대비방식으로는 도리어 적절한 선택처럼 보인다. 문학작품이란 보는 사람에 따라 얼마든지 달리 해석될 수 있는 것임을 인정한다면 이런 자세야말로 극복되어 마땅하다. 기성화된 중론을 좇아가는 식의 학습은 무리 없다는 장점은 있을지 모르나 학습자가 마땅히 누려야 할 작품과의 개별적 대화를 봉쇄하는 결과가 된다는 점을 명심해야 한다. 작금까지의 문학교육의 큰 흠으로써, 관성화된 기존 학습방식으로부터의 탈피가 지적되었음에도 불구하고 이데올로기에 대한 문제제기나 그 대안의 모색에 충분한 논의가 부족한 것이고, 그것은 누구나 인정하는 엄연한 현실이 되고 있다. 고전작품은 현대문학과 달리 새로운 해석에 한결

---

3) 최혜실, 「문학이론과 문학교육이론과의 관계 규정을 위한 시론」, 『국어교육』 85, 86, 1994. p.7.

　기대지평이란 어떤 가설적인 개인이 텍스트를 접할 때의 정신 자세 또는 민감하게 확대된 감성으로 일탈과 수정을 기록하는 정신 자세를 말한다. 이것은 첫째 익히 알고 있는 규범과 그 장르의 내재적인 시학에 의하여, 둘째 문학적 상황을 내표하는 작품들과의 함축적인 관계를 통하여, 셋째, 숙독을 하는 독자라면 독서과정 중에 언제라도 비교가 가능한 허구와 현실 사이 또는 언어의 시적 기능과 일상적 기능의 대립관계를 통하여 구성된다.

인색한 편인데 이 또한 고전을 한결 화석화된 대상으로써의 경계를 쉽게 넘어설 수 없게 만드는 데 스스로 빌미를 제공해 왔다고 할 수도 있다. 하지만 거듭 논의의 대상으로 삼는 것이야말로 고전문학의 생명력을 높이는 지름길이 아닐 수 없다.

그리하여 여기서는 인물적 형상의 현재적 적응성을 가능케 해주는 사례로 심청을 택해 그의 인물적 형상과 그 의미를 집중적으로 살펴보려고 한다. 이는 『심청전』 연구에 대한 이제까지의 한계를 적시하는 것은 도리어 부차적인 목적일 뿐이고 『심청전』에 잠재된 의미를 도외시하고 그녀를 오로지 효녀로만 한정짓는데 대한 불만의 표출에 해당한다. 의미를 좀더 부여한다면 특히 고정화, 관성화된 설에로의 경사가 심한 고전문학 학습의 문제점을 적시하며, 명분으로 삼은 바 학습적 자율권을 당사자인 학생에게 돌려주어야 함을 극명하게 예시하는 사례연구로 보면 크게 어긋나지 않을 듯 하다.

Ⅱ. 심청의 인물기능에 대한 그간의 논의

고전문학의 학습적 대안을 모색하는데 있어 굳이 『심청전』을 그 대표적 작품으로 취한 것에 특별한 뜻이 놓여있다고 예단해 보지 않았으면 한다. 단지 고전문학에서 전통적으로 위축된 새로운 해석의 여지가 얼마나 풍부하게 숨어있는지를 증거할 대상으로서 다른 것에 앞서 눈에 띄었다는 것 이상 선별에 있어 다른 뜻은 없기에 그러하다. 논의의 대략적인 방향을 말한다면 심청의 인물적 기능을 중심으로 한국 서사문학 속에 형상화된 여성의 인물적 기능과 역할에 대한 아주 편협한 해석을 이로써 극복해 보려는 데도 일정한 의미를 두겠다는 것이다.

『심청전』은 고교국어교과서에는 학습대상으로 선별되지 않았으나 초등학교 4학년 1학기 '듣기'(30쪽)와 4학년 2학기 '읽기'(24쪽)에 각각 그림과 설명으로 『심청전』의 개요를 일러주고 있으며 6학년 2학기 '읽기'(132-133쪽)에서는 심봉사가 화주승과 만나는 장면을 희곡으로 처리해 놓기도 했다. 굳이 교과서의 수용이 아니라 해도 이 『심청전』은 아동들이 커나가면서 한 번은 접하도록 배려했다. 하지만 유아기에 이미 독서의 대상으로 접할 기회가 많은 『심청전』을 굳이 초등학교, 그리고 고등학교 국어교과에서 다시 다루는 것은 고전소설의 또 다른 의미의 심화학습을 염두에 둔 때문일 것이다.

현재 검인정 '문학' 교과서중 『심청전』을 수록하고 있는 교과서는 두 가지로 하나는 김윤식, 김종철의 '문학'(한샘출판, 278-283쪽), 그리고 권영민의 '문학'(지학사, 96-102쪽) 교과서가 그것이다. 이들에서 주목되는 점은 교육부의 국어교과서에 수록된 『춘향전』 소개 단원과 달리 주제찾기에 비중을 크게 두고 있다는 것이다.

심청의 행동을 중심으로 보면 이 작품의 주제는 효이다. 이 효는 유교적 덕목만이 아니라 인간의 보편적 심성으로 해석될 수도 있다. ……그런가 하면 심청은 물에 빠졌다가 거듭나기 때문에 그 제의적 의미 역시 중요하게 해석되기도 한다. 이처럼 이 작품의 주제는 논란 거리인 만큼 다양하게 해석되고 있고 그 현대적 의미도 거듭 평가되고 있다.4)

이 소설은…… 인신공희와 거타지 설화들이 화소를 이루어 불교의 인과응보 사상에 의한 환생을 밑바탕으로 효를 형상화하고 있다. 현실적 고난을 유교적 윤리의 긍정을 통해 해결하려는 심청의 시련은 비장한 것이다. ……이 소설의 주제를 불교적 각도에서 인과응보를 주제로 파악하기도 하나 동양권에 널리 퍼져 있는 인신공희 설화를 바탕으로 한 심청의 지극한 효성을 나타낸

---

4) 김윤식, 김종철지음, 『문학』 상, 한샘출판, p.282.

유교적 윤리관이 주제라 할 수 있다.5)

　앞의 인용은 김윤식 김종철의 '문학'(상)에서, 뒤의 것은 권영민의 '문학' (하)에서 각각 뽑은 것이다. 전통적으로 『심청전』의 주제란 아주 명백해 보이는 것으로 규정되어온 터이고 이렇게 명료한 작품의 특징은 고등학생을 상대로 한 교과서에 있어서도 별로 달라질 것이 없다 할 것이다. 우선은 『심청전』의 주제를 효로 놓고 보는 시각을 들 수 있겠는데 이 세대 연구자들이라 할 張德順6) 金起東7) 鄭柱東8) 金東旭9) 史在東10) 등은 심청이 구현한 그 행위를 효로 단정하되, 그것의 사상적 배경이 어디에 놓여 있는가를 주목했다. 심청이 부에게 바치는 자기 희생에 대해 논자들은 하나같이 지극한 효의 상징11)으로 본 것은 사실이나 효의 성격이 어디에 있느냐를 밝히는 것이 그 다음의 과제였다. 유교 불교 도교 무속, 아니면 유불선의 습합12)으로 보는 입장도 그런 예로 주목된다. 그러나 어느 주장마다 나름의 설득력과 함께 그 한계를 내포하기 마련이어서 선뜻 동의해주기 전에 또 다른 시각으로 다양한 주제 추출의 시각을 열어놓는 것이 마땅하다. 조동일13)의 경우 고정체계면과 비고정체계면으로 갈라 분열된 의식으로 풀이하

---

5) 권영민, 『문학』 하, 지학사, p.96.

6) 장덕순, 「심청전의 민간설화적 시고」, 『사상계』 권4, 1957.

7) 김기동, 「심청전의 배경론」, 『양주동박사 화갑기념논문집』, 1963.

8) 정주동, 『고대소설론』, 형설출판사, 1974.

9) 김동욱, 「심청전의 근원설화 판소리 발생의 민속신앙적 반성」, 『서울대 논문집』 제3집, 서울대, 1956.

10) 사재동, 「심청전연구서설」, 『한국고전소설』, 계명대학교, 1974.

11) 유증선, 「설화에 나타난 효행사상」, 『장암지헌영선생 화갑기념논총』, 동간행위원회, 1971.
　　이명구, 「한국고대소설에 나타난 효」, 『인문과학』 제3, 4합집, 성균관대학교 인문과학연구소, 1975.

12) 김준겸, 「심청전의 주제문제」, 『국어국문학논문집』 제7, 8집, 동국대 국어국문학회, 1969.

면서 이전의 논의과는 확연히 구별되는 논점을 제시하여 주목을 끌게되었다. 오로지 단일 주제에만 매달릴 것이 아니라 표면과 이면에 따라 주제를 달리할 수 있다고 보면 효 중심의 주제를 벗어난 다양한 해석이나 원형의식에 의지한 전개 등으로 그 주제의 파급이 훨씬 넓혀짐에 틀림없다. 印權煥의 「정화와 구원의 비가」(1977)14), 薛重煥의 「『심청전』 재고」(1981)15), 鄭夏英의 「『심청전』의 제재적 근원에 대한 연구」(1983)16)에서는 유불선적 기반에서 인간적 심성에 내재한 보편적 사고를 드러내기 위한 유머니즘적 형상으로 파악하기도 했다. 효로 굳어진 것 같은 『심청전』의 주제가 다소 주제 양산적으로 혼란스럽게 보일 수 있으나 고전작품의 주제적 접근도 얼마든지 다양하게 논의 해석될 수 있음을 확인시킨 이같은 연구들은 이후 여타 고전작품의 분석에도 적지않은 시사점을 제공한 것으로 받아들여도 좋을 것이다. 다른 말로 할 때 그같은 연구적 선례는 고전문학일지라도 기대지평의 확장을 보다 적극적으로 꾀할 필요가 있다는 점을 인식시키는 데서도 의미가 있었다고 생각되는 것이다.

6차 교과개정이 학습자의 자율적이고 자발적인 참여를 지향하고 있는 것처럼 고전문학의 학습에서도 이는 당연히 적용되어 마땅한 것으로 목표가 서게 되었다. 하지만 문학에 대한 자율적 학습이란 좁혀서 말하면 교과서적 시각, 즉 이미 규정지어진 해석이나 모범 답안적인 평으로부터의 탈피 혹은 새로운 읽기에 대한 선언이라고 해도 본의가 크게 달라지지는 않는다. 그렇지만 교육부 편찬 국어교과서에서도 명분만 거창할 뿐 이런 세부적 인도에는 미흡하고 검인정 문학교과서에서도 이점은 구체화되어 제시되고 있지 못한 형편이다. 예로 권영민의 '문학'에서는 의심없이 『심청전』의 주제를 효에

---

13) 조동일, 「심청전에 나타난 비장과 골계」, 『계명논총』 제7집, 계명대, 1971.
14) 인권환, 「정화와 구원의 비가-심청전」, 『고대신문』, 1977. 5. 31.
15) 설중환, 「심청전재고」, 『국어국문학』 제85호, 국어국문학회, 1981.
16) 정하영, 『심청전의 제재적 근원에 관한 연구』, 서울대 박사논문, 1983.

두고 있으며 김윤식 김종철 '문학'에서도 이 같은 점은 크게 바뀌었다 할 수는 없다. 다만 이 두 저자의 '문학'에서는 『심청전』의 주제가 좀더 새롭게 전개될 여지가 있다는 점을 밝혀놓고 있는 것이 시사적인 대목이라 할 것이다.17)

기본적으로 작품의 배경으로써 당대상황의 추적을 들어 철 지난 실증주의자의 아집으로 파악하는 것 등은 아무리 다양한 방법론이 득세하는 시대라고 하더라도 적절치 못한 지적이 될 것이다. 『심청전』역시 작가가 의식했든 그렇지 못했든 조선후기의 산물이자 다중의 사고와 욕망이 교직된 굴절체로서의 담론이라는 데 이의를 다는 이는 없을 것이다. 연구성과가 축적될수록 주제나 사상적 토대에 대해 다양한 진단이 거듭 되어온 것을 인정하면서 한편으로 『심청전』에 대해 학생들 나름의 해석적 동기유발로 인도하는 것이 바른 선택이다.

아울러 시대와 개인적 사안에 가려 잘 보이지는 않으나 표피적 형상을 드러내지 않은 채 가라앉아 있는 원형적 회원의 존재를 인정하는 것이 필요하다.18) 특히 여러 사람의 구전에 의존하게 마련인 적층문학일수록 그런 현상은 한층 두드러지게 마련이다. 이 점에서 원형적 신화소와 『심청전』의 관련성을 살펴보는 것은 무의미하기는 커녕 반드시 거쳐야 할 점으로 지목

---

17) "심청의 행동을 중심으로 보면 우선 이 작품의 주제는 효이다. 이 효는 유교적 덕목만이 아니라 인간의 보편적 심성으로 해석될 수 있다. 그러나 아버지의 눈을 뜨게 하기 위해 자기 목숨을 버리는 것이 정말 효인가라는 반문도 제기된다. 자식의 희생으로 눈을 뜬다는 것이 심봉사로서는 더 큰 아픔이자 슬픔이기 때문이다. 반면에 심청이 인당수에 빠지고 난 뒤 심봉사가 뺑덕어미와 벌이는 행동은 도덕적 덕목과는 거리가 먼 비속한 세태를 반영한 것이다. 그런가 하면 심청은 물에 빠졌다가 거듭 나기 때문에 그 제의적 의미 역시 중요하게 해석되기도 한다. 이처럼 이작품의 주제는 논란거리인 만큼 다양하게 해석되고 있고 그 현대적 의미도 거듭 평가되고 있다."(김윤식, 김종철, 『문학』, 한샘출판, p.282.)

18) 정상균, 「심청전의 심리적 신화적 해명」, 『국어교육』 제23-25합병호, 한국국어교육 연구회, 1975. 참조.

되어 마땅하다는 생각을 해보게 된다.

『심청전』에 나타난 神話素 수용의 징후는 서두의 謫降話素19)에서 이미 분명하게 드러나고 있다는 것이 필자의 생각이다. 심청의 本鄕이 실은 天上으로 그녀가 선녀로서 옥황상제에 바칠 반도를 갖고 가던중 노변잡담으로 시간을 지체한 탓에 옥황상제의 노여움과 함께 지상으로의 내침을 불러왔다. 천상 인간의 지상으로의 귀향, 신화소의 수용이라는 면에서 이는 신화의 전형적 구성이며 『심청전』이 신화적 謫降話素를 온전히 수용하고 있음을 드러내는 대목이 아닐 수 없다. 하지만 이계의 인간에 대한 자취가 쉽게 지워 버리는 것은 이른바 치죄의 사건이 보다 현실적이고 당대적 핍진성의 비율이 서두 이후 상당히 높아지기 때문이 아닌가 싶다. 심봉사 부부가 名山大刹을 찾아 祈子에 지성을 바친 끝에 염원하던 대로 아이를 점지받는 것까지는 지성이면 감천이라는 전통적 관념의 낙관적 실현이다. 하지만 어렵게 태어난 심청이 곽씨부인이 7일만에 세상을 떠나면서 이승에서의 시련이 그녀에게 가혹하게 덮쳐온다. 다시는 적강이라는 말을 하지 않으나 지상으로의 귀향답게 그녀에게는 모친의 죽음을 시발로 가혹한 고난의 연속이 기다린다. 당연히 아비인 심봉사가 심청을 부양해야 하나 심봉사야말로 그때까지 곽씨부인에 의해 철저히 봉양받던 처지였으므로 심청을 키우기는커녕 자기 한 몸 건사도 불가능한 처지였다. 어려움을 잘 아는 인근의 여인들이 적극적으로 심청모를 대신해서 이 부녀에게 도움을 베풀지 않았던들 그녀는 세상에 몸붙이기 어려웠을 터이다. 다시 말해 귀덕어미, 장승상부인 같은 구체적 인물에서부터 이름 모를 숱한 동네 여인들의 정성 어린 보살핌이 있

---

19) "뚜렷한 주제의식을 가지고 하나의 서사적 맥락에서 관점의 이탈없이 일관된 시점으로 세계이 예정되고 조화로운 양상을 진술한다. 천상질서의 훼손에 대한 징벌로서 적강하고 지상에서의 선행에 대한 보상으로 심청은 희생하며 부귀와 득명을 이루고 천상질서를 회복한다는 적강소설의 구조가 철저하게 적용되어 작품화되었다."(유영대, 『심청전연구』, 문학아카데미, 1991. pp.216-217.)

었다.20) 그러나 심청은 그저 이웃여인들의 도움을 일방적으로 스스럼없이 원하는 인물이 아니라 철들면서부터는 어떤 방식으로든 그들의 빚을 갚는데 골몰하기에 이른다. 자기 앞가림을 하게되자 그녀는 부친공양에 혼신의 힘을 다하고 타인의 일방적 도움을 극구 기피할 정도로 자주적이며 숙성한 면모를 유감없이 발휘했던 것인데, 알고 보면 그 뒤에 지상의 효녀를 훨씬 넘어 인당수에 투신하는 충격적 사건이 허구적 극단으로 떨어지지 않게 하는 복선기능도 겸한다. 그녀의 초기고난은 우리시대의 소녀가장과 흡사한 데가 아주 많으나 뱃사람들에게 供犧할 처녀로 점지되고 마침 해중에 투신하는 대목에 이르러서는 마치 무사적 영웅들에서 흔히 나타나는 비장한 결단을 보는 느낌마저 있다. 복선으로서의 춘향이 천상을 그 고향으로 삼고 있다거나 출현과 더불어 이어지는 시련에서도 영웅소설적 모티브가 변형, 수용되고 있음을 쉽게 알 수 있는 것이다. 그러나 심청이 극복해나가야 할 고난은 심봉사가 아비노릇을 제대로 할 수 없다는 점에서 비극적 국면으로의 전개가 쉽사리 예견된다. 아비가 맹인이라는 것, 그 자체가 이에 고통을 잉태하지만 그들의 장래를 더 참담하게 몰고간 근인은 아비가 가부장적 의무감은 물론 성인으로서 책임감과 거리가 먼 인물이라는데 있는 듯 싶다. 심봉사가 얼마나 정신적으로 퇴영적 수준에 머물고 있는지, 봉은사 주지에게 공양미 삼백석을 약조하는 장면에서 우리는 이를 여실히 간취할 수 있다.21) 아비

---

20) 이후부터의 심청전의 인용은 최운식이 정리한 完板 己巳本 『심청전』(시인사, 1984)에서 취하기로 한다.
   "여보시오. 마누라님, 여보 아씨님네 이 자식 젖을 좀 먹여주오 나를 본들 어찌하며 어미 없는 어린 것인들 아니 불쌍하오. 댁집의 귀하신 아기 먹이고 남는 젖 한 통 먹여주오.
   하니 뉘 아니 먹여주리
   또 육칠월 김매는 여인 쉴 참 찾아가서 애근하게 얻어먹이고 또 시내가의 빨래하는 데도 찾아가면 어떤 부인은 달래다가 따뜻이 먹여주며 후일도 찾아오라 하고……"(상게서, p.43)

21) 상게서, p.41.

를 뒷바라지 하기위해 안간힘을 다하던 심청은 이즈음 장승상부인의 수양딸 제의도 떨치고 봉양에 전념한다며 아버지 곁을 떠나지 않는 시기의 일임을 덧붙여 보면 개안에만 현혹되어 성급하게 약조부터 하고 형편을 미심쩍어하는 시주승에게 도리어 화를 내는 심봉사의 언행이 얼마나 허장성세에 빠져 있는지 헤아리기 어렵지 않다. 너무 급한 약조였으므로 곧 이에 후회하지만 이미 사태는 수습할 수 없는 지경으로 빠져버리고 만다.22) 여기서 우리는 남과 여, 그리고 아비와 딸 간에 인간적 성숙도에서 이토록 큰 차이가 날수 있는지 쉽게 판단이 안 설 정도이다. 세상의 풍파와 맞설 나이가 아님에도 벌써 의젓한 생각으로 부친봉양에 지극정성을 다하는 심청의 행실에 비길 때 아비의 언행은 감내하기 힘든 현실에서 또 하나의 짐을 보태줄 뿐이다. 난관에 봉착해서 파탄을 막는 유일한 대안이라면 심청의 성숙한 처신일 것이다. 그녀의 인물적 기능은 한 남성의 실수나 한 여성의 지고지순한 희생으로 귀속되지 않는다. 즉 성년이 되고 부모의 입장에 들어서 있어도 남성은 불완전하며, 대신 여성은 그런 불완전한 남성을 인도하고 구원하여 위태로운 현실세계를 구원하는, 잠재된 여성의 힘을 각성시키는 구조라고 할 수도 있을 터이다.

그러나 여성의 구원자적 상이 심청으로만 그치는 것이 아니다. 정도의 차이가 있을지언정 남성에 비해서 훨씬 구체적으로 현시되는 다른 여성들은 하나같이 성숙한 정신과 박애주의적 실천력을 갖춘 인물로 형상화되고 있다. 우선 심청의 모인 곽씨부인의 형용을 보자.

그처 곽씨부인 현철하여 임사의 덕행이며 장강의 고움과 목란의 절개와 예기 가례 내칙편이며 주남 소남 관저시를 모를 것이 없으니 일리에 화목한 노복을 은애하며 가산 범절함이 백집사기감이라. 이제의 청렴이면 며 안연의 간

---

22) 상게서, p.59.

난이라. 청전구업 바이 없어 한 간 집 단표자에 조불려석하는 구나…… 춘추
시향 봉제사와 앞 못보는 가장 공경 사절의복 조석찬수 입에 맞는 별미 비위
맞춰 지성공경 시종이 여일하니 상하촌 사람들이 곽씨부인 음전타고 칭찬하더
라.23)

    살아 생전 곽씨부인의 현모양처적 면모는 이로써 극명히 드러난다. 그런
그녀가 앞못보는 남편과 이제 핏덩이인 청을 남기고 세상을 떠야했으니 그
에 대한 부인으로서 어머니로서의 죄책감은 통절하기 그지없는 것이었
다.24) 그녀가 유언으로 남겼듯이25) 아내의 빈자리를 대신해줄 것은 부족
하나마 이웃 여인들 뿐이었다. 강보에 싸인 심청을 양육하는 데는 귀덕어미
를 비롯한 동리 여인들의 힘이 컸다면 철들고부터는 고을의 큰 부자 장승상
의 부인이 그에게 절대적 후원자가 되어준다. 아직 슬하에서 응석 부릴 나
이에 그녀는 벌써 타인의 도움을 허여하지 않을 정도로 자립심을 갖추고 부
친봉양에 전념하니 인근에서 그 덕성에 칭양하지 않는 이가 없었다. 마치

---

23) 상게서, p.50.

24) "우리 둘이 서로 만나 해로백년하려 하고 간구한 살림살이 앞 못보는 가장 범연
하면 노여움 끼기 쉽기로 아무쪼록 뜻을 받아 가장 공경하려하고 풍한서습 가리잖
고 남촌북촌 품을 팔아 밥도 받고 반찬도 얻어 식은 밥은 내가 먹고 더운 밥은 가
군 드려 배고프지 않게 춥지않게 극진 경배대하옵더니 천명이 그뿐인지 인연이 끊
여졌는지 하릴없소 눈을 어찌 감고 갈까. 뉘라서 헌옷 지어주며 맛있는 음식 뉘라
서 권하리까. 내가 한번 죽어지면 눈 어두운 우리 가장 사고무친 혈혈단신 의탁할
곳 없어 바가지 손에 들고 지팡 막대 부여잡고 때맞추어 나가다가 구렁에도 빠지
고 돌에도 채여 엎푸러져서 신세자탄으로 우는 양은 눈으로 곧 보는 듯 가가 문전
찾아가서 밥 달라는 슬픈 소리 명산대찰 신공드려 사십에 낳은 자식 젖 한번도 못
먹이고 얼굴도 채 못보고 죽단말가. 전생에 무슨 죄로 이생에 생겨나서 어미 업슨
어린 것이 뉘젖 먹고 살아가며 가군의 일신도 주체 못하는데 또 저것을 어찌하며
그 모양 어찌할까 멀고 먼 황천길에 눈물겨워 어찌가며 앞이 막혀 어찌 갈까." (상
게서, p.54)

25) 건너마을 귀덕어미 내게 절친하여 다녔으니 어린 아이 안고 가서 젖을 먹여 달라
하면 괄시 아니하리니 천행으로 이 자식이 죽지 않고 자라나서……(상게서,
p.55.)

고사속의 임사 장간 목란 등과 비견되었는데 무엇보다도 죽은 곽씨부인의 덕성이 고스란히 그녀에게 전해졌다고 하는 편이 옳았다. 어머니 곽씨부인가 임종시에 핏덩어리의 이름을 심청이라 명명해준 것이나 아이를 자신의 분신으로 봐 달라는 칭탁은 예사롭게 여겨지지 않는 것이다.

> "차생에서 미진한 인연 다시 만나 이별말고 살리라. 애고 애고 잊었소 저 아이 이름을 심청이라 지어주고 나 끼던 옥지환이 함속에 있으니 심청이 자라거든 날 본 듯이 내어주고 나라에서 상사하신 돈 수복강령 태평안락 양편에 새긴 돈을 고은 홍전 괴불 줌치 주홍 당사 벌매듭의 끈을 달아 두었으니 그것도 내어주오."26)

 곽씨부인의 사후 심봉사가 겪은 고초는 만만한 것이 아니지만 그럼에도 심각하게 여겨지지 않는 까닭은 이미 한결 성숙한 심청의 처신, 곧 엄청 나게 빨리 세상물정을 깨우치고 조숙하게 자신의 책무를 앞서 깨우치는 등 심청의 의젓한 면모가 여러 형상으로 이미 독자들의 뇌리에 잠재되어 있기 때문이라고 해야 할 듯 싶다. 하지만 심청의 희생적 사고와 언행이 여러 가지로 전제되었다고는 하나 자신의 몸과 공양미 삼백 석을 맞바꿀 수 있을지 서사 중간에서 그 점을 자신있게 말하기란 그리 수월한 것이 아니다. 그러나 심청은 역시 달랐다. 마치 공희의 기회를 고대했던 것처럼 그녀는 아버지의 결정에 찬동해주고 누구와도 논의없이 선인들에게 자신의 몸을 판다는데 약조한 것이다. 그것은 일반적 봉양의 테두리를 넘어 전혀 다른 차원의 효행, 아니 그 이상의 행위로써 속가의 범연한 소녀가 내린 결단이라고 하수 할수 없을 만큼 비장한 결단에 속한다. 요컨대 여성영웅으로서의 면모까지 짚어보지 않을 수 없도록 하는 것이다. 이로써 맹인으로 자식에 대한 양육은 그만두고 자신조차 추스를 수 없는 불완전한 처지의 심봉사와 대조되

---

26) 상게서, p.58.

면서 심청의 조숙함과 비범성은 한 고을의 효자에서 그 누구도 다를 수 없는 천하의 효녀로 부각되는 셈이다.

이제까지 본 것처럼 적어도 심청이 인당수에 그 몸을 투신하기 전에도 그녀의 삶은 지극한 효의 실천화 과정으로 대별해보더라도 전혀 어색할 것이 없는 것이니 주제로 효를 내세우는 것에 이의를 달 여지는 없다. 그러나 심청의 지상적 궤적이 효로 감싸안기에는 너무 심대한 희생과 함께 수혜범위가 광포하다는 점에 눈돌리지 않으면 안된다. 물론 남성과 여성간의 상호의존적 삶이란 점에서 보면 아비에 대한 대를 이은 모녀의 출현, 거기다 불완전한 한 남성에 대한 여성의 구원이란 구도로 이야기는 단순화할 수 있으나 일신을 바쳐서까지 아비의 해원을 서슴지 않는 대목은 그대로 불퇴전의 남성적 결심에 다름 아니며 여성에 의한 남성의 구원이란 구도로 인식할 때는 효가 아니라 구원으로서 주인공의 자취를 격상시켜 보지 않을 수 없게 한다.

Ⅲ. 효녀심청에서 세계구원의 여성으로

남경상인들이 우리 나라에 들어온 까닭은 단적으로 바다에서의 안전과 豊漁를 위한 제의로서 인신을 매매하고자 함이었다. 이미 그들은 중국내에서 이미 심인에 발분했던 것으로 보이나 그 엄청난 일에 선뜻 나서는 이를 찾지 못하고 조선으로 눈길을 돌린 것이었다. 그 상황에서 만난 심청이었으니 이들에게 심청은 천상에서 내려온 구원의 여인이 아니었을까 싶다. 사실 인륜 도덕적으로 사람의 목숨을 매수하고자 하는 선인들의 행위는 지탄받아 마땅하나 바다를 삶의 터전으로 삼고 있는 이들에게 항해중 안전 및 풍어에 대한 바람은 그 어느 것보다 강렬한 것이 된다. 이를 감안하지 않는 한 선인들은 작중의 본질적 기능과 상관없이 악인으로 오해, 규정될 여지가 커진다. 사실 책임소재를 따진다면 선인들이 문제가 아니라 극단의 이기심에 공양미 시주를 성급하게 약조한 심봉사의 잘못이 첫째이고 아비 몰래 인신매매를 자발적으로 감행한 심청의 잘못이 그 다음인 것으로 드러난다. 그런데 문제는 목숨을 버리는 크나큰 희생을 치르고도 아비인 심봉사에게 곧바로 새로운 세계가 열리지 않는다는 것이었다. 도리어 심봉사를 중심으로 볼 때 그에게는 전에 경험하지 못한 갖가지 비극이 덮쳐오기만 한다.

그에 비할 때 해중 투신이후 심청의 앞길에는 희망의 조짐이 역력하다. 먼저 투신이후 기대못한 구원으로써 그녀에게 모든 것이 다 충족된 이상적 공간으로써 용궁이 그녀를 기다린 것이다. 공양미와 몸을 바꾸고 해중으로의 투신이후 죽지않고 용궁에 이를 수 있었던 것은 필시 자기반성적 차원으로 일신을 바치는 장한 행위를 천상에서 처음부터 지켜보고 있었던 때문이다. 자초지종을 이미 알고있던 천상이 해용왕 지부왕에게 투신전에 심청 구원의 임무를 하달한 것이다.27) 용궁은 이별한 모친과의 해후를 가능해주게 해주는데 여기서 곽씨부인이 용궁의 일원으로 영생하고 있음이 확인되거니와 異界도 홀로 남은 아비 심봉사를 걱정함으로써 심청의 모성애적 자비심을 다시 한번 강조한다.28) 심청앞에 이제 더 이상 비극이 없게되었으나 그녀의 자기희생적이고 구원자적 자질이 이로써 끝나는 것은 논리에 맞지 않는다. 재생한 뒤 심청에게는 중국이란 또 다른 공간이 그녀를 기다린다. 말할 것도 없이 그땅으로의 편입은 그곳이 무엇인가 결핍된 공간임을 앞서 일

---

27) "이때에 옥황상제 하교하사 인당수 용왕과 사해용왕 지부왕에게 낱낱이 하교하시되 명일에 출천 효녀 심청이가 그곳을 갈 것이니 몸에 물한점 묻지 않게 하되 만일 못시기를 실수하면 사해 용왕은 천벌을 주고 지부왕은 손도를 줄 것이니 수정궁으로 모셔들여 삼년 공궤 단장하여 세상으로 환송하라".(상게서, p.60)

28) "……외로우신 아버님은 뉘를 보고 반기실까. 부친 생각이 새로워라……" 부인울며 왈 "나는 죽어 귀히되어 인간 생각 망연하다. 너의 부친 너를 키워 서로 의지하였다가 너조차 이별하니 너 오던 날 그 정상이 오죽하랴."~(상게서, p.64)

러주는 것이기도 했다. 즉 왕비의 죽음으로 비탄에 빠져있던 중국 황제에게 수중 연꽃을 통해 해중에서 출현한 심청은 이제껏 대해온 어떤 여인과도 비교가 안될 만큼 완벽한 배우자로 생각된다. 왕의 기쁨과 더불어 태평연월로의 회귀는 심청이 출현 아니고서는 기대할 수 없었던 일이다. 하지만 부귀영화를 누릴 지위에 올랐어도 아비에 대한 걱정으로 그녀는 늘 시름에 젖어 있었는데 궁리 끝에 그녀가 아비와의 상봉을 위해 떠올린 것이 맹인잔치로, 이 제안에 왕이 흔쾌히 수용했음은 물론이다. 이때 아버지와의 상봉에 머물지 않고 천하의 모든 맹인들을 위한 거국적 잔치를 계획한 데서 심청의 대승적 마음 씀씀이가 다시 한번 분명하게 드러난다. 그녀의 이같은 보편적 사랑은 앞서 보았던 대로 불가능한 세계를 넘어 염원한 바, 최상의 보답으로 황후가 된 뒤 부녀간의 해후일뿐더러 그 자리에 있던 모든 맹인들에게도 광명을 찾아드는 거국적 잔치로 확대되었다는데서 큰 의미가 있다.

확실히 심청의 자취를 짚어가다 보면 신화적 여인으로서 비범성만이 아니라 어디 한 군데 결점이나 시행착오를 남기지 않는 완벽함과 이타적 행위로만 점철되고 있다. 일찍이 母性실현의 구현적 여실히 보여주었고 중화로 이동하여 그곳에 태평성대를 가져오게 했으며 천하의 맹인들에게 동시에 개안의 기쁨을 안겨준다. 이는 자기 희생적이며 모태로부터 연유한 구원자적 심성이 구체적으로 실현된 것이라고 해도 좋을 것이다.

Ⅳ. 여성 주인공들의 인물 기능적 형상

심청만이 희생적이며 세계구원적 인물이라고 못박는 것은 신중을 기해야 할 일이다. 인물 기능이 퇴색되어버린 감이 없지 않으나 곽씨부인, 귀덕어미, 장승상부인, 안씨부인, 황씨부인 등 다수의 여인들은 하나같이 생전 타인에 대한 선행이 남달랐으니 심청의 자취와 방불한 데가 의외로 많다는 점을 상기해야 한다. 심청에 미칠 수는 없으나 중세 여성이 갖추어야할 덕성에 있어 심청과 대비될뿐더러 실상 그들의 도움 때문에 해피엔딩으로 이어질 빌미가 마련된 것이라고 해도 좋다. 심청의 부녀가 후반부에 맞이하는 부귀영화조차 그 근원을 찾자면 복수로 등장하는 여인들, 그리고 그들의 희생적 보살핌에서 기인한 것이라고 하더라도 전혀 무리가 없는 것이다.

그러나 심청과 같은 인물이 『심청전』 밖에서도 흔히 목도되어 주목된다. 우리 서사문학에 희생적인 여성형이 이미 『심청전』이전에도 하나의 흐름을 이루며 적용되어 왔음은 조금만 살펴보더라도 금방 드러나는 일이다. 다만 이에 대한 집중적 조명은 만족할 정도로 따르지 않았을 뿐으로, 가령 바리데기, 孝女知恩, 金現感虎 등에 등장하는 여성은 자기 희생을 앞세우고 타자의 편에 서서 살신성인을 마다하지 않는 점에서 심청의 처신과 여러모로 부합된다.

민간전설 가운데는 바리데기를 巫祖로 숭앙하는 것이 있는가 하면 일신을 던져 부친을 구해냈음을 강조하는 쪽으로 흐르기도 하는데, 후자도 전자 못지않게 널리 퍼진 것으로 보인다. 이런 줄거리이다. 한 부부가 아들 낳기를 간절히 원했으나 거듭해서 딸만 일곱을 낳자 분풀이하듯 막내 딸을 버린다. 세월이 흐른 뒤 부친이 중한 병에 걸려 약이 필요하건만 언니들은 한결같이 각각의 핑계를 대면서 구약여행을 거절한다. 나중에 이 사정을 접한 막내딸이 구약여행길에 자발적으로 나서 약을 구해왔으나 부친은 이미 죽은 뒤였다. 하지만 딸이 구해온 묘약을 입에 흘려넣자 소생하는 기적이 일어난다.

바리데기의 통과의례적 자취야말로 흥미촉발 부위가 되겠으나 핵심은 자기희생적으로 아비에게 효를 다한 착한 딸에 있음을 어렵잖게 알 수 있다. 따라서 바리데기를 효녀의 대명사로 삼는 것은 당연한 일이 된다.29) 바리데기 공주 이야기를 무격신화로 보는 만큼 이로써 사람들의 회원 및 원형적 바람을 담은 이야기로서 그 연원을 아득한 시기로 올려잡게 만든다.

반면에 효녀지은 이야기는 열전편에 편집된 것처럼 현실에서 채집하여 교훈적 대상으로 보이고자 했다. 이는 먼저 『三國史記』에서 주목했으나 『三國遺事』도 등재하고 있는 것을 보면 중세기에 이념과 세계관에 걸맞는 효의 실천적 사실로 그녀만큼 적절한 인물은 없다고 판단한 듯 하다. 다만 차이라면, 김부식은 정보나 사실 제시에 보다 유의한 반면 일연의 경우는 결론 부위에서 사찰연기적 성격을 가미하여 불교적 서사물으로서의 기능 전환을 꾀했다는 데 있다 하겠다.30)

현실 속에서 효의 실천이란 남녀 성의 구분을 넘어 지켜나가야 할 덕업임을 강하게 요구하는 풍토이고, 따라서 여성에게서만 그 덕성을 강조하는 것은 찬자의 올곧지 못한 시각으로 지적될 수 있다. 하지만 이를 딱히 성의 불균형적 시각으로 보는 것은 또 다른 사시적 태도일 것이다. 남성중심의 중세봉건기에 여성의 덕성적 현시가 효 이외 다른 것을 쉽게 떠올릴 수 없으므로 자연 효행이 두터웠던 여성들을 전기적 대상으로 채택한 것이라면 무리한 추론일까.

이같은 인간 평가와 기준이 거의 남성중심으로 짜여있는 시대에서 효행

---

29) "곱게 기엽게 키운 자식언 부모헌티 소도럴 안허지만 천덕구러기로 잘못 키우고 버린 자식언 부모헌티 소도헌다고 이 애기넌 말허고 있다. 버리데기 소도헌다넌 말언 이리서 생겼다고 헌다."(임석재, 『한국구전설화』 9, 평민사, p.76.)

30) 『三國史記』, 권제48의 孝女知恩과 三國遺事 효선 제9, 권제5, 의 貧女養母를 가리킨다. 삼국사기나 삼국유사나 그 이념은 달랐으나 효에 관한 한 결코 외면할 수 없는 덕성으로 여겼음을 전기는 분명하게 증거해주고 있다. 하지만 사술상 차이가 없는 것이 아니다. 앞의 것이 효녀의 이름을 지은으로 밝히고 양인의 신분에서 천인으로 몸을 팔아 식량을 조달했다는 등 당대적 신분변동과 민초들의 삶을 구체적으로 적시하는 데 반해 뒤의 것에서는 대동소이한 내용에도 불구하고 불교적 인과 응보의 의미를 바탕에 두고 한 처녀의 효행으로 말미암아 兩尊寺란 절이 생기게 되었다는 사찰 건립의 유래에 최종적 무게를 실어주고 있는 것이다.

은 성의 분화에 거의 구애됨이 없이 누구에게나 현창해 마땅한 인간의 도리로 보았을 터이다. 그러나 앞서 『심청전』의 언급에서 보았듯 어느 새 여성중심의 이야기중에는 효를 넘어 인간구원의 문제로까지 의미를 증폭시키는 전례가 이미 여러 작품에서 간취된다는 사실에 유념해야 할 것이다.

金現感虎의 호랑이처녀는 효행은 물론 이에서 더 나아가 자기희생을 마다하지 않는 여성상의 우회적 형상화으로 보면 어떨까. 물론 김현감호는 겉으로는 동물과 인간 사이를 문제삼는 것부터가 예사롭지 않지만 다른 한편에 상징성이 강한 내부가 지배하고 있어 진지한 관찰과 함께 치밀한 분석을 요구한다. 즉 같은 호랑이 종족에 속하지만 호랑이 처녀는 성숙한 사고를 지니고 있는데 반해 오라비들은 동물적 본능에만 충실할 뿐이다. 처녀를 따라 호랑이 굴에 따라간 김현의 체취를 알아채고 군침을 흘리다가 오라비 호랑이들이 노파한테 꾸중 듣는 대목은 이를 상징적으로 보여준다. 맹수들의 본능적 행동을 두고 노파가 제지하고 대처할 능력이 있다면 사실 처녀가 나설 필요는 없었을 터이다. 고작 오라비 호랑이의 야성에 대해 한두 마디의 훈계를 던질 뿐, 노파는 적극적으로 종족을 위한 일을 도모하지 못한다. 그녀만큼 종족의 보존을 모색하기 위한 자기희생 정신이 유별난 인물은 없다.

비현실담이나 동화적 흥미로 의미를 좁힐 수도 있겠으나 위에서 보듯 담론중에는 겉으로 드러나는 변신담도 중요하지만 내면의 상징적 함의가 서둘러 벗겨져야 할 것이다.

필자가 보는 첫 번째 인상은, 여기에 남녀 성 문제, 그리고 인간구원의 문제가 제시되고 있다는 것이다. 그만큼 진지한 의미화가 담론 속에 숨어있다고 보는 것이다. 성의 분화에 따라 여성은 이타중심의 사고를 앞세우고 스스로의 희생을 마다하지 않는 존재로, 남성은 결국 그 여성의 배려와 희생을 통해서 파멸을 면하게 한 것은 시사해주는 바가 크다. 어떻게 보든 여성이 남성에 비해 성숙할뿐더러 자기희생적 태도가 지속될뿐더러 이것이 이야기의 중심축을 이루고 있다는 증거가 된다. 이의 구체상으로써 처녀호랑이가 생애 처음이자 마지막으로 성내에 침입해 사람들을 혼비백산하게 만들지만 이 조차가 모두 처녀의 각본에 의해 그리된 것이라는 것을 눈여겨보아야 할 것이다.

> 이제 제가 일찍 죽는 것은 대개 하늘의 명령이며 또한 저의 소원이며 낭군의 경사이며 우리 일족의 복이며 나라 사람들의 기쁨입니다. 한번 죽어 다섯 가지 이로움을 얻을 수 있는 터에 어찌 그것을 어기겠습니까.31)

그녀는 남편, 종족, 나라, 하늘, 이 모두를 위한다는 大乘的 삶을 자청했고 남편 김현이 大虎를 징치한 것처럼 그 실천화 과정에서도 퍽 주도면밀하게 일을 처리했던 것이다. 타자에게는 지극히 자비로웠으나 그녀 자신에게는 너무나 가혹했던 여인이라 아니할 수 없다.

여성 희생을 앞세운 이른 시기의 작품 몇 가지를 간략하나마 살펴보았다. 단지 세 작품을 통해 객관적이고 균형있는 논의를 기대한다는 것 자체가 무리가 따르기는 하나 여성의 자기희생적 속죄와 이타적 행위에 대한 형상이 특정시기의 유행, 혹은 특정작품의 특징만은 아니란 점을 확인할 수는 있었다. 요약컨대 조선후기 『심청전』을 통해 우리가 간취할 수 있는 기대지평의 확장은 이른 시기의 바리데기 공주에서부터 조선후기에 등장한 여성영웅 소설들에 이르기까지 부조된 희생이며 구원적 여성상에서 시사받았다고 유추하더라도 억지스럽지가 않다.

그렇다고 해도 필자가 『심청전』을 전통적 맥락 위에 수렴시키고 이 작품이 간직한 서사적 개별성과 그 주제정신의 선행의존성을 드러내는데 의도를 두고서 지루하게 여타 작품을 훑어본 것은 아니다. 이는 다시 『심청전』의

---

31) 『三國遺事』 卷第 5 金現感虎 "今妾之壽夭 盖天命也 亦吾願也 郎君之慶也 予族之福也 國人之喜也 一死而五利備 其可違乎"

논의를 심화시키기 위한 전제에 해당된다. 이후의 일은 전통적인 여성의 형상을 극복 『심청전』에서만 구현되는 제 특징이 있는가에 초점이 두어지지 않을 수 없는 것이다.

전대의 서사물을 포함 『심청전』이 전반부에 등장하는 여성은 거의 형상적 특징이 단일화되어있다. 그들은 너무나 조신하며 남성사회가 요구하는 이상적 덕성에 놀랄만큼 부합되는 언행을 갖추어 과연 현실 속의 여인인가, 아니면 이상형에 대한 동경의 의식이 지나치게 반영된 결과인가 담론적 동인을 가려내기 어렵게 한다.

그러나 뺑덕어미가 이상적 덕성과 실천까지 겸비한 여인들로 가득 채워진 세계에 대한 동경의식에 의해 소설 담론을 촉발시킨 것과는 그 성질이 판이한 것을 어렵잖게 알 수 있을 것이다. 뺑덕어미는 심청으로 대표되는 이상적 여성들의 거듭된 등장으로 굳혀진 여성의 구원자적 인상을 한순간에 허물어뜨릴 짓만을 골라서 하는 여인이다. 그녀가 도리어 현실적이고 일상적인 인물이므로 우리가 앞서 보았던 심청류의 상은 그야말로 이제 여성의 순종이나 자기희생적 미덕이 상당히 퇴색된 사회적 실상을 간접적으로 드러내는 것이라는 쪽으로 서사동기에 대한 추측이 바뀌어질 정도가 되어버린다. 뺑덕어미는 현실 속으로 내려가면 언제든 조우가 가능할 정도로 세속적이다. 본디 천인이고 적강이후 지고한 언행만을 펼쳐 세속에서의 정화를 가능케하는데 심청의 인물적 기능이 놓여있는데 비해 뺑덕어미는 어쩔 수 인정해야만 하는 세속사를 보여준다는 점에서 훨씬 개연적이고 민중적인 여인이다. 그녀중심으로 펼쳐지는 에피소드에서 그녀의 전체적 상은 비행적이지만 독자들의 판정은 악행으로 기울어진다. 사실 실제보다 그녀가 더 부정적인 인물로 각인된데는 구원자적 선행만을 보였던 기타 여성들과 달리 천박하고 자기중심적 처신으로만 일관한 탓이 무엇보다도 컸다.[32] 그러함에도

---

32) "공연히 그런 잡년을 정들였다가 가산만 탕진하고 중로에 낭패하니 도시 나의 신

뺑덕어미를 등장인물 가운데 당대 현실 속에서 형상화된 가장 핍진성 강하게 부조된 여인이라는데는 의심의 여지가 없다. 어찌 보면 고정된 여인상에 식상해진 독자들에게 새로운 흥미와 함께 리얼리티를 부여하는 데 뺑덕어미의 인물적 기능의 또 다른 의미가 실린다고 할 수도 있다.

신화적 담론을 닮고 있다는 것, 그리하여 작품배태의 당대적 이데올로기, 윤리관 등에서 자유로울 수 있고 인간의 본원적 회원을 선명히 드러내는 것을 들어 작품 수용을 금기시하는 것 자체가 적절치 못한 안목임에 틀림없다.33) 그러나 조선후기에 이런 경향을 묵수하는 이야기란 흔치 않을 것이다. 다만 그런 경향이 앙금처럼 가라앉은 경우야 없지 않을 터인즉, 『심청전』도 그런 부류에 귀속시켜도 무방한 작품일 것이다. 이 작품도 여타 판소리계소설처럼 뚜렷한 유교적 덕성이나 교훈을 외피로 삼고 인간구원이란 광범한 주제의식을 함축시켜 놓았으되, 그 접합부위가 너무나 매끄러워 여간해서는 잘 드러나지 않을 뿐이다.

가령 효가 아니라 심청의 구원적 의미를 제시하는 것이라고 할 때 전자는 남녀관계보다 유교적 이데올로기이나 이념을 담지하는 쪽으로 기울어 결국 상층의 정서에 부합될 가능성이 높아진다.34) 하지만 작품은 당대 중심의 담론으로만 붙들어 놓을 것이 아니라 얼마든지 새롭게 조명할 수 있는 대상이 되는 것이 당연하다. 조선시대가 유교적 이데올로기에 좌우된 시대

수소관이라. 수원수구하랴. 우리 현철하고 음전턴 곽씨부인 죽는 양도 보고 살아있고 출천효녀 심청이도 이별하여 물에 빠져죽는 양도 보고 살았거든 하물며 저만 년을 생각하면 개 아들놈이라."(상게서, p.127.)

이 대목은 뺑덕어미에게 끝내 낭패를 겪고 심봉사가 자탄하는 것으로 선량한 다른 여성들과 비교해 그녀의 품행이 얼마나 속되었는지 알아챌 수 있게 해준다.

33) 황패강, 「심청설화의 분석」,『국어국문학』제31호, 국어국문학회, 1966. 참조.

34) 주제의식의 변화는 이본의 그 통사적 차순, 미의식, 주제의식 등을 판별하는 조건으로 수용되어 일찍이 연구자들의 관심을 불러왔거니와 김흥규는 「판소리에 있어서의 비장」, PP139-141에서 신재효의 미의식이 앞선 작품들보다 훨씬 적극적으로 양반들의 취미와 의식에 부합되도록 개작했음을 밝혔다.

이므로 어쩔 수 없이 효 중심의 주제찾기만이 선호되었다 하더라도 이제는
인간적 회원에 의지한 자유로운 작품 해석으로 방향을 선회할 수 있어야한
다는 것이다. 『심청전』의 경우 의도적이라고 할만큼 여성등장 인물에 비중
을 높이고 있으며 남성의 경우는 심봉사 일인뿐이고 그조차 불완전한 인간
으로 형상화하고 있음은 남녀 인물형상에 자의적 설정임을 강하게 암시해주
는 부분으로 볼 수 있다.[35) 그것은 당대적 모순의 적시일 수 있고 저항적
담론으로의 가능성마저 엿보게 하는 대목으로 보아도 좋을 듯 싶다.

　『심청전』이 조선후기에 출현한 작품이면서도 묘하게 남녀간 性분화, 혹은
페미니즘적 논의와 무관치 않은 줄거리로 볼 수 있음은 물론 다른 한편으로
는 당대적 과제를 넘어 초시대적 성격을 내재하고 있다는 의미로도 확대가
가능하다. 물론 『심청전』이 남녀간의 갈등이나 대결적 국면의 조장이나 고
발에 초점을 두고자 한 것이라 단언키는 이르지만 치죄를 위해 지상에 내려
온 여성이 인간적 비극과 고통, 그에 대한 해결을 여성에 비중두어 적시해
줌으로써 인간 구원의 통로를 제시해주는 데까지 나간 것은 분명히 지적할
수 있다. 덕성있는 많은 여성, 대신에 불완전한 한 남성이라는 대립적 설정
은 곧 남성에 대한 여성의 성역할의 역설적 구도일 수 있고 여성영웅을 통
한 남성의 무능함을 꼬집기 위한 것으로 볼 수도 있는 것이다.

　어느 시대나 당대 특유의 문제가 있고 이야기는 그것의 적시와 해결방식
을 직간접적으로 시사해주기 마련이다. 그러나 작품이 관념과 배경의 산물
이란 시각은 작품의 생명을 단축시키는 것은 물론 작가의 의도마저 왜곡시
키기 쉬우므로 다양한 해석의 여지를 열어놓는 데 인색하지 말아야 한다.
열린 시각을 전제한 해석의 다양성이야말로 당대를 넘어 또 다른 의미체로

---

35) "굳이 심청전의 주제를 말하라면, 아버지의 신체적 불구를 회복시키기 위한 딸의
　　대속적 자기희생을 추앙하고 기리는 것이라고 할 수 있을 것이다." (정하영, 「심청
　　전의 주제재고」, 『한국고전문학연구』, 신구문화사, 1983)

서 작품을 재창조시키는 조건일 터이고 이는 곧 작품의 생명력과 직결되는
것으로 보아야 할 것이다.

V. 또다른 '심청'적 해독을 기대하며

앞에서는 『심청전』을 중심으로 한 여성의 이타적 처신과 사랑이 그가 처
한 세계를 어떻게 변화시켜나가며 그 근원이 어디에서 연유하는가를 살펴보
았다. 뿐만아니라 이전에도 그같은 구원자적 여인상의 문학적 형상은 전례
가 있었음을 드러내는데 부족함이 없었던 것이다.

사실 『심청전』은 구원의 전통적 승계와 그것의 심화라는 측면을 들 수
있다. 남녀간의 이분법적 성 혹은 공간의 분화를 중심으로 보면『심청전』에
는 인간/천인, 남/녀, 지상 /천상, 한국/ 중국, 지상/ 용궁, 죽음/영생 등으
로 이원적 대립상이 선연한데 이분적 공간이나 상황의 제시는 결코 화해롭
지 못한 세상의 상징적 조건이라고 해도 좋을 것이다.36) 그러나 이런 두
조건사이의 대립과 마찰 갈등을 넘어 유기적이면 인과적인 관계로의 설정,
화평한 변화로 이끄는 촉매적 기능을 온통 주인공에게 부여함으로써 심청의
작중적 구실은 한없이 확장될 수 있었던 것이다. 가녀린 여성 심청이 이룩
한 그 결과에 주목할 때 그녀를 영웅으로 보는 것은 전혀 이상할 것이 없
다.37) 흔히 가정을 건사하고 위기에서 나라 및 백성을 구하는 것이야말로
남성의 가야할 길로 여겼지만 모든 것이 결핍된 현실을 제시하고 齊家는 물
론 타인 구원까지를 심청의 몫으로 돌리는 것은 한 여성에게 부하된 기능으
로서는 부하량이 너무나 막중한 것이 사실이다. 앞서 보았던 「김현감호」나

---

36) 황패강, 「심청전의 구조」,『한국학보』제9집, 일지사, 1977. 참조.
37) 유영대, 앞의 책, p.202

바리데기 공주조차도 심청과 작중 기능과 유사한 자기 희생이 강조되지만 심청만큼 주인공의 구원자적 상의 광범한 구원적 공간으로 이어지지 못하고 자기 신변적 범위에서 그치고 만다. 이점에 심청의 인물 기능적 특성이 드러나거니와 그녀가 머무는 주변적 공간을 넘어 지상은 물론 천상, 수계까지 다양한 구원의 공간으로 삼고 있음에서 전대 여성주인공의 한계를 일거에 넘어서고 있다 할 것이다.

초반이 효녀로서의 형상에 비중을 두었다면 이 후반으로 갈수록 여성에 의한 남성의 구원, 그리고 이를 넘어 세계구원까지 가능케 하는 여성으로 의미가 확장되기 때문이다. 다시 말해 부친의 개안소원을 위해 몸을 바쳤다가 천상의 도움으로 다시 환생한 다음에도 그녀의 지향점 및 본성은 달라질 줄 모른다. 따라서 이른바 발복의 하나로 현시된 황비로의 신분 격상은 자신보다는 난제를 풀어줄 조건으로써 수용돼 아비의 개안은 물론 천하 맹인들에게 일시에 광명을 되찾아주는 직접적 조건이 된다. 결국 그녀가 머무는 공간적 궤적이 천상 지상 용궁 중국 등으로 다양하지만 한결같이 무엇인가 결핍되었다는 공통점을 갖고 있었고 심청이 출현해서야 비로소 세상은 온전히 화해와 해원을 이루는 결과를 낳는다.

사실 심청은 여성의 모성애적 사랑과 구원의식의 표출이라는 점에서 보다 적극성을 보이는 것이 아닌가 생각된다. 단군 신화가 그러하고 주몽의 탄생신화 또한 그런 대표적 사례라 삼아도 어색하지 않다. 완판본을 예로 할 경우, 말미에서 가문소설적 경향으로 회귀하여 지리멸렬한 가부장의 후일담을 덧붙이는 바람에 조화로운 구조를 저해한 것이 흠이라면 흠이다. 거기다 심청의 왕비로의 운명적 변신, 아비의 개안과 재혼뿐만아니라 다시 심봉사의 재혼과 후일담의 첨부 때문에 대승적 주제에서 신변잡기로 경사된 감이 없지 않으나 그것마저 적층적 소산일진대 『심청전』의 기대지평적 성숙함까지 다 흐려지는 것은 아니다.

학습상 『심청전』의 초점은 심청과 그 등장인물의 성격을 부각시키는 것이 가장 중요한 요소로 떠올랐다. 주인공을 통한 유교적 도덕률의 고취라는 이중적 성격으로서의 『심청전』은 정말 무난한 풀이로 양반이나 상층까지 감득의 대상으로 수용하는데 직접적인 역할을 하게 했다. 그러나 문학에 대한 이해와 수용방식이 늘 고정된 것이 아니듯 불변의 특정 메시지를 전제한 뒤 이를 찾기위해 발분하는 시각도 옳은 것일 수 없다. 교육현장에서 보더라도 학습의 전범이 되어야한다는 명목을 맹신하며 교과서가 기본적으로 검증을 거쳐 중론화된 풀이만을 좇고 이를 제시하려한다면 자율적이고 개방적 문학감상은 아주 묘연해질 수밖에 없을 것이다. 명목은 그대로 인정하되 실천적 대안으로서의 다른 길을 마련하지 않을 수 없다. 그것은 다시 교과서가 학생의 자율적 문학감상과 독창적 작품 해석을 도출해낼 수 있도록 여러모로 배려해 제작되어야 한다는 점을 보여주는 것이다.

그동안 고전문학교육이 할 수 있었던 것은 고작 고정화된 주제와 줄거리의 섭렵이거나 잡다한 문학적 정보가 전부라 해도 과언이 아니었다. 유년기 주입된 고전문학적 지식과 이해를 넘어 고등학교과정에 이르면 보다 자발적 문학감상으로 이행해야 함에도 이는 단지 희망으로만 머물렀다. 우리는 이제라도 『춘향전』, 『구운몽』, 『홍길동전』 등 그 어떤 대상이 되었든 학생 자신들의 안목과 기대지평을 통해 작품을 스스로 감상할 수 있도록 부축해주는데 세심한 배려를 아끼지 말아야 할 것이다.

판소리소설에서 상투적으로 적용되고 있고 있는 여타 작품 역시 원형, 신화적 해석 등 여러 가지로 확장되어질 자질을 내재화하고 있음은 물론이다. 그것은 『심청전』의 과거 연구에서 보듯 당대 사상 정신의 산물이라는 결정론적 판단을 넘어 심지어 우리시대 문학이 감당하는 몫과 같이 초시대적 접근을 내세우더라도 얼마든지 또 다른 의미 도출이 가능하다는 것을 시사한다. 이런 시각이 없었던 것은 아니지만 판소리계 소설들의 적층 문학적 성격을 인정하면서도 유교적 이데올로기나 중세적 도덕관에 의존한 무리없는 주제로 한계지어 보고자 한 것이 일반적인 흐름이었다해도 과언이 아니다. 때문에 해석상의 고정화와 의미의 협소화가 당연시되었고 결과적으로는 고전작품의 생명을 늘리는데 도움을 줄 여지가 없었다. 학습현장에서의 보수적 태도는 한결 강해 자발적 감상의 기회대신 전공자들의 견해나 중론을 최선의 풀이로 채택한 나머지 기대지평의 확장에 대한 기본적 열의를 저상시키는 결과마저 드물지 않았다.

고전 작품을 감상대상으로서 채택하고 이를 활성화하기 위해서는 기왕의 논의에 대한 향수나 추수를 마다하는 대신 감상적 권리를 선언할 줄 아는 용기가 그 어느 것보다 필요할지 모른다.

『심청전』에서 이미 보았듯, 초등학교는 물론, 유아기적에 벌써 동화로 대면했던 만큼 고교과정에서의 이 작품과의 거듭된 조우는 작품에 대한 호기심은커녕 따분한 작품으로 각인될 여지가 크다. 과거시기의 작품이니 우리 시대의 의식과 동떨어진 사람들의 구조물이라는 편견을 펼쳐주는 것이 우선되어야 할 듯하다. 곧 역사적 대상, 사회반영의 기록물로 볼 것이 아니라 세상살이에서 드러나는 사람들간의 갈등과 생각을 함의한 것이라고 보는 순간 기대지평의 확장 대상으로는 나무랄 것이 없게 된다.

과거시기 유교적 실천 덕목의 강요와 이행이 문학이 담당해야할 몫이라면 우리 시대의 문학수용방식은 훨씬 개방되었다고 일반화시켜 말할 수 있을 것이다. 서사가 등장인물 몇으로 한정되는 담론이면서도 서사 경향의 추구는 여전히 남성에게 주어졌던 것을 감안할 때 『심청전』의 여성중심적 인물설정은 다른 작품과 비교, 가장 큰 변별점이라고 해도 무방할 듯 하다. 하지만 우리 시대의 문학이 유교적 중심사고에 의한 반발 및 남성과 여성지위의 조명은 물론 나아가 페미니즘적 시각으로 고소설을 분석하려는 경향에 대해 문학의 왜곡으로 타기시되는 풍토가 없지 않았다. 하지만 고전 작품이란 단지 출현 시기가 과거로 한정되었을 뿐 의미망까지 과거 어느 시기로 되돌아가 보아야 것으로 도포하는 것은 결코 바람직스럽지 못하다. 지금까지 고전작품에서 우리시대의 의식과 주제화로서의 적합성을 인정하고 연구에 이를 적극 수용하는 예는 드물지만 이것은 기존 연구에 대한 무의미한 관성적 기대로 그치는 경우가 대부분이었다. 『심청전』의 예를 통해 누누이 강조했듯이 효를 넘어 여성과 남성의 대립상을 전제하고 남성과 세계의 구원적 상을 여성에게 두고 있다고 하겠다. 뿐만 아니라 남녀 사이의 주도권에 대한 가름이 아니라 남녀 공히 이타정신을 발휘해 세계구원에까지 이를 수 있다는 주제적 의미망으로 얼마든지 확장시켜 볼 수 있다. 이는 성의 문제를 내걸고도 여성과 남성의 간의 차이나 대립상을 제기하는 작금의 풍토보다 훨씬 앞서 제기된 성숙한 문제의식임을 말해주는 것이 아닐 수 없다. 우리는 『심청전』을 통해 불완전한 남성에 대한 구원적이고 모성애적인 여성의 희생적 실천으로 개인의 구원은 물론 세계의 구원에까지 이른다는 세련된 담론으로서의 그 내재적 의미를 또다른 기대지평으로 찾아낼 수 있었다.

『심청전』을 예로 들어 필자는 고전의 수용과 학습적 의의를 어디에서 찾아야 하는지를 되짚어 보고자 했거니와 적층화된 둔각의 기대지평뿐만이 아니라 또다른 예각으로의 기대지평의 확장이 얼마든지 가능할 수 있다는 근거를 드러내 보이려 궁리하다가 『심청전』을 발견하게된 것이다.

효가 아니라 여성으로부터 발원한 인간구원의 문제, 여기서 『심청전』의 핵심을 찾아야 한다는 것이 본고의 골자였다. 그리 볼 때 효를 전면에 내세우기는 했어도 이는 당대적 독자수준에 쉽게 이바지하는 표피적 기대지평의 충족일 가능성이 높다는 의문을 먼저 던지는 것으로 논의의 실마리를 삼았다. 남녀관계에 대한 관심이 일어나기 전이고 유교적 이데올로기가 권위를 갖던 시대에 산출된 작품이라는 점을 전제로 해도 『심청전』은 현재적 상황하에서 곧잘 화두로 삼는 담론적 대상, 곧 남녀 성 역할, 세계 구원 등의 초역사적이고 항구적인 논의에 빌미를 제공하는 전례로서 삼아 부족함이 없었던 것이다. 심청으로 표상되는 인물이 추구하는 바는 인본주의적이고 사해동포주의적 사고의 구체적 실현일 것이다. 작중인물의 도움을 필요로 하는 한 남성과 구원적 심성을 갖춘 다수 여성의 희생적 보살핌이란 구도적 담론은 다시 남녀 성 역할, 혹은 페미니즘적 시각에까지 논의의 보완과 확충을 얼마든지 가능케 하고 있는 것이다.

문제는 이 같은 새롭게 읽기가 『심청전』을 넘어 여타 고전에도 그대로 적용되어야 한다는 것이다. 현행 입시위주의 체제가 신비평적 학습에 비중을 두지 않을 수 없게 하고 저마다의 기대지평적 확대를 오히려 귀찮게 여기는 풍조가 아직 수업현장의 관행으로 엄연히 남아있다는데서 문학 해독방식의 다양한 재량권 부여가 쉽게 이루어 지지라 기대할 수는 없다. 그러나 문학교육의 본령에 대해 자각하고 교사 학생간의 노력이 지속된다면 지금과 같은 문학교육 현장의 모습은 크게 바뀌어질 것으로 본다.

◗ 참고문헌

교육부 고등학교 국어지도자료, 1995.
교육부 고등학교 국어지도자료, 1995.
서울대 국어교육연구소, 고등학교 국어지도 자료, 교육부, 1995.
서울대 국어교육연구소, 고등학교 국어 상, 교육부, 1996.
서울대 사범대 1종 도서연구개발위원회, 고등학교 국어교사용 지도서 하, 1990.
서울대인문과학연구소, 고전읽기의 활성화 방안연구, 1993.
한국교육개발원, 제6차 교육과정 각론 개정 연구-고등학교 국어과, 연구보고서, 1992.
김윤식, 김종철, 문학, 한샘출판사, 1992.

구인환외, 문학교육론, 삼지원, 1992.

국립교육평가원, 95학년도 대학수학능력시험 해설, 1994.

김대행, 고전표현론을 위하여, 선청어문, 제20집, 서울사대 국어교육과, 1992.

김대행, 문학교육 어떻게 할 것인가, 문예중앙, 1994, 겨울호.

김동환, 소설의 내적형식과 문학교육의 한 가능성, 국어교육 83, 84집, 서울대 한국국어교육연구회, 1994.

김중신, 문학교육의 내적 범주와 외적 가능성, 논문집 제40호, 한국국어교육연구회, 1991.

김중신, 국어교육논쟁의 전개 양상과 비판적 검토, 선청어문, 제20집, 서울사대 국어교육과, 1992.

김홍규, 고전문학교육의 역사적 이해의 원근법, 대학의 국문학교육(국어국문학회), 지식산업사, 1993.

문학교육연구회, 문학교육의 방법, 한길사, 1990.

박대호, 소설의 세계관 이해와 그 문학교육적 적용 연구, 서울대 박사논문, 1990.

박인기, 문학교육과정의 구조에 관한 연구, 서울대 박사논문, 1994.

신헌재, 아동을 위한 서사문학 작품 선정의 기준 고찰, 국어국문학, 제114호, 1995.

우한용 외, 소설교육론, 평민사, 1993.

이지호, 고전소설의 대화유형 연구, 서울대 석사논문, 1994.

정선주, 소설교육평가방법 연구, 국어교육연구 제49집, 서울대 대학원 국어교육연구회, 1993.

정재찬, 문학교육의 담론 분석 시고, 국어국문학 제111호, 국어국문학회, 1994.

최순열, 문학교육론 연구 -그 이론의 정립을 중심으로, 동국대 박사논문, 1987.

최시한, 고등학교의 문학교육, 현대비평과 이론 제9호, 한신문화사, 1995.

최혜실, 문학교육에 있어서.배경지식의 문제, 국어교육 79 80, 1992.

최혜실, 문학이론과 문학교육이론과의 관계 규정을 위한 시론, 국어교육 85, 86, 1994.

서사문학에 나타난 형식미학과 상징성

전기문학에 있어서 단위계층의 검토

탄생담에 나타난 꿈의 기능

빈대절터 설화의 상징과 의미

조선후기 소설에 나타난 환몽구조

전기문학에 있어서 단위계층의 검토

Ⅰ. 머리말

　구조주의자적 입장에서 문학텍스트에 대한 시각은 그 자체에 대한 앎이 아니라 개개의 텍스트가 지닌 추상적 구조의 발현에 기울어지게 된다. 다시 말해 시학의 대상은 문학작품 자체가 아니라 문학적 진술 discours litterraire 이라는 특이한 진술의 특성에 놓이게 마련이다. 문학적 진술이란 반드시 문장만을 의미하지는 않는다. 이야기는 문장의 성질을 일부 띠고 있으면서도 문장의 합계로 결코 환언할 수 없는 것, 곧 커다란 문장이라 할 수 있다는 전제에서 논의를 시작한다면 언어학적으로 보아 이야기는 여러 층위에서 묘사될 수 있다.[1] 러시아 형식주의자들이 주장한 이래 토도로프는 줄거리와

---

1) 바르트는 이야기체 작품에서 층위를 구분하여 기능단위들의 층위, 행위단위들의 층위, 서술의 층위로 나누어 설명했다. 이 논의에서 주목하고 있는 것은 기능단위의 층위인데 그는 다시 이를 배열적 계층classes distributionnelles, 통합적 층위로 나누었다. 통합적 층위는 다시 순수한 징조단위와 정보단위로 나눌 수가 있다. 층위 niveaux는 언어란 하나의 구조인데 이 글에서는 음성학 음운론적, 문법적 층위에서가 아닌 문장의 관계상황 층위로 거시화시켜 원용하는 것이다. 오히려 언어학적인

담화라는 두 큰 층위에서 연구방법을 취하고 있고 바르트의 말을 빌리면, 하나의 이야기를 이해한다는 것은 줄거리의 이야기 줄거리를 따르는 것일뿐만 아니라 그 줄거리에 있는 여러 층위를 알아보는 것과 다를 바 없다는 것이다.

사실 이야기는 내포된 한 주제에도 불구하고 언술에 있어 다양한 내적 질서에 따라 움직인다. 층위 간의 결합, 인과뿐 아니라 논리적인 연속도 필요하게 되어 닫힌 구조와 말하는 각각의 시퀀스를 나타내기도 한다. 층위, 즉 기능 요소를 징조단위, 정보단위, 촉매단위 등으로 그 기능을 세분화시킨 바르트는 이들을 핵단위에서 확산된 것으로 파악하고 이들의 배열과 통합에 의해 이야기가 이루어진다고 보았다. 물론 징조단위, 촉매단위, 핵단위 등은 국면에 따라 공통된 속성을 갖추게도 되지만 핵단위는 보다 한정되고 거시적이며 논리의 재배열에 따라 그 자체만으로 필요 충분한 조건을 갖추는데 비해 순수한 징조단위는 어감 성격 감정 분위기(예를 들면 혐의를 갖게되는 분위기)나 어떤 인생관에 관련되어 있으며, 정보단위는 삽화적 사건, 인물, 혹은 작품전체를 시간과 공간 속에서 확인하고 그 안에 위치시키게 된다.2) 여기서 말하는 이야기 속의 의미가 지닌 층위는 허구적 서사물 narrative fiction을 전제로 한 것이다.

그렇다면 서사물의 영역이 갖는 광범위성에 동조하면서 동양적 문학양식의 한 독특한 대상인 전에 이런 논법을 적용시켜 볼 수는 없을까. 소위 文, 史, 哲의 교묘한 배합이 갖는 多元性─ 보다 뭉뚱거려 虛構, 歷史라는 배합물은 다음과 같이 몇 가지의 흥미있는 논의를 부여하게 된다.

협의의 뜻에서 탈피하여 상징 규칙 등의 체계로서 이해하려 하였다. 토도로르의 말을 빌리면 층위를 어떻게 정리하건 이야기란 언어구현의 한 계층이라는 광의의 개념에 놓인다 했다. 따라서 층위는 이야기 내적 체계를 살피는 기초적 작업 대상이라 할 수가 있다. (김치수엮음, 『구조주의와 문학비평』, 홍성사, 1980, pp.83-89 참조)
 2) 롤랑 바르트, 「이야기의 구조적 분석입문」, 김치수엮음, 상게서, p.109.

첫째, 줄거리의 층위, 즉 허구 역사가 빚어내는 층위가 너무 斷絕的으로 비친다는 것이며, 둘째 그런 층위에도 불구하고 이야기 내에서의 갈등이 해석에 장애를 가져오지 않는 장치와 배열인과 관계가 다른 敍事物보다 용이하게 추출된다는 점이다. 하지만 처음부터 이 작업은 자료에 한계를 긋지 않을 수가 없었다. 전 가운데 굳이 승만을 대상으로 삼고 있는 전과 함께 金石文에서도 승려를 서사대상으로 삼고 있는 碑銘을 텍스트로 한정시킨 것은 바로 이 때문이다.

논의 결과에 상관없이, 우리는 현대의 서사물이 보다 구성적 記意를 수반하고 다양한 목소리를 담고, 흔히 말하는 엉큼한 記標를 농후하게 내포하리란 점을 의심치 않는다. 그러니 중세의 문학에 주목하려는 것은 그 나름의 충분한 문제를 내재한다고 본 까닭이다. 비록 記意가 거시적인데다 개방적이긴 하나 이런 징조단위의 적용은 필시 이야기의 내적 필연성에 의한 요청인데 그 의미의 발견이 우리 이야기의 내재성을 점검하는 요긴한 단초로 여겨질 수가 있다고 본다.

본론에 앞서 용어의 개념 및 정리가 필요해지겠는 바, 바르트와 토도로프의 용어에서 차용하되, 이 글에서는 토도로프가 말한 「결합된 모티프」 대신 바르트의 「정보단위」로, 토도로프가 「자유로운 모티브프」라 칭한 것은 「징조단위」로 대응시켜 이해하기로 하는 한편 바르트가 택한 「정보단위」와 「징조단위」라는 용어로 가름해 사용할 작정이다.3)

---

3) 본고를 쓰는 과정에서 필자가 구조주의적 이해에 도움을 받은 자료를 들면 아래와 같다.
  * 김치수편, 『구조주의와 문학비평』, 홍성사, 1980.
  * 츠베탕 토도로프, 곽광수역, 『구조주의』, 문학과 지성사, 1977.
  * 리몬 케넌, 최상규역, 『소설의 시학』, 문학과 지성사, 1988.
  * 제럴드 프린스, 최상규역, 『서사학』, 문학과 지성사, 1988.
  * Chatmam Seymour, Story and Discourse, Ithaca U, P, 1978.
  * Garvey James, Characterization in narrative poetics V 11, pp.63-78, p.1978.

전자는 이야기에서 빼어버려서는 곤란한 모티프, 후자는 빼어버려도 이야기 전체 흐름에 변화가 없는 경우로 볼 수 있다는 점에서 상대적 개념으로 이해가 가능하나 이런 용어의 선별과 적용에도 불구하고 이들에서 사용할 용어에다 구체성을 띠어 사실적 정보단위, 혹은 설화적 징조단위라는 말로 이해하여 사용할 작정이다. 이는 불교의 전기들 역시 지극히 공식적 체제를 취할 뿐만 아니라 내용에서도 환상적 초월적 의지가 팽배한 나머지 현실의 본분을 망각하는 자의적 서사양태가 강하게 나타나기 때문이다. 판독의 결과를 바탕으로 우리가 먼저 가려야 할 점은 징조단위의 출현 장치로 무엇을 택하며 적용되는 삽화가 전기문학으로서의 본령에 무리가 없겠는가도 예사로 생각할 수 없다 하겠다. 이는 설화적 징조단위와 다른 단위와의 단층효과가 빚어내는 불협화음을 예상해야 한다는 점에서 그러한 것이다.

사실 이야기는 이러한 층위간의 갈등을 조절하기 위한 방편으로 내적 구조의 배경과 연관, 인과법칙 등에 눈을 돌리지 않을 수 없도록 만든다. 기계적 검증4)과 별 상관이 없는 시간대에 설화적 징조단위가 집중된 것은 위의 법칙에 따르면 당위론적 현상일 뿐이다. 신화나 전설 등, 예컨대 거시적으로 새겨 허구가 개입할 여지는 장르에 따라 강해질 수가 있는 것이다. 구체적으로 접근할 때 징조단위의 집중적 개입 부분으로써 출생을 전후한 시

---

4) 롤랑 바르트, 상게서, pp.105-106.
　"징조단위들이란 어떤 의미에서는 그들 관계의 수직적 성질 때문에 진정한 의미론적 단위들인 것이다. 왜냐하면 순수한 의미에서 기능단위들과는 반대로 그 징조단위 등이란 하나의 기의와 관련을 맺고 있는 것이지 기계적인 검증 operation과 관련을 맺고 있는 것이 아니기 때문이다. ……기능단위들은 환유적 관계를 내포하고 있고 징조단위들은 은유적 관계를 내포한다. 전자는 행위의 기능성에 해당하고 후자는 전존재의 기능성에 해당하는 것이다……어떤 이야기들은 대단히 기능적이고 (민간설화), 반대로 어떤 이야기들은 대단히 징조적이다. (심리소설), 그리고 이 양극사이에 모든 중간 형태들, 즉 역사, 사회, 유행에 속하는 형태들이 있다."는 견해대로라면 승전양식은 기능적이고 징조적 성격을 양립시키는 장르라는 전제가 가능해질 수 있다.

기, 죽음의 전후, 回想과 傳言 등의 서사적 시간대 등이 우리가 주목하려고 하는 핵심적 서사부위들이다.

儒敎 列傳의 경우에는 그래도 빈도가 적지만 승전 류에서 출생전후의 서사마디는 설화적 징조단위가 매우 강렬하게 투영되는 부분에 해당한다. 이런 개관적 특이성을 중심으로 이후의 논의에서는 비명의 경우에는 태몽과 출생이후, 유년기를 예로 하여 그 출현에 주목하기로 하고 傳을 통해서 징조단위의 수용정도, 그리고 마지막으로는 징조 단위의 전체적 의미를 살피되, 그 원리의 두 유형으로써 층위의 同位性 방식, 重疊性의 유형에 따른 의미 분석에 치중하기로 한다. 여기서는 통시적 접근 대신 층위의 해석에 따른 이야기의 본질에 지속적인 관심을 두고 대상의 검토 순위를 작품 출현 시기에 맞추기로 하였다.

Ⅱ. 본론

1. 碑銘에 있어 징조단위

1) 胎夢

지상에서의 생에 서사의 초점을 온통 고정시키는 傳은 그 때문에 대상으로 삼은 인물의 출현을 이야기의 출발점으로 정하게 마련이다. 한 인물에 대한 초점화는 문제가 될 수 없으나 그의 전생에 대한 지속된 관찰에 따라 이야기가 펼쳐지게 마련이므로 자연 문학적 형상에 대한 방법의 모색이 있지 않으면 안된다. 형상화에는 물론 상징, 생략, 수습 등 선별과 수식 과정의 여지가 자연 개입된다. 더구나 승전에 오면 서사단락을 출현이전(本生

談)으로 소급하여 현실의 시가관념마저 초월하려는 의지를 보이므로 문제가 예사롭지가 않다.

이때의 장치는 태몽이고 생에 있어서는 前生, 곧 伏線의 기능을 담당하는 것으로 꿈 자체에 의미를 부여한 결과에서 나온 서술방식으로 볼 수가 있다.5) 상상의 소산인 꿈이 지상의 생에 대한 마찰의 역할로 변질되지 말라는 보장이 없겠으나, 꿈을 영험성 예시성의 요긴한 수단으로 파악했던 시대에서는 그것이 ·오히려 징조단위의 장치로서도 나름의 기능을 수행할 수가 있었다.

태몽은 한 인간의 출현을 전제로 구사된다는 점을 상기하면, 장차 태어날 자의 개별성에 어울리는 다양한 메시지를 갖추어야 이치에 맞겠는데 형상화 과정에서는 그렇게 세세한 국면까지 배려할 필요성을 느끼지 못한 것 같다. 이는 다양한 정보와 구체적 사건을 포기하고 막연한 정보만을 제시하는 꿈의 일반적 적용에서 잘 드러나는 점이다. 여기서의 막연한 정보는 엄밀히 말하면 吉夢이기는 하나 생의 해석에 크나큰 예시 기능을 하지 못하는 경우일 터인데, 가장 흔한 것이 소위 상징체를 통한 인간의 비범성의 현시이다.

상징물 가운데서 일반화된 것으로 천체의 출현이 있다. 주지하다시피 중세적 사고에서 天은 가장 외경스러운 대상이었으며 지상의 生은 늘 천상적 질서에 의해 유지된다는 敬天思想이 보편화되어 있었다. 하늘은 인간이 끝내 다다를 수 없는 공간으로 지목된 만큼6) 그 안의 천체물인 日, 月, 星

---

5) 졸고, 「승전에 나타난 꿈의 기능- 고려이전의 자료를 중심으로」, 동국대학교 『연구논집』(동국대 대학원), 1988.에서는 승전을 중심으로 꿈의 쓰임새를 알아보았다. 불성의 강조, 장애극복이 수단 중에서 태몽은 佛緣性의 강력한 현시수단으로 파악하였다. 이후의 논의와 상호 관련성을 갖고 있으나 본고에서는 내용 자체보다는 꿈 단락이 지닌 이야기 내의 층위에 의미를 두고자 했다.

6) 멀치아 엘리아데, 이동하역, 『聖과 俗』, 학민사, pp.98-99.
　　"위에 있는 것, 높은 곳에 있는 것은 모든 종교적 복합체 가운데 초월적인 것을 계속 제시한다. 하늘은 예배에서 배제되고 신화 속에서도 다른 테마들에 의해 대

등은 경외의 직접적인 대상으로 인식되는 것은 당연한 일이었다.

천체의 현시물로서의 日, 月, 星은 등은 유교열전 신화, 민담을 구분하지 않고 숱한 사람의 태몽에 나타나는데 여기서 다루고자 하는 승의 출생 언저리에서도 역시 가장 흔히 대입되던 부위였다. 가령, 별은 慈藏[7]과 元曉[8], 眞觀禪師[9]에게서, 해는 普愚大師[10], 普覺國師[11] 圓證國師[12] 등에 보인다. 그런데 같은 천체물이면서도 달을 인간의 위대성 현시물로 삼고 있는 것은 흔치가 않다. 고려 이전의 자료로는 慧炤國師의 비가 유일하게 남아있다.[13] 이는 상징성의 차원에서보다 면밀한 파악이 요청됨을 시사하는 것이다. 그외에 막연히 하늘의 문을 들어 태어날 자의 비범성을 암시하거나[14] 천둥의 울림소리로 탄생에 선험성을 부여하려 한 예도 있어 이채롭다. 이런 류와는 별도로 상징성을 구현시키려한 예가 또한 적지 않는데, 역시 상서로운 영물로 신성시되었던 용의 출현을 앞세운 大覺國師[15] 圓應國師[16]의 경우가 그것이다. 탄생설화의 채색은 일반화된 신성물, 즉 천체나 용의 출현에 그치지 않고 이 단계에 이르러서는 한층 구체적 정보를 겨냥해 마땅히

치되지만……하늘의 상징은 다시 수많은 제의 (상승, 사다리 타기, 입사식, 즉위식, 기타 등등) 신화, 전설에 생명을 부여하고 그것을 떠받쳐준다. 세계의 중심의 상징도 또한 하늘 상징의 중요성을 드러내준다.”

7) 『三國遺事』 권제4, 慈藏定律, “母忽夢星墜姙懷 因有娠及誕”

8) 상게서, 元曉不羈. “初母夢流星入懷 因而有娠及將産”

9) 許興植, 『高麗佛敎史硏究』, 일조각, p.602. “讓厥初母劉氏 夢感七星入口中 孕符十月之胎誕”

10) 維昌, 普愚大師碑銘, “夫人夢日輪貫懷 因而有娠”

11) 『朝鮮金石總覽』, 閔漬찬, 普覺國師碑銘, p.472, “夫人初母夢日輪入屋光射于腹者凡三夜 因而有娠”

12) 李穡찬, 상게서, p.525. “夫人夢日輪入懷旣而有娠”

13) 金顯찬, 상게서, 慧炤國師碑銘, p.274. “……月入室 因而覺居焉 尋以有娠爺”

14) 李奎報찬, 상게서, 眞覺國師碑銘, p.462.
　　“母裵氏 夢天門闢開 又夢初震者三 因而有娠”

15) 朴浩찬, 상게서, 大覺國師墓誌, p.293. “王之第四子 妣仁睿大后夢感黃龍以娠焉”

16) 彦頤찬, 상게서, 圓應國師碑銘, p.349. “母李氏一夜夢龍入屋 因而有娠”

그리될 필연적 인물로의 상징에 매달리게도 된다. 흔한 예가 되다시피한 來者 出現型이 그것이다. 崔致遠의 四山碑銘중 朗慧和尙, 智證大師, 眞鑑禪師 등의 비문에 보이는 것을 비롯하여 고려조에 들어오면서부터 靜覺國師[17], 先覺國師[18], 寂然國師[19] 등의 태몽에서 발견할 수가 있다. 이들 來者 出現夢을 보다 세세히 구분시켜 보면 출현한 자의 신분이 異人이라든가 神人, 혹은 神僧으로 막연하게 처리한 경우와 胡僧, 梵僧 등으로 보다 구체화된 경우로 대별할 수 있겠는 바, 하여간 승려의 신분으로 고정된다는 점에서 다른 어떤 메시지적 상징보다 정보에 있어서는 최대한 구체성을 발현하고 있다. 여기서 儒家 列傳에서의 막연한 태몽의 정보와 대비시켜 꿈의 메시지가 이야기에 있어 무슨 의미를 간직한 것인가 고구해 볼 여지가 생긴다. 세계에 대한 自我의 현시 및 세계와의 쟁투에서 발휘되는 영웅성은 그것만으로도 독자에게 흥미와 함께 위대함을 체득시킬 수가 있다. 반면에 승의 경우에는 이야기 자체 내로서는 신성성, 비범함을 화려하게 현시할 자질이 불충분한데다 그 줄거리의 확보조차도 여의치가 않다. 때문에 태몽은 이런 불충분을 메워주고 상상력 풍성한 이야기로서의 개연성을 강하게 지니게 되는 셈이다.

　다음은 태몽 출현몽 및 위에서 적시한 것들과 다른 예를 몇 가지 보충해 논의해 보기로 한다. 이물의 출현중 새는 비교적 빈도가 많은 대상이다. 懶翁和尙의 경우, 그의 母 鄭氏가 꿈에서 금빛나는 새가 날아오는 것을 보았으며 갑자기 그 새가 머리를 쪼으며 알을 떨어뜨렸다고 한다. 현란한 오색의 빛나는 신비체험을 얻고 이후 임신을 하게 되었다는 얘기로[20] 均如의

---

17) 李奎報찬, 상게서, 靜覺國師비명, p.576, "母夢梵僧至家請寄宿 因而有娠"
18) 柳動律찬, 상게서, 先覺大師비명, p.170. "母金氏 魂交之夕 忽得休微見胡僧入房 擎
　　玉案爲奇"
19) 허홍식, 상게서, p.612. "甞一夕魂交 忽見異人儀形儼介與一著紫沙門來人寂室內"
20) 李穡찬, 상게서, 先覺和尙碑 "鄭氏夢見金色集飛來啄其頭忽墜卵五彩燦然入懷中 因
　　而有娠"

탄생21)에서 보인 봉황의 출현과 흡사한 데가 있다. 그외 하늘에서 내리는 푸른 장막으로 출생을 상징화하는 慧鑑國師 태몽22)이 있는가 하면 물의 湧出23)로 인해 상징을 꾸미는 예도 있는데 이런 것들은 이미 일반화되다시피 한 상징물의 차용과 쓰임새를 변개시킨 예들이라 하겠는데 민속학적으로 보면 출생이 출생의 상징성에 대한 인식이 범위가 잡혀질 것으로 보인다. 아무튼 태몽은 태어날 자의 위대함을 앞서 현시하는 데서 벌써 문학이전의 메시지로서도 그 소용도가 인정되는 것이다.

전체이야기를 놓고 볼 때에 태몽담은 발단의 단계에 속하므로 현실태를 기대하는 사람들에게 해석의 곤혹스러움으로 작용할 소지가 다분할 뿐더러 내적 질서의 흐름이 어떤 형태로 전개될지 의심마저 자아낸다. 사실 태몽은 강력한 초반의 설화적 징조단위로 작용하고 인접되는 시퀀스에 강력한 촉매 기능까지 떠맡고 있어 이야기 구축에서 의미심장한 결과를 초래한다. 논의를 이야기의 체계안에서 차지하는 상징적 의미가 아니라 강력한 탄생설화가 지니는 본질적 서사에 초점을 두기 위함이다. 대개 승전에서는 징조단위로 꿈이 갖는 속성을 철저히 활용하고 있음이 잘 드러난다. 순간적 시간단위로 파악하는 불교적 세계관에서 생각하면 생 자체에 대한 단순한 경사뿐만 아니라 그전, 혹은 사후에 다시 이어지는 또 다른 生조차도 당연히 주목해야 할 것으로 파악한데서 나온 서사적 구성임을 알 수가 있다. 태몽은 전생과

---

21) 赫連挺찬, 『均如傳』, "夢見雄雌雙鳳 皆黃色 自天而下 竝入已懷 至二十載"

22) 李齊賢찬, 慧鑑國師碑銘 (東文選), "初母鄭氏 夢鄭氏夢天降翠幕 有童子肌由如氷玉 就 視之遂合掌躍入鄭氏懷"

23) 鄭惟産찬, 『朝鮮金石總覽』, 智光國師塔碑, p.284. "夢河海澄澈井泉涌流因以有娠"
　특이한 태몽으로 비치는 이 예는 엘리아데의 다음과 같은 종교적 상징성을 음미하도록 한다. 우주론적인 차원에서건 인류학적 차원에서건 물에 잠기는 것은 궁극적인 사멸에 해당하는 것이 아니라 그것은 미분화된 세계에 잠정적으로 통합되었다가 다시 새로운 창조, 새로운 생명, 혹은 새로운 인간으로 이어지는 것이다. (상게서, p.100)

현생을 동시에 아우르는 상징적 서사마디, 나아가서 이후 생의 단락을 촉매시키는 기능으로의 몫도 간직한다. 누구(來者)인가에 의한 생의 傳授과정으로 나타난다든가. 당대적 신성함을 내포한 상징물을 母가 포용토록 함은 바로 생의 전입 방식에 해당한다. 다시 말해 불교적 윤회 전생관과도 상통하는 구조라 할 수 있다. 보다 자유로운 상상의 틈입을 허용하는 승담에서 단순히 태몽만을 내세워 전체 이야기 속에서의 징조단위의 의미를 온통 거기에 부여하는 것은 너무 성급한 일일지 모른다. 태몽이 가진 징조단위의 필연성과 당위성은 다른 부분의 살핌 역시 세밀히 파악된 후에야 보다 객관화되고 분명해질 것이다.

2) 成長談

징조단위란 이후에 전개될 전체구도를 우선 확정하고 줄거리의 층위를 배열한 후에 사건의 매듭 풀림을 조절, 증폭, 연관시키기위한 방편에서 조작해낸 話素로 파악할 수 있겠다. 징조단위는 정보단위와 달리 전체 의미단위에서 차지하는 몫이 가볍다는 사실을 들어 傳에 어울리지 않는 단위가 아닌가 하는 의문이 제기될 수 있는데 사실 그 점은 허구에 대한 보다 큰 창구노릇에 속하며 역사로부터의 기피가 이 단위에서 증폭되기 때문이다.24) 가령 징조단위를 구성하는 다양한 설화를 추출하여 서사단위로 삼는다 하더라도 서술대상이 지닌 현실적 생이란 여전히 그 자체로 남아 있을 수밖에 없으므로 설화적 징조단위의 지속된 관심과 서사적 집중이 전의 본령과 더

---

24) 傳은 다른 이야기보다 상징성이나 조작성을 배제하고 현실과 대응시키는 관행을 지닌 공식적 문학장르라는 점에서 징조단위와 어울리기 어렵다는 점이 있다. 징조단위들이란 이야기중 줄거리에 필요하기는 하지만 줄거리의 중심을 이루는 것은 전에서 여전히 현실 자체라는 또 다른 사실에서 전은 기능위주의 서술이란 것이 확연해진다. 그럼에도 불구하고 기능성이 강한 징조단위를 선별한다는 데 그 특성이 있다.

큰 거리감을 조성하는 의외의 결과로 나타날 수도 있다. 그러나 징조단위는 하나의 상징이라는 전제가 내포되어 있다. 그로부터 사실에 대한 의무감을 기대하는 것은 무리이다. 이같은 자체 모순적 얼개가 명징하게 드러나는 대목을 찾자면, 기록은 물론이려니와 내용에 대한 평가의 기능, 예컨대 대상에 대한 현실세계에서의 삶에 대한 포폄의 판단 기능이 또 다른 쪽에 결부되고 있음을 인정해야 한다. 물론 불교 전기물의 경우야, 褒의 기능에 한정되는 것이 일반적인 경향이나 그것은 일찍부터 현실적 삶의 구체적 대응인 정보단위만을 선별하지 않았다는 불만을 낳게 만든다.

왜, 현실태를 충실히 포괄해야 할 장르적 소임을 망각하고 징조단위가 강력하게 문면을 지배하며 그것이 또 서사 질서 내에서 용납되는가. 승전의 경우에는 그것이 태몽에 머물지 않고 확장을 계속하는가. 이 같은 물음을 풀기 위해서는 탄생이후 인물이 성장하면서 얻게되는 주변이야기를 한데 모아 유심히 관찰해보는 일이 시급한 과제로 떠오른다. 일단 이 작업이 끝나면 앞서 예로 훑어본 태몽과 함께 징조단위의 쓰임이 갖는 傳記文學的 의의가 윤곽을 드러낼 것이다. 또한 이는 승전류가 지닌 이야기 본질의 한 해체에 다가서는 통로를 마련하는 데도 일조할 것이다.

傳의 장르적 개념을 염두에 둘 때 태몽 후 곧바로 설화적 징조단위를 주인공에게 부여함은 이야기 배열상 매우 편협된 시각으로 보이기까지 한다. 왜냐하면 앞의 태생주변에서 채취한 설화들이 촉매단위로서 기능하는데 무엇보다 의미를 두었다면 이제부터는 전의 본령으로 돌아가 현실태를 극명히 부각하는 게 이치에 합당한 때문이다. 그러나 탄생이후부터는 대상의 성격을 점차 드러냄으로써 인물에 대한 일관성있는 기호를 갖추어야 한다는 또 다른 강박관념에 사로잡히게 되는 것으로 비친다. 대체적으로 여기서 지향하는 쪽은 단순 논리적 시각을 확보한다는데 쏠린다. 전후가 뚜렷하게 맞물릴 수 있는 개연성 즉, 고승으로서의 성장과 그 자질의 현시적 모습, 그리고 진정한 의미에서 득도, 중생제도에까지 도달하도록 대상(주인공)에게 초월적 상을 부여하는 게 시급하다는 입장에 서게 마련이다. 이는 출생에서부터 단위 하나하나에 조차 그 기능을 소홀히 할 수 없다는 서사적 태도를 강하게 밝히는 것이다. 이쯤에서 확인되는 것은 단순한 역사서, 인정 기술물로서의 몫을 유보하고 이야기자체의 질서를 위해 전의 본래적 기능을 융통성있게 확보한다는 것이다. 그리하여 정보단위가 실제적 사실과 역사에 걸려 단순히 그 임무만 충실히 할 필요성이 있는가를 회의하게도 된다. 이때 시선은 앞서 제기한 징조단위의 인과적 법칙에 기울어지고 문면은 그 한계를 벗어나지 못한 채 그대로 층위가 이월된다.

성장기에 강조하게 되는 佛緣性, 非凡性은 이전의 탄생설화와 마찬가지로 징조단위상에 수렴은 되나 그 정도에 있어서는 한결 희석되고 있는 게 주목된다. 설화의 개입이 그만 미치지 못하는 것인데, 그렇다고 해석 정보적 기능으로서의 몫으로 인식할 정도는 물론 아니다. 정도의 차이는 있으나 탄생과 유년기에 걸쳐 부여되는 이야기는 생의 초반에 군락적 단위를 형성해 보임으로써 허구성의 증대효과를 철저하게 활용하려는 것은 물론 그것을 통해 앞으로 지상적 삶이 빚을 현실태의 무력함을 미리 보충해 주어야 한다는 의지까지 감지된다. 층위의 이월은 가능했으나 삶의 대응에 따라 이야기는 진행될 수밖에 없고 그것은 보다 명징한 대상의 대표단위로 나타날 수밖에 없다는 점에서 출생 후 현실 속의 인간은 대체로 출중한 기품과 영민함으로 채색된다. 같은 차원에서 그리다 보니 어린 아이에게도 당대적 이념에 따른 바람직한 자질 등이 그대로 부여된다. 여기서 주목되는 것은 승이라 하더라도 유년기에는 유교적 세계관에서 지향하는 덕목을 고스란히 예비한 인물로 그려진다는 점이다. 성장담의 현실태는 그 서사적 시간을 탄생직후로부터 출가전후로 잡아 보이고 있다. 이 시간동안 찬자는 주인공에게 비범한 인물이 갖출 수 있는 현실적 개연성을 부여하는데 힘을 쏟지 않으면 안된다. 구

체적으로 출중한 기억력, 총명한 이해력, 對世界的 허무주의 등을 나열함으
로써 出家가 이들에게 있어 당위적 진행으로 여겨지도록 전심하게 된다.25)
그들의 생애에서는 儒佛의 경향이 동시에 발견되며 轉移의례를 여하히 성숙
시키느냐는 물음이 지속적으로 제기된다. 먼저 승의 비명가운데 최고의 서
사물인 四山碑銘을 보기로 한다.

朗慧和尙--大師兒孩 行坐必掌合趺對 至與群兒戲 畫墁聚沙 必摸樣像塔而不
忍一日遠膝下 九歲始鼓篋目所覽口必誦……跨一星終 有隘九流 意入道26)

眞鑑國師--生而不啼 洒夙挺鎖聲息 言之勝牙也 旣斷從戲 必焚葉爲香 采花爲
供 或西嚮危坐 移諝未嘗自動容……關泉弁 志絶反哺 跬步不忘 而家無斗儲 又無
尺壤 可盜天時者 口腹之養 惟力是是 乃裨販娶隅 爲瞻滑甘之業……暨鍾憘棘 負
土成墳 迺曰 鞠育之思 聊將力報 稀微之旨 蓋而心求 吾匏豈狐 壯齡滯跡27)

智證大師--生數久不嚥乳 穀之則號欲呀 [illegible]有道人過門誨曰 欲兒無聲 忍絶薰
腥 母從之 意無悉 使乳育者加愼 肉食者悔懟 宿習之異二也 九歲喪父 殆毁滅 有
追福僧憐之 論曰 幻軀易滅 壯志難成 昔佛報恩 有大方便 子勉之 因感悟輟哭 白
所生請歸道28)

위의 세 가지 예를 통해서 드러나는 사실은 성장담에서 태몽이후 인물의
자질에 대한 어떤 정보적 요소의 보편성에 의지하고 있다는 점과 이른바 성
장담에서의 비범성을 구축하기 위한 승전적 자질이 엄격한 체제와 어우러져
확연하게 갖추어져 있다는 것이다. 서사단위가 현실과 대응되어 있다는 것

---

25) 출가는 생의 고비를 극명하게 드러내는 의례의 하나로 볼 수가 있는 바, 개인을
　　집단내의 새로운 지위에 통합시키기는 공식적이며 체계화된 의례로 그를 통해 개
　　인에게는 평형과 회복에 이바지하는 입사식의 일종으로 볼 수 있겠다.
26) 崔致遠, 『崔文昌侯全集』, 성대 대동문화연구원, 1972. pp.96-97.
27) 崔致遠, 상게서, p.126.
28) 崔致遠, 상게서, pp.179-180.

은 여느 열전과 다를 바 없으나 주인공에게 출가의 당위성을 제공하는 많은 삽화들은 강한 불연성에 관련되어 있음을 보게된다. 예를 들자면, 佛門에 들게되는 과정에 대한 세밀한 이야기, 구족계의 상황과 이에 결부된 스승찾기(請益) 모티프는 태몽에서 생을 점지했던 내자의 예언을 그대로 확인시켜 나가는 것에서 다를 바가 없다는 것을 개연적으로 확인시켜 주고 있다. 그러자니 자연 불성을 상징하는 행위가 지속적으로 발굴, 현창되며 어린 나이에 이미 합장, 결가부좌 등 스님의 행동 모방에 열중했으며 놀 때에도 여느 아이들과는 다르게 불상을 그리거나 불탑을 쌓았다는 점을 특별히 강조하고 있는 것이다. 같은 맥락에서 그들은 장난 중에도 나뭇잎을 태워 향이라고 하고, 꽃을 따서 공양하는 한편 서쪽을 향해 염을 올렸다고 전한다. 이것은 아이 적부터 냄새나는 채소나 고기를 기피하는 특이한 자질을 갖춘 자가 겪게 될 운명의 조짐이라는 점을 드러내는 상징적 편린들이 아닐 수 없다. 이후 상황이 어떻게 바뀌더라도, 적어도 이들에게 불문에의 귀의를 방해하거나 부정할 운명, 사건, 명령 등에 쉽사리 굴복되지 않을 것이라는 징표로 역할하는 것은 물론이다. 다음 단위에 대한 촉매단위라 불러 무방한 것이다. 개별적으로 출가의 단계에서부터 현실에서의 강한 반발, 가령 속세에서 맺어진 모정에 갈등을 겪는 경우나 유교적 세계관에서 가장 금기시 하던 혈연의 부정행위로부터 겪게되는 대사회적 위기의식이 어느 정도 문면에 암시되기는 하나 서사의 절대량은 그런 현실의 걸림돌을 무시하거나 혹은 타기할 수 있도록 징조단위에 강한 의미를 함축시키는 것으로 대안을 삼고 있다. 그런 점에서 崔致遠의 四山碑銘은 서사적 경향을 읽는데 소중한 자료로 보아 마땅하다. 태몽 및 유아기의 비범성, 다음에 거푸 연결되는 불연적 자질 등은 주인공들에게 막연히 주어진 복선 기능을 넘어 후대에 나타나는 승전류에까지 관용적인 징조 단위의 개입이라는 서사적 전형을 남겨준 셈이 되었다.

태몽의 엄격한 설정자체도 의문시되었던 점을 상기하면서 다시 생장기의 설화적 개입이 이토록 진지하다는 사실에 놀랄 수밖에 없다. 한 인간에게 주어진 정확한 시간대, 위의 경우에는 출가이전까지로 한정시켜 보았거니와, 그 시차에서 모두 공통의 모습이 추출된다는 점은 솔직히 위대성의 표출자체야 문제될 것이 없으나 너무 획일화된 채 전개됨을 부인하기 힘들다. 더욱이 태몽에서와 같이 징조의 단위가 모두 명확한 내용을 동반하고 있다는 점이나 佛緣性에만 경도되고 있다는 점은 무척 주목된다. 인간의 개별적 자취를 배제하고 철저하게 불교적 인간관으로만 부각시키려는 태도가 불만스럽기조차 한데 그런 필연성과 서사적 관용성의 의미를 캐는 것이 이제부터의 또 다른 과제가 될 것이다.

　사람의 면모를 형상화하려할 경우, 도대체 무엇을 선별하여 비범성이나 우월성을 부여해줄 것인가. 외형으로부터 내면으로 향하도록 방향을 잡는 게, 아마도 일반화된 순서가 아닌가 싶다. 위의 성장담에서도 그런 방향으로 진행으로 있다는 점을 알 수가 있었다. 탄생후 대상인물에게 베푸는 仙風道骨상의 예만 보더라도 普愚大師, 慧德王師, 玄悟國師, 靜覺國師 등을 쉽게 꼽을 수가 있다. 그렇다고 해서 비범성이 반드시 외상으로만 한정지워지느냐 하는 것은 아니다. 오히려 보통사람의 범주에 들지 못한 것을 의미한다고 판단하는 게 어의에 더 부합된다. 예로써도 그것은 드러난다. 가령 신화모티프에서 그 흔한 난생은 차라리 인간을 애초 부정하려는 듯한 발상의 한 예가 될 것이고 『均如傳』에서 말한 추함은 곧 기아의 필연성과 맞닿아있어 아름답고 신성한 면모가 비범함과 동일시되지는 않았다는 것이 확인된다. 하지만 신화소가 거세되고 인간에 대한 이야기 자체만을 대상으로 하자는 의식이 싹트면서 역시 비범함은 생김새와 지혜 등으로 한정되기에 이르며 승들은 예외없이 그런 점에서 무리 가운데 뛰어난 인물로 형상화되는 게 일반적이다.

외양에 이어 비범의 현시는 내면의 표출로 이행되는 것이 위의 예에 보이는 또 다른 전형성이다. 특별히 지적 우월성을 현저하게 노출시키려 애쓰는 보기를 들라면 均如, 慧炤國師, 圓眞國師, 眞明國師, 眞覺國師 등 예거하기가 버거울 정도이다. 이들에게는 외적인 출중함이 보다 현실과 끈을 맺고 있어 현실에서 출발한 이상, 당대의 관심과 이상을 애써 부연해주는 태도가 주목을 끌기에 족한데 유학에도 그 재능이 뛰어났을 뿐 아니라 부모에 대한 효가 지극했다고 하는 등의 칭양조차 첨부된다.

불연성 못지 않게 현실과의 거리를 좁혀보려는 의식적이고도 조작된 삽입으로 이해할 수 있겠다. 俗과 僧적인 분위기를 일단 다 갖춰 놓은 연후에야 僧쪽으로의 전개에 보다 떳떳하게 의지를 드러낼 수 있다는 생각은 고려 후기에 내려올수록 더욱 강해지는 경향인데 그것은 결국 세계에 있어 불교의 시각과도 무관하지 않았을 것으로 여겨진다. 아무튼 속된 자질에 비해 僧的인 숙명의 끈이 훨씬 강력하게 나타난 성장담에서 노리고자한 출가의 당위성은 자연스럽게 형성될 수가 있게 된다.

均如는 이미 어린 아이 때에 圓滿經을 암송하는 기이한 면을 보였던 바, 이런 유의 비범한 자질이 여러 삽화를 통해 佛家傳記에 예외없는 사람 그리기 방식의 한 요소로 작용했음을 보여준다. 이는 위의 예 중에서도 적지 않게 발견된다. 정도야 물론 약간씩 다르게 나타날 수 있겠으나 智光國師, 玄悟國師, 靜覺國師, 寶鑑國師, 先覺國師 등에는 과인적 측면 중에서 특별히 탈속의 징험적 삽화만이 나열되고 있다. 음식을 가려먹되 냄새나는 파, 마늘 등을 멀리하는 것은 물론이요, 고기를 피하고 유년기의 행동을 보더라도 다른 아이들과 달리 소란스럽지 않고 사물에 대해 사려가 깊고 놀더라도 탑이나 불상같은 것을 모방해 짓거나 놀았다고 하는 등 어린 시절의 특성을 찬찬하게 주목한다. 어떤 면에서 서로 중첩되고 의례적인 편입이라는 생각이 없지가 않은데 경우에 따라서는 아주 독특한 일화를 통해 이 시절의 징조단위가 누릴 수 있는 효과를 잘 반영하기도 한다. 眞覺國師가 그런 예가 될 터이다. 그가 태어났을 때 모습을 胎衣가 거듭 감겨서 가사를 맨 것 같은 것으로 묘사한 것부터가 예사 이야기와 다르다. 거기다 태의가 터지자 두 눈을 감았다 했고 7일이 되어서 겨우 눈을 떴으며 그후에도 매양 젖을 먹은 뒤에는 몸을 돌려 어머니를 등지고 눕는 등 별스런 행동이 있어 사람들이 벌써 기이한 징조로 여겼던 것이다. 태몽에 버금가는 특이한 예를 애써 부연시키다보니 이런 방식으로 이야기가 파생한 셈이라고 할 것이다.

위의 예들은 정도의 차이에 상관없이 외형적이며 일반적인 수사의 테두리에서 크게 벗어나지 못하고 있다. 이는 개체의 내부보다는 외부를 우선적으로 주목한데 기인한다. 이에 비하면 懶翁和尙의 성장담은 보다 신중한 삽화를 담고 있다.

예컨대 나옹이 출가 전에 고민하고 사색한 것은 인간이 죽으면 어디로 가는 것인가 하는 철학적 명제였다. 겨우 갓을 쓸 나이에 이웃의 벗이 죽은 것을 보고 떠올린 이 물음과 그것으로부터 마침내 출가를 결심한다는 애기는 釋迦가 궁을 떠나기 전 회의했던 생의 근본 문제, 생로병사에서 벗어나지 못하는 유한한 존재로의 인간적 고민과 동궤에 놓인다.

마찬가지의 예가 眞表의 출가에도 결부되어 있다 사냥을 업으로 살아가던 眞表가 어느날 사냥을 하다가 식량 감으로 두꺼비 30여 마리를 잡아 버드나무 가지에 꿰어 물가에 잡아 놓았다는 것이다. 한데 사슴을 잡아 서둘러 집에 오느라 두꺼비를 그냥 잊어버리고 말았다. 한 철이 지나 그 다음해 봄 그 쪽의 사냥 길을 지나치다가 요란한 두꺼비 소리를 듣고는 달려가 보니 목이 모두 가지에 꿰인 채 여전히 살아 있더라는 것이다. 진표는 그 광경을 보는 순간, 생에서의 苦를 깨닫는다. 삶이란 무엇이며 고를 헤어나는 길은 무엇인가. 이 극적인 체험은 그 길로 그에게 출가를 서두르게 하는 직접적인 동기가 되었다고 했다.

이제까지 출가 전에 야기된 촉매기능으로 삽입된 많은 삽화는 위의 예를 놓고 볼 때 관용적인 것, 변형적인 것, 극적 사실감이 농후한 것 등으로 대별되며 어느 경우든 생장기의 출중함에 대한 표출욕구가 의외로 강하게 반영되고 있다는 점이 특징으로 꼽힌다.

그런데 왜 한 생에서 대표성있는 사건이나 마디로서는 여전히 불충분한 이야기를 傳記의 초반에 군락을 형성하도록 만드는 지 의문이 아닐 수가 없다. 그리고 징조단위의 빈번한 차용, 그것도 초반부에 매우 적극적 기술을 내세우는 까닭이나 異人 등을 출현시켜 보다 강력한 출가경험을 나타내는 서사도 여전히 의문스럽기는 마찬가지이다.29)

이러한 다양한 물음은 대체로 두 가지 기능을 염두에 둔 결과라고 생각된다. 우선 전체적으로 이는 배열의 형평성을 저해하는 구성이 눈에 띄는데, 앞서 거론한 것처럼 세계적 질서관(유교)으로부터 최대한 허락을 누릴 수 있는 출가모티프를 삽입한 것은 단순한 기능이 아니라 이후에도 연관성 있는 인과단위로 행세하기 위한 조건에서 보아야 한다는 것이다. 영웅의 일생에 대응시킬 때 승이 되기 위해 佛界에 들어선다는 것은 세계의 이동이 아니라 또 다른 세계에서의 탄생과 다름이 없을 정도의 격절에 해당한다. 속세의 모든 緣을 떨치고 진정한 나를 찾고 생의 본질을 얻기 위해 애써 스승을 구하고 험한 길을 자처하는 것과 영웅의 입문은 여러 면에서 대응된다고 하겠다. 설사 세계 속에서 화려하게 투쟁을 펼치며 단단하게 英雄性을 확보하는 自我의 승리는 아니라 해도 僧이 목적하는 내부의 깨침은 무사적 영웅에게 있어서의 승리나 다를 바가 없다.30) 전쟁영웅담에서 최종적인 승

---

29) 태몽에서의 이인 출현, 곧 승의 來者型이 성장시에 다시 현실 속에서 주인공에게
   강력한 출가의 징후를 알리는 경우가 李奎報찬 靜覺國師碑에 보인다.
   "骨相俊爽機神英邁弱 不好弄 常若有思念者 忽異僧曰 此子塵中無者 處師自是 斷葷
   醒年甫九歲 懸求出家"
30) 반겝넵, 이윤기옮김, 『세계의 영웅신화』, 대원사, 1989. p.345.에서는 영웅의 변모

리의 쟁취가 쉽지 않듯이 승에게도 성불의 과정은 쉽게 그려지지 않는다. 따라서 이야기 초반의 징조단위, 그 가운데 성장기의 이인적 삽화들은 출가를 거쳐 또 다시 맞이하게 될 危機素, 障碍素들을 위해 반드시 삽입되어야 할 것임을 추단하기 어렵지 않다.

위의 예들은 대체로 금석문 중심의 비명들로써 특히 징조단위의 집중적 삽입 때문에 특히 이야기의 전반부를 주목한 것일 뿐이다. 같은 서사물로서 거리감이 비교적 덜한 승전을 곁들여 언급하지 않은 데는 외적 사용의 유사성과 달리 내적 서사질서의 차이가 없을까 추측한 때문이다. 이후의 논의에서 傳만을 대상으로 삼은 그 때문이며 이 작업의 말미에 이르면 두 장르간의 서사질서의 개별성 추출이 어느 정도 가능해질 것으로 기대한다.

2. 傳에 있어 징조단위

1) 碑銘과의 대비적 검토

금석문으로서의 비명을 전기적 서사물 살펴보면서, 형식, 내용, 구조에서 몇 가지 점은 분명히 간파한 셈이다. 태몽을 개입시키는 것은 공통된 서사의 발단이며 그 안에서 來者의 출현, 혹은 天體物 등을 동반한 신성성의 강조에 강한 집념을 보이는 것, 성장기조차도 강력한 영험의 단락으로 인식한 것도 이들이 지닌 전형성의 한 면이었는데 굳이 불연적 제 도구의 활용과

를 그리면서 성자로서의 영웅을 제시하고 있으며 그 유형에 들 수 있는 자로 성자 고행자 출가자를 들고 있다. 한편 Bhagavad Gita 18, 51-53.(상게서 인용)에서는 성자로서의 영웅이 이르는 길을 다음과 같이 말하고 있다. "순수하게 있는 그대로를 보고 엄격하게 자아를 통제하고 소리와 빛과 맛 같은 色에 집착하지 않고 애증을 버리고 고독안에 살고 소식하고 말과 몸과 마음을 삼가고 명상과 정신집중에 전심하고 욕망으로부터 자유로워지는데 힘쓰고 이기심과 권세 자만심과 색욕 분노와 편견을 떨치고 마음에서 정일을 얻고 자아로부터 자유로워지는 사람이야말로 능히 불멸의 존재에 값하는 사람이라 일러 무방하다."

그 자질의 수집과 배열에 많은 서사량을 소진시키려 했음도 특기해 마땅했다. 내포와 외연을 두루 통괄하는 엄격한 서사 모델이 추출된다는 점에서 전보다 훨씬 폐쇄성을 띤 양식임이 또한 분명히 드러나기도 했다. 이런 점을 전제로 하면 비명과 전과의 대비양상은 당연하고도 필연적인 수수관계를 지닌 것이 된다.

그러나 실제 연구 자료로서의 승전은 매우 소략한 실정임을 전제로 하고 논의해야 할 것으로 판단되었다. 현전하는 승전 중 가장 대표적인 자료는 아무래도 『海東高僧傳』이 아닌가 싶다. 비록 완전한 형태는 아니나 승전 본래의 체재와 찬 목적을 수용했다는 점에서, 그리고 앞서 출현한 『均如傳』과 그 후에 출현한 『三國遺事』와 한데 비교 검토하려는 본고의 입장에서는 출현시점이 중간에 놓이는 이 자료의 앞선 검토가 전후 작품과의 비교에 도움이 될 것이라고 보았다.

『海東高僧傳』은 대상이 비록 僧만으로 선별되었으나 이른바 官撰의 성격이 농후한 승사물이라는 점도 특징적 사항으로 꼽힌다. 당대의 험난한 여러 사항을 시정하려는 목적이 없지 않은 이 서사물은 몽고의 침입과 맞물려져서 자주성의 발현, 호국적 기원 등의 다원적 성격을 지닌 공식적 산물이었다고 보는 견해가 일반적이다.31) 본전에 열거된 18명의 인물을 보면 流通의 주제에 걸맞는 인물들로 한정된다. 이런 주제의 우선적인 나열과 그에 따른 인물들의 배열 후에 이야기는 인물의 출생, 가계, 생장, 그리고 생애의 주요한 활동들에 주목하는 인정기술방식을 따르고 있다. 비명에서 나타나는 화려한 태몽과 성장기를 초점화한 설화 등은 거의 언급되지 않고 있어 새삼 전과 비명의 서사상 거리감을 실감하게 한다.

특히 『海東高僧傳』은 태몽을 전혀 서사적 단위로 고려하지 않고 있어 주

---

31) 졸고, 「승전의 서사체제와 문학성의 검토-해동고승전을 중심으로」, 『한국문학연구』 10집, 동국대 한국문학연구소, pp.259-261.

목된다. 서사의 초점이 상당히 장년쪽으로 밀려 출가 이후의 이야기부터가
발단의 몫으로 여겨지도록 꾸민 것도 특색이다. 태몽의 기피 현상은『三國
遺事』에서 아주 쉽게 돌출되는 부분이다. 승전적 요소가 한결 다분한 卷4
義解편이나 卷5 神呪, 感通 등은 상호 비교의 대상이 될만하다. 가령 卷 5
에서는 圓光, 寶壤, 良志, 惠宿, 惠空, 慈藏, 元曉, 義湘, 蛇福, 眞表, 勝詮,
心地, 大賢 등의 생애를 주 대상으로 혹은 부수적 대상으로 삼아 그들의 삶
에 주목하고 있는데 직접 태몽이 언급되는 인물은 고작 慈藏과 元曉에 그치
고 있다. 그것도 이후의 인과 관계를 고리로 삼은 조작된 형식의 태몽이 아
닌 단순 상징물의 출현담일 뿐이다. 비명에서 가장 강력한 설화적 배열단위
로 애용되던 탄생전후의 시기가『三國遺事』에서는 한차례 스쳐가는 인정기
술단위에 머무르거나 가끔 차용되는 모티프로 전락하고 있음도 특기할 일이
다. 이런 서사상의 상이점은 무엇을 말하는가. 전자는 자연적 시간의 흐름
에 얹어 인물의 생애를 바라보려고 한데 비해,『三國遺事』의 경우에는 그
자연적 시간과 서사적 시간과의 병행 필요성을 느끼지 못한 결과라고 보면
무리가 없을 듯하다. 生에 대한 언급이 개인적 삶에 대한 개별성의 추출이
라면 특이한 상징적 삽화만으로도 인물부각에 어려움이 없다는 생각이『삼
국유사』에 지배적으로 나타나고 있다는 것이다.32) 그만큼『삼국유사』에서
는 징조단위의 계기성이 일관된 선으로 구축될 필요성을 느끼지 못한다. 초
반에 징조단위를 굳이 삽입하고 했던 것에서 시간대를 돌려서 다른 단위에
도 이를 부여할 수도 있다고 믿게 되었고 더 이상「출생, 활동, 죽음」으로
의 완결된 매듭을 서사적 축으로 바라보지도 않게 된다.

　　그렇다면 승전류에서 성장담은 어떻게 꾸며지고 있는가를 보기로 한다.

---

32) 이렇게 말하면 三國遺事에서는 정보단위의 기능보다는 징조단위의 기능성이 두드
　　러진다고 할 수 있겠는데 특히 다른 어떤 전보다 기능성이 강력하게 반영하고 있
　　다는 점에서, 아울러 징조적 기능의 강화에서 빚어지는 번별성이라 할 수 있다.

탄생과 성장기의 징조단위 가운데 『海東高僧傳』에서 그나마 관심을 보이는 쪽은 성장에 관한 일화들이다. 하지만 그것이 필수적인 마디라는 뜻은 아니다. 기껏해야 다음의 4사람 정도에서 태몽이 나타나는 것만 보더라도 그 성격이 완연하게 밝혀진다.

> 生七歲卽位 克寬克仁 敬事而信 聞善若驚除惡務本(卷之一, 法運)
> 生而覺悟 性乃冲虛 毅然淵懿之量 莫窮涯畛 嘗浪志遊方 觀風弘化(卷之二, 安含)
> 巍然孤硬 具大知見性 喜講說 赴感應隨機(卷之二, 玄恪)
> 童稚深況 有大人相 不如葷 不嬉鬪其入如也(卷之二, 玄大梵)

위의 예중에서 비명과 同位의 佛緣的 자질을 갖추고 있는 것은 玄大梵의 전기뿐이며 나머지는 성장기의 비범함을 비치기는 해도 대부분 추상적 미사여구로 수식할 뿐이어서 인물의 구체적인 면모를 이로써 캐기는 어려운 일이다. 인과관계에 관한 한 설화적 징조단위가 이후에 관여할 여지는 매우 희박하게 되었다. 그 대신 냉엄한 현실성, 劇的 조작이나 배열을 통한 단위의 이동으로 흐를 가능성은 상당히 위축되어 있다. 이런 점은 이야기 자체가 지닌 의미로서가 아니라 역사 자체만의 구현이라는 점에서 배태된 서사적 성격으로 이해하면 될 것이다.

『海東高僧傳』과 『三國遺事』는 이야기 구조가 또 서로 다르다. 전자는 역사중심의 이야기를 추구한 반면에33) 후자는 이야기자체로서의 성취도 즉, 서사성에 비중을 한결 높이고 있다. 『三國遺事』를 지배하는 표출 記意는 대부분 대표적인 상징적 단위에만 집중된다.34) 生의 숱한 부분을 증폭시켜

---

33) 졸고, 「승전의 서사체제와 문학성의 검토」, 상게서, pp.270-273.
34) 조동일, 『한국문학통사』, 지식산업사, pp.92-98에서는 이 작품을 자료집이라고만 생각하는 것은 피상적인 이해라고 전제하고 삼국유사는 출발자체에서부터 완성된 체제같은 것을 거부했으며 많은 자료와 사실의 해독을 통해 보다 다양한 이해의 가능성을 열어 놓는 일에 전념한 것이라고 했다.

그로 인해 생을 해석하려 든다는 점에서 傳의 자료들과 대조적인 색깔을 갖고 있는 셈이다.

수법으로 보면, 일연은 능숙한 이야기꾼에 더욱 가깝다. 대신 역사가의 시각은 覺訓에게서 더욱 강하게 발현된다. 똑같이 인간의 역사를 말하려고 했으나 이야기 자체에 나타난 성격은 이처럼 대조적으로 나타나고 있다. 통시적 측면을 강조해 이야기를 진화론적 방식으로 이해하는 것에 문학의 연구가 큰 흥미를 느낄 수도 있으나 그런 태도가 이상적인 일인지부터 의문시되려니와 『해동고승전』 이전에 출현한 『균여전』을 놓고 무조건 서사성의 미숙함을 운위하는 것도 역시 바른 시각이라고 하기는 어렵다.

같은 승전에 속하면서도 이야기 자체의 구조만을 대상으로 할 경우에는 대체로 『해동고승전』 이전에 출현한 『균여전』이 보다 문학성이 높게 나타나고 있다 할 것이다. 『均如傳』은 시기로 보아 신라승전의 계승기에 해당하는 것이 될 뿐만이 아니라 이야기의 自生的 구조를 마련해나가는 데 무엇보다 고심한 흔적이 농후한 작품으로 여겨진다. 종합적 체제의 三朝高僧傳과 비견될 정도로 주제의 선별을 일단 갖추고 生을 그 쪽으로 분단시키는 형식은 전통의 체제를 유지한 것이기는 하나35) 불교계통이 아닌 神話素, 즉 棄兒 모티프를 차용한 것은 구전적 재질을 공식적 체제 안에 접목시켜 새로운 이야기로 변개시킨 예가 될 터이다. 赫連挺은 한 인물의 형상화과정에서 실험적 방법을 대체로 가능한 한 모두 활용하려고 했다. 그러자니 굳이 고승의 이야기를 불교적 종지의 테두리에 한정시킬 이유가 없게 되었다. 전형적 전개의 부정은 한 예이다. 均如는 건국신화 속의 주인공이 태어나자마자 버려

---

35) 三朝高僧傳에서는 한결같이 종합적 체제의 인물 사건을 撰의 목적으로 삼은데 비해 『均如傳』은 한 인물에 집중적인 이야기를 마련하고 있다. 이점은 『均如傳』에서의 전통성을 부정하는 것으로 여겨질 수 있지만 균여전은 十科를 한 개인의 생애 속에서 발굴, 현창해냄으로써 한편으로는 여전히 관행에 충실한 체제를 추종하고 있음을 보여준다.(졸고, 「초기승전의 서사구조양상-賢首傳을 중심으로」, 동국대 한국문학연구소, 1988. pp.266-267.)

졌듯이 탄생과 함께 대단한 위기와 시련을 겪은 것으로 그려진다. 아울러 여러 군데에 삽입된 위기단락은 반드시 고승으로서의 면모에만 집중되지 아니하고 세계의 평정에 도달하고자 하는 무사적 영웅으로서의 모습까지 부여해주고 있다.

이처럼 흥미적 요소가 개재되면서 서사 기능은 한층 강화된다고 할 수 있다. 수법을 보면, 역사적 사실을 바탕에 깔고 그 위에 상징성이 강한 징조단위, 촉매단위를 덧씌우는 것인데, 가장 흔하게는 태몽, 위기해결 몽처럼 꿈을 문학적 장치로 편입시키거나 異人 出現 및 現示 등을 수시로 내용에 포함한다. 적어도 『均如傳』에서는 설화적 징조단위의 쓰임에 융통성이 매우 강하다 할 수 있는 것이다. 이로써 고려 초까지 전의 전형적 서사방식의 고정화가 이루어지지 않았음을 거칠게나마 확인할 수가 있는 것이다.

아무래도 『均如傳』에 큰 영향을 끼친 이야기 전범으로서의 한 예는 고구려의 건국신화가 아닐까 싶다. 柳花의 아들로 알에서 태어난 주몽이 사람들에게 터부시되는 반면 금수에게서 비범성을 인정받았다는 전개는 고스란히 균여에게 이월될 뿐더러 성장시의 비범함—아이 겨우 일곱 살에 기골이 준수하니 범인과 달랐다. 활과 화살을 만들어 쏘는 데 백중하곤 했다.36)—은 均如의 高僧的 징조단위—대사께서 강보의 어린 아이였을 적에 화엄경의 게송을 잘 읽어서 무릇 아버지가 말로 가르쳐 주는 것을 열에 하나도 놓침이 없었다.37)—로 변개되어 나타났다는 착각을 불러 일으킬 정도이다. 물론 이것은 성장시에 드러내는 불연적 자질의 한 예로서 비명에서의 처리와 흡사한 예이지만 『균여전』은 태몽, 기아 모티프, 성장시의 비범함을 모두 개입시키고 이른바 生의 중간 단락에서도 위기화소와 신이한 화소를 끊임없이

---

36) 『三國遺事』, 卷 第一 高句麗. "骨表英奇 年甫七歲 岐巍異常 自作弓矢 百發百中 國俗爲善射爲朱蒙"

37) 赫連挺, 『均如傳』, 降誕靈驗分者. "師在襁褓 善讀圓滿偈 凡父口授 十無一失者也"

주입시키고 있어 어떤 인물의 傳記보다도 다양한 언술을 통해 균여를 묘사하고 있는 셈이다. 이후 지속되는 설화들도 대체로 동일한 층위를 유지시켜 주는데 유효할뿐더러 제3자적 발화자를 개입시킨다는 데서 서술의 線이 일시 단절되는 바도 없지 않는데, 가령 譯歌顯德分者에서는 崔行歸를 통해 정보단위가 기술되고 있다. 비명에서와 달리 균여에게는 초반의 강력한 신화적 징조단위에 국한시키지 않고 전체적으로 균질성 있게 징조, 정보단위들을 반복적으로 주입하고 있음도 특징으로 여겨진다.

균여의 생애를 보면 다음과 같은 十科를 포함한다. 初 降誕靈驗分, 二 出家請益分, 三 姉妹齊賢分, 四 立義定宗分, 五 解釋請義分, 六 感通神異分, 七 歌解化世分, 八 譯歌顯德分, 九 感應降魔分, 十 變易生死分 가운데 初, 六, 九, 十 등은 징조단위로, 二 三 四 五 七 八 등은 정보단위로 분류가 가능해진다. 이것은 물론 거시적인 단위의 가름이고 다시 한 삽화 내에서도 각각 징조, 정보단위적 기능으로 분별화가 될 것이다. 역사기술로부터의 이탈적 성격을 강하게 띠고 있는 불교의 전기문학에서는 이처럼 설화적 징조단위의 역할이 결코 간단하지가 않다. 그것은 불교자체에서 요구한 弘敎의 기능과 흥미의 양쪽을 다 필요로 하기 때문인데 문제는 급격한 층위를 드러내는 정보단위가 개입되어야만 한다는 고민이 따른다는 것이다. 여기서 층위의 二元化를 예상할 수가 있겠다. 설화단위로만 이루어지는 허구적, 환상적인 신이한 층위와 빼버릴 수 없는 역사적 記意로서의 또 다른 정보적 층위가 바로 그것이다. 하나『균여전』에서는 처음과 끝이 맞물릴 정도로 층위가 같은 정도로 확보되고 있으며 연관관계로서 층위의 기능 역시 적절히 반복되고 있다하겠다.

2) 징조단위와 문학성

편의상 징조단위를 거시적 징조단위, 미시적 징조단위라 가름해놓고 이야기의 내적 구조에 이들이 여하히 적용되는 지를 주목해보려 한다. 단위의 거시적 가름은 시퀀스와 통한다고 전제하자. 즉 분절의 명확성이 내용에서 쉽게 갈라지는 이야기의 덩어리라 말해보기로 하자는 것이다. 이럴 경우 전에서의 단위만 주목하면 대체적으로 설화성의 발현이 강하게 드러나는 단위로 여겨질 수도 있다.

이를 테면 태몽은 거시적인 설화적 징조단위의 좋은 예가 될 터이다. 『三國遺事』의 三所觀音衆生寺조에서 화공이 위기에서 벗어나는데 소중한 장치로 여기고 있는 몽도 징조단위의 거시적 장치로 여길 수 있겠고, 지혜가 안흥사의 폐사를 걱정한 나머지 대책을 골몰하고 있을 때 뜻밖에 얻었던 神母 조우의 꿈은 자체로써는 닫혀진 한 단위이면서 내용상으로는 거시적인 징조단위, 촉매단위로 볼 수 있을 것이다. 반드시 꿈안에 주목할 일은 물론 아니다. 징조단위의 장치로 떠올릴 것은 대개 비현실적 체험에 국한되는 바, 이인의 出現 및 天聲에 의한 계시, 異物(禽獸)의 도움으로 변개되어 나타나기도 한다. 신비 체험적 장치 자체의 모색은 설화에서 본받은 바가 적지 않겠으나 순수한 정보단위를 핵심으로 삼으면서 현실을 이야기하는 순기능적 전개를 위한 윤활적 구실로 활용되었음은 주목할 점이다.

현실의 정보단위가 매우 희석된 데 반해 설화의 징조단위가 이야기에 농후하게 반영된 예의 하나로 유사 가운데 洛山二聖觀音正趣調信이 있다. 觀音菩薩이 뭇사람에게는 보이지 않는 다는 점을 들어 성불에 이르는 일이 얼마나 지난한지를 전해주는데 초점이 맞추어진 이야기이다. 그러나 삽화는 그 자체를 온통 설화적 구성에 한정시키고 있어, 줄거리를 판독해나가기도 쉽지 않고 주제의 테두리도 쉽게 잡을 수 없는 정도이다. 이 이야기는 그 진행이 관음찾기 형식으로써의 수수께끼라 할 정도이다. 그것이 갖는 호기심은 암호의 해독자가 당대의 고승으로 설정되어 있음에서 한결 역설적이다.

원효는 논에서 소복을 입은 여인을 만난다. 원효가 이를 알아보지 못하고 다시 길을 떠나 제2의 상징인을 만난다. 이번에는 다리 밑에서 빨래하는 여인이었다. 줄거리에 징조단위를 많이 삽입하고 있다는 사실은 쉽게 판별이 되지만 일상적 이야기의 전형성, 특히 승전체제와는 그 진행에서 큰 차이를 지닌 暗示素가 적극적으로 개입되는 연유를 간파하기는 쉽지 않다. 원효와 여인들의 소통에서는 기껏 농지거리나 타박의 비인지적 행위로만 처리하고 있어 여기서 지향하는 줄거리의 최종논지가 무엇인지 다시금 의문을 갖지 않을 수 없게 한다. 그후에도 흐름은 마찬가지이다. 얼마후 파랑새를 만나는데 "서호 스님은 쉬십시오."라는 말을 남기고는 자취를 감췄다. 그때서야 비로소 원효의 눈에 소나무 밑에 있는 신 한 짝이 새삼스럽게 인지물로 다가왔고 전에 보았던 관음보살이란 다름 아닌 신이었다는 깨달음이 들면서 이제까지 허상을 쫓아다닌 자신의 속물적 근성을 반성한다. 하지만 여전히 미련이 가시지 않았으니 곧 석굴로 들어가 관음이 현신하기를 고대했으나 바다 물결이 심해 결국은 포기하고 만다.[38]

『삼국유사』에 이르면 비명이나 불교적 전기물에 비해 설화적 징조단위가 매우 다양하게, 혹은 굴절되어 나타나게 된다. 이는 사건의 촉매기능, 환기기능 단위로서 예비되어 있으나 실제 독자에게 판독의 기능을 발휘하는 경우가 드문 것과 무관하지 않다. 적어도 몇 가지 예에서는 징조단위가 매우 미세화되어 있다는 반증이 가능할 것이다. 순수한 정보단위보다는 인명, 지명, 장소, 시간에만 국한될 뿐, 대부분 一然은 징조단위를 최대한 활용하여 이야기에 세련미를 가미시키려 했다. 그의 기술물에서 단순한 정보만을 기대하기는 어렵다는 점은 이에서 연유한다.

위의 이야기에서 보았듯이 元曉, 洛山 등만이 현실의 시공과 관련한 정보라 할 수 있을 것이고 그 나머지 사건에 얽힌 시간까지 거의 무시되거나 몰

---

38) 『三國遺事』, 卷第三, 洛山二大聖觀音正趣調信조

각된 채이다. 아울러 현실의 선입견, 지식이 이야기를 판독하는데 하등의 도움을 주지 못하게 장치되어 있고 이야기 자체내의 숱한 상징적 요소—그 대표적인 것이 미세적 징조단위라 말할 수 있겠다.—를 풀 때만이 촉매기능으로서의 의미가 포착될 터라 할 것이다. 하지만 분명한 것은 이것이 전통성에 고착되지 않은 새로운 패턴의 이야기라는 것이다.

일연에 오면 어느 편인가 하면, 均如傳的 인물해석법으로 선회하고 있다는 인상을 강하게 받는다. 『균여전』은 정보단위가 적지 않게 수반되고 그에 큰 비중을 두고 있는 것이 사실이다. 일연은 그러니까 정보단위를 희생시켜 가면서 이야기 자체의 층위 단위간의 인과, 촉매기능 등 그 본질에 더욱 주의를 기울이는 쪽으로 기울고 있는 것이다.

『균여전』에서는 구전적 요소들의 취합과 역사적 사실의 처리를 놓고 이야기 체제를 여하히 마련할 것인가에 골몰했다면, 『해동고승전』은 이야기에서 정보단위에 주목함으로써 前代의 과도기적 인물 그리기에서 탈피한다. 그러나 문학자체만으로 한정지을 때 이야기 구성보다는 기록에만 몰두함으로써 문학성의 퇴화는 어쩔 수 없는 한계로 남게된다. 이에 반해 이야기를 인물을 구현하는 온전한 장치로 보고 그 자체내의 서서양식을 두고 긴 고민을 거친 『三國遺事』는 승전 사상 가장 세련된 전기문학으로 꼽을 수 있을 것이다. 일연에게 있어 인물 그리기는 단지 역사 기록에 그치지 않고 개별성을 드러내는 일, 대상의 감각적 생을 극명하게 포착해 이를 증폭시키는 일을 포함하는 서사적 쇄신의 대상이라고 보는 것이 올바른 이해가 아닐까 한다.

3. 단위와 내적 서사체계

층위의 넘나듦이 없는 이야기는 존재하지 않는다고 말한 사람은 바르트이다. 승전류를 대상으로 이야기의 초반에 언급되고 있는 강력한 징조단위의 부분적 고찰만으로는 이야기 해체를 기대하기는 사실 버거운 것이 사실이다. 傳은 대개 일생을 기본 축으로 삼는 서사양식이므로 전체를 놓고 이야기 흐름에 주목할 필요가 더욱 더 요청되는 서사물이다. 알다시피 승전은 직 간접적으로 불교적 시간관의 한계를 염두에 두고 이야기를 마련한다. 불교적 해석에 따르자면 시간은 과거, 현재, 미래가 상호 다름없으며 무한의 미래를 향해 직선으로 흘러간다는 것이다. 시간은 혹은 상대적이라 하며 살아가는 존재에게 죽음은 끝이 아니라는 발상조차 갖게 한다. 또 다른 삶이 출생과 죽음의 유사한 과정을 거치며 시작된다는 것이며 이같이 삶의 순환은 끊임없이 반복된다고 여긴다.39) 온전히 이런 불교 쪽의 시간관이 승전에 반영된다고 기대하기는 무리일지 모르나 삶의 기술을 놓고 이야기에 어떤 구조를 택할 지 대략의 구도는 잡힌다. 유교열전은 현실적 생의 모습을 구현하기 위해 존재한다고 믿고 있는 만큼 탄생 이전이나 죽음이후의 像을 문제 삼으려 하지 않는다.

하지만 불전에서 이미 시작된 바이지만, 本生談은 현재적 시간으로서의 생에 대한 얘기를 넘어 탄생이전의 유구한 시간대까지 주목한다. 승전에는 설사 전생의 인연담이 완벽하게 구비되고 있지는 않으나, 오는 것, 태어나는 것(兜率來儀相, 毘籃降生相)과 열반에 드는 것(雙林涅槃相)을 다른 어떤 것보다 의미를 두어 처리하고 있음을 많은 자료가 입증해 주고 있다.40) 앞

---

39) 다카쿠스 준지로, 정승석옮김, 『불교철학의 정수』, 대원정사, 1989. pp.40-48 참조.
40) 金雲學, 『불교문학의 이론』, 일지사, 1981. pp.39-40 참조.
　　"佛傳文學은 成道와 涅槃이라는 2대 사건을 중심으로 나타났는데 인도에서는 주로 사상으로 구성되었다. 여기서는 주로 誕生과 成道, 初轉法輪, 涅槃 등 4대 사건의 四相說을 취하고 있다. 그런데 중국에 들어와 4대 사건은 兜率來儀相, 毘籃降生相, 四門遊觀相, 踰城出家相, 雪山修道相, 樹下降魔相, 鹿苑轉法相, 雙林涅槃相 등으로 구체화되고 있다. 이 역사적 기록 가운데서 처음부터 誕生과 涅槃은 이야기의 초점으로 중요하게 여겼음을 알 수 있다."

에서는 계속하여 생의 초반을 어떻게 처리하고 있는지를 주목했거니와 이후
는 탄생과 함께 다른 시간대의 편입이라 할 수 있는 죽음의 언저리를 점검
하고 서사의 전체가 지닌 내적 질서를 검토하기로 한다. 보다 구체적으로
한다면 이야기의 내적 구조에서 징조단위가 종결부위에서 어떻게 소용되며
그것이 초반의 징조단위와 대비해 갖추고 있는 同位性 여부를 헤아려 보자
는 것이다. 生의 상징적 단계에 속한다고 보여지는 활약기를 제외한 채 죽
음 전후의 서사부위에 눈을 돌리는 까닭은 무엇보다 초반의 강력한 징조단
위가 본래의 몫을 제대로 수행해왔는지, 아니면 설화적 징조단위가 배제되
고 정보단위로서 현실적 생을 구현하는 쪽으로 회귀하는가를 앞선 결론들과
상호 검토해보자는 것이다. 우선 몇 가지 일화를 살피는 게 순서에 맞겠다.

自師之示病　生綠處山石崩落　又群雀滿洞飛鳴者十餘日……其平生　冥感神異
則有龜受戒蟾廳法慈烏合簹特牛跪途等事 皆世所傳(眞覺國師碑)

至冬抄旣望之二日　趺坐悟言之除泊然無常　嗚呼　星廻上天　日落大海　終風吼谷
則聲咽虎溪　積雪催松則色侔鵠樹(智證大師碑)

大中四年　正月九日詰旦　告門人曰　萬法指空　五將行矣　一心僞本　汝等勉之　無
以銘紀跡　言竟坐滅　報年　七十七　積夏四十日　于時天無纖雲　風雷炎起　虎狼號咽
彬栝變衰　俄而紫雲翳空　空中有彈指聲　會葬者無不入耳(眞鑑禪師碑)

고승의 입멸은 한 개체의 사라짐으로 그치지 않는다. 그의 죽음은 주의에
커다란 변화, 예를 들어 평시에 보지 못했던 자연들의 심각한 이상 현상을
동반하는 것으로 되어있다. 眞覺國師의 경우, 병이 들면서 그가 살던 산이
무너지는가 하면 새떼가 골짝에 가득 날아와 10여일 동안 울기를 그치지
않았다. 그런 불길한 징험의 주체들이 모두 인간을 제외한 이물이란 점에서
신이함이 한결 두드러지는 데, 생전 거북, 두꺼비, 가마귀, 황소 등이 그의

고매한 품성에 감동했었다는 점에서 보면 단순한 죽음의 이적이라는 테두리에서만 볼 것도 아니다. 智證大師 입적시에는 별이 그의 상징물로 등장하여 하늘로 돌아갔다고 했고 그 슬픔을 드러내듯, 달은 바다에 떨어졌다고 전한다. 뿐만 아니라 바람이 거세게 불어 천지를 진동시켰고 갑자기 쌓인 눈이 소나무 가지를 꺾자 그 빛깔이 沙羅樹와 같았다고 했다. 眞鑑禪師도 입적하자마자 구름 바람의 갑작스런 출현과 우뢰가 있었다고 했다. 호랑이, 이리 같은 동물의 울음이나 향나무 등이 졸지에 시들어 사람들이 그 변고를 통해 새삼 고승의 진면목을 되새기게 되었다고 전한다. 이런 서사적 특징은 동의에 앞서 회의적 물음을 먼저 갖게 한다.

한 인간에게 닥친 변화는 그를 에워싸고 있는 자연을 통해 갖가지 신이한 조짐을 알리고 천상의 변화까지 초래한다고 강조한 것을 보면, 그들이 탄생시에 지녔던 여러 설화적 징조단위와 同位的으로 처리되고 있다는 공통점을 찾을 수 있다. 층위 면에서 따지더라도 그것은 같은 설화적 층위이며 비현실적 신비체험의 동등한 부여 효과로 이해된다. 층위의 전후 동질성은 공간적으로도 적절하게 비중을 조화시키고 있다고 할 수 있다. 탄생에서는 곧잘 한 개체가 천상이나 서방으로부터 이 현실적 세계로 이르는 것으로 상징화시켰으며 삶이란 이 세계에서 찰나적 「머무름」으로 이해하려고 했다. 마찬가지의 공간 관념하에서 죽음을 상징한다면 당연히 또 다른 공간으로의 「떠남」에 해당된다고 보았다. 물론 보다 객관적 안목으로 해석한다면, 다른 공간으로의 편입이란 말이 더 적절한 표현일 것이다. 불교적 시간관, 공간관에서 무시할 수 없는 단락이 되고 있는 「이르름」과 「떠남」은 「머무름」의 단위 못지 않은 비중으로 승전류에 병기될뿐더러 전체내의 층위를 같은 선에서 유지하고 있으며 소위 首尾相關的 동질성을 유지하도록 배려하고 있다. 「머무름」이 보다 지상적 현실적 정보적 이야기의 집합이라면 「이르름」 「떠남」은 설화적으로 채색시켜 강력한 신이성, 신비체험이 발현되는 부분으로 구별지을 수가 있을 것이다.

그러나 여기서 새삼 傳의 성격과 관련시켜 종결처리 부분에 다시 눈을 돌리지 않을 수 없다. 왜냐하면 층위가 일률적으로 설화적 징조단위로만 나타나지 않고 순수한 정보단위까지 반드시 밝히고 있기 때문이다. 다시 말해 「떠남」의 해석에 대하여 정보, 징조단위가 병치되어 나타남으로써 수용하는 측에게 2분화된 인식체계를 놓고 판단을 강요하는 현상이 야기된다는 점을 지적할 수가 있는 것이다. 史的 이야기의 층위를 확보한다는 전제가 있었다면 당연히 설화적 단위를 배제하든가 아니면 처음부터 사실의 기록임을 포기하는 것이 경우에 합당한 서사의식이라 말할 수 있지 않겠는가.

그런데 적어도 승전 류에서는 어느 한 단위만을 전제하지도 않고, 어느 한 단위가 누리는 독선적 층위를 오히려 부정하려는 입장을 견지한다는데 그 특성이 있다. 단선적 기능을 택하지 않음으로써 굳이 판독에 있어 불협화음을 야기시키고 있지는 않은지. 따라서 문학적 성격을 이해하기 위해 우선적으로 규명되어야 할 것인 바, 일단 승전류에서는 二線的 구조를 애초부터 지향하고 있음을 전제하고 논의를 이어가야 할 것이다.

현실을 포기할 수 없는 것처럼, 신비체험의 세계를 부단히 형상화시켜야 한다는 이원론적 서사의식에 갇힌 撰者들은 처음부터 설화적 징조단위라는 축과 순수한 역사적 정보단위라는 축 사이를 조합시켜 弘敎, 歷史를 아우르는 서사양식을 예상한 것이다. 이런 통합적 의식을 명징하게 드러내주는 記標로 入寂을 형상화하는 과정에서의 중첩화된 단위의 배열을 지적할 수 있을 것이다.

인물	단위	기표
균여 대사	정보	以開寶六年月十七日 ○時 示滅于歸法寺 葬於八德山 山在歸法寺之東南 去寺百許步 豊目秀者是也 報年○ 僧臘○(均如傳, 第十變易生死分者)
	징조	開報六年中 金海府使奏云 今年月日 有異僧頂戴櫻笠子到海邊 問其名居 自稱毘婆尸曰 僧於五百劫前 曾經此國 締緣焉今見三韓一統 而佛教未興 故爲酬宿因 暫至松嶽之下以如字弘法 今欲至日本 言訖卽隱 上奇之 命推 其日 是師順世之日也 變易分竟(상게서, 第十變易生死分者)
선각 왕사	정보	寓神勒寺 五月十五日 卓又督行急 師曰是不難 吾當逝矣 是日辰時 寂然 而逝(金石總覽 p.499)
	징조	郡人望見 五彩雲蓋山頂 旣火之洗骨 無雲而雨姉數百步……神光照耀之日 乃已 釋達如夢見龜盤燒臺下 見狀如馬 及以喪舟還檜巖 無雨水漲 皆驪龍 之助云(상게서, pp.499-500)
무학 대사	정보	戊寅秋 師以老 辭歸 居于龍門 壬午五月 今我主上殿下 又命入檜巖 月年 正月 又辭金剛山 以之酉九月十一日示滅
	징조	時華嚴釋贊奇 在松京法王寺 夢見師立空中佛頂蓮花之上 佛與蓮花 其大 彌天 覺而心異之 與寺衆說具夢 聞者疑具非常 未幾計至 卽其夢時也
혜숙	정보	未幾宿忽死 材人轝葬於耳峴東(三國遺事, 卷4, 二惠同塵)
	징조	其材人有自峴西來者 逢宿於途中 問其何往 曰久居此也 欲有他方爾 相揖 而別 行半許里 攝雲而逝 其人至峴東 見葬者未散 具說其由 開塚視之 有 芒鞋一隻而已(상게서, 二惠同塵)
광덕	정보	明日歸訪其居 德果亡矣 於是乃與其婦收骸 同營蒿里 旣事乃謂婦 曰夫子 逝矣偕 處何如婦曰可 遂將夜宿(三國遺事, 卷5, 廣德嚴莊)
	징조	一日日影拖紅 松陰靜暮 窓外有聲報云 某已西往矣 惟君好生 速從我來 莊排門闥而出願之 雲外有天樂聲 光明屬也(상게서, 廣德嚴莊)
진정	정보	定重違其志 進途宵征 三日達于太白山 投湘公削染爲弟子 名曰眞定 居三 年 母之訃音至 定跏趺入定 七日乃起(三國遺事, 卷5, 眞定師孝善雙美)
	징조	門人智通隨請 撮其樞要成兩卷 名錐洞記 流通於世 講畢其母現於夢曰 我 已生天矣(상게서, 眞定師孝善雙美)
혜감 선사	정보	拍膝叉手 含笑而化 闍維塔于寺之艮岡 壽七十日 臘五十八 訃音聞 王心 惻悼 贈諡慧鑑國師 塔曰光照之塔(金石總覽, p.602)
	징조	泊示滅 帶方郡民 名白太者 夢師登翠天去 怪而明日奔至寺 師已逝(상게 서, p.602)

위 자료 중에는 碑銘도 있고 傳도 있다. 그러나 장르의 여부에 관계없이 한 이야기 내에 두 단위가 존재하고 있다는 것을 잘 보여준다. 죽음, 혹은 떠남이라는 한 사건에 대한 두 가지 이야기가 각각 순수한 정보단위, 설화적 징조단위로 개별화되고 있다는데서 당혹감마저 느끼게 된다. 두 단위간에는 한 사건의 전달을 목적으로 하고 있으나 독자에게는 대립이나 마찬가지의 관계로 받아들여질 소지가 퍽 이나 크다. 그렇다고 해서 그 서사 부위 중 어느 것을 마음대로 취하고 버릴 권한이 독자에게 주어지지는 않는다. 이 대목에서 우리는 바르트의 설명에 주목할 필요가 있을 듯하다.

> 담화의 세계에서 기록되어 있는 것은 원래 기록할만한(즉 중요한) 것이다. 어떤 세부가 모든 기능에서 보아 틀림없이 무의미하고 기능과는 맞지 않는 것처럼 보일 때에도 기능을 갖지 않는 것이 아니라 부조리와 무용지물의 의미를 완수하게 되는 것이다.…… 달리 말하면 예술작품에는 잡음(정보적 의미에서)이란 없는 것이라고 할 수 있을 것이다.

이 발언의 청취 후에도 우리는 앞선 이야기를 부조화나 무용지물의 서술행위라 여길 수 없고 상호마찰에 의한 의미의 혼동을 버릴 수가 없다. 더구나 傳이란 사실적 기술이 우선시 되어야 할 장르로 여기는 한, 설화적 징조단위가 우월하게 자리를 잡고 있는 것은 아무래도 어색하게 보인다. 그러나 사실의 진리를 떠나 허구적 진리를 표출하려 했다면, 우리는 저 중첩적 구성을 타기해야 할 이유가 없어지게 된다. 바꿔 말해 층위의 이중성 및 이질성을 내세워 서사상의 결합이라거나 내적 질서의 붕괴라고 보기는 어렵다는 점이다. 이제껏 살펴온 것과 같이, 僧의 생을 그리는데는 설화적 징조단위가 순수한 정보단위에 못지 않은 서사적 기능을 담당한다는 사실을 확인하게 된다. 설화적 징조단위는 나름의 층위를 고수하면서 生의 종결 부분에 이르기까지 정보단위와 맞물려져 전체를 꾸미는 축의 몫을 온전히 수행했다. 곧잘 신이한 세계의 표출을 위한 夢, 異人出現, 天聲등의 장치를 활용하면서 탄생설화, 각종 위기담, 이적담을 이루는 주요한 단위에 많은 서사량을 할애하고 있다. 반면 순수한 정보단위는 인명, 시간, 공간에 구체성있는 역사를 부여하고, 있었던 사실을 기록하는 기능에 충실했다. 징조단위가 갖는 의의를 그 자체가 스스로 촉매단위 역할을 수행하여 자체내의 유기성을 구축하는 데서 찾는다면, 정보단위는 최소한 傳의 입장을 견지해주는 데서 그 개별성보다는 상호 보족적 관계에 있다고 할 만하다. 죽음의 대목뿐만이 아니라 이 두 층위는 처음부터 허구, 역사라는 대망으로부터 병치되어 출발했고 그 단위에서도 상호 개입을 인정하면서 이를 끝내 지켜왔다.

이 같은 단위의 二線的 배열은 중세장르로서 전이 수용할 수 있었던 이야기내의 아주 독특한 특성이라 할 만하다. 특히 승전에서는 강력한 설화적 징조단위가 월등하게 반영됨으로써 이야기 쪽으로의 기대치와 성취도에 보다 유의했음을 상징적으로 보여주고 있다.

Ⅲ. 맺음말

傳이 현실을 비추기 위해 출발했다는 점에서 보아 허구적 서사물과 그 목적하는 바가 흡사할지는 모르나, 서사적 기술방식에서 보면 구체적, 직접적 사실에만 대응시킴으로써 현실의 상상적 모방이나 핍진에 매달리는 허구와는 아주 동떨어진 장르로 인식되어 온 것이 사실이다. 이를 증명하듯, 傳의 찬자들은 그 스스로가 역사에 대한 안목을 겸비하도록 종용받았고 여하히 객관성을 확보하느냐를 화두로 삼아 고민했음41)을 여러 전기물은 극명

---

41) 劉勰, 崔信浩역, 『文心雕龍』, 현암사, 1975. p.69.
　　"그러나 세속에서는 신기한 것을 좋아한 나머지 사실을 돌아보는 일도 없이 간접

하게 보여주고 있다.

하지만 허구를 배제하고 참 사실만을 기록 전수한다는 의지에도 불구하고 허구에 대한 관심은 찬자들의 머리 한편을 지배해왔다. 곧 그들은 사실과 허구를 여하히 배합하여 전기문학을 만들어 낼 것인가 갖가지로 궁리했던 것이다.

胎夢, 異人出現, 天聲 등은 말하자면, 그러한 허구의 삽입을 위한 대응장치라 할 수 있겠다. 한데 그런 서사장치가 있다해도, 일생을 온통 그런 것에 의존할 수 없다는 한계에 부딪침으로써 유교 쪽에서는 이야기 성이 극히 건조한 인정기술식의 사람 그리기가 양산되기 일쑤였고, 이마저 엄격한 체제 속에 놓여져 관용적 기술물로서의 소임을 벗어날 수가 없었다.

같은 전이기는 하나 불교 쪽의 전기문학은 체제, 내용에서 한층 개방성을 표방하고 출발했다. 다시 말해 유교 쪽에서의 일반열전과 달리 승전류에서는 이야기성이 한결 강하게 나타난다는 것이다. 이 글에서는 그 서사성이 구체적으로 무엇을 의미하는 가에 초점을 두고 서사성의 확대를 위해 취택하고 있는 방법론을 추출, 그 특성을 밝혀 보려 한 것이다.

우선, 정보단위로부터 징조단위로의 轉移 욕구는 승의 일대기를 다루고 있는 비명, 전에서 공통적으로 나타나고 있는 특성이라고 보았다.

둘째, 서사단락에서 정보단위는 삶의 활약기에, 징조단위는 탄생, 성장기, 죽음부분에 강력하게 반영되고 있는데, 찬자들은 이러한 생이야말로 현실태가 아닌 설화적 징조단위를 개입시킬 수 있는 신비체험 현시의 부위로 믿고 있다는 것이다. 탄생전의 태몽을 통해서 다른 공간으로부터 현세로의 「이르름」을 징험했으며 성장기의 비범함을 강하게 부여하여 이후 고승이 될

으로 들은 일들을 훌륭하게 생각하여 쓰거나 먼 시대의 일을 기록하는데 그 흔적을 상세히 기록하려고 든다. 여기서 정상적인 방법을 버리고 이단적인 입장을 취하게되고 방설을 천착하여 舊史에 없는 것이 나의 史書에는 전한다고 자랑하게 된다. 이러한 태도가 과거의 기술에 커다란 해독이 된다.”

자질을 설득력있게 제시해주려 했다는 것이다. 죽음을 일회적 生의 종결로 보지 않고 다른 공간으로의 轉移나 編入으로 처리한 것은 탄생의 해석과 마찬가지로 輪廻轉生적 서사관점과 결부되었다고 생각할 수 있다.

셋째, 기능 면에서 정보단위나 징조단위는 상호 보족적으로 균형을 이루되, 징조단위에 상당한 관심을 쏟는다는 점이다. 물론 여기에는 傳의 본령에서 아주 벗어날 수가 없다는 의식이 감추어져 있어 완전한 설화나 민담으로는 흐를 수 없었다. 『삼국유사』에서 보면 비명이나 다른 승전보다 훨씬 이야기로서의 기능이 활성화되어, 事實이 아니라 이야기를 위한 역사, 사실을 소재화하는 쪽으로 기울어지고 있다는 느낌조차 드는 것이다. 이는 징조단위를 강조한 결과, 이야기의 기능이 그만큼 활성화되고 있음을 증거해 주는 좋은 사례이다.

넷째, 이야기인 한에 있어 승전류에서도 층위의 문제가 심각하게 제기될 수 있다. 내용의 층위, 형식의 층위는 공히 전개부와 후반의 이야기가 수미상관의 방식에 따라 맞물려진다고 보았다. 탄생과 죽음은 이야기의 동위성을 유지하기 위해 허구와 사실이 병치서술과 함께 내용에 있어서도 「이르름」과 「떠남」의 구조를 띠고 있어 단순하게 층위간의 상충으로 보아서는 아니된다는 것이다. 설화는 설화의 층위, 사실은 그 역시 사실의 층위를 각각 二線的으로 내포하고 있다. 이는 전의 효용성 문제와 무관하지 않을 법한데, 현실태이면서 동시에 고승으로서의 비범성을 동시에 구현하기 위해 한편에는 정보단위를, 다른 한편에서는 설화적 징조단위를 지속적으로 주입시키는 구조를 띠게되었다. 전자는 현실 속에 엄연히 존재하는 역사를 지향했다면, 후자는 그 역사의 상징적 해석이 서사목표로 설정되었다는 결론에 이를 수 있다. 따라서 층위의 단절이나 강력한 설화적 징조단위를 자유로운 모티프란 이유로 잡음의 테두리로 한정시키려는 태도는 승전의 이해를 위해 올바른 시각이라 하기 어렵다.

　이상 구조주의적 시각에서 승전류가 드러내는 인물 그리기 방식에서의 層位, 機能, 單位 등을 검토해 보았다. 서구 이론의 완전한 이해를 전제로 했는지 의문이 아닐 수 없고 그 적용에 있어서도 자의성이 지나치게 개재되었다는 비난을 예상 못할 바 아니나 이론의 낯 설은 적용을 넘어서는 구조 내의 변별적 자질이 확연하게 드러남으로써 이 작업은 그런대로 소기의 목적에 이르렀다고 자부한다.

　그렇지만 일천한 동양문학의 이론적 추수를 인정할 수밖에 없는 것이 우리의 현실임을 절감하는 자리가 되었음을 시인하지 않을 수 없다. 용어는 물론, 구조 분석에서　동양문학, 더 좁혀 조선 이전 중세시기 한국 서사문학의 본질을 꿰뚫는 이론의 창출에 보다 깊은 관심이 요청되는 때라고 하겠다.

誕生談에 나타난 꿈의 기능
― 고려이전의 자료를 중심으로 ―

Ⅰ. 머리말

傳記란 서술대상을 선별 대상을 특별히 한정시킨 데서 나온 명칭이라고
할 수 있다. 왜냐하면 일반 열전이 서술에 있어 대상을 폭넓게 수렴한 것과
달리 僧傳은 僧만으로 대상을 한정시키는 한편으로 승의 자취를 밝히되 위
대한 면모를 선별 제시하는 독특한 양식으로서의 보여주기 방식을 엄격하게
고집하기 때문이다.

이것은 문학적 측면에서 볼 때 서사문학 요소가 크게 진작되지 못했다는
의미로도 풀이가 가능할 터이다. 하지만 승전의 제 성격, 즉 종교 문학 역
사물의 기능을 어느 정도 수행해야 한다는 강박 관념을 내재하고 있는 서사
물이라는 점은 분명 인식할 필요가 있다.

종교의 하나인 불교에 의지한 만큼 종교적 전도적 목적과 무관한 것으로
여길 수 없는 것이고 다른 한편으로는 傳이라는 본령을 망각할 수 없음으로

써 서사의 이중성을 간직하게 마련이다. 요약하건대 승전은 역사적 사실의 기록이면서 傳敎的 대상으로서의 의무감에서 자유로울 수 없는 것으로 여기서 불가 전기의 특징이 드러난다. 그리고 독자로부터의 흡인력을 위해서 나름의 호기심유발 장치나 제재 형식에서의 개별적 특성을 간직하지 않을 수가 없게된다.

승려의 일대기가 경전적, 사료적 복합성에 초점 두는 것은 아니로되, 戒世的, 宗敎的 감동이라는 복합적 기능에 유념해야 하는 것은 당연하다. 따라서 계세적인 요소와 함께 종교적 의미를 함의하는 서사적 교직물로서의 본령을 달성하기 위해 撰者들의 각별한 서사의식과 담론으로서의 이해방법론적 접근이 필연적이었음을 깨닫게 된다.

상호 충돌의 여지가 뚜렷한 종교, 문학, 역사라는 세 가지 지향점을 하나의 전체구조물로 교직하기 위해서 찬자들이 채택한 서사방식과 제재, 구조화의 구체적인 모습은 어떠한 것인가.

이 논고는 이러한 물음을 내세우고 그 방법상 하나의 장치로 채택한 것이 꿈이 아닐까하는 전제적 추론을 상정해보는 것에서 논의를 시작하려고 한다.

주지하다시피 꿈은 현실의 재현, 재구성은 물론이고 전혀 추측 불가능한 세계로의 현시까지 가능하다고 믿어지는 상상의 소산으로 이야기한다. 현실과 맞닿아 있을 때가 있는가 하면, 꿈꾸는 자에게만 철저히 새롭게 전개된다는 점에서 픽션에 다름 아닌 것으로도 정의된다. 고래로 문학에는 꿈이 자주 수용되었으며 현재에 이르러서도 꿈의 개입이 적잖은 데 이는 현실을 계시, 투사하는 불가해한 기능이 혼효되어있고, 애매모호한 정보에다 순간적 전이가 가능해짐으로써 담론에 대한 책임과 의무로부터 자유로울 수 있다는 이점이 전제되었던데 기인하는 것이라고 본다.

승전에 드러나는 꿈의 특징과 보편적으로 운위되는 꿈이 상호 성격에서 맥락을 같이하는 것이 물론이다. 승려의 탄생담에서는 다른 어떤 경우보다 꿈에 개입이 월등한 편이다. 주제를 광범위하게 잡을 경우 논의의 한계를 정하기 어려워진다는 점을 들어 이 글에서는 시종 유교열전을 비교대상으로 삼고 승전에서 꿈의 기능, 유형, 아울러 꿈이 이야기 속에 여하히 개입되는가를 주목하기로 한다. 한국 문학사상 승전이 주로 신라 고려시대의 산물이었다는 점을 들어 자연 羅末과 고려의 자료가 주를 이룰 것이며 조선조까지는 그 범위로 잡지 않을 생각이다.

승려의 行狀 墓碑銘 墓誌銘 史書속의 기록까지 두루 포함시킨 까닭은 승전이라 명명한 자료의 희귀함 때문이기도 하지만 소위 승전적 서사구조가 지닌 일반론에 접근하기 위해서는 관찰의 대상을 보다 포괄적으로 잡는 게 나으리라는 믿음 때문이다.

II. 본론

1. 釋迦的 生의 강조

1) 誕生

전기는 비범한 인간의 발굴과 천양에 주력하는 서사물이므로 탄생 또한 이러한 의도에 부합되도록 서사적 방향을 모색하는 것이 일반적이다. 탄생이 인간의 의지적 산물이 아니듯, 年 月 日 時 場所 등 탄생에 관한 구체적 정보인자를 현시하는 꿈 역시 인간의 의지와 상관없이 불현듯 나타난다는 특성을 갖는다. 꿈을 소유하는 정보의 소지자, 즉 수신자는 물론이거니와 이를 챙취하는 자까지 꿈을 경시할 수 없게 만드는 것은 이런 선험적이고도 불가항력적 요소에 기인한다고 하겠다. 그러나 시각을 달리하여 문학 쪽으로 보자면 태몽은 장차 전개될 생애에 대한 단면적 복선에 해당된다고 하더라도 크게 무리가 따를 것 같지 않다.

대개 꿈의 주체가 母로 설정되는 것이 보통이라고 하지만 父가 꿈의 주체로 나타나는 경우도 드물지 않다.[1) 승전을 살피는 출발점에서 우선 드러나는 일반적 전제라면 대개는 현몽을 얻는 자가 불교를 돈독하게 신앙하는 자로 설정된다는 것이다. 당연한 일이라고 생각은 되지만 일반의 전기와 크게 달라지는 요소가 여기에 있는 셈이다. 근본적으로 사상의 차이가 그런 인물적 형상으로 이어졌다고 할 것이다.

반드시 승전에서 언급하는 꿈이 아니더라도 꿈은 대체로 어떤 정보에 해당하는 것을 예비해주게 마련이다. 꿈을 가운데 놓고 소위 송신자, 수신자의 구별이 생긴다는 점도 특징이다. 그런데 문제는 정보에 대한 반응에 따라 꿈의 성격이 달라질 수 있다는 점이다. 가령, 두 가지 경우를 생각할 수가 있겠는데 첫째는 정보가 매우 구체적이어서 그것을 수신하는 자가 해석상 전혀 혼란을 겪지 않는 경우, 둘째는 정보자체가 매우 애매모호하게 전송되었고 이를 수용하는 측 역시 정보해득의 단계에 이르지 못해 끝내 정보로서의 효과를 누리지 못하는 경우가 있을 것이다.

전자를 직접 계시형, 후자를 암시형이라고 일단 용어를 갖추어 보겠다. 적합한 용어인지를 논의하기 보다 전체 꿈의 문학적 소용도를 살피는 게 시급하므로 우선 胎夢을 통해 승전의 서술적 특징을 짚어보기로 한다.

탄생의 계기가 문학적 꿈을 빌려 문학적 형상화로 여하히 펼쳐지느냐 하는 문제는 흥미진진한 과제가 아닐 수 없을 듯하다.

---

1) 金富軾, 『三國史記』, 列傳 金庚信條. "舒玄庚辰之夜 夢熒惑鎭二星 降於己 萬明亦以 辛丑之夜 夢見童子衣 金甬乘 雲入堂中 尋而有娠 十二月 而生庚信"

① 直接 啓示型

가. 朗慧和尙 胎夢

　　母는 華氏니 잠이 들었는데 수비천(修臂天)이 연꽃을 주는 것을 보고 인하여 잉태하여 달을 넘긴뒤 두 번째 꿈에 호도인이 자칭 법장이라 하면서 십호충태교를 주었다. 열 석달만에 대사가 태어났다. 대사는 아이 적에 걷거나 앉을 때는 반드시 두손을 합치거나[2]

나. 眞鑑禪師 胎夢

　　아버지는 창원인인데 스스로 출가하지 않았으나 출가자의 행동이 있었다. 어머니 고씨가 일찍이 낮잠이 들었는데 꿈결에 한 중이 말하기를 "내가 어머니의 아들이 되고자 합니다." 하고 유리 항아리를 주고 가더니 얼마후에 선사를 잉태하였다.[3]

다. 智證大師 胎夢

　　처음에 어머니의 꿈에 한 거인이 아뢰기를 "나는 옛날에 승견불의 계세에 상문이 되었는데 성낸 까닭으로 오랫동안 용보에 떨어졌으나 과보가 끝났으니 마땅히 법손이 되어야 하는 까닭으로 그대에게 의탁하여 자비스러운 교화를 홍보하기를 바란다."고 했다. 이에 임신하여 거의 사백일이 지나서 관불회의 아침에 탄생하였다.[4]

---

2) 崔致遠, 金達鎭, 역, 「四山碑銘」, 『한국의 사상대전집』 3, 동화출판공사, 1972. p.36. "母華氏 魂交 觀需臂天 垂授敲花 因有娠 幾蹤時申夢 胡道人 自稱法藏 授十護 充胎教 遇莽 而誕 大師兒孩時 行坐必合掌對"
3) 상게서, p.48. "父曰昌元 在家有出家之行 母顧氏 嘗晝假寐 夢一梵僧謂之曰 吾願爲 阿彌虁之子 因以琉璃甖爲奇未幾禪師焉"
4) 李奎報 김달진역, 眞覺國師碑銘, 『한국의 사상대전집』 2, 동화출판공사, 1972. p.488. "初母夢一巨人告曰 僕昔勝見佛 季世 爲桑門 以謓恚故 久墮龍報 旣矣 當爲法孫 故 佗妙緣 願弘慈化 因有娠 幾四百日灌佛之誕焉"

라. 眞覺國師 胎夢

　李判書 부인 최씨가 큰 배에 많은 승려들이 타고 범패를 하면서 물결을 헤치고 문전에 이르는 꿈을 꾸고 인하여 아이를 가졌고, 한달 남짓하여 또 꿈을 꾸니 흰 학이 그 배를 쫓으니 색천으로 만든 가사를 입은 승려 하나가 뛰어나왔다. 대덕은 정미년 5월 12일에 태어나셨고5)

　미래에 대한 인간의 궁금증은 해몽이라는 방식을 동원하여 궁금증을 풀어주기도 한다. 인간에 결부되어 나타나는 꿈이 聽者들에게는 정보의 한가지로 파악된다면 그 정보에 대한 해석은, 특히 꿈의 소유자에게 더할 나위없는 큰 의미로 다가오게 될 터이다. 거기다 탄생과 그 인물의 장래를 암시하는 꿈으로 여겨지는 때는 정보해독의 욕구가 더욱 강렬해질 것으로 보인다.

　가, 나, 다, 라에서는 공통적으로 來者가 언급되어 있다는 특이한 현상이 드러난다. 가에서는 정보를 전달하는 전달자로서의 역할에 머무는 데 반해 나, 다, 라에서는 來者가 곧 탄생할 인물이 미래에 지니게될 자질을 강하게 암시하고 있다. 문학외적인 특징으로 가, 나, 다 모두 崔致遠의 작품이라는 점이 퍽이나 흥미롭다. 來者를 단순한 영험성의 강조적 장치로 채택한 것이겠으나 독자를 문학수용적 위치로 인식하는 경우 그들에 대한 예비적 지식의 부여는 흥미를 증폭시키는데도 퍽 유효하다. 라에서는 최치원 시대에서 훨씬 아래로 내려와 있으면서도 여전히 탄생할 자의 장래를 가늠하는 정보를 구체적으로 제시하고 여타의 억측을 배제시킨다는 점에서 앞선 예와 같은 기능에 놓인다.

　가, 라에서는 예외적으로 두 가지의 꿈을 언급하여 태어난 사람의 불교적 인연을 강하게 부각시킨다. 나에서는 막연히 한 중이, 다에서는 來者가 자

---

5) 文明大역, 『京畿金石大觀』, 彰聖寺眞覺國師 大覺圓照塔碑, 경기도, 1982. p.77.
　　“理判書妣崔氏 夢見大艦群僧梵唄水漲至門 因而有娠 彌月又夢白鶴喙其腹靑帖袈
　　一僧躍出 以大德丁未五月 二十一日生”

기의 전생을 분명히 확인시키는 桑門이 각각 등장하여 장차 불교와 인연을 맺게될 인물, 곧 스님으로서의 상징을 드러내주고 있다. 이 외에도 불교와의 관련성을 보이는 구체적 상징물로 가의 修臂天, 연꽃, 法藏, 十護充胎敎를 비롯하여 다의 灌佛會, 라의 梵唄, 袈裟 등이 등장하고 있다.

② 暗示型

가. 均如의 胎夢

어머니의 이름은 점명으로 일찍이 천우 13년(917) 4월 초 7일 밤 꿈에 암수의 두 봉황이 모두 누런데 하늘로부터 내려와서 자기의 품으로 들어오는 것을 보았고 20년(923)에 이르니 점명의 나이가 하마 60이었지만 그러나 능히 임신기가 있어서 21순이 차서야 이해 8월 8일에 스승을 황주 형악 남쪽 기슭 집에서 낳았으니6)

나. 慈藏의 胎夢

그 어머니의 꿈에 별이 떨어져 품안에 들어오더니 이로부터 태기가 있어 아기를 낳았는데 석가모니와 생일이 같았으므로 선종랑이라고 이름을 지었다.7)

다. 元曉의 胎夢

처음에 그 어머니 꿈에 유성이 들어오는 것을 보고 이내 태기가 있더니 해산하려 할 때 오색구름이 하늘을 덮었다. 이때는 진평왕 39년 대업 13년 정

---

6) 赫連挺, 李丙疇역, 『均如傳』, 降誕靈驗分者, 이우출판사, 1980, p.70.
　　"母曰 占命 嘗於天祐十四年四月初七日夜 夢見雄雌雙鳳皆黃色 自天而下 竝入己懷 至二十載 占命年旣六十 而能有娠 懷滿二十一旬 以此年八月八日 誕師于黃州之北荊岳南麓之私邸"
7) 一然, 『三國遺事』, 慈藏定律條 "母忽夢聖墜入悔因有娠 及誕如釋尊同日 名善宗郎"

축(617)년이었다.[8]

라. 普愚의 胎夢

부인은 해가 품에 드는 꿈을 꾸고 이내 임신하여 대덕 오년 신축 구월 이십이일에 스승을 낳았다.[9]

마. 眞覺國師의 胎夢

어머니 배씨는 하늘 문이 열리는 꿈을 꾸고 또 세 번이나 벼락을 맞은 꿈을 꾼 뒤에 곧 임신하여 열두 달만에 아기집이 겹으로 쌌고 또 가사를 멘 것 같았다. 아이는 나자 두 눈을 모두 감았다가 이레를 지나 후에야 눈을 떴으며 어머니 젖을 먹고 나자 나면 번번이 몸을 돌려 어머니를 등지고 누웠으므로 부모들은 모두 이상하게 생각하였다.[10]

가를 제외한 나머지 상징물들이 별, 해, 하늘 등 천체를 통해 나타나고 있다는 점은 우선 태몽의 한 특징을 그대로 이어받고 있다는 점을 일러준다. 이런 상징물이 등장하는 이면에는 천상으로부터 선험적 계시에 따른 태생으로 인간의 의지와는 별개의 일이라는 점을 부각시키고 호기심을 끌어내는데 일조하는 것이 사실이다. 하나, 이런 상징물만으로 탄생할 자가 佛緣性을 그대로 품수하게 될 것이라고 단정짓는 데는 역시 무리가 따른다. 일반열전의 경우에서도 역시 곧잘 출중한 인물의 탄생에는 천체가 출현하여

---

8) 상게서, 元曉不羈 "初母有夢流星入懷 因而有娠 及産 有五色雲覆地 眞平王 19年 大業十三年 丁丑歲也"

9) 維昌, 김달진역,『한국의 사상대전집』4, 동화출판공사, 1972. p.290.
  "夫人夢日輪貫懷 因而有娠 以大德五年辛丑 九月二十一日生師"

10) 李奎報, 김달진 역,『한국의 사상대전집』4, 동화출판공사, 1972. p.369.
  "母裵氏夢天門闢開 又夢被震者三 因而有娠 月十有二月乃生焉 其胞重纏 又如荷袈裟 狀及折兩目俱瞑 經七日 乃開 每飲乳後輒轉身背母而臥 父母甚怪之"

출생자의 출중함과 선험성을 곧잘 드러내기 때문이다.

탄생시의 태몽만으로 정당화시킬 수 없는 불연적 자질의 드러냄은 물론 탄생 후 성장과정으로 이월되는 것도 여기서의 한 특징으로 이해된다. 불가 열전에서는 가령 마의 예와 같이, 강력한 불연적 징조가 태몽의 부실함을 보완해주는 것으로 나타난다. 마에서는 "어머니를 등졌다"는 것으로 출가를 우회적으로 암시하고 있으며, 나에서처럼 석가모니와 동일한 생일임을 내세워 그 미래를 암시해주고자 하는 경우도 있다. 그외 천체에 의지하지 않고, 가에서처럼 봉황을 내세워 영험성을 말하는 경우가 보이는데, 이는 아래의 懶翁화상의 태몽과 흡사한 경우이다.

> 정씨는 꿈에 황금빛 새매가 날아와 그 머리를 쪼으며 갑자기 오색 빛이 찬란한 알을 떨어뜨려 그 문안에 들어오는 것을 보고 이내 아기를 배어 연우 경신(1310) 일월 오일에 스승을 낳았다. 스승은 20세에 이르러 이웃 친구가 죽는 것을 보고 여러 어른들에게 "죽으면 어디로 갑니까." 하고 물었으나 모두들 모른다고 했다. 슬픈 생각을 품고 공덕산에 들어가 了然화상 아래서 중이 되었다.[11]

균여의 태몽에는 봉황이 나타났다고도 했다. 그것은 진각국사가 새매가 인연이 되어 태어난 것과 같이 날짐승의 출현에 속한다. 천체의 출현과도 비교될 뿐더러 來者 출현형에서 보여준 직접 전달형과도 구분이 완연하다. 출생 후 암시적 계시는 필연코 불교와의 인연을 보여주는 다른 삽화에 의존하지 않을 수가 없는 바, 실제로 이런 이야기는 나중의 경우에서 보듯 범인들의 꿈과는 다른 점을 애써 수습하지 않을 수 없는 경우로 발전한다.

---

11) 李穡, 김달진 역, 상게서, p.235.
　　"鄭氏夢見 金色集飛來啄其顯 忽墜卵五彩爛然入懷中 因而有娠 以延祐庚申正月十五日生 年甫冠隣友之間諸父老 曰死何之 皆曰 所不知也 中心痛悼走 入功德山 投了然"

2) 出家

승려의 전기에서 대상의 궤적을 추적하는데 어느 부위보다 힘주어 강조되어지는 부분이라고 생각되는 것이 다름 아닌 출가의 서사부위이다. 대상의 일생이 승려로 이어지는 데 결정적 빌미를 제공한다는 의미에서도 이런 점은 분명히 파악된다. 물론 고승의 생이니만큼 개체의 의지에 큰 비중을 두어야 하겠으나 의외로 꿈을 적극적으로 차용함으로써 출가를 돌발적 사건, 혹은 필연적 계기로 자유롭게 변용하여 출가 동기에 의미를 크게 부여하는 것이다. 다음은 그런 예로 삼아도 무방한 것들이다.

> 가. 그런데 밤에 꿈을 꾸니 백호의 빛이 서쪽에서 오더니 빛 속에서 금빛으로 된 팔이 내려와서 두 사람의 이마를 어루만져 주었다. 꿈에서 깨어나 이야기를 하니 두 사람의 말이 똑 같으므로 모두 오랫동안 감탄하다가 백월산 무등곡으로 들어 갔다.12)

> 나. 욱면이 어느날 일이 있어 하가산에 갔다가 이상한 꿈을 꾼 뒤에 감동하여 불도를 닦을 마음이 생겼다. 아간의 집은 혜숙법사가 세운 미타사에서 멀지 않았는데 아간은 항상 그 절에 가서 염불을 하였으므로 계집종도 따라가서 뜰에서 염불했다고 한다.13)

철저하게 테마적 구성에 의지한 일연의 이야기방식에서 실상 태몽이나 성장담 등의 계기적 사건을 통해 전체 맥락을 이해하려는 태도는, 위의 글에서 보듯 사건의 부각 때문에 독자를 당황스럽게 만들기까지 한다. 일연은 태몽과 같은 꿈을 의례적으로 차용하지는 않으나 꿈이 삶의 축을 핵심적으

---

12) 一然『三國遺事』, 南白月二聖 努肹不得 怛怛朴朴條
　　"夜夢白毫光 自西而至 光中垂金色臂 摩二人頂 及覺說夢 與之符同 皆感歎久之 遂入白月山無等谷"
13) 일연, 상게서,
　　"名郁面 因事至下柯山 感夢遂發道心 阿干家距惠宿法師所創彌陀寺不遠 阿干母至其寺念佛 婢遂往在庭念佛

로 드러내는 요긴한 장치라는 점은 분명히 알아채고 있었던 인물이다.

가에서 특기할 점은 소위 출가몽이 한 사람에 머무르지 않고 여러 사람에게 동시에 부과되고 있다는 점이다. 정보가 다른 사람에게 충분히 해독되지 않음에도 유독 출가의 계시라 풀이할 수 있는 점은 이미 앞 이야기에서 충분히 그 가능성이 타진되었겠으나 꿈이 극적 반전으로 이어지는 매개물이면서 독자에게 충격과 놀라움을 주리라 예상했음은 분명해 보인다. 나에는 꿈에 대한 내용이 언급되지 않은데 반해, 출가를 야기했을뿐 아니라 그로 해서 결국 郁面의 婢가 서방으로 승천했다는 신이한 결과에 치중하고 있다. 일연이 출가의 동기를 통해 생을 전체적으로 조망시키려 한 수법과 달리 태몽에 출가동기를 깔아 충격적 사건임을 약화시키는 예도 여럿 보인다. 崔致遠이 撰者로 되어있는 四山碑銘에서 보자.

 12년동안 경과하던 중 九流의 고부를 군속케 여겨서 부도에 들어가게 되었다. 먼저 모친께 이를 여쭈었다. 모친은 그전의 꿈을 생각하고 울면서 허가하였고 다음에 부친을 뵈었는데 부친은 자기의 늦은 깨우침을 후회하고 즐거워하여 말하기를 잘한 일이라 하였다.14)

 여러 점치는 사람들에게 물었더니 사람들이 말하길 "마땅히 이름을 대신 어머니께 예속시켜야 할 것입니다" 한다. 그전의 꿈을 생각하여 시험적으로 방포로써 몸을 덮고 울면서 맹세해 말하기를 "이 병이 나아 다시 일어난다면 부처님에게 원하여 아들이 되겠습니다." 하였더니 이틀을 자고 난 후에 과연 아주 나았다.15)

---

14) 최치원, 상게서, p.36.
  "大師十二歲 出家卽宣德王五年 有隘九流意入道 先白母 母念已前夢 泣曰 誇 後謁
  父 父悔已晚悟 喜曰 善遂霽"
15) 최치원, 상게서, p.69.
  "效枚卜之僉曰 宣名隷大神母 追惟囊夢試覆以方袍而泣誓言 斯疾若起 乞佛爲子信宿
  果大癒"

앞의 예는 朗慧화상의 출가에 얽힌 삽화이고 후자의 것은 智證大師가 출가 전 겪은 갈등의 한 단면이라고 할 수 있다. 우연히 이 두 이야기 토막에 해결의 열쇠로 채택되어지고 있는 것이 태몽에 대한 기억이다. 보다 구체적으로 말한다면 출가의 성숙을 가능케 하는 모든 조건이 적절히 갖추어진 상황아래에서도 인간적 정리, 모정 때문에 결단을 내리기 어려운 국면에서 꿈이 출가의 결심을 가능하게 해주는 역할을 하고 있음을 보게된다.

이처럼 꿈에 큰 비중을 두었던 점으로 보아서도 꿈의 현실적 문학적 중요성은 굳이 더 이상 열거하지 않더라도 금방 드러나는 것이다. 이쯤해서 꿈은 아주 강력한 사건, 전개의 예시적 기능태로서 위상을 유감없이 발휘했다는 결론에 이를 수 있다.

3) 覺醒

탄생과 성장담만 가지고 우리가 흔히 접해온 영웅담과 그리 큰 차이가 없음을 간파할 수가 있는 것도 새삼 주목된다. 즉 범인의 출생에서와 달리 반드시 정보로서 신이한 태몽을 수반할뿐더러 성장과정에서부터 이미 출중한 과인적 자질을 나타냄으로써 예사로운 인물이 아니란 점을 부각시키기에 전념한다는 것이다. 다만 그것이 일반 열전이 지향하는 현실에서의 출발이 아니라 현실로부터의 탈피를 지향하는 것이며, 그 가운데 이른바 고승이 될 자질을 허구이든 사실이든 끊임없이 주입시킨다는 점만은 분명하게 드러난다.

사실, 고승의 생이라도 꿈에서 부여받은 대로 곧장 고일한 경지에 다다를 수 없는 게 전기문학에서 순전한 허구와 구별되는 특징이라고 할 터이다. 승려의 전기라 하더라도 인간사의 기록에서 벗어나기 어려운 것은 물론이므로 주인공에게 인간성을 부여하기 위해서라도 고승대덕에 이르기 위해서는 주인공이 겪는 갖가지 시련, 고행을 이야기의 필수적 화소로 삼을 필요가 있다. 물론 불교적 사상이 그 기저를 형성하는 테두리 내에서의 화소위주로 나열되는 것이 일반적이다. 그 과정에서 출가와 함께 가장 불교적 이야기의 특징을 잘 반영하고 있는 부분이 바로 覺醒의 삽화라고 하겠다. 궁극적으로 道에 이르기 위해서는 흔히 悟道의 경지를 말하지만, 같은 맥락에서 각성의 계기를 빈번하게 삽입하려는 열의 또한 읽기가 어렵지 않다. 그런 중에서도 깨달음을 꿈의 세계에서 비롯된 것으로 처리된 예를 몇 가지만 살펴보려고 한다.

　　가. 다시 결심하고는 단정히 앉은 지 이레되는 날 저녁 어렴풋한 잠 속에 푸른 옷을 입은 두 아이가 나타나 하나는 병을 들고 하나는 잔을 받들어 더운 물을 따라 권하였다. 스승은 이를 받아 마셨는데 감로수 맛이었다. 그리하여 갑자기 깨친 바 있어 게송 여덟구를 지었다.16)

　　나. 좌우를 마치고 장차 다른 곳으로 가려하는데 밤의 꿈에 遍吉보살이 이마를 어루만지고 귀를 쥐면서 말하기를 "옛날의 행실은 행하기 어렵지만은 이를 행하면 반드시 성공할 것이라" 했다. 꿈을 깨니 오한증이 든 것처럼 된 중에 고골에 새겨졌으니 이로부터는 다시 명주옷과 솜옷을 입지 않았으며 노끈과 가는 실의 사용도 반드시 삼과 닥을 이용하고17)

　　다. 자장이 이 塑像 앞에서 기도하고 명상하니 꿈에 소상이 그의 이마를 만지면서 범어로 된 戒를 주었는데 깨어 생각하니 알 수가 없다. 이튿날 아침 이상한 중이 오더니 이것을 해석해주고 또 말하기를 "비록 만가지 가르침을 배운다해도 아직 이보다 나은 글은 없다." 하고 가사와 사리를 주고 어디론가 사라졌다.18)

---

16) 維昌, 상게서, p.210.
　　"改頭方畢 及端生坐七日之夕 假寐 有青衣二童 或携瓶 或擎杯 細斟白湯 以勸 師接飲 則甘露味旣 以忍然有省 作頌八句"
17) 崔致遠, 상게서, p.69.
　　"坐雨竟 將他適 夜夢遍吉 菩薩撫頂提耳曰 昔行難行行之必成 形開瘞然 默篆肥骨 自是 不復服繪絮焉 條線之順 必用麻楮"
18) 一然, 상게서, 慈藏定律조

3가지 꿈 이야기에서는 태몽에서와 같이 來者를 설정하여 이들로부터 이제까지 무지했던 부분을 깨닫게 된다는 공통점이 있다. 가는 普愚대사, 나는 智證대사, 다는 慈藏이 경험한 각성의 순간을 기술하고 있는 것이다. 가에서는 정보가 몽자를 구체적인 정보를 유도하는 중에 깨닫게 하질 않고 다분히 상징적으로 처리한 것으로, 감로수를 마시는 행위가 각성으로 이어지게 한 원동력이 된 것으로 풀이하고 있다. 모든 일은 결과적으로 돌발적 진행 상태속에서 이루어지며 몽자는 꿈을 깨면서 곧 偈 8구를 짓는 경지로 올라선다. 이에 비해, 다는 보다 현실에 가깝게 형상화되었다. 來者가 건네준 것은 梵語로 된 게였다는 것인데 자장이 이를 해득할 수 없어 난처한 지경이 된다. 한데 이런 해득 불가능함도 따지고 보면 온전한 장애 극복담으로 이해되지는 않는다. 다만 암시성이 강하게 반영된 이야기라고 할 수 있을 듯 하다. 그러므로 고승으로 일반에게 새겨진 자장의 비범함조차도 우회적으로 비하됨은 물론 또 다른 현실 속의 내자가 참여토록 꾸밈으로써 해득의 기쁨을 맛보게 만들었다.

꿈을 하나의 정보라 규정할 경우, 몽자가 이를 풀이하는 과정에 난이는 있을 지라도 결국은 꿈이 몽자에게 있어 각성의 한 계기로 작용했다는 점만은 분명히 짚을 수 있다는 게, 탄생담에서 나타나는 공통점으로 지적된다.

4) 入寂

위대함의 현시를 위해 한 생의 궤적을 어떻게 보여주어야 할 것인가. 거기다 불교 사상적 종지까지 포함시킨 구성이란 어떤 것을 말함인가.

이러한 두 가지 물음에 대한 방법론을 승려의 전기에서 찾아내는 일은 퍽 흥미롭기까지 하다. 그러나 撰에 임하는 당사자에게는 늘 강박관념으로

“藏於像前禱祈冥感 夢像麻頂授梵偈 覺而未解 及旦有異僧來釋云 又曰 雖學萬敎 未有過此 又以袈裟舍利等付之而滅”

작용했을 법하다. 석가모니의 생의 표출로 희석되어버리고 만 경우들도 실은 이런 중압감에서 비롯된 것이라고 본다. 이제껏 살펴본 꿈의 차용도 전제된 목적을 염두에 둔 결과임은 말할 필요조차 없다. 그러니 소위 석가적인 삶, 곧 탄생, 출가, 각몽 등은 각각 예사롭지 않은 국면들을 의식적으로 조장하여 끝내는 위대한 생이었음을 흔들림없는 사실로 믿게 하지 않으면 안될 터이다. 같은 이치로 죽음에 있어서도 앞에 보인 생의 다른 마디 이상으로 영험성을 부여해야 한다는 것은 당연한 일이다. 여기서는 입적에 한정시켜 그 양상을 살피려고 한다.

　가. 그때에 고을 사람들은 모두 산 위에서 환히 빛나는 신광을 보았고 그 절의 중 達如는 꿈에 신룡이 소분대에 서려 있다가 강으로 들어가는 것을 보았는데 그 형상은 말과 같았다. 뭇 사람들이 영골 사리를 모시고 배로 檜巖寺로 돌아가려 할 때에는 오랜 가뭄으로 물이 얕음을 걱정하였는데 비는 오지 않고 갑자기 물이 불어 오랫동안 묶여 있던 배들이 한꺼번에 물을 따라 내려 갔으니 신룡의 도움임을 알 수 있었다.19)

　나. 그런지 3년 후에 어머니의 부음이 왔다. 眞定은 가부좌하고 선정에 들어가 7일만에 일어났다. 그는 선정을 하고 난 후에 이 사실을 의상에게 고하니 의상은 제자를 거느리고 소박한 추동에 가서 초가집을 짓고 무려 3천명을 뽑아 약 90일간 화엄대전을 강했다. 문인 지통이 이 講에 따라서 그 요지를 뽑아 책 두 권을 만들어 錐洞記라고 하여 세상에 널리 폈다. 강이 끝난 뒤 그 어머니가 꿈에 나타나서 "나는 이미 하늘에 환생했다."고 했다.20)

---

19) 覺宏, 나옹화상행장, 『한국사상대전집』 4, p.250.
　　時群人 咸見山上神光 瑩瑩徹 寺僧達如見神龍 蟠燒焚臺 還入雨江 其狀如馬 門人陪靈界骨舍利 將舟還檜巖 患旱久水淺 忽無雨而水漲 與久滯衆般 一時順流而下 則神龍之助可知也
20) 일연, 상게서, 眞定師孝善雙美條
　　"去三年 母之計音至 定跏趺入定 七日及起 說者曰 追復哀毀之至 殆不能堪 故以定……旣出定 以後事告於義湘 湘率門徒歸于小伯山之錐洞 結草爲廬會徒三千 約九十日 講華嚴大典 門人智通隨講 攉共樞要 成兩卷 名錐洞記 流通於世 講畢 其母現於夢

위대한 승려들은 출생 시에 한결같이 신이한 몽을 수반하고 현세에 이르러서도 그대로 이를 실현하는 인물이 된다. 그러므로 그들의 행위마다에는 그 위대함을 증험해주는 삽화 및 꿈이 개재되기 마련이다. 마찬가지로 이제 죽음에 임해서도 다시 강렬한 영험몽이 결부되기에 이른다.

가는 나옹화상의 입적후에 나타나는 신이한 현상, 나는 진정의 어머니에 대한 죽음이 꿈에 어떻게 처리되는가를 보여주고 있다. 승전류에서는 가가 오히려 전형적인 예라고 할 것이다. 꿈보다는 자연의 변화현상이 극히 불길한 국면으로 급변하는 것으로 처리되는 것이 승전일반의 경우지만 주위 사람들에게 특히 꿈을 통해 고승의 죽음을 부각시키며 그 슬픔이 더욱 강조되는 것이다.

가에서는 자연현상의 여러 양상을 보이고 있다. 산 위에 보이는 신광, 신룡의 출현, 큰 가뭄 끝에 나옹의 입적과 동시에 내리는 비, 게다가 죽음이 천지자연에 큰 변화를 초래할 정도이니 만큼 그가 얼마나 큰 자취를 남긴 인물인가를 쉽게 드러내주는 기이현상들이다. 이런 것은 평소 대상의 주위를 지키거나 주인공의 가르침을 이어나갈 제자들의 몽으로 대변되는 경우도 드물지 않았다.

나의 경우는 승려의 죽음이 아니라 승려의 꿈에 현시한 어머니의 이야기로 되어있다. 죽음이란 영겁의 세계로 들어선 자의 이야기가 현실로 드러나기 위해 꿈에 의지하는 것은 오히려 자연스러운 일일 지 모른다.

꿈이 발단이 되어 비극적 생애로 그려진 경우가 있음에 특히 주목해서 볼 필요가 있겠다. 인용이 길어져 원문을 옮기지 못하겠으나 가령 자장은 꿈에서 문수보살을 보기로 결심하고 대송정에 가서 간신히 보살을 보는 데 성공했으나 그 다음 태백산에 들어가서는 문수보살의 친견에 실패하고 고작 거지 하나를 발견하는데 그친다. 이를 심히 낭패스럽게 여기다가 비분을 참

日 我已生天矣"

지 못하고 낭떠러지에 몸을 던져 죽었다고 전한다. 我相에 사로잡혀 끝내 실상을 헤아리지 못한 자를 현실에서는 고승으로 숭앙된다는 점을 우회적으로 조소하고 있다는 생각도 없지 않다. 꿈이 위대한 죽음으로서 아니라 비참한 말로를 상징하는데도 소용된다는 점에서 역시 꿈은 특별한 서사적 의도의 산물임이 입증된다. 승전 일반의 경우와 비기더라도 큰 파격이라고 하지 않을 수 없다 하겠다. 다른 승전과 달리 이처럼 이질성을 내포하고 있는 『三國遺事』의 경우는 장을 달리해서 보다 심도있게 파헤쳐 보고자 하는 것이 필자의 의도이다.

2. 障碍克服의 양상

삶을 구성하는 방식을 물리적 시간단위로 처리할 경우에는 쉽게 그 단락을 잡고 문학적 형상화도 그에 맞추어 나갈 여지가 생긴다. 특히 허구를 될 수 있으면 배제하는 입장에 서게 마련인 傳의 특성과 대응시켜서는 순차적으로 삶을 보여주는 방법을 쉽게 택한다. 하지만 교훈, 감동이란 두 지향점을 같이 고려해야 한다는 것이 큰 과제로 떠오른다.

하지만 찬자들은 이점을 잘 헤아리고 있었던 듯 싶다. 생의 여러 마디를 설정, 최대한 정보를 수습하여 총체화 시키는 작업, 나아가 감각적으로 생을 표출하겠다는 의지를 분명히 하고 있는 것도 여기서의 특징이 아닌가 한다.

이런 시각은 가장 현대적인 문학이론과도 결코 무관한 것만은 아니다. 단면적 제시로 전체를 드러낸다는 사고가 팽배하다 보면 상징적 사건을 테마적으로 구성하고 극적 긴장감의 조장까지 내포하게 마련이다. 예컨대, 『三國遺事』중 승려이야기는 이런 류의 적절한 보기가 될 듯하다. 여기서 보면 사건을 구성하되, 특징적으로 무난한 흐름을 저해하는 話素, 즉 장애 이야기를 번번이 개입시키고 있다는 점을 놓치지 말아야 한다. 장애의 극복으로 꿈을 대응시킴으로써 해결의 실마리를 이로부터 제공받는다는 점이 그것이다.

앞에서 계기적으로 생의 큰 가름을 통해 꿈의 유형을 관찰한 바 있음에도 불구하고 다시 장애담에 얽힌 꿈을 주목하는 것은 다른 어떤 경우보다도 꿈의 대응이 빈번하고 소위 승전류에서 위기 극복이 어떻게 진행되는가를 분명하게 읽고자 하는데 있다. 앞의 작업과 마찬가지로 꿈의 수용 양태, 정보해득에 따라 직접제시형, 암시형, 협박보복형으로 나누어 꿈을 통한 갈등 해소의 갈래를 살펴보기로 한다.

1) 直接啓示型

몽담에서 꿈의 주체에게 주어지는 정보가 상당히 구체성을 띠고 있는 까닭에 수신이나 풀이에 하등의 혼선이 나타나지 않는 경우가 여기에 들 것이다.

가. 三所觀音衆生寺

장애가 닥쳤더라도 인간의 힘으로 쉽게 해결될 수 있는 경우, 혹은 다중의 힘과 지략을 동원해야만이 겨우 해결이 기대될 경우가 있을 터인데, 이런 처지라면 굳이 몽을 통해 위기를 극복한다거나 하는 따위의 어색함이 애초부터 요청되지 않을 터이다. 따라서 꿈이 개입될 수밖에 없다는 것은 그만큼 사태극복에서 인간의 능력범위를 넘어서고 있다거나 불가항력적 상황에 빠져있다는 뜻이 될 것이다. 중생사의 창사설화는 그런 위기담의 한 유형이다.

> 중국 천자에게 끔찍이 사랑하는 미인이 있었는데 화공을 시켜 그 여인의 모습을 그리도록 했다. 천자의 명인만큼 지성으로 그림에 몰두했다. 그러나

실수로 붓을 떨어뜨려 미인의 배꼽 밑에 점을 만들어 놓고 말았다. 급히 지우려 했으나 무슨 까닭인지 생각처럼 고쳐지지가 않았다. 필연의 연고가 있겠다 싶어 이를 포기하고 그대로 왕에게 이를 바쳤다. 그러나 미인의 은밀한 곳에 점이 있는 줄을 혼자만 알고 있는 임금은 그림을 보자 대로하여 화공을 문책하게 된다. 위기의 순간에 임금은 화공에게 자신이 어제 꿈에서 본 사람의 모습을 그려 바치라 한다. 그 결과 그림이 꿈속의 사람과 틀림이 없다면 용서해 주겠다는 약조를 얻는다. 화공은 다음날 十二觀音菩薩의 모습을 그려 바쳤는데 왕이 꿈에 본 모습과 매우 흡사하였다. 왕은 그제야 노여움을 풀고 화공을 풀어준다.21)

이 이야기에 결부되어 있는 꿈은 어떤 계시로서 해결을 도모하기 위한 방법으로 나타나기는커녕 문제악화의 결정적 계기로 등장한다는 점이 주목된다. 무고한 죽음에서 벗어나기 위해서는 몽자가 상대방의 꿈을 직관하는 통찰력이 필수적인데 그 능력은 범인으로서는 상상하기 힘든 것이므로 결국 화공은 죽음과 마주 할 수밖에 없게 된 것이다. 한데 뜻밖에 이야기는 화공이 황제의 꿈을 제대로 짚어내 면책이 되었다는 것으로 반전된다.

우리가 흥미를 느끼는 데는 이 이야기의 해결방식이 구체적으로 어떻게 진행되었느냐 하는 문제이다. 분명한 전후사정을 밝히지 않았으나 필자 나름의 추측을 동원해 보완한다면, 앞에서 꿈이 문제의 제기를 위한 방편으로 소용되었다면, 반대로 이것은 해결을 담보해주는 단서로도 활용이 가능할 것이라는 점, 이점에서 볼 수 없을까 하는 것이다. 꿈과 꿈의 대응방식으로 보는 것이다. 즉 화공이 왕의 꿈을 스스로 통찰력을 동원해 볼 줄 알았다는 것은 적어도 동일한 꿈을 꾸었다는 전제를 가능하게 한다.

꿈이 일연의 서사의식을 형성하는 요긴한 장치로 이용되었다는 점을 감안할 경우, 이야기에서 생략된 부분을 추론해보는 것도 의미가 있다고 본다. 그런 유추에 타당성을 부여할 수 있다면 화공 편에서의 훔쳐보기 꿈은

---

21) 一然, 상게서, 三所觀音衆生寺조.

직접 제시형에 편입해도 무방할 터이다.

같은 중생사 창사담으로서 화공의 이야기에 나타나는 性泰의 위기도 꿈을 해결의 매개로 작용하는 점에 비추어 화공의 이야기와 동궤에 놓인다. 여기는 꿈을 보이되 생략되지 않아서 꿈의 이야기보다 면밀히 조망할 수 있다는 장점이 있다.

사건은 말사의 주지로 있는 성태가 신도가 줄어들고 경제력이 상실되어 가면서 겪게되는 사찰유지 문제에 초점이 맞춰져 있다. 해결이 점차 어려워 지는 상황에 처하자 성태 자신도 모든 것을 포기하고 다른 곳을 떠나가려는 데 돌발적 사태가 벌어진다. 한낮 그가 낮잠에 들었는데 관음보살이 말하기를 "범사는 아직 여기 머물러 있고 다른 곳으로 가지 말라" 하였다. 꿈만 가지고 말하면 모르되 몽자 쪽에서 보면 직접적 정보라 하기에는 무리라 여겨지는 바, 정보가 극히 추상적인데다 확인의 여지까지 마련되지 않고 있다. 보다 직접적인 정보가 요청되는 때에 "내가 시주를 해서 제사에 쓸 비용을 넉넉하게 마련해줄 터이다." 라고 부연해준다. 꿈에 의한 위기의 극복이라기 보다는 꿈을 통한 예언적 성격을 조장하는 이런 식의 이야기가 반드시 꿈이 란 매개를 거쳐야만 하는지 회의감이 앞서지만, 예시적 기능을 보다 강화하는 한편 적중도를 증명하는 부연담이 있음으로 해서 성태의 불심과 관음보살에 대한 신심을 두텁게 해준다. 따라서 꿈의 문학적 수용에 대한 의의가 분명히 드러나는 예가 되는 것이다.

나. 仙桃聖母隨喜佛事

승은 그 누구보다 성불에 전념해야 할 입장에 서 있는 존재이다. 하지만 성직자로서 현실에서 맡아야 할 가장 기본적인 임무는 부처를 모시는 일이다. 그 소명이 저해받는다는 것은 따라서 결코 사소한 일일 수 없거니와, 크나 큰 위기로까지 인식될 것이다.

진평왕때 지혜라는 한 비구니가 있었는데 어진 행동이 많았다. 그는 안홍사에 살면서 새로 불사를 수리하려 했으나 힘이 모자랐다. 꿈에 한 선녀가 예쁜 모습으로 구슬로 머리를 장식하고 와서 위로해 말하기를 "나는 선도산 신모인데 네가 불전을 수리하려는 것을 기쁘게 여겨 금 10근을 시주하여 돕고자 하니 그 내 자리 밑에서 금을 꺼내 주존삼상을 장식하고 벽 위에 53불과 육성상 및 그밖의 여러 천신과 오악의 신군을, 그리고 해마다 봄 가을의 10일마다 남녀 신도들을 모든 중생을 위하여 점찰법회를 여는 것으로 일정한 규정을 삼도록 하라"고 했다. 지혜가 꿈에서 깨어 무리들을 이끌고 진사 자리 밑으로 가서 황금 160냥을 찾아 불사하는 일을 마쳤는데 이는 모두 신모가 시키는 대로 따른 것이다.[22]

몽자에게 주어진 꿈의 내용이 무척이나 구체적으로 묘사, 제시되고 있다. 막연히 뭉뚱그려 처리하지 않고 실제 도움될 수 있게끔 금 10개를 주는 등 부처의 구체적 행위를 제시해주는 것은 물론 부처가 따로 날을 정해 점찰법회를 열도록 지시했다는 별개담을 부연시키고 있다. 꿈을 차용한다는 것이 단순한 돌발적 사건으로의 전환이라는 점도 특이하고 대단히 차분하게 여러 면에서 꿈을 활용하고 있다는 점도 색다르다. 거기다 뒤에서는 다시 꿈을 통하여 위기를 떨쳐 나가게 이끌어준 신모에 많은 관심을 두고 있다.

몽자인 지혜보다도 오히려 꿈을 통해 神母에 관심을 집중하도록 서술한 때문에 꿈이란 몽자의 무의식적 산물 그 이상의 것임을 주지시키고자 했던 것으로 보인다. 어떤 면에서 찬자는 서술적 의도를 가늠하도록 꿈의 이야기를 요령껏 편입시켜 전개해 나갔다고도 할 수 있다. 위에서 이야기를 感通이란 큰 제목 안에 삽입시킨 것은 이해가 가지만 굳이 이 條의 제목을 仙桃聖母隨喜佛事라고 붙인 것만 보더라도 꿈을 통한 서사적 의미의 확장이 어렵잖게 포착된다.

한편 꿈속의 來者를 상징적인 인물로 남겨두지 않고 현실적인 면을 될

---

22) 一然, 상게서, 仙桃聖母隨喜佛事조.

수 있는 대로 부각시키려 했던 점 또한 전기 중에 보이는 문제 해결방식의 공통점이다. 위에서 본 중생사 설화나 관음보살의 덕행담, 선도성모담을 대상으로 한 이야기들은 꿈을 삽입했다는 공통점이 있으나 그들이 드러내는 꿈의 수용상은 단순하게 꿈을 영험의 산물로 규정하기 이전에 현실적 조응물로 바라본 것이 분명하다 하겠다. 아울러 그런 현실과의 관련하에서 몽중에서 사태가 급변한 채 전개됨으로써 상당한 흥미와 함께 구성의 묘까지 얻게된다. 오히려 황당무계한 이야기로 전락하는 것조차 천상적 의지로 돌려 신빙성 있는 사건으로 수용하게끔 한 셈이다. 중세인의 사고가 전제되었음을 우선해야겠으나 불교적 사유, 관념으로 출발한 것이기에 마침내 이런 이야기가 신비함과 신성함을 잃지 않게 된 것이라 해야겠다.

2) 間接啓示型

꿈이 출현하기까지는 夢者 혹은 주위 사람에게 유용한 정보로 직접 여겨지지 않는 경우를 이르고자 이 용어를 불가피하게나마 취택한다. 이 유형은 두 가지로 대별된다. 첫째는 꿈의 受信者인 몽자가 정보를 제대로 수신하지 못하는 경우, 예컨대, 감지능력이 부족하다거나, 나이가 어리다거나 혹은 무관심해서 의미를 제대로 파악하지 못하는 것 등이다. 또 다른 예로는 수신자의 능력에 상반될 만큼 정보자체가 극히 난해, 추상적이어서 해석에 혼란을 경험하는 경우가 있을 수 있다. 그러나 꿈을 이야기의 한 기능물로 다루는 승전류의 이야기에서 문제가 되는 것은 오히려 후자가 대부분이다. 꿈에서는 받은 쪽보다 정보를 주는 사람의 입장이 일방적으로 강조되기 때문에 빚어지는 현상이라고 보아도 좋을 것이다. 아무튼 전달과 수신이 부조화한 때에 나타나는 예인데 가령, 『三國遺事』 彌勒仙花未尸郎眞慈師조에는 다음과 같은 이야기가 소개되고 있다.

진지왕때에 이르러 홍수사 중 진자가 항상 불당의 주인인 미륵상 앞에 나가 발원하고 맹세하여 말하기를 "우리 대성께서는 화랑이 되시어 이 세상에 나타나 내가 항상 그 높은 모습을 가까이 뵙고 받들어 시중을 들게 해주십시오"했는데 그 정성스럽고 간절하게 기원하는 모습이 날로 두터워졌다. 어느날 밤 꿈에 중 하나가 말하기를 "내가 네가 웅천 수원사에 가면 미륵선화를 볼 수 있을 것이다" 했다. 진자는 꿈에서 깨자 놀라고 기뻐하여 그절을 찾아 열홀동안을 가는데 한 발자국씩 떼 놓을 때마다 절을 하면서 그 절에 이르렀다. 절 문밖에 한 소년이 있다가 예쁜 모습으로 진자를 찾아 작은 문으로 이끌고 들어가더니 객실에 안내했다. 진자는 객실로 올라가자 읍하면서 말하기를 "그대는 나를 모르는 터에 어찌해서 이렇게 은근하게 대접하는가" 하니 소년은 말하기를 "나도 역시 서울 사람이온데 스님이 먼 곳에서 오시는 것을 보고 위로하러 왔을 뿐입니다." 하더니 이윽고 문밖으로 나가 어디로 갔는지 알 수가 없다. 진자는 대수롭지 않은 일로 생각하여 조금도 이상하게 여기지 않고 그저 그절 중과 지난 날 꿈 이야기와 자기가 여기 온 뜻을 이야기할 뿐이다.

진자는 또 말하기를 잠시 저 아래에 가서 미륵선화를 기다리고자 하는데 어떻겠는가 하니 중들은 그의 마음이 태연한 것에 속았지만 그 충실한 모습을 보고 말하기를 여기서 남쪽으로 가면 천산이 있는데 옛날부터 현철한 이들이 여기에 살고 있어서 冥感이 많다고 하는데 그곳에 가서 사는 게 좋을 것이오 했다. 진자가 그 말을 쫓아 산밑에 이르자 산신령이 노인으로 변해서 나와 맞으면서 무엇하러 여기에 왔는가 하니 진자는 대답하기를 "미륵 선화를 보러 왔습니다." 했다. 노인이 또 "전에 수원사 문밖에서 이미 미륵선화를 봤는데 다시 무엇을 보려 하는가." 하니 진자는 그 말을 듣고 놀라서 급히 본사로 돌아왔다.23)

득도하기 위한 몸부림은 여러 가지 행동을 통해 드러나고 그 경지에 도달했음을 암시하는 삽화는 오도송으로 대변되지 않더라도 갖가지 사건과 행동을 통해 간접적으로 제시되는 것이 승려의 전기물에서의 일반적 특징이다. 진자의 이야기도 물론 그런 테두리에 들 수 있을 터이다. 이른바 거칠

---

23) 일연, 상게서, 彌勒仙花未尸郎眞慈師조.

것이 없으며, 막힐 것도 없는 무애자유한 경지로 들어서는 것은 어떠한 것인지를 꿈을 빌미로 우회적으로 말하려 하였다. 이야기중에 등장하는 미륵선화는 곧 득도한 자만이 이를 수 있는 어떤 지고한 세계라 해도 좋을 것이다. 인간적으로 그 대상의 발견이 지난한 것으로 여겨지자, 진자는 간절하게 발원했으며 마침내 꿈을 통해 그 계시를 얻어내게 된다.

그것은 누구나 쉽게 접할 수 있는 정보가 아니다. 정보는 그리 단순한 해득을 거부한다. 달리 말해 여기서는 진자나 뭇중생이나 한결같이 그 정보를 어떻게 처리할 지를 지켜보자는 뜻을 배면에 감추고 있는 것이다. 그야말로 그 정보를 쉽게 푸는 자는 고일한 경지로의 편입이 가능할 것이라는 암호와 같다. 구체적으로 일방적, 피상적 정보에 쏠린 나머지 진자는 미륵선화의 존재를 생각할 겨를도 없이 제멋대로 사고하고, 나름으로 정해놓은 막연한 생각을 앞세워 앞으로 내달린다. 수원사 문밖에서 낯선 이가 그에게 뜻밖의 호의를 베풀게되는 데 바로 미륵선화였다. 하지만 그는 그것을 전혀 눈치채지 못하고 다시 엉뚱한 곳을 향해 시선을 돌리고 만다. 유물적 사고 안에 갇힌 진자가 산신령을 만나서야 선후 사건을 가름하게 되었다는 전개는 확실히 꿈의 이야기가 갖는 통쾌한 반전과는 다소 거리가 있다. 꿈의 전형성, 곧 해결을 위한 수월한 정보의 몫을 거부했다고나 할까.

무엇보다 이 이야기에서는 꿈 자체가 해결을 위한 긴요한 열쇠가 되지 못하고 오히려 이야기에 갈등만 보태주는 역기능적 요소로 나타나기 때문일 것이다. 몽자에게 정보가 더 이상 유용한 가치로서 적용되지 못함으로써 타자에 의한 해득을 요청할 수가 없게되고 결국 산신령이 나타나 정보를 풀이한다는 것은 한 개체의 꿈이 개체의 한계에서만 머무르지 않는다는 것을 시사해준다. 꿈이 진자의 주위를 떠나 현실세계—신라 화랑제도—와 연결되는 것도 꿈의 범사회적, 국가적 의미로까지 확대되고 있다는 점에서 퍽 주목된다.

꿈이 돈독한 믿음과 지성으로 발원하는 자에게만 선택적으로 주어지고 그 정보가 반드시 난해하게 처리되는 것만은 아니다. 전혀 우발적으로 꿈을 얻게 되는 경우도 물론 적지 않다는 것을 알아야 한다.

> 이보다 앞서 먼저 이 절에는 늙은 중 하나가 있었는데 어느 날 꿈에 진인이 석탑 동남쪽 언덕 위에 앉아서 서쪽을 향해 대중을 위해서 설법하는 것을 보고 이 곳은 반드시 불법이 머무는 곳이 될 터이다 라고 생각하고 이것을 맘 속에만 숨겨두고 남에게 말하지 않았다……그러나 터를 닦을 때에는 평탄한 곳을 골라 집을 세울 만하여 확실히 신령스러운 터와 같으니 보는 사람들이 깜짝 놀라고 좋다하지 않는 이가 없었다.24)

아무리 우발적으로 처리된 꿈이라도 정보를 얻어내는데 몽자가 능력을 어떻게 발휘하느냐에 따라 이야기가 사뭇 달라지는 예를 앞에서 여러 번 보았다. 일연이 고승대덕들에게 오히려 그 비속성을 한껏 부여하고 상대적으로 무명승에게는 더 많은 영험성을 부여하고 있는, 좀 상투적 전개를 보더라도 위 이야기가 갖는 의미가 새롭게 드러난다 하겠다. 꿈속의 내자가 의도적으로 정보를 현시해 주는 경우가 아닌데도 이 늙은 중은 스스로 그 정보를 응용하고 있음도 색다른 전개이다. 요컨대 꿈 자체가 문제가 아니라 그것을 어떻게 활용하는가에 초점을 맞추고 비천함 속에서 숭고함을 구현시키는데 적절히 소용되는 보기로서 나타난다고 하겠다.

서사적 장치로 꿈의 차용이 필요하다는 것을 인정하더라도 특히 승전에서는 「몽자=대상」이라는 등식을 좇는 것이 아닌가 하는 의문이 여러 전기물을 접할수록 강하게 제기된다. 그러니 이쯤해서 이를 궁리해 보아야 할

---

24) 一然, 상게서, 鍪藏寺彌陀殿조.
  "先是寺有一老僧 忽夢眞人坐於石塔東南岡上 向西爲大衆說法 意謂此地必佛法所住也 必秘之而不向人說……及乎避地 及得平坦之地 可容堂宇 宛似神基 見者莫不愕然稱善"

것이다. 그렇지만 주체에 구심점을 주는 것은 분명하나 대상의 몫 이외 다른 이의 꿈마저도 주인공의 면모를 말하려는 데 유용하게 이용된다. 결국 모든 것은 주인공에게 귀속된다는 관념이 그런 특이한 서사적 결과를 낳게 한 것이리라.

> 승안 6년 신유(1201)에 진사시험에 합격하였다. 그해에 태학에 들어갔다가 어머니가 병이란 소식을 듣고 고향에 돌아와 족형인 裵光漢의 집에서 시병할 때에 생각을 거두어 관불삼매에 들었는데 그 어머니는 꿈에 여러 부처님과 보살님들이 사방에 두루 나타나는 것을 보고 꿈을 깨자 병이 나았다. 배씨부부도 꼭 같은 꿈을 꾸었다. 그 이듬해에 어머니가 세상을 떠났다.[25]

진각국사의 母가 國師가 유교에 입문하여 현세에서 영달하기를 염원하였다는 이야기가 이 꿈 이야기 앞에 놓여 있다. 어머니의 소원을 좇아 진사시험에 합격하고 그 원을 들어 드리려는 즈음에 갑자기 모가 병을 얻었다는 것과 그 상황에서 어머니에게 출가를 증험하는 불연성 짙은 꿈이 나타났음은 무엇에 대한 징험의 기미가 역력하다. 더구나 이때에 그 꿈이 곧 治病夢으로 나타나는 것은 무슨 일인가. 돌이킬 수 없는 국면이지만 사실 이 꿈은 진각의 생을 바꾸어 놓지 않을 수 없는 계기로 작용한다. 또 주목할 것은 당사자인 진각을 빼놓고 어머니와 배씨 부부에게만 꿈이 나타났다는 점이다. 결과적으로 아주 사건이 순조롭게 전개되었다는 점에서 꿈의 처리가 주인공에게 일방적으로 부여되지 않고도 그의 불교적 덕성을 현현하는 데는 아무 지장이 없음을 잘 말해주고 있다. 다만 여기에는 정보를 기꺼이 받아들여 올바로 수용하려는 몽유자들의 협조가 전제되어야만 가능하다는 단서가 붙는다. 같은 예를 하나 더 보기로 한다. 의상의 인물됨을 상징시켜준

---

25) 一然, 상게서, 鍪藏寺彌陀殿조.
  "承安六年辛酉 擧司馬試中之 是年入太學 聞母病 遂還鄕侍疾於族兄裵光漢家 斂念
  入觀佛三昧 母夢諸佛菩薩遍現四方 覺而 病癒 裵氏夫婦亦同此夢 明年母卽世"

지엄의 꿈 이야기가 그 예가 된다.

　　永徽 초년에 마침 자기 나라로 돌아가는 당나라 사신의 배를 타고 중국에
들어가서 처음에 양주에 머물렀을 때, 州將 유지인이 의상을 청해다가 관청에
머무르게 하고 성대하게 대접했다. 그후 얼마 안되어 終南山 지상사에 가서
智儼을 뵈었는데 지엄이 그 전날 밤 꿈을 꾸니 큰 나무 하나가 해동에서 나서
가지와 잎이 번성하여 중국에까지 와서 덮었고 그위에 봉황새의 집이 있었다.
올라가 보니 한 개의 摩尼寶珠가 있는데 그 빛이 먼 데까지 비치었다. 꿈을
깬후 놀라고 이상하게 여겨 절안을 깨끗이 청소하고 기다리는 데 의상이 왔
다.26)

　몽자가 주인공이 아닌 위와 같은 이야기에서 몽자를 주인공과 대등한 혹
은 명성이 더 높은 인물을 등장시킬 때 얻는 효과는 주인공의 비하라는 예
상밖의 결과를 낳을 위험성도 아울러 내포하게 된다. 智儼은 알다시피 당대
에 이미 화엄종의 대가로 중국내 명성이 무척이나 높았던 고승이다. 그런데
꿈에서 이런 식으로 의상이 비범하게 드러나고 지엄이 조연으로 출현함으로
써 의상의 존재가 세상에 선연히 드러나는 결과로 이어진다. 그러니 뭇 대
중에게는 의상의 명성이란 더 이상 구구하게 설명이 필요없을 정도가 되어
버린다.

　해동에서 자란 나무가 중국을 덮었다고 부언하기를 잊지 않고 있는 것은,
더구나 민족적 주체성이나 자긍심의 한 표출로 이해할 여지가 크다 하겠다.
의도적으로 찬자의 사고 관념을 부담감 없이 실을 수 있다는 점 또한 꿈의
기능이 정보의 단순한 전달로 끝나지 않고 찬자에게 사건전개의 다양한 통

---

26) 一然, 상게서, 義湘傳敎조.
　　"永徽初　會唐使舡有西還者　寓載入中國　初止楊洲　州將劉至仁　請留衙內　供養豊膽
　　尋住終南山至相寺　謁智儼　儼前夕夢一大樹生海東　枝葉薄布　來陰神州　上有鳳巢　登視
　　之　有一摩尼寶珠光明屬遠　覺而驚異　灑掃而待　湘乃至"

로로써 그 활용도를 높여주고 있는 것이다.

3) 脅迫, 報復型

꿈은 이야기가 현실적으로는 더 이상 진척되기 어려운 고비에 이르렀을 때에 이를 타개하거나 계속 전개를 가능하게 해주는 구실에서도 기능적 소임이 돋보인다. 뿐더러, 흥미를 부여하면서 영험적 해결로 이어지게끔 도와주는 구실을 담당하기도 한다. 그러나 궁극적으로 사건을 바람직한 국면으로 이어가게 해주는 것만은 아니어서 가령, 당사자의 의견과는 달리 등장인물의 의견이 묵살된다거나 협박 및 보복의 유형으로 꿈이 변질되는 예도 얼마든지 나타나고 있는 것이다. 아마 상황으로 보아, 몽자에게 일반적 정보 송신 정도로는 바라는 바를 얻을 수 없다는 불확실성이 이같은 흉몽까지 개입시키는 게 아닌가 한다.

> 大城은 장성하면서 사냥을 좋아했다. 어느날 吐含山에 올라가 곰을 잡아가지고 내려와 산밑에 있는 마을에서 자는 데 꿈에 곰이 귀신으로 변해 시비를 걸어 말하기를 "네가 어찌해서 나를 죽였느냐. 내가 환생해서 너를 잡아 먹으리라." 했다. 대성이 두려워 용서를 비니 귀신은 다시 "네가 나를 위하여 절을 세워 주겠느냐." 하므로 대성은 그렇게 하겠다고 맹세하고 꿈에서 깨니 땀이 흘러 자리를 적시었다. 이렇게 하여 그로부터 그는 들에서 사냥을 하지 않고 그 곰을 위하여 그 자리에 장수사를 세우고 그 일로 인하여 마음에 감동이 생겨 자비스러운 소원이 더해졌다.[27]

위 이야기는 꿈이 개입되어 있다고는 하지만 여러 면에서 앞의 꿈들과

---

27) 一然, 상게서, 大城孝二代父母조.
　　"旣將好遊獵 一日登吐含山 捕一熊 宿山下村 夢熊變爲鬼 訟曰 汝何殺我 我還烋汝 城怖懅請客赦 鬼曰 能爲我創佛寺乎 城誓之 曰諾 旣覺 汗流被蓐 自後禁園野 爲熊創 長壽寺於其捕地 因情有所感 悲願增篤"

수단으로서의 吉夢과는 크게 달라지는 예가 된다 하겠다. 그만큼 꿈을 다양한 통로로서 활용, 시험해 보였다고 할 수 있는 것이다. 그렇지만 그런 凶夢으로서의 처리도 대상에 따른 깨우침의 또 다른 예에 불과할뿐 사건의 진행을 돕는 쪽으로 작용한다고 보면 진정한 의미의 협박 보복형은 승전에서 찾기 어렵다고 해야 할 것이다. 승전에서의 꿈은 주인공을 정점으로 화해로운 세계의 구축을 확보하기 위한 요긴한 장치임이 다시금 확인되는 셈이다.

Ⅲ. 맺음말

승려의 전기류가 일반적으로 지니게 마련인 두 가지 속성, 곧 종교물과 전기문학으로서의 기능 중 이 글이 주로 주목한 것은 후자의 문제였다. 특히 본고에서는 꿈이 서사장치로서 어떤 기능을 가지고 있느냐에 주목하기로 하고 그것의 다양한 활용도를 점검하기 위해 여러 자료에 나타나는 꿈을 섭렵해 나갔다. 그 결과 고려 시기 이전의 탄생담에 있어 몇 가지 몽중 서사 유형이 도출된다는 점을 알 수가 있었고 그에 대한 부산물로서 꿈이 지닌 기능, 성격, 한계 등도 대략적이나마 추스르는 성과를 얻었다.

승려라는 특정한 신분의 탄생담으로 대상을 한정했기에, 우선은 戒世的 목적과 담론의 지향성이 일치한다는 점을 고려하지 않으면 안되었다. 그리고 그것이 석가의 가르침을 현실에서 매개하는 위치에 있다는 점과 관련지어 전기의 전개가 석가적 생애와 여러 모로 대응된다는 점도 밝힐 수 있었다.

꿈이 서사적 장치로 적극 수용된 이야기일수록 소위 불연적으로 생을 예단하는 일에 심혈을 기울이게 마련이었다. 신이적, 선험적 기능의 강화가 두드러진다는 것인데, 이것은 일반열전이나 유가열전에서의 나타나는 현실

지향적 시각과는 애초부터 큰 거리감을 갖는 것이었다. 승전류에서 꿈은 몽자가 누구냐에 상관없이 주인공을 구심적으로 그와 관련된 몽만이 의미있는 대상으로 받아들여지는 것이 일반적이다. 물론 찬자의 문학적 수준에 따라 전형적인 꿈의 대입방식이 달라지는 예가 있기는 하다. 가령 태몽의 주체자를 父로 처리하는 것에서부터 꿈과 꿈의 대결, 생애의 몽중적 대체, 다중에게 현시된 동일한 꿈, 협박 보복으로의 기능 등 다양한 사건과 더불어 꿈도 갖가지로 대응, 현시된다는 것을 알 수가 있었던 것이다.

꿈 자체도 영험성의 상징이라고 하겠으나 사건진행과정과 결부시켜 고려한다면, 꿈에서 수신한 정보의 해독에 따라 여러 유형화가 가능해진다. 이는 위기에 대한 신속한 대응으로, 혹은 바람직한 사건 전개라는 것으로 대별이 가능하다. 하지만 여기에는 수신자가 해석에 장애를 겪고 결국엔 다중의 힘에 의지하도록 함으로써 불완전한 생으로 처리하려는 의도가 숨어있는 것을 알 수 있다. 그럼에도 꿈이 항상 길몽으로 작용한다는 것만큼은 승려들의 전기에서 도출되는 전체적 양상이라고 할 수 있다.

장애극복의 여러 유형에 주의를 거듭 기울이는 것은 위기극복의 수단으로 꿈을 어떻게 활용했는지를 살펴보기 위한 의도였다. 위대한 생을 주체적 의지에 따라 부각시키기보다는 운명론적, 상상적 산물인 꿈에 지나치게 의지한다는 것 자체가 전기문학으로서의 취약점으로 비칠 여지가 크지만, 돌발적 극적 반전을 가능케 한다는 장치로서, 혹은 문학적 기교물로서 꿈의 소용도는 단순히 외면해 버릴 수가 없었던 것이다.

이들은 일반적으로 도출되는 한계들, 예컨대, 사건과 유리된 상투적 차용, 정보의 유사성, 의도적인 佛緣性, 고답적 세계의 지향 등 문학내적 문제보다는 서사 형태, 구조가 문학적으로 어떻게 수용되었는지 의문을 갖지 않을 수 없게 했다.

이번 작업은 예비적으로 살펴본 것에 불과할 뿐 한국 전기문학에 나타난 꿈의 의미를 종합적으로 포착해 냈다고 자부하기에는 미흡한 것이 많다. 철저한 자료 점검과 수습, 그리고 보다 세부적인 담론 분석을 통한 종합적 고찰이 요청된다고 할 것이다.

◑ 참고문헌

新修大藏經, v50, 史傳部.
劉勰, 文心雕龍 권4, 史傳 제16.
徐師曾, 文體明辯, 대북, 장안출판사.
章學成, 文史通義, 대북, 화세출판사.

赫連挺저, 李丙疇번역, 均如傳, 이우출판사, 1981.
一然, 三國遺事.
金富軾, 三國史記.
覺訓, 海東高僧傳.
崔致遠, 四山碑銘.
알렌, 셀스톤, 이경식역, 전기문학, 서울대출판부, 1979.

김태준, 한국고전전기문학의 전개, 숭례어문학 창간호, 명지대 숭례어문학회, 1984.
양광석, 최고운의 사상과 문학, 우리문학연구회편, 한국문학론, 일월서각, 1981.
김영태, 한국불교사개설, 경서원, 1986.
웨인 c 부스저, 최상규번역, 소설의 수사학, 새문사, 1985.
김동화, 한국역대고승전, 삼성문화문고 v38, 1983.

빈대절터 설화의 상징과 의미

Ⅰ. 문제제기

전통적으로 우리의 정신세계를 지배한 종교로서의 불교, 사상으로서의 불교를 떠나 고전문학을 논의한다는 것은 차라리 무모할 만큼 단순한 접근이라고 말해도 좋을 것이다. 불교의 영향력은 시대를 거꾸로 거슬러 올라갈수록 문학을 포함한 문화에 있어 가장 강력한 요소가 되고 있기 때문이다. 신라, 고려에 비해 그 불교의 영향력이 크게 줄었다고 하는 조선시대에 들어와서도 억불과 반불을 강조하는 정치적 흐름과는 별도로 하부 계층은 불교를 신앙의 중요한 대상으로 삼아왔음은 숨길 수 없는 사실이다. 민중들은 말할 것도 없고 양반 등 위정자들조차 사적으로는 이에서 크게 벗어나지 못했다는 사실 또한 인정해야 한다.

전통적으로 불교가 시대를 넘어 그 간단없이 신앙되고 전승되어 왔다는 점에서 그것은 종교적 차원에서만 거론할 수 없으며 보다 확장된 영역에 걸쳐 재조명이 따라야 한다. 그 점에서 문학적으로 불교설화가 지닌 의미는 퍽 새삼스럽다고 할 것이다. 그것은 불교사상의 내질화, 다시 말해 윤회, 그리고 연기 등 불교의 핵심적 교의에 대한 담론화라고 말할 수 있을 터이다. 뿐만 아니라 설화 담당층에 따라 불교가 처한 상황과 함께 한 공간을 중심으로 한 위정층과 사중, 그리고 사중과 민중간의 의식을 반영하는 다양하고 미묘한 이야기적 특성을 간직하고 있는 것이다.

그런데 사찰연기라고 했을 때는 불교설화라는 의미에서 더 범위를 좁힌다는 의미를 갖는다. 설화의 소재를 특정의 절로 한정한다는 것에서 출발하겠으나 사찰연기란 수식어는 여러 가지 복합적인 문제를 안에 포괄하고 있다. 무엇보다 이 용어는 관용적으로 쓰여왔을 뿐 논리적 검증 없이 관용적으로 쓰였고 어느새 보편적 용어까지 수용되기에 이르렀다.[1)]

緣起란 말이 불교의 가장 핵심적 용어이기는 하지만 불교설화의 하위갈래에 쓰이는 것이 과연 무난한 것인가에 대해서는 섣불리 가부를 판단하기조차 어렵다. 이 수식어가 자칫 너무 지엽적인 테두리를 지칭하게 됨으로써 너른 개념을 필요로 하는 갈래 가르기에서는 문제가 될 수 있다는 점이 걱정되기 때문이다. 불교설화라고 넓게 테두리를 지어놓고 논의하더라도 무리가 없으나 언제부턴가 사찰연기라는 용어가 관용적으로 사용된 것이다. 학술용어로서 신뢰성이 부족할 뿐만 아니라 교의적 색채가 강렬한 탓에 사용

---

1) 崔南善은 『啓明』 1제18집(계명구락부간행, 1927) 특집으로 삼국유사를 활자화하면서 이의 전체적 윤곽을 살필 수 있게끔 앞머리에 해제를 달아놓았다. 본격적인 삼국유사 연구는 아니지만 이 해제가 이후 삼국유사연구에 한 지표를 제시해준 것만은 인정해야 할 것이다. 이 논의와 관련, 주목되는 것은 해제중 12, :"민속과 설화" 가운데 "이밧게 삼국유사에는 특히 地名起源說話 그중에서도 寺院緣起的地名說話를 허다히 採收하얏스니……"라는 대목에서 보듯 寺院緣起說話라는 용어를 사용하고 있다는 것이다. 이후 張德順은 국문학통론(신구문화사, 1963)에서 "삼국유사소재의 설화분류"를 부록으로 붙이면서 다시 이를 수용하여 佛教緣起說話중 寺院緣起說話라는 하위갈래를 만들어 놓고 있다. 그러나 보통 절을 사원이라고 부르기 보다 사찰이라고 하는 것이 일반적인 만큼 점차 사찰연기설화라는 말이 보다 널리 쓰이게 된 것으로 보인다.

에 있어 서사적 구분으로 적절성여부도 지적되지만 관용적으로 사용된 사실을 무조건 외면하기도 어렵고 불교적 종지나 세계관을 함의코자 한 애초 의도를 존중하는 것이 바람직하다는 생각에서 일단 필자는 이 용어를 그대로 수용하려고 한다.

사실 사찰연기설화를 놓고서는 『삼국유사』를 배제할 수 없다. 『삼국유사』는 연기설화의 의미를 처음으로 발견하고 후대로 남기고자 무던히 애쓴 결과라고 해도 무리가 없을 정도이다. 불교문화사를 표방하고 있는 一然은 여기서 인멸의 나락으로 떨어질 뻔한 이야기를 수습해 불교사이면서 동시에 독특한 불교 서사학의 본보기를 마련해 놓았다. 특히 사찰연기설화에 대해서는 지역에 따라 세세하게 수습하고 치밀하게 기록해 놓아 뒷 세대들에게 이 설화가 가진 여러 의미역을 다시 돌아보지 않을 수 없게 하는 등 『삼국유사』 소재 사찰연기는 아직 묘한 매력을 내재하고 있다 하겠는데 그만큼 서사구조의 실체가 온전히 드러나지 않은 것이다.

『삼국유사』 소재 사찰연기설화를 보다 한정적으로 말한다면 대부분 절을 짓게 되기까지의 내력, 다시 말해 창사연기나 창사과정에 대한 정보를 드러내는 것이 대부분이다. 이는 어디에서도 확인할 수 없는 것들로 불교설화가 지닌 심원한 주제 및 흥미 그리고 그 미학적 깊이와 폭이 얼마나 너른지를 입증시켜 주는 不二의 대상이라는 데서 먼저 눈길을 모으게 된 것이다. 그러함에도 불구하고 『삼국유사』는 創寺 위주의 이야기로만 수습되어 있어 이른바 사찰연기로서의 종합화에는 이르지 못하고 있다. 다시 말해, 사찰연기는 사찰의 영고성쇠를 고스란히 반영한다는 뜻을 그 전면에 내세우는 이야기이므로 창사뿐 아니라 폐사에 이르는 긴 시공이 설화에 수렴되어야 마땅하다는 말이다.

우리는 삼국이래 얼마나 숱한 절들이 세워지고 사라졌는지 알 지 못한다. 비율로 따진다면 유구한 세월을 넘어 아직도 당당하게 제자리에 서 있는 사찰보다는 기록도 없이 사라진 절이 훨씬 많은 수를 차지할 것으로 보인다. 그렇지만 사라진 절에 대한 정확한 기록은 기대할 수 없더라도 민중간에 전승된 이야기 속에서는 사라진 절들에 대한 증언이 제법 풍성하게 남아있음을 본다. 적어도 현전하는 사찰들만이 설화를 간직하고 있는 것은 아니다. 폐사되어 이름조차 멸실된 절일지라도 그에 관련된 갖가지 담론이 입과 입을 전승체로 삼아 우리 시대에도 채록의 여지를 남겨주고 있는 것이다. 이렇게 본다면 긴 역사적 흐름에 따라 성쇠를 거듭한 대상과 달리 이제는 자취조차 사라진 절들에 대한 증언이라는 의미에서도 폐사연기가 지닌 의미를 다시 조명하는 작업이 따라야 할 것이다.

도대체 그 숱한 절들이 어떻게 세워졌으며 어떻게 사라진 것일까. 사실 우리의 관심은, 말하자면 사찰의 온전한 전체적 내력이 아니라 왜, 어떻게 절이 쇠퇴하게 되었느냐하는 몰락의 과정에 있는지도 모른다. 흔히 위대한 인물이 創主로 나서고 권력의 비호를 받아 어려움 없이 지어졌다는 식의 화려한 創寺談에는 관심이 많으나 言衆이 정작 더 큰 흥미를 갖고 전승시켜온 폐사담에는 여태껏 무관심하지 않았던가 반성하게 된다.

그런 이야기는 그야말로 자랑하고 현시할 것이 아니므로 사실 문헌에 오른 것은 아주 드물다. 그것은 도리어 철저하게 구비전승의 영역 안에서 빈번히 접하는 특징을 갖는다. 같은 불교설화라고 하더라도 벌써 이점에서 폐사설화 안에 내재된 풍성한 변별적 특성이 드러난다고 할 것이다. 필자도 우리가 잊다시피한 폐사담이 구비문학의 현장에 서면 상대적으로 풍성하게 채록된다는 점을 근래에야 비로소 알게 되었다.

한국정신문화연구원에서 간행한 『구비문학대계』에는 이른바 빈대절터 유형에 해당하는 다수의 이야기가 올라있다. 그밖에 주로 현장답사를 위주로 진행한 각 곳의 읍지, 향토지 안에도 이런 자료들을 어렵잖게 볼 수가 있는데 그 동안 이런 폐사설화에 대한 집중적인 살핌과 관찰이 없었던 때문에 유형화, 주제적 특색, 우화적 성격 등 이 설화의 특성에 대해 참조할 대상은 그리 많지가 않다.

　요약컨대 본고는 사찰 연기의 전반적 이해를 목표로 하여 논의될 것이다. 필자는 폐사연기를 빈대절터 이야기와 그 외의 이야기 군으로 분류가 가능하다고 보는데 본고에는 주로 빈대절터 유형의 설화에만 주목할 작정이다. 무엇보다 빈대절터 설화는 전국적 분포를 보이는 데다 민담적 요소마저 강하게 띠고 있다는 점에 흥미를 갖고 그 유형의 서사적 특색을 캐내보기로 한 것이다. 거기다 빈대라는 존재의 싱징성 및, 설화 수용 담당층 문제가 일반 불교설화와 같은 테두리에 놓고 논의하기는 여러 가지 점에서 그 개별성이 매우 강하다는 것이다. 역사와 현실을 탈색시키고 있는 후대 이야기의 전개양상과 크게 다르다 할 것은 없으나 후대 현실성을 따져 보지 않고는 이 설화의 주제적 지향점이 가려지고 자칫 흥미에 편승한 흥미담으로 전락할 수 있다는 점이 무엇보다 염려스러운 것이 사실이다.

　사찰의 폐사담이란 단순히 세계에 대한 집단의 반응이며 미학적 구조물일뿐 아니라 비의적으로 표출된 것일 수 있으므로 담론의 적극적 해체를 통해 폐사 연기의 본질 및 불교설화 일반과의 차이를 서둘러 천명해야겠다는 생각이 입론으로까지 이어지게 한 것이다.

Ⅱ. 자료적 검토

　창사담과 폐사담의 가장 극명한 차이를 결정짓는 데 설화 담당층만큼 큰 영향을 미치는 것은 달리 없다고 본다. 폐사담은 사찰연기 중 민중의 눈에 비친 절의 몰락에 관한 이야기라고 말할 수 있겠다. 절을 이야기하는 것이기는 하지만 특히 돌출되는 점은 사중은 일단 담론의 중심에서 벗어나 있는 반면 오히려 변방에 있어야 할 민중이 담론의 중앙에 선다는 점이 창사담과 구분된다고 하겠다.

설화에 대한 파악과 해석이 특정집단에 의해서 이루어진다는 점은 무얼 뜻하는가. 앞으로 거론할 터이나 설화 담당층의 의식 주제 현시 줄거리 인물부각 등은 민중의 의식에 용해되어 드러난 특징일 것이며 그 점에서 불교설화로서 또 다른 변별성을 갖추게 된다는 것을 의미한다. 양반 및 위정자들, 그리고 민중과 의식면에서 대척의 입장에 서 있는 집단과 서로 통하는 담론적 성격이 물론 없다고 하기는 어렵지만 대체로 하층민들 의식세계에 바탕한 담론적 성격에서 이해해야 할 것들이라고 할 것이다. 이렇듯 폐사 연기설화는 광범한 지역적 분포와 민중 담론적 성격에도 불구하고 유사한 형태의 설화로 나타나고 있어 주목된다.

우선 첫 번째로 지적할 특징으로는 빈대의 개입을 꼽을 수 있다. 빈대의 출현이 동시다발적으로 개입한다는 점은 흥미와 함께 아주 희극적 전개임을 일러준다. 그리고 그것은 현실과 무관한 이야기임을 알게한다. 전개상 사람의 등장이 아니라 微物인 빈대를 등장시킴으로써 채록자들은 일순 역사적 사화에 합당한 설화 채록에의 설레임을 일순간 포기해야만 하는 지경에 빠지는 것이다. 하지만 그것이 아주 터무니없는 회화적 민담에 불과한 것인지는 좀더 깊은 해석을 필요로 한다. 무엇보다 채록자들은 이 설화를 입증할 증거를 보여주며 다른 한편으로는 설화가 한 두 군데의 지역성에 고착되는 것이 아니라 전국적 분포를 보이는 廣布說話로서의 의미 또한 각별히 간직하고 있다는 점을 고려하지 않을 수 없다는 것이다.

폐사와 관련한 설화가 아래로 그칠 일은 아니지만 우선 윤곽을 보인다는 뜻으로 구비전승담의 채록물로서 대표성을 인정받고 있는 任晳宰편 『한국구전설화』와 한국정신문화연구원의 『한국구비문학대계』 중에서 폐사 관련 설화만 발췌하여 나열해 보기로 한다.

번호	출처	제목	폐사의 원인	비고
1	이하 〈한국구전설화〉 권4, 108	증명사	쌀뜨물의 바다유입과 용왕의 분노	
2	권6, 175	음승과 처녀와 곰	음승에 대한 곰의 보복	
3	권10, 27	감로사가 망한 이유	파계에 대한 보복	
4	권11, 22	보림사옛터와 밀양벌족의 감손	지방유지와 사찰간의 재산분쟁	
5	권11, 23	빈대로 망한 법화암	과욕을 부려 米穴을 넓힘	
6	권12, 31-32	탑산사의 폐사	호랑이와 나무꾼의 도움을 받은 스님이 남의 위험은 모르는척 함	
7	이하 〈한국구비문학대계〉 권2-5, 41	영헐사 터와 영혈천	샘물이 고갈되어 사라진 절이야기	
8	권2-5, 480	성국사와 말사가 없어진 내력	성국사가 바칠 寺鐵을 나라에 제 때에 바치지 못함	
9	권2-8, 557	제천 송학사의 빈대	법당의 빈대기둥을 건드리자 절이 망함	빈대절터유형
10	권6-8, 261	빈대절터 청심암 전설	빈대가 극심해 불을 놓음, 이에 하늘에서 뇌성벽력이 침	빈대절터 유형
11	권6-9, 401	빈대로 망한 보안사의 내력	샘에 금 밥뚜껑이 떠 다니는 절에 갑자기 빈대가 생김	빈대절터 유형
12	권6-12,	빈대로 폐허가 된 방동산의 절	방동산에 살던 중이 절을 중창하려다 못에 빠져죽음	
13	권7-1, 556-557	빈대 때문에 망한 절	이유없이 빈대가 생겨 폐사함	빈대절터 유형
14	권7-6, 293	청연사 망한 내력	중창에 참여했던 목수들이 패륜행위를 하자 하늘에서 벌을 내림	
15	권7-8, 140-141	백질바위와 빈대절터	배질바위 근처에서 도닦던 志士중이 빈대가 들끓어 떠남	빈대절터 유형
16	권7-9, 663	빈대절터 옥산사	빈대기둥을 뜯자 절이 망함	빈대절터 유형
17	권8-1, 344	빈대절터	이유없이 빈대가 생겨 폐사	빈대절터 유형
18	권8-1, 520	앵록사가 망한 유래	빈대로 망한 절을 중창시키는 계책을 일러주지만 따르지 않아 끝내 망함	빈대절터 유형
19	권8-2, 23	빈데절터	이유없이 빈대가 생겨 절이 망함	빈대절터 유형
20	권8-2, 47-48	빈데절터	분당골에 빈대가 들끓어 그 안의 절마저 망함	빈대절터 유형
21	권8-4, 401	운천리 빈대절터	당산에 빈대가 들끓어 절이 없어짐	빈대절터 유형
22	권8-4, 645-647	빈대절터	쳉헌리에 진대가 들끓어 중이 절을 버리고 떠남	빈대절터 유형

23	권8-8. 279	빈대절터	이유없이 빈대가 늘어 폐사함	빈대절터 유형
24	권8-9. 464	빈대로 망한 절	이유없이 빈대가 늘어 거찰이 망함	빈대절터 유형
25	권8-9. 913-915	감로사가 망한 이야기	손을 내방객을 멀리하려고 산의 혈을 끊었다가 빈대가 생겨 절이 망함	빈대절터 유형
26	권8-9. 1164-1166	절이 망했다 다시 성한 이야기	이상한 인연이 거듭되어 없어진 절을 다시 일으킴	
27	권8-10. 345	빈대절터	해인사보다 먼저 선 유학사가 빈대로 망한 뒤 옮겨지음	빈대절터 유형
28	권8-12. 55-56	빈대절터 대원사	주지가 손 받기를 귀찮게 여긴 후 혈을 자른후 빈대가 극성	빈대절터 유형
29	권8-12. 63-65	장천사가 망한 이유	명당을 차지하기 위한 다툼으로 民家와 사찰사이에 분쟁이 일어남	
30	권8-12. 290	빈대 때문에 망한 절	유래는 알 수 없고 사지에서는 지금도 빈대껍질이 확인됨	빈대절터 유형

　가난 및 부역 등으로 삶이 한없이 버겁던 중세 봉건기 민중들이 얼마나 열악한 환경아래서 살아갔는지를 유추하는 것은 어려운 일이 아니다. 그 중에서 해충 또한 그들의 일상을 퍽 이나 괴롭히던 존재들이 아닐 수 없었다. 대표적으로 모기, 벼룩, 파리 등속을 꼽을 수 있을 터인즉 이들은 계절에 맞춰 나타나 일상을 짜증스럽게 만드는 성가신 물것이었다. 하지만 그같은 해충의 삽입이 현실에서의 짜증스러움을 드러내고자 한 의도에서 나온 것인지는 알 수 없다. 민담 속에서도 해충에 대해 인간의 적개심을 드러내는 경우는 오히려 드물고 한발 물러서 풍자와 익살의 대상으로 수용한다거나 여러 유형의 인간을 그에 假托시키는데 더 큰 흥미를 가지고 있었다고 보는게 타당하기 때문이다. 그런 예를 우선 하나 들어보기로 한다.

　이와 벼룩이 서로 양반이라고 말다툼이 벌어진다. 결말이 나지 않자 둘은 빈대를 찾아가 서로의 입장을 내세우며 시비를 가려달라고 한다. 이가 나중에 알고 보니, 발걸음이 빠른 벼룩이 벌써 빈대에게 달려가 자신의 입장을 옹호해달라고 청하고 있었다. 이를 목격한 이가 화가 치밀어 벼룩에게 그

부당성을 따지고 들었다. 그러자 이번에는 이에 화가 치민 벼룩이 발길로 이의 가슴을 차버린다. 이를 보고 있던 빈대가 이들을 제지하려고 하자 벼룩이 다시 웬 참견이냐 며 빈대를 깔고 뭉갰다. 이런 난장판 속에서 이는 가슴에 멍이 들었고 빈대는 와중에서 눌려 납작해졌다는 것이다.[2]

인간을 무던히도 괴롭히는 해악의 대상으로 본 것이 아니라 각각의 생김을 잡아내고 그들끼리의 싸움으로 풍자한 것이 흥미롭다. 여기에는 삶에서의 어려움이나 곤고함을 잠시 물리고 세상을 재치와 해학으로 풀어놓으며 이야기를 즐기려는 일종의 민담화 의식이 내재되어 있다. 해충이 인간에게 끼친 해악은 잊고 그들의 생김에서 사건을 이리저리 짜맞춘 전개는 한순간의 웃음에 목적이 있을 뿐 심각한 주제를 애초에 염두에 두고 시작한 이야기라고 보기는 힘들다.

빈대의 이야기적 속성이나 그 기능을 헤아리기 위해서 민담 하나를 소개했으나 실상 빈대절터 유형담의 경우와는 전혀 유사성이 없는 것이다. 빈대의 기능을 헤아리기 위해서라도 다른 속담 속의 형상이나 이미지의 파악과 비교해보는 것이 필요하지 않을까 싶다. 빈대는 우리에게, 우선 기생하는 존재라는 이미지로 굳어있다. 가령 일상에서 자주 우리가 입에 올리는 말 중에 빈대와 관련된 것을 살펴보자. "중이 고기 맛을 알면 절에 빈대가 안 남는다." "중이 고기 맛을 보더니 절에 빈대껍질이 안 남는다."[3] 등등……수도는 관심 밖이고 고기 맛을 잊지 못하는 불승의 행태를 신랄하게 비난하는 데 속담의 기능을 맞추고 있는 사례도 적지 않다. 하지만 빈대와 절의 관련성이 나타나긴 하나 폐사담에 벌써 보이는 빈대의 기능과는 별개의 전개임

---

2) 『한국구전설화』(임석재편, 평민사) v4, p.44, 이 벼룩 빈대, v4, p.163 빈대 이 벼룩, v9, p.55 이 벼룩 빈대, 참조. 위의 경우와 같이 빈대의 생김을 조롱하는 뜻으로 "장발에 치인 빈대같다"는 속담도 있다.(원형섭편, 『우리속담사전』, 세창출판사, 1993. p.948)

3) 원형섭편, 상게서, p.1003.

이 확연히 드러난다.

다만 "절은 타도 빈대죽은 게 시원하다"[4]는 속담은 빈대가 절 사람들을 괴롭히는 존재로 얼마나 악명을 떨쳤는지를 유희적 수용태의 의미에다가 사소한 일 때문에 더 큰 손실을 감수하지 않으면 안되는 인간의 모자란 처사를 동시에 비웃고 있다. 그런데 빈대절터 이야기의 각편 중에도 적어도 결말에 있어서는 유사한 것이 있어 흥미를 불러 모은다. 이 경우도 빈대에 대한 이미지는 곧 남한테 기생하면서 끈덕지게 상대를 괴롭히는 가학적 존재로 형상화하고 있음은 물론이다.

폐사담에서 빈대가 갖는 기능과 그 시각도 물론 예화에 따라 줄거리와 빈대의 성격이 약간씩 달라지고 있음도 눈여겨 보아야 할 터이다. 크게 나눌 경우, 예화 중에는 계기와 결과를 동시에 보이는 유형담과 오로지 결과만을 거론하는 것으로 그치고 마는 출현담으로 구분이 가능하겠다.

빈대출현이 민담적 성격을 한층 북돋우는데 기여하는 건 사실이지만 이야기 내의 서사적 원리와 논리를 갖추고자 하는 예도 발견할 수 있다. 단순 결과담은 서사량이 상대적으로 무척이나 짧고 흥미일색으로 결과만을 전하는 단편적 이야기로 파악된다. 이들에서는 주제를 분명하게 간추리기가 수월치 아니하고 이야기 내적 구조는 물론이요 현실성마저 불투명해지는 단점에서 벗어나기가 퍽 어렵게된다. 이렇게 볼 때 위의 폐사담 가운데서도 빈대절터 유형은 다시 단순 결과담과 연기 제시담으로 나누어 볼 수 있겠다.

> 단순 결과담 …… 9. 15. 16. 17. 19. 20. 21. 23. 24. 27. 30
> 인과 제시담 …… 10. 11. 13. 18. 22. 25. 30

위에 제시한 30 예화 가운데 직 간접적으로 빈대가 폐사의 중요한 원인

---

4) 송재선편, 『우리말 속담큰 사전』, 서문당, 1983.

으로 말해지는 것은 18가지이다. 이들 중에서도 내용에 따라 다시 위에서 나온 것처럼 단순 결과담과 인과 제시담으로 이분해 볼 수가 있겠는데 단순 결과담의 경우 민담이라고 불러도 좋을 만큼 흥미촉발과 희화의 성격이 아주 강하다. 그야말로 빈대절터에 대한 단순한 전언만을 확인해줄 뿐 그 이면의 진중한 의미를 찾기 힘들다. 대신, 인과 제시담에서는 단순히 빈대의 출현과 그로 말미암아 폐사되었다는 결과에 초점을 두고 있다. 따라서 이해할만한 사건과 인물의 등장 대신 빈대가 왜 출현하게 되었으며 그것이 어떻게 폐사로 연결되었는지를 밝힘으로써 풍자적 주제의식이 표출되게끔 했다.

사실 이같은 서사적 간극에도 불구하고 18개의 예화에 나타난 공통점이라면 빈대의 출현 및 절의 쇠퇴에 집중적인 관심을 두고 있다는 것이다. 제보자들은 한결같이 폐사 당시를 직접 목도한 경험에서 아니라 전승담을 다시 기억해 채록자들에게 들려주는 경우들이 대부분을 차지한다. 아울러 그들은 아득한 시기에 사라진 절들이라며 일종의 초역사적 시간대로 창사를 끌어올리고 역시 알 수 없는 어느 시기에 폐사되었다고 전한다. 아득한 시절의 일이니 만큼 29와 같이 사찰명조차 밝혀지지 않은 절을 두고 해인사보다도 앞서 지어졌다는 등 찬란한 역사를 그에 부여하는 것을 마다하지 않는다. 벌써 몇 대에 걸쳐 이어지는 연기에 어울리지 않게 寺址만 간신히 확인되는 현실에 대해서도 그들은 전혀 괘념치 않는다. 무엇보다 제보자들의 당당한 증언은 성격상 그 자신이 속한 지역의 홍보, 고향에 대한 자긍심 및 우월 의식이 개입되어진 결과라는 생각도 하게된다.

그렇다고 해서 당대적 현실상을 고스란히 전해주는 쪽으로만 흐르지는 않는다. 가령 단순 결과담이라고 해도 증거제시의 특징을 안고 있는 전설의 몫을 아주 망각하지는 않는다. 즉 신뢰하기를 주저하는 채록자에게 곧 증거물로서 寺址의 돌을 들추어 아직도 쉽게 목도되는 빈대 껍질을 제시하는 것이다. 제보자가 왜 빈대의 출현이 폐사로 이행하게 되었는지 대해 묻더라도

"우리가 듣기에는 절의 빈대가 있으면 망한다캐(13)"5)라는 말에서 보다시피 불신하는 기색이라곤 찾아볼 수가 없다.

그러나 현장에서 발견되는 허연 껍질을 죽은 것이라 믿는다해도 전승에 따른 회의를 불식시키는데는 설득력이 부족하며 빈대가 들끓어서 절이 망했다는 결과론도 흥미차원의 증거일 뿐이라는 혐의를 떨쳐버리기가 쉽지 않다. 빈대가 성해서 절이 망했다는 결과론도 그러하지만 부처의 가호가 먼저 따라야 할 信佛의 중심 공간인 절에 빈대 개입담을 들어 희화한다는 것에서 현실에 대한 역설적 발화가 아닌가 하는 의문을 떨쳐버릴 수가 없다. 아무리 돌더미에 깔린 빈대껍질을 물증으로 제시하더라도 빈대가 폐사의 직접적 요인이었다는 점은 쉽게 풀리지 않는 의문으로 남는 것이다.

이렇게 제보자들이 갖가지 줄거리를 들어 생생한 현장의 일로 설득을 하고 논리를 갖추어 핍진성을 확보하려 애쓰더라도 빈대절터 이야기는 논리와 증거물이 엄연한 전설보다는 민담의 영역에 들 수밖에 없는 것이 아닌가 한다.

그런데 빈대의 흔적만 증언하고자 하는데 있어 이야기가 변질될 수 있는 까닭을 몇 가지로 유추할 수가 있다 하겠다. 우선 제보자들의 기억이 온전하지 못해 인과관계가 무시된 채 막연히 빈대가 개입되었을 것이라는 추론이 있다. 둘째 긴 세월을 거치는 동안 세세했던 줄거리가 대부분 망실되어 버리고 간신히 남은 줄거리조차 엉뚱한 방향으로 변개를 거치다가 興味素만 부풀려져 빈대이야기로 탈바꿈했으리라는 추론을 해볼 수가 있다. 그렇다면 현실에 보다 가까이 다가갈 수 있는 내용적 논리성 및 연계성을 갖춘 것이

---

5) 왜 절과 빈대를 민담 등에서 호응의 관계로 설정해 희화하는가에 대해서는 제보자들의 부언과 같이 까닭을 찾기가 어렵다. 아무튼 이같은 현상은 속담에서 빈번히 목도되는 바 가령 "중이 고기 맛을 알면 절에 빈대가 안남는다"(원형섭, 상게서, p.1003)는 따위가 그같은 예이다. 결국 청빈한 삶에다 계를 철저히 지키야지 욕망을 절제하지 못한다면 파탄에 직면한다는 경고가 유사한 戱言으로 널리 전파된 것으로 보아야 할 것이다.

라면, 그것이 무엇일까. 인과제시형을 통해 이 점을 좀 더 상세하게 살펴보기로 한다.

　단순 결과담과 달리 인과 제시담이 긴 서사량에다 내용상 논리와 인과성이 두드러진다 하더라도 그것을 빈틈없이 짜여진 서사구조의 산물로 이해하는 일은 지나친 호의가 아닐 수 없다. 제시담은 폐사를 둘러싼 인물들, 가령 사중들의 움직임에서부터 왜 빈대가 나타나게 되었는지 등에 이르기까지의 인물의 내적 동기와 행위를 주목함으로써 풀릴 수 있는 빈대출현의 문제를 역시 소홀히 다루고 있다. 그러나 빈대출현의 동인에 대해서는 전혀 언급하지 않는 단순 결과담하고는 비교가 되지 않는다.

　예화에 따라서는 빈대가 왜 느닷없이 나타나게 되었는지 해명의 단서를 제공하고 있어 단순 유형담의 그 무미건조함과는 확실히 다르다. 제목조차도 단순히 빈대절터라 하지 않고 감로사가 망한 이유(4), 빈대로 망한 보안사 내력(12), 청년사의 망한 내력(16) 등으로 빈대로 절이 쇠퇴하다가 마침내 사라진 것으로 이를 기록하고 있다. 빈대가 생겨나면서 절의 기운이 쇠하게 된 것으로 전승된 이야기 속에는 물론 나름의 사단이 논리적 전개과정을 거쳐 어느 정도의 설득력을 예비하고 있기는 하다. 이것이야말로 인과제시담으로서 사찰의 폐사와 관련해 나타나는 서사적 특성이라 할만하다. 빈대의 출현이 민담에서와 달리 그 안에는 빈대의 성격 기능에 따른 상징성, 거기다 사회 현실적 조건에 따른 폐사의 까닭이 어느 정도는 정리되어 있다. 예를 하나들고 이의 특질을 파헤칠 기회를 갖도록 하자.

　　금해군 상동면 유차리라 카는 마실에 옛날에 감로사라는 큰 절이 있었다 칸다. 이절 터에는 장류수라는 물이 흘르고 있었다. 이 물을 마시문 심이 세여져서 장사가 되는 물이였다. 그래서 이 절으 주은 이런 물을 날마중 마시여서 심이 세었다. 이 물으 낙동강으로 흘러드가고 서울에 까지 흘러갔다는 말이 있었다. 이절으 중들은 심이 세서 장사이기 때문에 절 근처에 사는 백성이

지여논 농사물을 거져 **뺏어**가고 부자집 재산을 마구 털어가기도 하고 절 앞으로 지내가는 신혼한 신행하는 신부를 붙잡으다가 욕보이기도 했다. 그리고 이 절에는 많은 손들이 챛어 와서 이 손들을 접대하이라고 매우 번거러워서 애를 먹기도 했다. 그리서 일반 사람들이 지 절이 망하기를 바라고 절에서 손임들은 챛어오지 안했으문 원했다.

　그러던중 어느 날 한 조사중이 왔다. 이절으 주지중은 이 도사중하고 이야기 저 이야기하다가 절에 손임이 마이 챛어서 와서 번거러워서 몬 전디이 사람이 안챛어오게 할 방법이 없는가 물었다. 절이나 사가나 손임이 마이 와야 그절이나 사가나 잘 되는 법이다. 사람이 안챛어오는 거로 바래는 거는 안되는 말이라. 도사중은 절에 사람이 안챛어오게 하는 방법은 쉽다. 인부 삼십명만 돌라캤다. 도사주은 인부 삼십명으 데리고 그 근방으 연꼿밧을 다 메꾸었다. 그랬더이 다음날부터 절에 사람이 안오게 댔다. 그라고 절에는 빈대가 마구 들끓어 중들이 살 수가 없어 마카 다른 디로 가서 그리서 절은 망하고 말었다. 1931년 12월 金海郡 大渚面 朴敬贊(30세, 남)6)

　결과적으로 절이 망한 이야기로 마무리가 되고 있으니 처음부터 빈대절터에 초점을 둔 이야기로 지목하기에는 여러 모로 어색하다. 甘露는 말 그대로 절 곁에 흐르는 장류수를 지칭하는 것으로 그 효험은 이 물을 마신 중들이 완력이 대단해지는 것으로 나타났다. 하지만 그 힘이 엉뚱하게 쓰이면서 마침내 좋지 않은 결과, 즉 수행은 뒤로 미루고 파계를 저지르는 단계로 발전하니 절 근처에 사는 백성들에게도 악한이나 다름없이 원성의 대상으로 바뀌어 버린다. 그들은 백성들과 부자집의 재산을 함부로 털고 신행에 나선 신부마저 납치해 겁탈하는 등 凡人으로서는 생각하기 어려운 악행을 예사로 저지른다.

　이것은 폐사 전에 절에서 일어난 사건을 폐사와 관련시켜 분명 곡절있는 사연으로 처리한 대표적인 사례가 된다. 信佛을 북돋우고 부처의 가르침을 마땅히 전해야 할 신성한 공간에서 갖가지 무례하고 패륜적인 행위를 거듭

---

6) 임석재,『한국구전설화』v10, 평민사, p.27.

했으니 그에 대한 주위의 시선이 얼마나 저항적이었을까, 추론은 그리 어렵지 않다. 앞에서 제시한 사건은 듣는 이에게 응징이 불가피하다는 점을 깨우쳐 준다. 하지만 패륜승에 대한 응징으로 곧바로 이어지지는 않는다. 좀더 빌미가 될 모티브를 더 부연시켜 한층 흥미롭게 전개시키려 드는 것이다.

　이미 수행과 정진을 포기한 스님의 이면을 알지 못하고 절을 찾은 사람은 스님들에게 더없이 귀찮은 존재가 되어버린다. 내방객 시중에 짜증스러워 하던 스님이 도승의 퇴치 방도를 캐자 그는 30명의 인부를 요청한 후 그들로 하여금 절 곁의 연꽃 밭을 다 메워버리도록 이른다. 시키는 대로 따르자 난데없이 빈대들이 나타나 극성스럽게 사람을 괴롭히게 되고 참다못한 스님이 마침내 절을 뜨고 만다. 일견, 빈대의 출현이 절의 출현이 사건의 분기점이 된 것처럼 보이나 빈대 때문에 일어난 사태로의 전환이라기 보다도 오히려 악행을 벌인데 따른 필연적이고도 당위론적 선회라고 보는 편이 바른 이해일 것이다. 왜냐하면 빈대의 출현에는 인륜도덕에 반하는 일이 전제되어 있기 때문이다. 처음의 악행은 말할 것도 없이 이들이 내방객의 왕래를 귀찮게 여기게된 것으로 제보자의 사적 판단-"절이나 사가의 손임이 마이 와야 그 절이나 사가가 잘되는 법인디 사람이 안찾어 오는 거로 바래는 거는 안되는 말이다……"-대로 폐사로 마무리될 수밖에 없음을 당연지사로 여기고 있다. 따라서 여기서 빈대는 우연한 사태의 악화로 보기가 어렵다. 선후 사단에 걸쳐 자세한 풀이를 담은 이야기는 드물지만 "빈대가 나타나면 절은 망한다"는 속담이나 풍문을 줄기로 삼아 이에 가지와 살이 붙어 있는 것처럼 인과관계가 안에 함축되어 있다는 점만은 분명히 드러난다 하겠다. 빈대를 악행에 대한 징치의 한 상징으로 볼 경우 하필 빈대에게 악역을 맡겼는가, 이점은 또 다른 의문거리가 된다. 한데 속담에서 구사된 빈대의 속성을 헤아린다면 의문은 쉽게 풀릴 수 있다.

　사람을 괴롭히는 물것으로 모기, 파리, 등에를 포함해 갖가지 해충이 있지만 그 가운데서도 벼룩과 빈대만큼 속담에 빈번하게 오르는 것은 달리 없다. 그 중에서도 빈대는 사찰의 궁색한 살림을 조소하는데 긴요하게 쓰일 수 있는 소품적 대상으로 자주 대응된다. 아래의 속담은 그런 예로서 손색이 없을 듯 하다.

> 중이 고기맛을 알면 절에 빈대가 안 남는다.7)
> 중이 고기맛을 보더니 절에 빈대껍질이 안 남는다.8)
> 절은 타도 빈대죽은 게 시원하다.9)

승려가 육식을 금해야하는 자신의 욕구를 억제하지 못하고 있음을 그런 해학적 우스개로 표출한 것이겠으나 그 안에 깃든 냉랭한 시선은 자못 신랄하기까지 하다. 물론 이 속담과 빈대절터에서의 것과 지향하는 바, 주제는 퍽 거리가 있다고 해야 할 것이다. 뒤의 것은 작은 것에 집착하다가 도리어 큰 것을 잃어버리고 마는 소인의 어리석음을 빗대는 한편 빈대라는 해충이 얼마나 사람을 괴롭히고 있는지를 드러내주는데 본의가 실려있음을 쉽게 알 수 있다. 채록자들은 빈대가 설마 폐사까지 불러일으킬 수 있느냐, 화자에게 되묻지만 쓸만한 구제약이나 별다른 위생시설이 없었던 과거시기의 환경을 상기하면 해충으로 인해 고단하게 살 수밖에 없었던 과거시기의 민중의 삶이 안쓰럽기 그지없다. 하지만 왜 하필 빈대가 악역의 대상으로 지목되었는지는 확실히 단정을 짓기가 수월하지가 않다. 예전부터 빈대는 사람을 집요하게 괴롭히는 몹쓸 해충이라는 말을 어렵잖게 들어왔다. 흔히 해충 가운데서도 남의 피를 빨아먹고 사는 속성대문에 "빈대 붙는다."10)는 말을 일상에서 흔히 하고 듣는다. 타인에게 기식하거나 빌붙어 다니는 소인배를 의인

---

7) 원형섭편, 상게서, p.576.
8) 원형섭, 상게서, p.578.
9) 원형섭, 상게서, p.610.
10) 정종진편,『한국의 속담용례사전』, 태학사, p.373.

화하거니와 몇 가지 속담과 전통적 상징 안에서 어쨌든 빈대는 해로운 존재, 기생충의 테두리를 크게 벗어나지 않고 있는 것이다.

그렇다면 다시 돌아와 폐사담에서의 빈대의 기능을 살피기로 하자. 앞서 거론했지만 폐사담에서 빈대의 출현은 우연하고는 다르다. 빈대가 출현하기 전 절에서는 비정상적이고 반인륜적인 행위가 여러 점에서 목격되었다. 수행승이 신도를 욕보이는가 하면 재물을 탐하고 술과 고기를 먹고 손맞기를 귀찮아하는 등 그 행위는 보통사람들의 시각과 마찬가지로 주위의 반발과 징치를 끌어오는 모티브로 작동하는 셈이다.

그러나 누가 나서 이 행위를 제재할 것인가 하는 문제는 간단하지가 않다. 민중들인가, 아니면 관인가. 어쨌든 누군가는 적극적으로 나서 그 비도덕적 행위에 응징을 가해야 한다는 것이 사람들의 생각이다. 이때 빈대가 그 역을 대신하게 되리라고 생각한 사람은 누구도 없을 터이다. 그러나 결과적으로 징치의 역할을 빈대가 맡는 것으로 되어있다. 자칫 심각한 국면으로의 전개를 예고하는 단계에서 그 응징의 대상으로 빈대가 등장한다는 것은 퍽 아이러니컬하다. 심각한 사태로 흐를 수 있는 국면에서 주관자가 빈대로 희화됨으로써 도리어 주제적 의미가 흐려진다는 우려를 피할 수 없게 되었으나 여기서 빈대는 악에 대한 징계의 역으로 분명하게 나선다. 이는 불교의 부정적 측면에 대한 비판을 염두에 두고 택한 존재임이 분명하다.

異僧 및 高僧의 조연적 기능으로 그 역할을 축소할 수도 있겠으나 궁극적으로 절의 몰락을 가져오는 핵심적 동인이 빈대에게 놓여지는 것은 피할 수 없게된다. 해충의 하나로 빈대가 파계승을 징치하고 절의 패망까지 불러들인다는 전개는 민담만이 가진 특유의 희화성, 풍자성 및 해악을 마음껏 조롱하는 동화적 시각에서 가능해진다. 적당한 단계에 나타난 못된 중을 꾸짖거나 단죄한다면 주제 불교적 주제 현시는 직설적으로 드러날 것이지만 민중의 특유의 민담적 수용양태는 찾아보기가 힘들 터이다. 주제현시는 물

론 흥미적 촉발의 기능까지 갖추고 있는 폐사담은 확실히 민중들이 간직했던 현실의식과 세상에 대한 낙관적 해석의 태도를 엿보게 하는데 더 할 수 없는 조건이 되고 있다. 그것은 빈대의 등장에 힘입은 바가 무엇보다 크다.

Ⅲ. 빈대절터에 담긴 사회의식과 반불 의식

절이 망했다는 식으로의 전개는 민중들 안에서 전승과 수용을 거듭 거친 것임에 틀림없다. 우리가 폐사 설화의 운반자로서 예상할 수 있는 층의 대부분은 寺衆들이다. 주지를 포함한 사찰 구성원들은 특정사찰에 대한 관리와 보존에 힘을 쓰지 않을 수 없는 처지인데다 신자나 방문객들에게 창사의 연기를 들려줄 위치에 서 있게 된다. 따라서 그들의 화설에서 가장 먼저 지목되고 자랑스럽게 펼쳐놓을 것은 창사 때의 성스런 이야기로 한정되는 것이 일반적이었던 것이다. 寺勢가 다한 절을 뒤로 하고 딴 곳에 머무를 지라도 목격자는 폐사에 대한 사정만은 좀체 털어놓기를 꺼리고 묵묵부답으로 일관하는데 그만큼 폐사 유래는 호불적이기보다 불교비판적 시각이 앞서 있는 이야기인 셈이다. 이는 설화의 분포와 화설의 주체가 민중에 치우친 것과 무관하지 않은 특성이라 할 것이다.

하지만 이들을 살피더라도 한정적 논의로 그칠 공산이 매우 크다. 절이 망할 당시를 구체적으로 말해줄 사중과의 이해관계가 비교적 먼 민중들에게서 발원한 이야기인 만큼 현장성이 희박하고 사회적 조건이 아닌 개인의 문제에서 발원하는 경우가 두드러지게 많다.

폐사 연기담에서도 민담적 성격의 빈대 출현담이 대다수를 차지하는 것도 따지고 보면 대불교적 인식이 어디에 놓여있는지를 엿보게 해준다는 점에서 퍽이나 흥미롭다. 빈대출현 삽입담이 빈번한 것은 그만큼 풍자와 해학으로 그칠 수 없다고 여긴 나머지 민중은 자신의 본분조차 망각하고 욕망에 따라 처신하는 이들에게 따끔한 징계를 벼르고 있었다. 이제 폐사를 촉발시킨 원인 제공자로서 승려의 행태를 설화에 즉해서 살펴본다.

1. 색을 탐하다 낭패한 승과 절

일반인들에게도 욕망을 억제하지 못하다 금색의 경계를 넘어서고 마는 일은 타기의 대상이 아닐 수 없겠는데 승려가 장본인이라면 어떻게 될까. 도덕적으로 상당히 문제되고 아울러 어떤 징계가 불가피한 이 대목에서 우리는 다양한 설화적 전개를 예상할 수가 있을 터이다. 특히 일반대중들로부터 존경의 대상으로 굳어져 있고 도덕적 기대치가 유달리 높았던 승려가 만약 그런 사건에 연루되어 있다면 그에 대한 증오감은 훨씬 더 할 수밖에 없을 것이다.

파계승의 懲治談에는 흔히 평소 예의와 염치에서 한치도 벗어난 적이 없는 인물이 色慾을 참지 못하다가 한 순간에 파계적 행동에 빠져 자신의 처지를 잊고 마는 인물이 등장하기 마련이다. 왜 굳이 승려의 부정한 모습을 강조하고 나서는지는 조선시대의 불교 억압적이고 승려비하의 풍토에 비추어 보면 이해할 일이니 시대적 분위기가 승려에 대한 악역을 고조시켰다할 것이다.

어쨌든 승려들은 일행 守戒를 업으로 삼아 청정한 삶을 살아가길 힘써야 한다. 그들에게 있어 수계 중 첫째가는 것이 색에 대한 경계인바, 이 계를 깨뜨리는 순간 멸시의 대상에서 헤어날 수 없을 뿐더러 갖가지 언어 폭력으로부터 결코 자유스러울 수가 없게 된다. 빈대절터의 유형 가운데 인과 제시담에는 특히 이런 전개가 유독 심한 편이다. 호색승 이야기로서 꼽을 수 있는 것이 2, 4, 25이다.

4는 간략하게 말해 절에 온 여신도를 엿보던 중이 자루에 담아 처녀를 납치했으나 이를 알고 있던 곰에게 공격을 당해 죽게 되었다는 것이다. 일종의 報復談이라 하겠으나 파계승의 죽음과 더불어 절이 망했다고 했으니 폐사담으로서 보아도 무리가 없다하겠다.

4와 25 예화는 김해군 상동면 유차리에 있던 甘露寺에서 장류수라는 물을 마시는 덕에 과인한 힘을 지니게 된 스님들이 이야기의 주체로 등장한다. 시간이 지나면서 수도에 대한 관심대신 완력을 앞세워 주위 사람들의 재산과 곡식을 뺏고 약탈조차 함부로 하게 되면서 사찰주변에는 심각한 긴장감이 감돈다. 끝내는 신행 길의 신부를 납치하기까지 하게되는 것이다. 경건한 수도처에서 자신과 중생의 구원에 일신을 바쳐야 할 이들이 내방객을 귀찮게 여기고, 여기서 한 걸음 더 나아가 아예 그들을 쫓는 방법을 수소문하는 어처구니 없는 일이 벌어지게도 된다. 사찰에 대한 사하촌 사람들의 반응은 극히 부정적이었을 터. 하지만 증오의 눈길을 보내면서도 과인한 힘의 승려들을 제지한다는 것은 염두도 못 낼 일이어서 이들은 화를 안으로만 삭히는 것이 고작이었다. 그때에 한 이승의 나타나 파계승들에게 내방객을 쫓아줄 비법을 자청해서 일러준다. 이승은 그에게 연못을 메우고 절 모퉁이의 혈을 끊으라고 했고 시킨 대로 하자 정말 신자나 손들의 발길이 그 순간 뚝 그치고 만다. 그뿐 아니라 내방객이 끊어짐과 동시에 갑자기 빈대만 들끓어 대는 바람에 그나마 절에 남아있던 이들도 마침내 절을 뜨고 만다. 이것이 4에 나타난 감로사가 망한 내력이다. 25는 같은 감로사의 폐사담이지만 『한국구비문학대계』에 오른 것이다. 구술자만 다를 뿐 앞의 이야기와 여러모로 유사한데 채록한 인근에서 제보자를 달리해서 채록한 것인 듯 싶다. 잠깐 이것을 소개하면, 장류수를 마신 스님들이 넘쳐나는 완력을 갖고 여러 가지 못된 악행을 일삼는다. 나중에는 절을 찾는 손들을 접대하기 귀찮다며 이들을 쫓을 궁리를 하는 중에 갑자기 나타난 상제를 통해 산의 혈을 끊으라는 비방을 얻는다. 시키는 대로 하자 혈속에서 세 마리의 말이 뛰어나와 낙동강으로 내달려 가 스스로 물에 빠져죽는다. 산고개의 혈을 끊었더니 이번에는 꿩이 3마리 날아와 날다가 역시 강물에 빠져죽는다. 그후로 손님은 점점 뜸해지고 빈대만이 득세하는 통에 머물러 있던 사람들마저 떠나갈 수밖에 없었다는 것이다.

4와 25 모두 감로사의 폐사담이라 하지만 지엽적인 면까지 고려한다면 차이가 적잖이 난다 하겠다. 못된 중이 손 막을 궁리를 하자 그에 답을 일러주는 이들로 각각 도승, 상제가 나타나고 4에서 절의 연못을 메우라고 한 반면에 25에서는 고개와 산의 혈을 끊어 말과 꿩 3마리씩 뛰쳐나와 낙동강에 빠져죽는 괴이한 사건이 펼쳐진다.

감로사 폐사담보다도 훨씬 축약된 모습을 보여주는 것이 월명사 폐사담이다. 堤原郡 松鶴面 松寒里에 조선중기까지 月明寺라고 하는 큰 절이 있었다. 어떤 아낙이 불공을 드리러 이 절에 왔다가 그녀를 탐한 스님에게 겁탈당하는 일이 일어난다. 여신도는 치욕을 견디지 못하고 자진하고 만다. 영문을 모르는 사람들이 여인이 목숨을 끊은 것을 기이하게 여기는데 그때부터 절에 빈대가 들끓어 사람들을 도무지 머물 수 없게 만든다.11)

이상에서 본 것은 패륜적 행위로 색한이 부녀자나 여신도를 희롱하고 겁탈한 것과 함께 빈대출현이 동반된 것만 뽑아본 것이다. 중의 패륜과 빈대출현 모티브가 동시에 부과된 것이 단일한 사건으로서 호색승의 행위를 전하는 일보다 그 빈도가 적은 게 사실이지만 패륜에 대한 응징의 방식으로 빈대를 대입시켜 현실을 비판하고 동시에 풍자적 민담의 기능을 같이 수행하게 했다고 생각한다. 단순히 호색승의 이야기만 전하지 않고 각편에 빈대를 개입시켜 패륜적 행위를 고발하되, 사태를 조소하고 냉소적으로 비판한다는 점에서 민중의 현실적 비판의식과 대불교적 인식을 엿볼 수 있는 적절

---

11) 충청북도, 『전설지』, 1982. pp.621-622.

한 보기가 아닐 수 없다.

2. 재물을 탐하다 낭패한 중

빈대가 절을 패망으로 이끌었다기보다 범인으로서도 넘길 수 없는 행위를 서슴지 않은 寺衆을 겨냥해 죄과를 따진다해도 좋을 만큼 빈대절터 유형담에 오면 패륜승이 서사적 초점이 되는 경우가 흔하다. 그들의 행위는 계율과 비교되고 그게 빗나가는 것에 대해 냉소와 함께 몹시 날카롭게 비판된다. 수도자가 세속인들처럼 재물에 탐닉해서는 안된다는 경고도 전형적인 모습에 해당한다.

먼저 예화 5의 법화사 폐사 설화를 보자. 이 절에 식량이 떨어지자 갖가지를 궁리하다가 스님이 뒷산의 바위에 구멍을 뚫게되었고 여기서 쌀이 발견된다. 그러나 米穴은 잔존자들의 호구만 간신히 채워줄 정도의 쌀만 흘려줄 뿐, 그 이상은 주는 법이 없어 사람들의 마음을 애타게 만들었다. 미혈을 넓히면 더 많은 쌀이 나올 줄 안 스님이 구멍을 넓히자 갑자기 쌀 대신 빈대가 쏟아져 나오기 시작한다. 당황해하던 사람들은 서둘러 절을 떠나 아랫 마을로 자리를 옮기고 만다.

기아의 위기에서 지성을 다해 올리자 갸륵하게 여긴 끝의 도움이었건만 이를 잊고 욕심을 피우다가 결국 낭패스런 결과를 맞고 말았다는 점을 주지시키는 이 유형은 채록지 및 제보자가 다양함에도 불구하고 유사한 내용으로써 전국적 분포를 보이고 있다. 앞서 본 것과 같이 수행자가 지켜야할 계율로서 하나의 유형담을 이루면서 다양한 서사적 양상을 펼쳤을 터이나 미혈 설화와는 특히 잘 혼효되어 홍미적 요소를 강하게 띨 수 있었다.

다음은 유학사 폐사담(27)을 살펴보기로 한다. 漆谷郡에 있었던 이 절은 과거 많은 신자를 거느린 大刹로 이름이 높았다. 한데 별다른 까닭이 없이

한 순간에 홀연 신자의 발길이 뚝 끊겨버리는 일이 생긴다. 재정적 어려움을 견디다 못해 사람들이 하나둘씩 절을 떠나는데 노승에게 어느 날 미혈의 현몽이 내린다. 즉 절 곁의 바위에서 마지막으로 절을 지키는 이들을 위해 3사람 몫의 쌀을 흘려 보내는 것이었다. 하지만 욕심을 내 구멍을 키우자 갑자기 쌀 대신 빈대들이 쏟아졌고 이에 당황한 사람들이 서둘러 절을 떠나 아래 마을로 피신한다.

왜 절에 갑자기 사람의 발길이 끊기게 되었던지 까닭도 밝히지 않고 결과담만을 전한 듯해서 여기서 서사적 논리를 찾아내기란 거의 불가능하다. 딱히 불교계율이 아니더라도 사람들이 지닌 탐심을 버리라는 경고로 수용할 수는 있겠으나 불교설화의 고유성으로 받아들이기에는 애매한 부분이 많다. 앞에서 본 법화사 폐사담과 함께 이 예화 역시 폐사 유형담의 한 전형이라 할 만하다.

11은 제보자조차도 왜 보안사가 망하게 되었는지 모른 채 전부터 흘러오는 이야기를 들은 대로 고스란히 털어놓은 것이다. 이 절의 사세로 말하면 한때 절의 약수 샘에 금으로 된 밥뚜껑이 떠다닐 정도였다는 증언에서 보듯 재화가 풍족하다 못해 사치를 극할 정도였다고 한다. 절이 그토록 사치스럽고 문란할 정도로 풍요로울 필요가 있는가 의아스럽다하겠는데, 더 큰 문제는 물질적 풍요로움으로 해서 승려들의 마음이 흔들리기 시작했다는 데 있다. 당연히 전심해야할 대중 구원은 멀어지고 딴짓만 궁리하는 지경으로 빠져든 것이다. 이리하여 빈대가 갑자기 빈대가 들끓기 시작했고 자신의 죄를 겁낸 자들은 보물을 우물에다 넣은 다음 서둘러 샘을 메우고 절을 뜬 것이다.

예화 10은 청심암이 어떻게 몰락했는가에 대해서 설명해주고 있다. 하지만 구체적인 사태의 나열이 없이 빈대가 들끓어 견딜 수 없게되자 절을 태우고 달아날 궁리를 했다는 사주의 행위만 역시 신랄하게 비판되고 있다.

빈대가 들끓으면 절을 태운다는 냉소적 속담도 소개했지만 그 신성한 공간
에 불을 지르고 보물만 챙겨 도망하는 이들의 행위는 누가 보더라도 반감을
불러 일으키기에 충분하다. 뇌성벽력이 치고 이들은 혼비백산하게 되지만
이 역시 단순한 흥미를 넘어서 통쾌한 반전을 고대하는 민중의 심정을 헤아
린 결과로 보는 것이 옳을 듯 싶다.

3. 손 홀대하다 몰락한 절

절이란 공간을 단순히 불상을 안치하고 있는 산중의 조용한 집으로 만
이해하는 사람은 없을 것이다. 그곳은 출가자들이 세속과의 인연을 끊고 머
무는 자리일 뿐만 아니라 세속인에게는 신심을 가다듬고 불심에 다가가게
해주며 자아를 깨우치고 궁극적으로는 부처가 되고자 발분케 하는 공간으로
이해하는 것이 마땅하다. 따라서 그 공간의 지킴이로서 불승의 임무와 책임
은 자연 커질 수밖에 없다. 자신은 물론 세속의 대중들까지 교화해주어야
한다는 입장을 망각하고 세속적인 일에 몰두하고 계를 깨뜨리는 일을 아무
렇지도 않게 한다면 이에 대한 주위사람들의 거부감은 퍽 이나 클 것이다.
한 예(28)로 대원사스님들의 불손함을 들 수가 있을 터이다. 원래 대원
사는 거찰로 흥성할 당시에는 사방에서 찾아온 불자들로 무척이나 붐비는
절이었다. 하지만 주지는 내방객과 신자가 늘어나자 그 수발 들기가 퍽이나
귀찮아졌다. 그래서 이들의 발길을 돌릴 수 있는 일을 궁리하다가 갑자기
나타난 도사에게 그 비법을 듣게된다. 조사는 절 모퉁이의 혈을 끊는게 상
책이라는 말을 이르고는 자취를 감추어버린다. 이후 그가 시키는 대로 하자
신도의 발길은 뚝 그치고 전에 못 보던 빈대들이 갑자기 나타나 극성을 부
리기 시작하여 남아있는 이들조차 견딜 수 없게 되었다. 신도들이 절을 뜨
자 절로 폐사의 지경에 빠진다. 제보자는 이를 진단하길 "이런 거슨 흔히

손님을 귀찮게 하는 그건 사람들을 경계하는 하나의 전설이라고 생각하고 있습니다"라고 했다. 빈대가 절을 망하게 한 장본인임을 밝히거니와 그를 야기하게된 불성실한 스님들의 행위 때문에 폐사가 비롯되었다는 점에 도리어 힘을 싣는다. 한국적 정서에서 낯선 이에 대한 접대의 인정은 참으로 아름다운 미풍으로 인식해 왔거니와, 수행 승으로서 절을 찾는 신도를 반기기는커녕 외면함으로써 민중의 시선은 냉랭해졌고 나아가 강한 배신감마저 내포했던 것이다. 따라서 이는 폐사와 함께 필연적으로 응징을 가져오지 않을 수 없게 되는 국면이 되는 셈이다.

이제까지 몇 가지 예로 보아 내방객을 함부로 쫓은 데 대한 불경스러움이 기화가 되어 빈대절터라는 일종의 유형담을 전국적으로 수용된 것을 알 수가 있다. 그것은 그대로 信佛의 공간으로서 절을 수호해 나가길 바라는 민중들의 의식이 고스란히 배어있음을 시사해준다. 앞서 色을 탐하다 감로사를 망하게 한 중 이야기에서도 손을 쫓는 행위가 거론됐지만 일시적 편안함에 안주하여 대중이나 신도의 왕래를 귀찮게 여기다 징벌의 대상이 된 이야기를 보더라도 인과응보를 유난히 강조하는 불교정신이 잘 드러난다.

당사자 중의 하나를 벌주지 아니하고 절 자체를 아예 불태우든가 폐사로 이어지게 하는 결말을 주목한다면 파계승 하나에 대한 문제로서가 아니라 불교에 대한 민중일반의 시각이 강하게 개입하면서 그토록 비극적 결말로 끝맺게 한 것은 아닐까 생각해본다.

4. 자비심을 베풀지 않다가 낭패 당한 스님과 절

위에 든 예화는 아니지만 폐사가 된 金溪寺도 퍽 사소한 일에서부터 비운을 맞았다. 법당 안의 나뭇가지에 거미줄이 쳐 있었던 차에 날아가던 매가 이에 감겨버리는 일이 벌어진다. 매는 날짐승사이에 왕으로 자처하던 터이므로 처음에는 호기를 부리며 아무렇지도 않게 말했으나 시간이 지나며 힘이 달리고 마침내 굶어죽는 지경에 빠진다. 스님이나 신도들이 일쑤 지나다니는 법당의 뜰에서 이런 일이 일어났는데도 그 누구도 관심을 두지 않아 매가 결국 죽음에 이른 것이다. 이 일이 일어나고서 절에 갑자기 빈대가 극성을 부리는 일이 일어나고 만다. 별별 방법을 다 동원해도 소용이 없자 사중은 서둘러 절을 뜨지 않을 수 없는 처지에 빠지고 만다.12)

　빈대의 출현은 비치지 않았으나 빈대절터 이야기와 아주 흡사한 방식으로 전개되는 예도 적지 않은데 예화 6을 그 대표적 사례로 꼽을 만 하겠다. 무절제하고 음탕한 처신으로 원성이 높던 탑산사의 한 스님에게 일어난 일이라고 했다. 고래로 이 절에는 전답이 많아 사하촌민들의 대부분이 소작을 부쳐먹고 살아가는 처지로 이래저래 절의 눈치를 보지 않을 수 없었다고 했다. 따라서 절에서 소작인들을 상대로 그 위세를 부려도, 사람들은 불평 한마디 제대로 하지 못했고 도리어 주지가 내려올 때마다 융숭히 대접하는 등 온갖 지성으로 접대에 힘썼다. 하루는 주지가 사하촌에서 거나하게 대접받고 올라오다가 취기를 이기지 못하고 노방에서 그만 잠이 들고 만다. 한데 그 사이에 근처에서 불이 났고 순식간에 그의 곁으로 불길이 번졌다. 위기의 순간에 이를 내내 지켜보던 大虎가 제 몸에 물을 적셔 불이 침범하지 않도록 갖은 애를 썼다. 이때 근처를 지나가던 나무꾼이 스님을 해치려는 호랑이로 잘못 알고 대호를 발로 찼다. 화가 치민 대호가 다시 나무꾼에게 달려들어 한 입에 그를 먹으려 들었다. 싸움 중에 나무꾼은 깨어난 스님에게 도움을 청했건만 그는 못 본 체하고 홀로 도망쳐 절로 내려온다. 이 일의 자초지종을 뒤늦게 전해들은 주지는 중의 몰인정을 참을 수가 없다며 그를 죽여버리게 된다. 국법에는 중이 사람을 죽이면 참수하거나 하고 폐사하기로 되었으므로 그후 절은 폐사하게 되었다는 것이다.

---

12) 충청북도, 상게서, 1982. p.657.

과장된 면이 없지 않으나 빈대절터 이야기와 달리 폐사담이면서도 보기 드물게 논리성과 계시성을 갖추고 있는 이야기에 속한다 하겠다. 이 이야기는 폐사로의 결과는 있으되 빈대의 출현은 없다. 빈대의 출현을 빼고 당시 국법을 통해 폐사를 합리화시킨 것이 앞의 이야기들과 두드러진 차이라고 하겠으나 최소한의 인간적 도리조차 하지 못하며 대중구원을 외치는 불승에 대한 엄숙한 경고의 의미가 강하게 내친다. 그것은 엎치고 덮치면서 상호 보응하며 살아가야 하는 세상사 속에서 生에 대한 경외심과 함께 인간의 도리를 다하지 않은데 대한 응징의 테두리를 벗어나지 않는다. 호랑이의 정성으로 禍難을 피해 목숨을 구해 받았다면 당연히 그 보은을 갚기 위해서라도 위기의 빠진 사람을 구원해주어야 마땅한 일이거늘 자신을 살려준 자를 외면함으로써 가혹한 응징조차 무리가 아니라는 생각마저 갖게 하는 것이다.

Ⅲ. 맺는말

빈대절터 이야기는 폐사 연기담에서 대표적인 유형이라 할 수 있다. 그러나 폐사담 자체게 불교설화에서 거의 논의된 적이 없었으므로 이에 대한 진전된 논의를 기대하기 어려운 것이 작금의 현실이었다. 이에 따라 필자는 우선 『한국구전설화』(任晳宰)와 『한국구비문학대계』(한국정신문화원)을 일차적 자료로 택해 그에 오른 빈대절터 설화를 바탕으로 설화담당층, 주제제시, 현실반영 양상 등에 걸쳐 논의를 전개해 나가기로 했던 것이다.

우선 필자는 등장인물로서의 빈대가 지닌 상징성을 따졌다. 역사 및 현실에 대한 핍진한 조명 대신 미물에 의한 폐사로의 급격한 선회는 이 유형에서 보여주는 독특한 결말 처리였다. 무엇보다 빈대가 타자에 寄生하고 착취하는 존재로 인식되는 것과는 달리 그 기능이 엉뚱하게 전변한다는 점을 주목해 빈대를 무조건적인 우화의 대상으로만 볼 수 없다는 점을 지적했다.

이 설화의 전파 및 전승양상도 불교설화 일반과는 퍽 이질적임이 드러났다. 담당층 및 설화분포에서 나타나듯 민중의 입에서 입으로 전승한 이야기로 전국적 분포를 보이는 광포설화라는 또 하나의 특징을 갖는다.

가해의 대상이 진지한 역할을 감당하는 존재로 위치가 급변하게 된 것은 필시 설화 전파 시기의 불교에 대한 예사롭지 않은 상황을 반영하는 것이라는 추론을 가능케 한다. 보다 구체적으로 적시한다면 이 유형의 설화가 전국적 분포로 나타나는 것은 설화전파 시기의 비등한 반불 의식 및 국가로부터의 억불책이 펼쳐지던 시대적 상황무관하지 않다는 추단으로 이어지기도 했다.

빈대절터 이야기를 필자는 두 가지로 대별해서 보기로 했다. 하나는 단순 결과담으로, 다른 하나는 인과 제시담으로 보는 것이었다. 전자는 폐사의 결과를 부연하는 특별한 사단을 제시하지 않고 곧바로 폐사 결과만을 밝히는 데 비해 후자는 폐사를 초래한 그 원인을 분석하듯 논리적이고 진지한 辯을 자상하게 삽입시키고 있다는 것이다. 인과 제시담에서 폐사는 주로 도덕성에 반하는 행위에서 비롯되므로 곧 인간의 도덕성이 이야기의 가장 핵심적 잣대로 이해된다. 이로써 중생구원의 업을 방기한 채 욕망에 따라 행동하는 중이 빈대에게서 축출되는 것이야말로 동정은커녕 그 응징이 불가피해지는 쪽으로 전개되었던 것이다.

폐사를 전제로 불교적 교의나 도덕성에 반하는 무리를 가차없이 응징해야 한다는 것에 쉽게 동의하게 되는 것은 패륜적 행위로서 색욕, 재물욕, 무자비 등을 다스리지 못하는 한 인간다운 삶은 보장될 수 없다는 의식 때문이다.

한데 적극적으로 그런 일을 제어해야 할 승려가 그 반대 행태를 보일 때 문제는 심각해질 수밖에 없다. 이렇게 본다면 무도한 승려의 징치에서 비롯된 폐사담은 한 순간 우스개를 통해 흥미를 돋우고 웃음을 촉발하자는 기능에 머물지만은 않는 셈이다. 진정 이 설화 뒤에는 진실된 뜻이 또 숨어있다 할 것이다. 이를 헤아리기 위해서는 당대적 실상에 대한 이해가 전제되어야 함을 밝혔다. 즉 민중은 언제나 被加虐의 대상일 뿐이었다. 아무리 분노가 치밀어도 누구를 집적 공격하거나 응징할 권한과 힘이 그들에게는 주어지지 않았음을 유의해 보았다. 따라서 희화된 대상이기는 하나 필연코 응징자로서 빈대의 출현은 아주 희극적인 것만은 아니었던 셈이다.

불교와 관련해서도 민중들은 부처의 가르침대로 따라 살면 이상적인 세계를 맞을 수 있다는 마음을 갖고 불교 억압기에도 신앙의 하부를 굳게 지탱하며 불교계에 성원을 아끼지 않았다. 그들에게 목격된 사찰 안팎의 부정적 풍경은 때문에 남다른 고민을 가져다 준 것이 아닐 수 없었다. 그리하여 비리는 응징되고 부처의 가르침은 새롭게 살아나야 한다는 것이었고 이로부터 우의적 깨우침을 동반한 폐사담이 탄생하게 된 것이다.

빈대절터 이야기에서 빈대의 기능은 이중적이다. 속담 등에서 빈대란 해물일 뿐이지만 응징의 대역이라는 묘한 패러디는 이야기 담당층이 민중이 아니고서는 생각하기 힘든 발상이라 할 것이다. 웃음 뒤에 여전히 강하게 남는 주제의식은 도덕성 회복에 대한 염원, 수계를 비롯해 사중이 지켜야할 불교적 가르침만은 굳세게 지켜나가야 한다는 불교적 신앙정신과 그대로 통하는 것이었다.

◖ 참고문헌

송재선, 우리말 속담 큰 사전, 서문당, 1983.
원형섭편, 우리속담사전, 세창출판사, 1993.
정종진편, 한국의 속담용례 사전, 태학사, 1993.

일연, 삼국유사, 이동환 교감 삼국유사, 민족문화추진회, 1982.
조선총독부편, 조선금석총람 상, 아세아문화사, 1984.
한국구비문학대계, 한국정신문화연구원, 1983.
임석재편, 한국구전설화, 평민사, 1992.
제원군, 제원군지, 1983.
충청북도, 전설지, 1982.
충청북도, 사지, 1982.
최상수, 한국의 민간전설, 통문관, 1984.

김승호, 聖所만들기와 설화의 구조 - 遺事所載 창사연기설화를 중심으로, 삼국유사
　　　　의 현장적 연구, 신라문화선양회, 1990.
―――, 폐사연기설화의 민담성과 그 의미, 고소설 연구 제4집, 1998.
―――, 야담소재 승의 인물기능 분화, 불교민속학의 세계, 집문당, 1995,.
소재영, 삼국유사에 비친 일연의 설화의식, 숭전어문 제3호, 숭전대 국문학과,
　　　　1974.
김영태, 삼국유사 소전의 신라불교사상연구, 신흥출판사, 1979.
이수자, 기림사 연기설화의 설화적 성격과 의의, 한국서사문학사의 연구, 중앙문화
　　　　사, 1995.
장덕순, 국문학통론, 신구문화사, 1960.
전영진, 삼국유사소재 연기설화의 연구, 단대박사학위 논문, 1990.
조동일, 한국설화와 민중의식, 정음사, 1990.
최운식편, 한국의 민담, 시인사, 1987.
조희웅, 삼국유사 불교설화의 형성과정, 한국문학사의 쟁점, 집문당, 1986.
최남선, 삼국유사의 해제, 계명 제18호, 계명구락부, 1927.

조선후기 소설에 나타난 환몽구조

— 연암소설과 판소리계소설을 중심으로 —

I. 머리말

지금은 사정이 달라졌지만 그동안 최초의 소설로 여겨지는 금오신화가
그 소설적 공간을 이계로 설정한 점은 중세소설의 시공관을 상징해준다는
점에서 다른 어떤 작품에 앞서 오랫동안 주목거리가 되어왔다. 핍진성과 허
구성을 중심에 두고 있는 서구소설에 비길 때 엉뚱하고 파격적이기조차 한
이런 창작방식의 특성을 어떻게 바라볼 것인가.

소설의 공간을 현계와 유계의 교착상태로 설정했다는 점과 부단히 유계
에 대한, 작중 인물의 동경은 고대소설의 외적 구조와 내적 의미파악에 좀
더 다른 방향으로의 접근을 시사해주는 것이라면 그것은 바로 당대인들의
종교관과 가치관의 차이를 드러내는 것일 터이고 유계에 대한 독특한 관념
과도 무관한 것이 아닐 것이다. 『금오신화』에 나타나는 이같은 특성을 두고
그동안 여러 학자들의 다양한 견해가 표출되었다.

그런데 필자가 보기에 구조에 있어서는 이 소설은 전통적 설화와 그 맥락을 같이하고 있다고 본다. 그것은 이후에 등장하는 소설들 역시 정도의 차이는 있으되, 고대인들이 지금, 여기에서 누리는 육체적 정신적 한계를 벗어나 다른 세계에서 유영하고픈 의식이 두드러지게 강조되고 있는 것으로 보아 특히 그 시발점이 되고 있는 『금오신화』의 창작의식과 구조는 다시금 찬찬히 점검할 대상이라고 할 것이다.

徐敬德은 「鬼神生死論」에서 다음과 같이 異界에 대한 풀이를 내놓고 있다.

> 내 생각으로는 죽음과 삶 및 사람과 鬼神은 다만 氣가 모인 것과 흩어진 것의 차이가 있을 뿐이다. 모이고 흩어지는 것만 있지 有無가 없는 것은 氣의 본체가 그러하기 때문이다.[1]

徐敬德은 조선 중기의 학자이고 중국의 영향아래 수입된 철학을 한 단계 발전시킨 인물로 그 명성이 높다. 한데 그의 이같은 견해가 서구에서 관념, 수용하고 있는 肉과 靈과 여러 면에서 흡사했다는데 우리는 놀라지 않을 수 없는데 아래의 표명을 눈여겨 보자.

> 고대인들은 인간의 靈肉합치 문제를 삶이라 보고 靈과 肉이 분리되는 순간을 死의 세계로 보았다. 그러나 분리되는 순간 靈은 肉을 떠나 이 우주에 영원히 존재한다. 이 Animism사상은 인류 공통적인 무엇을 가지고 공통적인 의미를 부여하였던 바, 그것은 죽은 자의 靈 sprits of deified dead man에 대한 공포였다. 왜냐하면 肉은 멸하여도 靈은 불변한다고 믿었기 때문이다.[2]

만약 위와 같은 특징으로 고대인들의 정신세계를 수용한다면 동서양을 막론하고 그후의 문학에서 범인류학적 동일구조가 수용되고 있다고 보는 것

---

1) 서경덕, 김학주 역, 『화담집』, 대양서적, 1972. pp.171-172.
2) E B Tylor, *Primitive culture*, Chap. I Animimsm, pp.547-548.

은 따라서 하등 무리가 없는 일이다. 『금오신화』만 하더라도 이런 고대인들의 사상을 바탕으로 구현된 최초의 작품이며 이후에 등장하는 몽유소설이나 몽자류소설도 그 맥에서 자유로울 수 없었다고 판단된다.

고대작품에서 꿈은 매우 확대된 공간으로 나타나며 사건의 진행에 있어 심각한 성격을 띠기도 한다. 꿈은 부당한 세계에 대한 작가의 허락된 돌파구로서의 기능과 돌발적 사건 진행의 자연스러운 계기, 그리고 제한되었으나마 작가의 상상을 비상시키는 공간적 구실을 떠맡게 되는데 아주 필수적 대상이다. 이러한 꿈과 문학의 상관성은

> 조선후기부터 몽유록계 작품이 이루어져 거의 조선말까지 무명작가에 의해 유행되었다.3)

라는 주장에서 이미 그 당위성이 천명되거니와

> 우리의 이야기책 고대소설에서 꿈은 실로 많이 나타나며 그것이 삽입되어 있지 않은 소설은 거의 드문 정도인데 이것은 고대소설의 한 요소처럼 보이기도 한다.4)

라는 주장에서 불변적 요소로 확증되고도 있는 것이다.

고대문학, 특히 고대소설에 있어서 꿈과의 긴밀성은 조선전기에 출현한 소설의 경우, 현저한 정신적 구조적 기반이 되고 있지만 그 관련성이 퍽이나 강력했으므로 후기소설에서도 마땅히 그 양자와 관련한 잔영이 내재되어 있다고 하는 추측은 당연하다. 꿈과 조선 후기소설에 관련된 잔영은 확실히 이론적 근거를 바탕으로 해서 제시할 수 있는 문제는 아니지만 작품에 따르

---

3) 장덕순, 『국문학통론』, 신구문화사, 1963. p.283.
4) 이능우, 『고소설 연구』, 이우출판사, 1978. p.73.

는 문학의 비본질 요소, 이를테면 작품의 형태를 구성하는 구조의 분석을 통해 접근할 수 있으며, 한편으로는 문학의 본질적 연구영역인 내용, 분석을 통해서도 접근이 가능할 터이다. 몽유소설이나 몽자류 소설이 조선후기 소설에 어떻게 수용되어 구조 형태와 주제를 변화시키고 있는가하는 물음은, 그러나 많은 작품을 대상으로 한 면밀한 분석이 따를 때만 의미있는 입론이 될 수 있을 것이다.

이 글은 이러한 기본적 입장에서 출발한다. 그러나 많은 제약으로 목적한 바 의도에서 빗나갈 개연성을 배제하기가 어렵다. 특히 소설의 전반적 연구보다는 몇몇 소설에 한정시켜 본다는 점은 결론에 대한 확신을 약화시킬 수 있을 것이다. 이는 보다 심도있는 연구를 통해 보완해야 할 점으로 남는다.

이 글은『금오신화』이후 초기의 고소설의 특징이 후대 소설의 내용과 구조에 어떤 영향을 끼치고 있는지 통사적으로 훑어보는 것에 초점이 두어지므로 후기 소설의 대표격이라 할 수 있는『허생전』,『양반전』,『호질』등의 박지원 작품, 그리고『배비장전』,『심청전』,『흥부전』등의 판소리 계열의 소설을 논의대상으로 취택해 환몽성의 내재적 실상을 눈여겨보고자 하는 것이다.

II. 본론

1. 환몽구조의 변이양상

1) 연암소설과 꿈

고대소설의 경우 구성상 특징이라면 main-plot과 sub-plot 사이에

main-plot이 독자에 대한 호기심을 증대시키는 역할을 하며, 발단은 하나의 plot이 되며, 그 발단은 가장 암시적이며 상징적인 시초가 된다는 것이다. 이것은 복합구성의 전형이 되면서 몽유소설이나 몽자류소설의 도입부에 중요성을 부여하는 까닭이 된다. 기법상 몽유소설인 『雲英傳』에서 柳泳은 몽유자로서 독자에게 인식되며 그를 좇아 독자들은 몽유의 세계에 초대된다. 이것은 조선후기에 등장하는 소설들에서는 발견할 수 없는 도입부분이다.

몽유소설에서는 흔히 몽유자의 사건, 즉 몽유자가 몽유세계에서 겪는 경험과의 관계라는 것을 알리는 몽유이전의 상황설명은 허구적 세계의 몰입과 함께 작자의 의도와는 무관한 사건 진행의 신호에 불과하다. 작자의 심중은 몽유자가 입몽의 상태에 도입함으로써 사건 진행의 기초에 불과하다.『운영전』의 경우 몽유자인 유영이 운영과 김진사를 만나게 됨으로써 완전하게 현실과 꿈의 이질감을 극복하고 독자에게 현실과 허구적 세계의 격절을 피할 수 있게 해준다. 이렇듯 몽유소설이나 몽자류 소설에서 입몽과정은 허구세계로 무리없이 진입할 수 있게끔 하는 필수 불가결의 계기가 된다.

몽유소설의 구성형식은 거의 「꿈이전 — 꿈 — 꿈이후」의 계기성으로 나타나는데 꿈이전은 정적인 세계, 즉 행동이전의 세계이며 현실 자체의 세계이다. 아리스토텔레스의 시학에 따른다면 이는 발단 Beginning에 속하며 입몽 과정을 거쳐 나타나는 꿈의 세계는 중추, 각몽의 과정은 종말 end로 대치된다.5) 조금 더 세분화시켜 도식해 보인다면 다음과 같이 그려 보일 수 있을 터이다.

* 도입부 Introduction-(기)-(승)-(배경, 가계, 탄생)
* 전개부 Development-(승-전)-(복): 비운(승), 역경(승), 회운(전)
* 종결부 Conculusion-(결)-(미)-행운6)

---

5) Aristoteles, 『시학』, 손명현 역. p.75.
6) 오영석, 「조선소설의 서술구조 고찰」, 『국어국문학』 72, 73호, p.158.

그러하지만 도식은 고대소설의 일반적 구조에 적합할 뿐 夢遊小說이나 夢字類 소설에는 부합되지 못하다는 점이 드러난다. 우선 도입부에서의 배경, 가계, 탄생이라는 구체적 설명이 보이지 않고 다만 입몽자의 현실 상황이 묘사될 뿐 구체적인 주인공의 모습은 입몽과정 후에 몽유자가 주인공으로 나타나서야 가능해진다. 이것은 이중적 도입양식을 지녔음을 의미하는 것이다. 물론 작자의 의도는 몽유자의 신상이 아니라 몽유자가 작품 속의 주인공으로 어떻게 형상화되느냐에 달려 있음은 물론이다.

전개부에서부터 「꿈=현실」이라는 구조는 몽유소설과 몽자류 소설의 일반적 사고 방식에 비추어 볼 때, 거의 차이 없이 내재된 소설적 구조라고 할 수 있을 터이다.

종결부는 적어도 몽유소설의 일반적 구조와는 공통성을 발견할 수가 없다. 꿈의 현저한 특징의 하나는 현실에서 만족할만한 자아를 구축하지 못한 개체가 일시적으로 불만과 번민으로부터 탈피하여 자아실현, 혹은 정신적인 이상 세계의 도달을 가능하게 해준다는 것이다.

그러나 몽유자가 꿈을 깨면서 일시에 그는 상반된 세계로 다시 돌아올 수밖에 없는 운명을 지니고 있다. 그것은 꿈이전의 세계에서 그가 경험했던 것보다 더 확대된 현실의 부정이나 허무를 상징하는 것이다. 몽유의 상태는 오히려 현실과 몽유자의 괴리감을 확장시키는 촉매제의 구실에 불과하며 이상세계에 대한 몽유자의 집착을 부채질할 뿐이다. 그 집착은 결국 천상의 세계나 신선의 경지로 비상함을 의미하기도 하는 게 실상 현실의 안목으로 파악한다면 지상에서의 죽음에 다름 아닌 것이다.

현실세계에 기반한 소설에서 종결부는 적어도 앞의 갈등과 마찰 따위가 원만하게 풀리는 해법의 부분이며 갈등이 존재하지 않는다. 반면 몽유소설에서는 몽유자가 각몽을 하면서 꿈 이전의 상태보다 더 큰 갈등을 경험하는가 하면, 마침내 현실에서 이탈하는 경우도 흔하다. 따라서 몽유소설의 구조는 「꿈이전—꿈—각몽—죽음」으로 도식화 될 수 있다. 물론 여기서 말하는 죽음은 두 가지 것을 함의한다고 볼 수 있다. 몽유자의 입장에서는 지고한 세계의 쟁취이며, 지상의 인간들에게는 죽음 그 이상일 수가 없다는 점이다.

그러면 몽유소설이나 몽자류 소설에 나타나는 이런 구조가 조선 후기 출현한 朴趾源 소설과는 어떤 유사성이 있을까. 약간은 애매모호하기까지 한 문제제기라 아니 할 수 없다. 우리는 먼저 박지원의 소설창작에서 그 동기가 어디에 놓여있었던가를 살펴보는 것에서부터 이야기를 시작해야 할 듯 싶다.

박지원이 傳의 첫머리 마다에 소상하게 기술한 것을 종합하면 대략 두가지의 결론에 이르게 된다. 하나는 역사의식에 기반하여 부당한 외부세계에 대한 작가로서 제시해 보이는 새세계에 대한 염원이고 다른 하나는 박지원 그 자신이 현실개량에 직접 참여하기보다 글쓰기를 통해 간접적으로 그 작업에 참여한다는 것이다. 여기서 자기 극복이란 부당한 외부 세계에 대한 직접적 행동으로, 자기 파멸에 이르는 것이 아니라 내적 울분의 완화수단으로 창작을 택하고 있다는 점으로 이해된다. 주인공 허생을 박지원의 가슴 가운데 깊이 투영된 또 다른 분신으로 보는 것은, 그러므로 억지스럽다고만 할 수는 없다.

허생은 모순이 전반적으로 지배하고 있는 조선후기 한 선비로서 개인의 욕망을 뒤로 하고 확대된 자아를 앞세워 민중의 여망을 좇아 새로운 세계로의 지평을 제시하고 그 실현까지 마다하지 않는다. 유교적 입장의 修身齊家에서 탈피하여 治國平天下로 이행하는 단순한 이념화와 다르다. 세상은 아직 그런 적극적 개방적 사고를 용납하는 분위기가 아니었다. 그도 소설적 전통 위에서 그 내용과 구조를 설정한다.

박지원 소설을 몽유소설이라고 한 예는 없으나 적어도 그런 과거 소설전통과의 친연성은 여러 면에서 발견된다고 할 수 있다. 특히 이야기가 진행될수록 몽유적 전개과정과 너무나 흡사하게 펼쳐진다. 실제로 허생이 맞이하는 속세는 몽유자가 입몽을 통해 겪게되는 그 세계이상으로 주인공에게 이질감을 주는 공간으로 제시되고 있다. "그는 거리로 나왔으나 한 사람도 아는 이가 없었다."7)라는 대목은 그런 의미에서 퍽이나 시사적인 부분이다. 다른 각도에서 볼 때 천상에서 추방당한 천인이 마침내 지상으로 내려와 인간의 생로병사를 겪게되는 적강소설8)의 주인공과 혼돈될 정도로 그는 세상과 격절되어 있었다. 물론 그것이 독서인으로서 오로지 문적에 골몰해 지낸 때문이기는 하지만 세상과의 불화가 퍽이나 심화되어 있었음이 드러난다.9) 가이 없는 그 학문의 여정에서 현실생활이란 암초에 의해 주인공은 애초 약조한 기한을 채우지 못하고 도중하차했고 그제서야 세상과 자신간에 크나큰 거리가 놓여있음을 깨닫는다. 비유하자면 그것은 현실에서 몽중의 세계로 편입하는 것만큼이나 낯선 경험이 아닐 수 없었던 것이다. 보다 구체화한다면 「천상계−지상계−천상계」와 「과거−현재−미래」의 시간구조를 통해 분석할 때 허생은 천상에서 죄를 짓고 현세로 귀양해온 자로 파악될 만큼 그 친연적 구조가 드러난 셈이다. 따라서 허생에게 있어 현실은 자신의 포부를 펴 보이는 잠시 동안의 귀양지이거나 이계로 보였을 것이라는 추론도 어색하지가 않다.

허생은 귀양지에 불과한 지상에서 비범한 능력을 보여주는데 몽유소설의

---

7) 朴趾源, 『熱河日記』, 進德齋夜話, "出門而去 無識者"
8) 성현경, 『한국소설의 구조와 실상』, 영남대출판부, p.169.
9) 우리는 오랜 세월동안 칩거한 채 글을 읽었던 허생의 모습에서 과거시험준비에 하는 일반의 선비를 보는 듯 하다. 하지만 소설 어느 곳에서도 출세나 양명의 수단으로 과거에 뜻을 두고 시험에 대비했다는 언급이 없다. 아울러 허생의 작중 처신을 보더라도 조선후기 전형적인 실학자의 삶을 추구하고 있다는 인상을 받게된다. 다시 말해 허생이 세상에 나아가지 않은 채 독서에 열중한 까닭은 명철보신하고 세상의 이치를 깨우치기 위해 부단히 길을 찾는, 순연한 의미의 학자가 되기 위함이었던 것이다.

주인공들이 보여주는 일반적 주인공의 삶의 방식과 별 차이가 없다는 것을 볼 수 있겠다. 다만 소설의 구성이 a) 허생의 가출(入夢과정) ― b) 현실 개혁과 민중의 선도 (夢中세계) ― c) 가정의 복귀(覺夢과정)으로 진행됨으로써 몽유소설의 구성과 궤를 같이한다는 것이 쉽사리 파악된다. 이같이 몽유소설과 비교해, 주인공의 행위는 그 지양점에 차이가 만만치 않지만 구성상 같은 수법을 쓴다는 점이 금방 드러난다. 이는 창작정신에 나름의 확고한 방향성이 예비되었다는 것을 증거해 주는 것이거니와, 한편으로 연암이 터뜨린 당대사회적 비판과 관련짓자면 "몽유록의 작가나 몽유자가 모두 꿈이라는 신비의 세계에서 현세의 불운을 펴보려는 창작 의도에서 비롯된 것임을 쉽게 알 수 있다."10)

허생은 순조롭게 현세의 모순을 시정하고 과거의 불우까지 극복하지만 마지막 꿈이 좌절되자 현실개량의 의지를 접은 채 그 행방을 감추어 버리고 만다. 그것은 현실 개량주의자로서 한때 가졌던 포부 열정의 퇴색이며 동시에 본향으로의 회귀로까지 비쳐진다. 결국 허생의 서사적 행로는 「入夢過程-入夢―覺夢過程-現實脫皮」라는 몽유소설과 거의 같은 구조안에서 진행된다고 해도 무리가 없는 것이다.

『許生傳』을 몽유소설이나 몽자류 소설의 구조로 파악할 경우 『虞裳傳』이나 『金神仙傳』 역시 이 몽환구조와 무관하다고만 여길 수가 없게 된다. 즉 『김신선전』에서 연암은 金弘基라는 사람을 찾아 헤매는데 그것은 현실적 인간이라기보다 이미 초월적 능력을 지닌 존재라 할 것이다. 그는 현실에 가치를 두지 않고 이상세계를 찾아 방황하는데 이는 연암의 현실부정적 의식이 희미하게나마 비치는 대목이다. 후반부에서 허생이 꿈에서 깨어나는 듯한 전개는 바로 소설을 단순한 이야기의 차원이 아니라 그의 식견속에 정립된 실학사상을 서사적으로 풀어내고자 하는 구체적 증거로 포착할 수 있다는

---

10) 장덕순, 상게서, p.296.

것이다. 종말에 이르러 자신을 회복하는 일은『허생전』의 경우와 약간 다르긴 하지만 구성법에서는 여전히 동일한 점이 드러난다.

『김신선전』과 같은 계열의 소설로『우상전』을 들 수 있겠는데, 김홍기는 막연히 신선으로 비쳐지는데 반해 이언진은 화려한 과거를 간직했고 대단히 신비적인 존재로 강조해 소개하고 있음을 본다. 그러나 과거는 현재의 처지와 비교해 추락한 자신의 모습을 보잘 것 없게 되비쳐 주는 구실이외 아무 것도 아니다. 이처럼 쇠락한 이유는 과거 일본에서의 화려하게 지냈던 일을 기대하지만 새로운 세계는 지상적 배경에서는 이룰 수 없는 것으로 파악한 나머지 현실을 떠나 신선의 세계에 몰입한 데서 찾고 있다.

"궁극적으로 그 인간들은 그들의 비상을 막던 몸이라는 육체적 감옥을 벗어나 영원한 그들의 고향으로 돌아가는 것으로 죽음을 관념했다."11)는 견해는 이언진이나 김홍기, 그리고 허생이 한결같이 현실에서 초월하는 것으로 이야기를 마무리하고 있다는 점에서 퍽 시사적인 진단이 될 수 있다. 아무튼 박지원의 소설은 몽유소설의 일반적 구조에 현실로부터의 탈피라는 초월적 세계의 동경이 고스란히 차입되고 있다는 인상을 지울 수가 없다.

2) 판소리계 소설과 꿈

『裵裨將傳』은 판소리계 소설중에서『春香傳』등과 더불어 조선을 배경으로 삼아 독자들에게 공감의 여지를 확장시켜 놓고 있다. 고전소설에 있어 공간은 단순히 현실에 대한 긍정, 부정의 이원적 판단에서 설정되는 것만은 아니다. 오히려 작가의 내적 상태나 개인이 가지고 있는 지향의 현실적 투영일 수 있으며 구체적 기능태의 뜻도 아울러 내포한다. 배비장은 본디 한성에서 생활했으나 그가 주로 활동하는 소설적 공간은 제주이다. 이같이 주

---

11) 황패강,『한국서사문학연구』, 단대출판부, 1972. p.32.

인공에게 이질적인 공간이 놓여짐으로써 장차 주인공에게는 극적인 사태가 돌발할 것이 아닌가 하는 암시의 징표가 되는 것이 사실이다. 제주라는 격절의 거리는 배비장에게 첫 부임지이자 입신을 가능하게 해주는 설레임의 공간으로 나타났다가 결국은 참된 자아의 구현은커녕 일시에 스스로가 함몰되는, 양면성의 공간으로 나타나고 있다. 사실 한성은 그의 부모와 처자가 안주해있는 실제적 공간이지만 제주는 익명성을 보장해주는 데다 한때 부와 명예를 수반하는 공간이다.

 제주는 갖가지 위엄과 체면으로 가리워 졌던 배비장으로서는 그의 가려진 욕망을 어떻게든 표출할 수 있다는 점에서 소설적 공간으로서의 중의성을 지니고 있다. 재주에서 배비장에게 정신적 위안이나 물질적 도움을 주는 사람은 존재하지 않는다. 그의 임무가 목사를 수행하는 데 있으나 목사와의 관계도 그리 원만하지 못한 것으로 전개된다. 즉 목사는 애랑과 방자를 시주하여 철저하게 배비장을 농락하고 철저하게 그의 위선을 폭로한다. 소위 입몽의 세계로 비유할 수 있는 제주는 배비장에게 있어 굴욕의 상태나 다름이 없고 끝내는 자아를 발견하여 한층 고양된 공간에 도달하게 하는 촉진제가 될 정도이다. 배비장이 철저하게 농락당한 뒤 독자는 그가 제주의 생활을 곧 청산하리라 예측한다. 그것은 마치 『허생전』 등에서 주인공이 현실의 허무함을 깨닫고 사라지는 결말과 통하는 것이다. 하지만 『배비장전』은 제주에서의 안온한 삶과 미래를 보장받는 것으로 마무리됨으로써 환몽구조의 완벽한 대입을 이루어 내지는 못했다. 하지만 『배비장전』에서의 환몽구조적 친연성을 온전히 부정할 수 없는 노릇이다. 환몽구조와 『배비장전』에서의 대응성은 다음과 같이 이을 수가 있는 것이다.

 a. 입몽 ─ 정남자였던 배비장이 목사를 수행하기위해 한성을 출발해 제주도로 내려감.

   b. 몽환세계로의 잠입 — 익명성이 보장되는 제주에서 그는 여색을 탐하는 본
     능이 일어나고 이를 포착한 목사가 애랑을 사주하여 철저하게 농락함.
   c. 각몽 — 배비장이 그동안 자신의 위선적 면모를 뉘우치고 새사람으로 태어
     나길 다짐함.

  결론적으로 박지원 소설은 구조상 a) 입몽, b) 몽환의 세계, c) 각몽으
로 설정되어 있다하겠고 박지원 소설에서는 여기에 한 단계가 더 추가되어
a) 입몽, b) 몽환의 세계, c) 각몽, d) 현실로부터의 탈피로 재구성되어 나
타나는 점이 다르다 하겠다.

2. 환몽세계의 내적수용

1) 민중의 꿈

  앞에서는 문학의 형태론적 측면인 구조를 통해 『허생전』과 『배비장전』이
몽유록과 얼마만큼 관련성이 있는가를 거칠게나마 살펴보는 자리를 가졌다.

    조선후기소설 가운데 이 구조적 측면에서보다는 의미론적 파악이 몽유소설
   과 몽자류 소설과의 관련성을 파악하는데 훨씬 수월한 요인으로 보이는 작품
   도 적지 않은 게 사실이다. 조선후기에 등장한 소설에서 전형적인 몽유소설이
   나 몽자류 소설의 잔영은 결코 발견되어 지지 않는다. 그렇지만 표면적으로는
   몽유와 직접 관계가 없는 것으로 보이는 작품에서도 심층 심리면에서는 여기
   에 바탕을 두고 있는 것이 꽤나 많다.[12]

    인류의 꿈을 수면중에만 다가오는 생리적 현상으로만 본다면 현상으로 살
   펴보는 것이 아니라 각몽 시에도 종교적인 회심의 상태에서 기도하는 상태에

---

12) 김동욱, 『국문학사』, 일신사, 1976. p.171.

서 ……그들의 원초적인 고향으로 복귀하는 길을 방랑한다.13)

라는 두 견해는 조선후기 소설에 있어서 특히 심층심리를 통해서 몽유소설에 반영되어진 사상구조를 파악하는데 기초적 전제가 되어줄 수 있다. 그렇지만 한편으로는 정말 꿈의 해석법을 후기소설에 보이는 백일몽적 몽상에 적응시키는 오류의 위험성도 같이 따르게 된다는 점을 유의해야 한다.

양반전에 등장하는 천부는 양반에 대한 동경으로 현재의 자아인식에서 정신적 기형아로 전변해버리고 만다. 그의 앞에 전개되는 양반이란 다음과 같이 정의된다.

> 양반은 비록 가난하더라도 늘 존경을 받고 영광이 따른다. 거기에 비하여 우리들은 비천한 대우를 받고…… 우리는 언제나 이런 창피만을 당하고 있다.14)

이는 백일몽 환자의 독백이다. 淺富의 욕망은 처음부터 개인적 범주에서 벗어나지 못하는 것으로 비친다. 그는 꿈을 꾸면서 현실의 실체를 파악하는 계기를 갖게되며 그 결과 그는 엄청난 착오를 하게되고 심각한 가치관의 변화로까지 이어진다. 양반세계에서 이미 허용된 부조리이지만 천부는 이중적 위선, 세계에 심한 정신적 불균형을 감내하지 못하고 원래 자신이 머물던 세계로 복귀한다. 천부의 뒤에는 옹호세력인, 무지하지만 본디 그 마음이 선량한 민중이 있는데 이들은 여전히 분산된 개체의 수준을 넘어서지 못한다. 천부가 처음부터 개인적 욕망을 배제하고 민중과 더불어 존재하는 세계를 추구할 때 사건은 엄청난 폭발력을 가져올 것이다. 천부의 양반에 대한

---

13) 황패강, 상게서, 단대출판부, 1973. p.32.
14) 박지원, 「연암외집」, 방각홀각외전, 兩班雖貧 常尊榮 必我雖富 常卑賤 ……我常如此辱也

꿈의 좌절은 개인의 욕망이라는 지엽적 성격에서 보아서는 아니되며 양반계층에 대한 하층 계급의 의미있는 거부로 풀이되어야 할 것이다. 천부는 동질화추구에서 동질화를 거부하는 쪽으로 선회한다.15) 개인적 꿈을 유보하고 민중의 여망에 보조를 같이하며 참으로 가치있는 것이 무엇인지를 궁리하는 인물로 변신한 것이다.

양반전에 반영된 꿈은 몽유소설에 나타나는 개인적 범주에 속하는 문제, 혹은 낭만적인 애정문제가 아닌 신분 사회의 동요과정에서 하부계층의 인간이 직면하는 신분적 갈등을 묘사하고 있다는 점에서 꿈의 사회화, 혹은 꿈의 보편화를 내포한다. 박지원의 소설에 나타난 꿈이란 그러니까, 조선 전기 몽유소설에 흔히 나타나는 애정이나 입신출세와 같이 개체가 평소 지닌 욕망의 실현과는 달리 형상화되어 있다고 할 것이다.

흥부에게 있어서 가난은 상황이 너무 가혹하여 자신의 힘으로는 헤쳐나가기 어려운 운명적 대상이다. 따라서 흥부는 지극히 예외적이며 돌발적인 사건이 전개되지 않고서는 놀부와 같은 처지는 고사하고 가족의 호구도 해결할 수 없는 극한의 처지에 봉착한다. 흥부에게 제비가 극악한 현실을 탈피케 해주는 매개자이며 갈등해결의 직접적 주체가 되는 존재로 부상하는 이유가 바로 여기에 있다. 그러나 흥부가 겪는 처절한 가난, 그로부터 야기된 놀부와의 갈등은 "어느 특정한 개인의 문제가 아니라 한 사회의 문제로 제기되며"16) 이것을 극복하기 위한 대안적 방식이자 동화적 치유방식이 생겨나게 된다. 어떤 면에서 지극히 예외적이며 동화적 요소를 다분히 수용하고 있는 『흥부전』은 극히 단조한 소재를 가지고도 그 줄거리에 여러 가지 색다른 이야기를 삽입시켜 more simple한 것을 more sensuous, more

---

15) 황패강, 『조선왕조소설연구』, 단대출판부, 1979. p.317.
16) 임형택, 「흥부전의 현실성에 관한 문제」, 『한국고전소설 연구』, 계명대출판부, 1980. p.271.

passionate하게 하였다.17)

특히 단조로운 소재로 보이는 단순한 자연물 이상의 의미를 띠고 있는데 그것은 새로운 세계를 전개할 수 있도록 해주는 매개물로서의 임무와 결코 무관하지가 않다. 흥부에게 있어서 박은 현실에서 이상의 세계로 이르게 하는 긍정적 세계인 반면 놀부에게 주어지는 박은 인간이 감내하기 힘든 형극의 세계요, 지옥과 다름 없는 징벌의 대상이다. 이만큼 『흥부전』에서는 동화적 요소가 퍽 강한 것이다. 황당무계한 가운데에서도 그 전개는 상당한 전환적 효과를 거두고 있다. 물론 이는 소재의 단순함과 사전 진행의 비논리성에도 불구하고 당시 민중이 생각하는 바 가장 절실한 문제를 주된 주제로 설정했다는 데서 찾아야 마땅하리라고 본다.

흥부의 뒤에는 흥부는 물론 새로이 전개되는 세계에 성원을 보내는 조선후기 민중의 수많은 눈길이 있다고 할 수 있다. 흥부는 보편적 요구를 달성하는 한 개인에 불과할 뿐이다. 그가 놀부와 상반된 세계를 맞게되는 근원적인 해답은 제비에 대한 보답이 아니라 그를 후원하면서 성원을 아끼지 않는 민중들이 있기에 가능한 것이라고 해도 좋다. 이렇게 볼 때 놀부의 파멸은 그래서 개인적 욕망의 추구에 기인한다. 『흥부전』은 사회적, 개인적 꿈의 대결이 갈등을 빚다가 결국은 확대된 사회구성원의 내포된 욕망과 일치하면서 그 꿈을 성취하는 작품으로 꼽을 수가 있는 것이다.

2) 개인의 꿈

호질에서 동리자와 북곽선생은 조선사회의 지식층으로 군림하면서 이중적 면모를 지니고 있는 추악한 인물형의 상징으로 취택된다. 숨어 벌이는 그들간의 육체적 쾌락은 민중사이의 덕망을 훼손하지 않도록 하는 주도면밀

---

17) 장덕순, 상게서, p.255.

한 밀회로 이어졌으나 무불통지의 능력을 갖춘 범이 등장하면서 모든 것이 백일하에 드러난다. 이때 범은 인식대상에 대한 대체적 존재라고 볼 수 있고 실은 박지원이 범을 통해 자신의 세계적 인식과 함께 민중의 여망을 함께 달성하게 된다. 놀부가 개인적인 욕망을 앞세워 파멸의 세계에 빠지듯이 동리자와 북곽 선생 역시 욕망의 꺼풀을 헤쳐내지 못한 채 외부세계로부터의 비판을 안중에 두지 않는 인격적 파탄자로 나타난다.

　마치 이는 흥부전에서의 놀부가 걷는 길과 흡사하며 외부 세계를 자각하지 못한다는 데서 백일몽에 빠져 개인적 꿈만을 추구하는 극도의 이기성과 속성을 같이한다.

　고대소설이 정수라 일컬어지는 『춘향전』에도 개인적 욕망에 좌우되는 인물이 물론 등장한다. 누구보다 변학도는 아주 뚜렷하게 부각되는 인물이다. 그는 놀부나 북곽선생과 더불어 부정적 인물로서의 구실을 아주 생동감 있게 수행한다. 변학도는 조선의 전형적 여인으로 형상화되고 대비되어 악을 한껏 획책하는 상징으로 크게 부각된다. 춘향이 민중의 표상이 되어 흠모를 받으면 받을수록 변학도는 악인으로서 더 확고하게 부각되어진다. 『춘향전』에는 춘향과 변학도의 갈등뿐만 아니라 보이지 않는 욕망들이 잠재해 있고 그 요구의 다양함이 곳곳에 보인다. 월매는 자신의 딸인 춘향을 앞세워 개인적인 호사와 계급적 상승을 누리려는 의도를 가진 양면적 소망을 버리지 못하고 있고18) 방자와 향단은 춘향과 이도령 사이에서 그 진면목이 쉽사리 드러내지 않지만 언젠가는 춘향이나 이도령과 같이 자유스런 분위기에서 사랑을 나누고 싶다는 욕망을 누르고 현실적 장벽 및 난제와 대결한다. 그렇지만 『춘향전』을 통해 성취되는 가장 바람직한 것은 춘향이 의도했던 대로 이도령을 남편으로 맞는 것임은 말할 것도 없다.

　여기서 춘향의 꿈은 개인적인 욕망의 성격에 놓이나 한편으로는 평민들

---

18) 김동욱, 상게서, p.192.

의 소원인 양반 계급과의 결혼을 통해 개인을 넘어 사회적으로 미만해 있는 공통의 꿈을 동시에 실현하고자 하는 열의로 가득 차 있다고 볼 수 있다. 조선전기에 출현한 소설의 내용상 특징은 작중 인물들의 개인적 갈등이 문제되며 개인적 욕망을 달성하기까지 인물들간의 충돌이 불가피하게 야기된다는 점이다. 이것은 그대로 소설의 주제의식이 평민사이에 높은 인기도를 유지한『춘향전』이나 지식인인 박지원의 소설들에 나타나는 공통적 자질로, 서로 간에 주제적 공유성이 강하게 발현되는 경우라고 지적된다.

그러므로 조선전기 전기소설에서부터 현실에 대응해 그 개인의 욕구달성의 길을 모색하던 방식이 꿈의 차용과 소용도를 크게 높여 놓았다면 박지원의 소설은 그것의 직접적 영향권에는 들지 않았으나 그 내면적 전승은 여실하게 드러난다는 것이다. 연암소설은 판소리계 소설보다도 세계의 바람직한 모습을 구현시키는데 주력한데 반해, 판소리계 소설에서는 다양한 성격의 인물을 통한 계급간의 갈등양상이 매우 복잡하게 전개하고 있다는 특징을 갖고 있다.

Ⅲ. 결론

꿈이란 인간에게 유일한 것은 아니지만 이의 차용과 문학적 수용은 아득한 시기부터 적극적으로 이루어졌다. 더욱이 고전서사문학에서 꿈의 대입과 이의 장치적 모색은 현대문학보다도 훨씬 빈번하게 그리고 강하게 개입된다. 문학과 꿈은 지엽적 범위를 극복하고 범인류적인 보편성을 띠고 그 맥을 형성해온 것19)을 누구나 인정하는 것이다.

조선전기는 꿈과 문학이 상호 연계성을 이루면서 크게 성행했으며 구체

---

19) 김기동,『이조시대소설론』, 선명문화사, 1975. p.109.

적으로 몽유소설이나 몽자류 소설이 왕성하게 창작될 수 있는 조건을 갖추고 있었다. 중국으로부터의 영향이 그 하나이고 다른 한편으로는 이땅의 정치 현실적 상황이 꿈의 문학적 차용을 크게 요구하였다. 이후에 등장한 소설들은 그러므로 몽유적 전개에 대단한 흥미를 느꼈고 이는 조선후기 소설인 판소리계 소설이나 박지원의 소설에도 여전히 주목의 대상으로 떠오르게 된다. 본고는 이런 통시적 시각을 전제하고 두 가지 측면에서 꿈의 문제를 다루기로 하였다.

하나는 문학의 외적 측면인 구조를 통한 형태론적 방법이며, 다른 하나는 문학의 본질적 연구 방법인 작품의미 파악을 통하여 몽유록계 소설의 잔영을 고찰해 보고자 했다.

박지원의 소설에 나타난 꿈은 확연한 외적 형태를 통해 분석된 성질의 것은 물론 아니다. 몽유소설에서의 몽환구조가 소위 「몽유과정－몽유－각몽과정」의 3단계로 진행될 때 여기서 몽유란 현실세계를 의미하는 것이며 몽유자가 접하는 세계는 작가의 의식 속에 투영된 현실이다. 그러므로 허생전에서 허생은 곧 연암의 분신이라고 해도 무방하다. 구조를 통해 『허생전』을 보면, 허생의 가출은 몽유소설에 있어 입몽 과정에 해당되고 현실에서 그의 이상을 펼쳐 보이는 행위는 입몽에 비교되며, 그의 능력이 한계에 이르러 현실로부터 떠남은 각몽과정에서의 낙관적 국면이 깨어지는 것과 대응된다.

이런 일련의 대응은 몽환구조와 『허생전』의 구조가 동일하다는 것을 말한다. 더군다나 현실의 부당함을 고발하고 모순을 시정하고자 하는 과정에서 어떤 한계에 봉착해 다른 세계로 비상을 모색하는 것을 간과해서는 아니 된다. 즉 『허생전』의 허생, 『우상전』의 이언진, 『김신선전』의 김홍기 같은 인물은 몽유소설에서 보아온 대로 현실을 초극하지 못한 채 세상과 멀어져 가는 공통의 속성으로 형상되고 있는 것이다.

『배비장전』은 몽환구조에 있어서 『허생전』과 유사성을 띠고 있다. 다만 예외적인 것은 공간설정으로 작자는 제주라는 이질적인 곳을 택해 주인공을 극히 예외적이며 돌발적인 사태에 직면토록 하고 있다는 것이다. 배비장에게 서울이란 공간은 꿈 이전의 세계라면, 제주는 꿈속의 세계로 파악되며, 곤욕과 갈등에서 벗어나 제주를 떠나는 것은 각몽과정에 비유할 수가 있다. 그러나 배비장은 결말에서 허무나 비애를 극복하고 만족한 현실주의자로 귀환함으로써 허생과는 약간 다른 모습을 보여준다.

　필자는 이런 환몽적 개입적 공통성으로 파악될 소설로 이 밖에도 박지원의『양반전』,『호질』, 판소리계 소설인『흥부전』,『춘향전』을 더 보탤 수 있다고 생각한다.

　『양반전』의 천부와『흥부전』에서 흥부는 신분상 다 같은 평민계급의 인물들이지만 서로 상반된 경우로 볼 수 있다. 천부는 풍부한 재력을 바탕으로 양반세계를 쟁취코자 하는 욕망이 가능하며 흥부는 오로지 극도의 가난 속에서 권속의 호구해결에 열중하고 있다. 그러나 사태가 돌변하여 이들에게는 현실 속에서의 체험이기는 하나 마치 몽환적 사태가 다가온다. 사건의 진행과정에서 그들이 직면하는 돌발적 사건, 즉 흥부가 매개물인 제비를 통해 경험하는 이상 세계는 평민계급이 공유하고 있는 발복의 조짐으로 전혀 예상하지 못했던 일이었다. 그러나 이의 대한 반응도 상이하고 결과 또한 극과 극을 달리는 것으로 형상화되어 진다.

　『양반전』에서의 천부 및『흥부전』에서의 흥부와 대척에 있는 인물이라면『호질』의 북곽선생, 동리자,『춘향전』의 변학도, 흥부전의 놀부라고 해야 할 것이다. 이들은 한결같이 개인적 욕망을 채우는데 혈안이 되어있는 자들로 조선전기의 몽유소설에 곧잘 등장하는 주인공들의 욕망, 사랑이나 출세를 위해 발분하는 것과 거의 같은 모습을 보여준다. 전자의 예들은 몽유소설로 서사적 장치를 마련하여 인물의 갈등을 다루고 왜소해진 개인에서 사회적 갈등과 민중의 보편적 꿈의 달성으로 이행하기까지 많은 시간을 필요로 했다.

이렇듯 소설사적 전개로 본다면, 개인의 꿈을 먼저 내세우고 사회 대다수 성원들의 꿈을 무시하는 놀부, 변학도, 그리고 북곽선생들은 부정적 인물로 부각되고 마침내 파멸하고 만다. 만약 그들이 양반계층이 아니라 평민계층 이었다면, 구원의 대상이 될 수 있었을지 모른다. 몽유소설에서는 개인의 꿈이 이상적으로 실현될 수도 있었지만 후기 소설에서는 민중의 여망을 외면하는 개인의 욕망은 비극적 결말로 이어진다는 점으로 특징을 잘 드러내 보이고 있다.[20] 이상으로 우리는 조선 전기 몽유소설과 후기 소설사이에 구조나 주제면에서 깊은 상관성이 존재하고 있고 특히 그 핵심적 구조에 꿈이 있음을 다시 되새기게 된다.

◑ 참고문헌

김기동, 이조시대소설론, 정연사, 1959.
김기동, 이조시대소설의 연구, 성문각, 1974.
김기동, 국문학개론, 정연사, 1955.
박성의, 한국고대소설사, 일신사, 1958.
황패강, 한국서사문학연구, 단대출판부, 1972.
이가원, 금오신화, 통문관, 1959.
이능우, 고소설연구, 선명문화사, 1968.
김동욱, 춘향전연구, 연세대출판부, 1965.
김동욱, 국문학사, 일신사, 1976.
장덕순, 한국문학사, 동화문화사, 1975.
강한영, 신재효판소리전집, 민중서관, 1971.
이병주편, 송강고산문학론, 이우출판사, 1979.

---

20) 김기동, 상계서, pp.109-110.

박지원, 연암집(영인본), 경희출판사, 1966.
이가원편, 이조한문소설선, 민중서관, 1961.
임형택 공저, 한국고전소설, 계명대출판부, 1974.
서경덕 저 김학주 역, 화담집, 대양서적, 1972.
황패강, 조선왕조소설연구, 단대출판부, 1978.

◉ 김승호(金承鎬)

충남 홍성 출생
동국대학교 국문학과 및 동대학원 졸업
동덕여대, 선문대, 추계예대 강의
현 동국대 강사
저서 : 『한국 승전문학의 연구』(민족사)
　　　『한국서사문학사론』(국학자료원) 등
논문 : 「향전을 통해 본 신라 민중설화의 양상」
　　　「전기소설 가야진용왕당 기우록의 연구」
　　　「추재 근수삼론」 등 다수

고전의 문학 교육적 이해

2000년 4월 30일　제1판 1쇄 발행

저　자 / 김승호
발행인 / 박영희
발행처 / 이회문화사
　　　　서울 광진구 광장동 102번지 현대골든텔Ⅱ 501호
　　　　전화 : 02)318-7912　팩스 : 02)454-1961
　　　　E-mail : ih7912　Home-pagw : http://www.ihoe.co.kr
등　록 / 제1-1342(1992. 5. 2)
ISBN / 89-8107-132-2　93810

정가 10,000원

＊저자와의 협의하에 인지는 생략합니다.　＊잘못된 책은 바꾸어 드립니다.